玄宗皇帝

塚本青史

潮文庫

目次

装画　坂本明美
装幀　高柳雅人

人物相関図

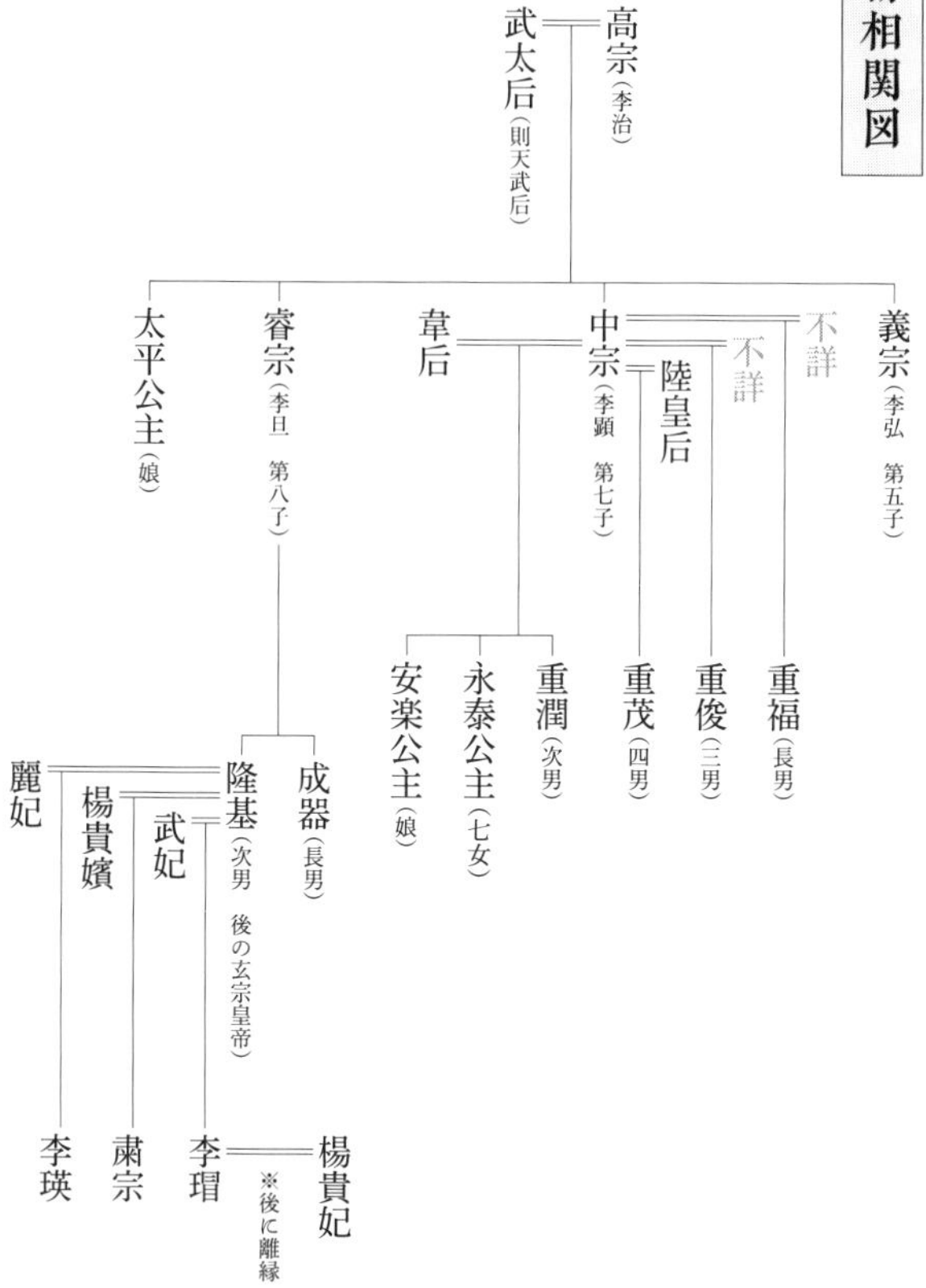
高宗（李治）
武太后（則天武后）
義宗（李弘　第五子）
不詳
不詳
中宗（李顕　第七子）
陸皇后
韋后
睿宗（李旦　第八子）
太平公主（娘）
重福（長男）
重俊（三男）
重茂（四男）
重潤（次男）
永泰公主（七女）
安楽公主（娘）
成器（長男）
隆基（次男　後の玄宗皇帝）
武妃
楊貴嬪
麗妃
楊貴妃
※後に離縁
李瑁
粛宗
李瑛

主な登場人物一覧

玄宗《げんそう》
李隆基《りりゅうき》。睿宗の次男。第六代皇帝

高宗《こうそう》
李治《りち》。太宗の九男。第三代皇帝

武太后《ぶたいこう》
則天武后(武照《ぶしょう》)。李隆基の祖母。武則天ともいう

義宗《ぎそう》
李弘《りこう》。高宗と武太后の第五子

中宗《ちゅうそう》
李顕《りけん》。高宗と武太后の第七子。第四代皇帝

睿宗《えいそう》
李旦《りたん》。高宗と武太后の第八子。第五代皇帝

韋后《いこう》
中宗の妃。武韋の禍と呼ばれる騒動を起こす

千金公主《せんきんこうしゅ》
高祖・李淵の十八女

太平公主《たいへいこうしゅ》
高宗と武太后の娘

李重潤《りじゅうじゅん》
中宗の次男。謀議により、自殺を命じられた

李重茂《りじゅうも》
中宗の四男

永泰公主《えいたいこうしゅ》
中宗と韋后の七女

安楽公主《あんらくこうしゅ》
中宗と韋后の娘

李重福《りじゅうふく》
中宗の長男。李隆基に対抗するが、鎮圧される

李重俊《りじゅうしゅん》
中宗の三男。クーデターに失敗し、死去

李成器《りせいき》
睿宗の長男。李隆基の兄。諱《いみな》は憲

李清《りせい》
玄宗と武妃の子。諱は瑁《ぼう》

李瑛《りえい》
王皇后の養子。諱は鴻《こう》

粛宗《しゅくそう》
玄宗の子。嗣昇、璵、浚、亨《こう》と改名。第七代皇帝

武攸曁《ぶゆうき》
太平公主の夫

武承嗣《ぶしょうし》
則天武后の甥

武三思《ぶさんし》
則天武后の甥。後に廃太子を行うが失敗

武崇訓《ぶすうくん》
武三思の子。安楽公主の夫

武延秀《ぶえんしゅう》
武承嗣の子。淮陽王

武延基《ぶえんき》
武承嗣の子。武延秀の兄

薛懐義《せつかいぎ》
武太后の愛人（寵愛系）。白馬寺住職。新たな大雲経を作る

来俊臣《らいしゅんしん》
酷吏。公開処刑される

沈南璆《しんなんきゅう》
薬師、医師。寵愛系

狄仁傑《てきじんけつ》
高宗・中宗・睿宗・武則天に仕える。長年、宰相を務め、国老といわれる

狄光嗣《てきこうし》
官僚。狄仁傑の子

薛紹《せっしょう》
太平公主の夫。李沖の謀叛にて獄死

張易之・昌宗兄弟《ちょうえきし・しょうそう》
舞人。則天武后（武照）の寵愛を受ける（寵愛系）

上官婉児《じょうかんえんじ》
李隆基の侍女。太平公主の側近

姚崇《ようすう》
高官。則天武后によって宰相に抜擢

宋璟《そうえい》
高官。則天武后に抜擢され、監察御史、尚書右丞相を務める

魏元忠《ぎげんちゅう》
大臣。硬骨漢

張説《ちょうえつ》
科挙系（試験に合格した官僚）。宰相を務める

宗楚客《そうそきゃく》
護衛隊長。韋后の愛人

李多祚《りたそ》
右羽林軍大将軍

カパガン可汗《かがん》
突厥の大王。娘を武氏に嫁がせることになり激怒

張柬之《ちょうかんし》
高官。狄仁傑の推薦で、司刑少卿・秋官侍郎、宰相となる

劉幽求《りゅうゆうきゅう》
官僚（科挙系）。玄宗の側近

弁正《べんしょう》
遣唐使で来唐した僧。玄宗の囲碁相手

高力士《こうりきし》
宦官。驃騎将軍。長い間、玄宗の側近を務める

郭虔瓘《かくけんかん》
左羽林大将軍

盧懐慎《ろかいしん》
副宰相

郝霊荃《かくれいせん》
胡人。カパガン可汗の首を玄宗に届ける

楊思勗《ようしきょく》
宦官。将軍

吉備真備《きびのまきび》
遣唐使（第九回）で来唐

阿倍仲麻呂《あべのなかまろ》
遣唐使（第九回）で来唐。帰国のおり、ヴェトナムに漂着。玄宗皇帝から信頼される

宇文融《うぶんゆう》　大臣。恩蔭系（父祖の官位、家柄で官僚になる）

ビルゲ可汗《かがん》　突厥の王。カパガン可汗の子

崔隠甫《さいいんぽ》　大臣。恩蔭系

張九齢《ちょうきゅうれい》　科挙系。宋璟の補佐役、宰相

輔璆琳《ほきゅうりん》　高力士の部下

大武芸《だいぶげい》　渤海国の王。大門芸は、叔父にあたる

張守珪《ちょうしゅけい》　瓜州の都督（刺史）。銀青光禄大夫。幽州節度使

李林甫《りりんぽ》　宰相。恩蔭系

牛仙客《ぎゅうせんかく》　河西節度使。司馬。小吏から身を起こす

安禄山《あんろくざん》　張守珪の養子。安平盧節度。御史大夫。驃騎将軍

楊玉環《ようぎょくかん》　李清の妃。後の楊貴妃

張倚《ちょうき》　御史中丞

李白《りはく》　謫仙人（天界から流された意。大詩人のたとえ）。宮廷詩人

楊釗《ようしょう》　後の楊国忠。楊貴妃の縁者

高仙芝《こうせんし》　元高句麗の王族。唐に帰順。左金吾衛大将軍

哥舒翰《かじょかん》　将軍。突厥と于闐の雑胡（混血）

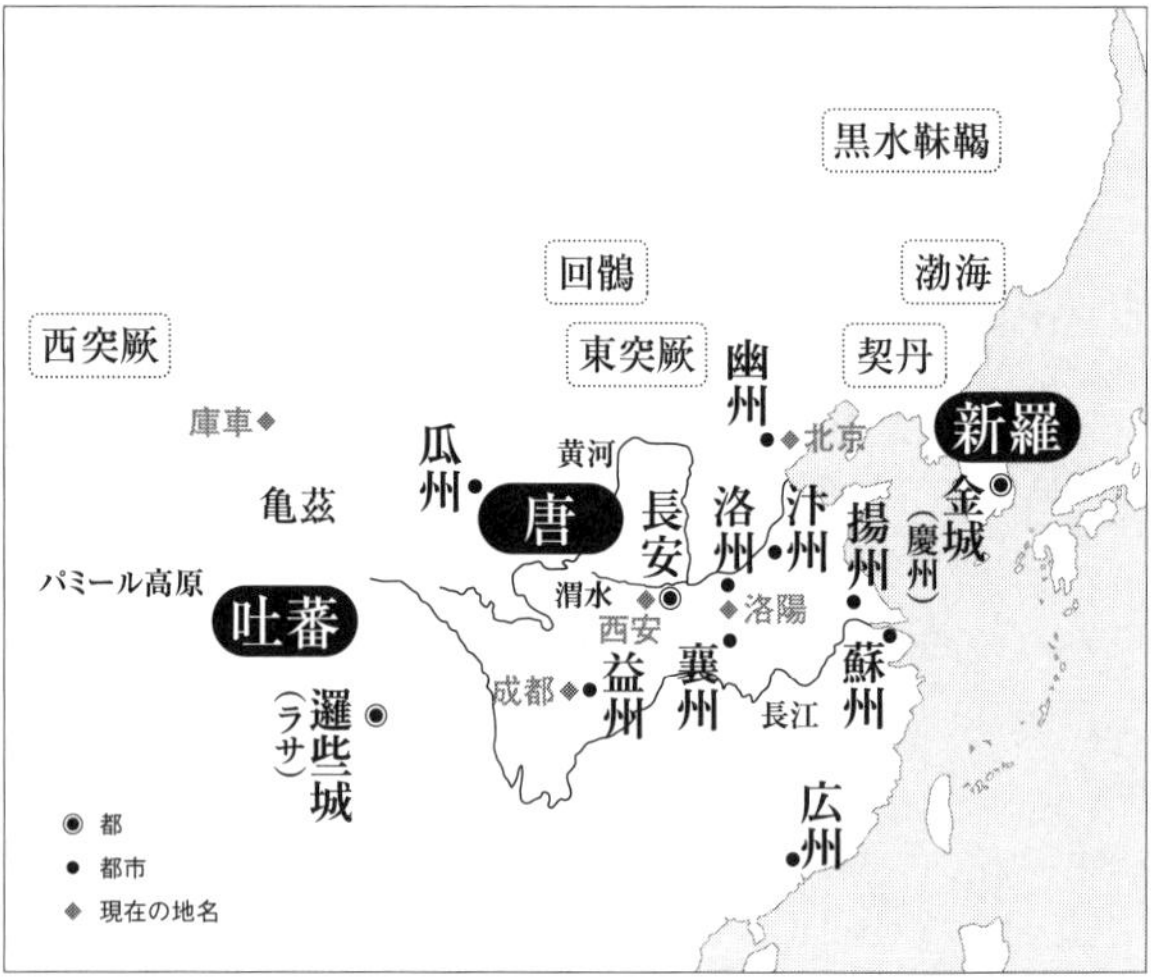

黒水靺鞨
回鶻
渤海
西突厥
東突厥
幽州
契丹
庫車
北京
新羅
瓜州
黄河
亀茲
唐
長安
洛州
汴州
揚州
金城
(慶州)
パミール高原
吐蕃
渭水
西安
洛陽
成都
益州
襄州
蘇州
邏些城
(ラサ)
長江
広州
都
都市
現在の地名

唐王朝勢力図

第一章

唐の中の周

（六八五年〜六九九年）

1

われらが玄宗《げんそう》皇帝と呼ぶ人物は、垂拱《すいきょう》元年（六八五年）八月五日、唐帝国の東都洛陽《らくよう》で生を受けた。旧暦立秋の頃で、残暑の中にも涼しい風を感じるようになる節季だ。この熱気と冷気が、彼の人生を暗示していたのかもしれない。

彼の姓は帝室を表す李《り》となり、名を隆基《りゅうき》とされた。つまり李隆基が、彼を識別する姓名となる。

父親は皇帝（睿宗《えいそう》＝李旦《りたん》。以後、崩御《ほうぎょ》するまでは皇帝旦、もしくは李旦と表記）で、隆基が誕生した当時はまだ位にあった。

このように主人公を紹介すれば、いかにも恵まれた公子（皇帝の息子）との心象が強かろう。だが、周辺の人間関係は、正に地獄絵図だった。父親の皇帝旦が即位したのは、前年の文明《ぶんめい》元年（六八四年）、それも、伯父《おじ》の皇帝顕《けん》（中宗＝李顕。崩御するまでは皇帝顕、もしくは李顕と表記する）が、廃位された後を嗣《つ》いで短兵急《たんぺいきゅう》に天子となったのだ。

廃位とは、皇帝の免職を言う。これは、都知事など自治体首長《しゅちょう》のリコールと比べ、趣旨も尺度も根本的に違う。大きく言えば、国家の理念や方針が問われる重大事件である。

皇帝が位から引き摺《ず》り降ろされるとは、反乱が起こった戦いの末に、国家が転覆されて行われるのが普通の経緯だろう。前皇帝は邪知暴虐《じゃちぼうぎゃく》、あるいは悪逆非道《あくぎゃくひどう》の徒として処刑されるか、禅譲《ぜんじょう》の儀式を行って、新皇帝の徳を讃《たた》えて帝位を譲り、国名と支配する皇室の姓が変わる。

このような国家継承を易姓革命《えきせいかくめい》というが、李隆基の伯父（李顕）は、飾りの人形を挿《す》げ替《か》えるように、父に取って代わられたらしい。だとすれば、皇帝旦の実力とは他に並ぶ者がないほど絶大なのか？　ここまで目を通せば、読者諸氏もそのように思われよう。ところが、皇帝旦も彼の兄同様に飾られただけの傀儡《かいらい》（操《あやつ》り人形）だった。それならば、兄弟を顎《あご》で使っている強い存在があるはずだ。

権力の場とは、よく伏魔殿《ふくまでん》だと言われる。見かけの良さとは裏腹に、権謀術数《けんぼうじゅっすう》や陰険な悪事が渦巻く、油断ならぬ所という意味である。王族や宮廷人、官僚機構、宦官《かんがん》集団などがその構成員だと想像できる。

しかし、李隆基が生まれた当時、唐帝国を動かしていたのは、決してそのような複数の輩《やから》や利権集団ではない。核心を握っていたのは、皇帝顕や旦を産んだ女（武太后＝武照《ぶしょう》）である。彼女は後に則天武后《そくてんぶこう》と呼ばれ、古今を通じて、中国でただ一人の女性皇帝へ上りつめる人物となる。いや既にこの頃でも、確実に政《まつりごと》を左右していた。

彼女は李隆基にとって、祖母に当たる。

無論、生まれて間もない乳飲み子の頃の記憶などない。それでも、二、三年経った嬰児《えいじ》の思い出として、当時の彼女のようすはほんのり脳裏に残っている。回廊で会うと、当時六十代半ばの彼女が相手になって可愛がってくれた。そのとき祖母の隣には、体格の良い僧が扈従《こじゅう》していた。

「この子の顔から、将来を占えるかえ？」

「はい、聡明な目鼻立ちから、太后陛下の良き相談相手におなりになるかと」

武太后の問いかけに、薛懐義《せつかいぎ》なる僧は誰にでも使えそうな応えを述べる。だからと言うわけでもなかろうが、李隆基はこの僧に懐《なつ》かなかった。

「さあ、経をあげていただこうか」

祖母が言うと、二人は宮殿の奥へと消えていった。薛懐義は、後漢からつづく名刹白馬寺《はくばじ》の寺主である。もっとも、それすら、祖母の肝煎《きもい》りでその地位に就けたらしい。

後で知ったことだが、僧の本名は馮小宝《ふうしょうほう》といった。彼はかつて大道で、筋骨隆々とした片肌を見せて、芸人よろしく口上を並べて薬を売っていたという。

「さあ、お立ち会い。医食同源なる言葉は、お聞きになったことがござろう。良い物を食べれば健康でいられるという意味だ。だが、お立ち会い。更に強い身体を作るには、薬の力を借りねばなりませぬぞ」

彼はこのように言いながら、力士と見紛《みまが》う身体を衆目に晒《さら》して商売をしていた。

この噂を侍女から聞き知って興味を持ったのが、千金公主《せんきんこうしゅ》である。彼女は高祖《こうそ》（李淵《りえん》）

の十八女で、武太后より二、三歳年下だった。そして、薬を買うので屋敷へ届けに来るよう申しつけた。彼女はそこで一ヶ月ばかり男を品定めし、風貌や頭脳の回転などに一応の合格点を出して宮中へ招いた。

　武太后に紹介するためである。

　武太后の夫であった高宗《こうそう》（李治《りち》）は、永淳《えいじゅん》二年（六八三年）に享年五十六で崩御した。だから、李隆基の伯父李顕が即位させられたのだ。しかし、彼は韋《い》皇后に焚《た》きつけられて、義父（韋玄貞《げんてい》）を重要視して勢力拡大を図った。そのため、怒った太后に御位から引き摺り降ろされたのだ。

　彼女は、それまでも虚弱体質な夫の後楯《うしろだて》となって、さまざまに国家を運営してきた。それは、皇后に即位した永徽《えいき》六年（六五五年）以来、ずっとつづいている。培《つちか》った自負からも、今更息子に権力を譲り渡す気など、さらさらなかったのである。

　皇帝顕の抵抗は、鱓《ごまめ》の歯軋《はぎし》り、石亀《いしがめ》の地団駄《じだんだ》、蟷螂《とうろう》の斧《おの》の類《たぐ》いでしかなかった。実力のない者が拳を振り上げても、そのまま腕を圧《へ》し折られるだけなのだ。皇帝顕の廃位は、このような経緯でなされた。

　そんなおりに、千金公主は馮小宝を宮中へ連れてきたのだ。無論、武太后の関心を惹《ひ》くためである。

　武太后の専横を、皇族の李氏一族は目に余ると思っている。だから時おり、反乱を画策する者が現れた。しかし、密偵が事前に探ってきて、総《すべ》ては火種が大きくなる前に鎮められている。千金公主はそのような李氏一族の中にあって、早くから武太后と誼《よしみ》を通じていた。それは彼女自身、唐の初代皇帝の十八女ゆえ、常に日の目を見ず、李氏から冷飯《ひやめし》を喰わされてきた憾《うら》みがあったからだ。

さて、馮小宝は宮中の薄暗い一室に通された。無論、傍には千金公主が付いている。

「待たせたのう」

武太后が入ってきたのは、小半時ほどしてからだった。体格の良い男を連れているのを見て、彼女は総てを悟るが、そんなことは噯《おくび》にも出さない。

「この者、洛陽の市井《しせい》にて薬を商っておりますが、太后には何かと役立とうかと存じ、連れて参りました」

千金公主の口上に、武太后の口角があがる。

「そうか、最近わらわも身体が弱くなった。処方してもらえればありがたいのう」

「是非、私めにお任せくださりませ」

武太后は受け答えが気に入り、その後幾つかの質問もしてみた。すると、薬以外にも学があり、文字も熟《こな》せると判る。

「おまえにも、それなりの体裁を整えてやらねばなるまい。千金殿、頼むぞえ」

武太后の意を受けた千金公主は、自分が高祖（李淵）の娘である特権を、ここで大いに活用したのである。

2

「頼もう」

千金公主が馮小宝を伴って出かけたのは、白馬寺である。彼女は寺主に掛けあって、宿坊を空けてもらい、僧職に就けるよう掛けあった。皇族の年長者の頼みとあれば、寺主に不満があっても粗略には扱えない。

武太后の意向であるから、千金公主も金銭は使い放題だった。それゆえ、寺主にもそれなりの礼をし、荒れた寺はたちまち修理の行き届いた大寺院に衣替えしていった。

こうして一ヶ月ばかりで馮小宝は身分ある僧に作り上げられた。そのうえで、武太后の娘婿の薛紹《せっしょう》の族籍に編入し、薛懐義《せっかいぎ》を名告《なの》らせることになる。要は、戸籍を捏造《ねつぞう》したわけだ。それも武太后の意を受けた千金公主が、宦官に賄賂《わいろ》を渡して書類を調《ととの》えさせたのだ。ここまでするのは、薛懐義を武太后の主治医にするからではない。有り体に言えば、彼を武太后の褥《しとね》の供とするためである。それでも武太后も千金公主も、そのような言葉は決して口に出さない。

「調薬を窮めた僧の薛懐義殿が、お脈を拝見されたうえで、ありがたい経まであげてくださるそうにございます」

彼が調合した薬とは、回春作用のある催淫剤《さいいんざい》か強精剤の類《たぐ》いである。

「そうかえ。それなら、お通しもうせ」

このようにして、武太后は薛懐義と男女の契《ちぎ》りを交わすようになった。それでも、彼女はたとえ忘我の境地に達しようとも、必ず上下の礼儀は守らせた。あるとき、一糸纏《まと》わぬ武太后に対し、薛懐義がぞんざいな口を利いた。

「たまには、あんたの作った飯が喰いてえ」

この一言に、武太后は冷ややかに言う。

「おまえの位牌にすら、そんな物は添えぬ」

つまり、決して性愛の虜《とりこ》にはならないとの宣言だ。それでも武太后は、彼を意気消沈させぬため、僧としての格式を付けさせようとした。それは、宮廷の内道場（仏を拝む所）で洛陽の高僧たちと念仏読経を行うことだ。

このようなことは、白馬寺の俄《にわか》修行で熟せるようになったのだ。そういう意味では、実に聡明で器用な男であった。高僧たちも、薛懐義の立ち居振る舞いが、実に理に適《かな》っていると褒《ほ》めそやした。

それでも、身分と評判を上げることで武太后の寵も恃《たの》み、薛懐義はだんだん横暴になっていった。特に道教の道士に対しては、道で行き会う度に、鞭で打擲《ちょうちゃく》を繰り返したという。正に無軌道な性格が、彼にはあった。

だが、その鼻っ柱を圧《へ》し折られる事件が起こった。朝堂《ちょうどう》（政《まつりごと》を行う建物の集合体）の入り口で、宰相の蘇良嗣《そりょうし》と行き違ったとき、つい「退《ど》け！」と口走った。言わずもがなの罵声が、捨て置かれるはずもない。

「そやつ、ここへ直らせろ！」

薛懐義に膂力《りょりょく》があろうとも、宰相の護衛も屈強の士である。即座に数人から腕を捩《ね》じあげられて跪《ひざまず》かされた。

「この男妾奴《おとこめかけめ》が。慮外者《りょがいもの》！」

蘇良嗣は、鼻血が出るまで薛懐義に鬢打《びんだ》を喰らわせた。蜂に刺されたような腫れた顔を曝《さら》し、薛懐義は武太后に訴える。

「蘇宰相から、非道《ひど》い目に遭わされました」

だが、子供が負けた喧嘩の仇を討つ母ではないと、彼女は一蹴する。

「莫迦《ばか》な男が、調子に乗るからじゃ。身分を弁《わきま》えよ。そんな事でわらわが口を出せば、それこそ物笑いの種になろうに」

「ははァ、申し訳ございませぬ」

「おまえは今後、北側の出入り口を使え。南は、宰相が使う所と心得よ」

武太后は、どのような状態であっても主導権を握って、薛懐義を駒のように扱ったのである。彼は悔し涙に暮れた。特に「男妾奴」の一言は、劣等感として生涯《しょうがい》消えなかった。

もっとも武太后自身も、薛懐義をただの褥の供で終わらせる気はなかった。それは、さまざまな能力を自負する彼にとっても、望むところである。

「そこで、懐義。おまえの身分をはっきりさせるためにも、明堂《めいどう》を建ててくれぬか？」

「はっ？　しかし、それはどのような？」

武太后が言うのは、古代の周王朝で政務を執った建物のことだ。儒教が各宮廷での中心思想として普及すると、周の政を理想とする風潮が拡がった。それゆえ、どの朝廷も明堂を建てようと研究を重ねたのである。

ところが、いつも儒者の間で侃々諤々《かんかんがくがく》の意見が戦わされ、いつも結論を見ないまま頓挫《とんざ》しているのが現実だった。

「だから、わらわの御代に建てるのじゃ」

「でも、どのように？」

「いいか。儒者など一切相手にするな。北門学士《ほくもんがくし》（武太后の諮問《しもん》機関の学者）を使え」

武太后が希望するのは、周の明堂の完全な復元ではない。荘厳な建物で、それらしい格好を付けたいのだ。それが外観も内容も、人が目を釘付けにされる物なら、政に箔《はく》が付いて良かったのだ。武太后は明堂の建設を明言し、薛懐義を最高責任者に抜擢した。

「明堂の場所は、どこが良いかな？」

薛懐義は北門学士に問い質した。すると、皆が口を揃えて「乾元殿《けんげんでん》を取り壊して、そこにお建てなされ」との応えが返ってきた。

乾元殿とは宮城の正殿で、公式な儀式に用いる場所である。そこへ明堂を建てるということは、最高権力の拠《よ》り所にすることになる。これは武太后の意向である。北門学士は彼女に代わって、そのように宣言したのである。

次の日から、薛懐義は北門学士に設計図を検討させて、大工の棟梁《とうりょう》たちを呼びつけた。北門学士がどのような建物の形を墨線で図にしようが、取り敢えずは乾元殿を取り壊さねばならぬからだ。

乾元殿の解体が中半《なかば》まで進んだ頃、薛懐義は現場を見廻った。すると、立ち昇る砂煙の向こうから声がする。

「唐の李氏は、老子（李《り》耼《たん》）を祖とする。だから、李氏から武氏の世を目論む武太后は、李耼を祖と崇める道教（道士）より、儒教に重きを置きたいのだ。それが、周王朝を模する明堂建設の理由だ」

「そう言えば、武氏は周の武王を祖にする一族とのこと。それで、解りもうした」

そんな会話を交わしていた者たちが、輪郭をはっきりさせて薛懐義の傍を通りかける。彼は立ち塞《ふさ》がろうとしたが、反対に睨《にら》み返されて道を譲った。宰相の蘇良嗣と側近数名だったからだ。

一瞬、胸倉でも摑《つか》まれるかと冷汗を搔《か》いたが、宰相は薛懐義を一瞥《いちべつ》しただけで、もう何の咎《とが》め立てもしなかった。それは、薛懐義が正式に明堂建設の責任者と通達されているからだ。宰相は、相手の公式な立場を認めてくれたのである。

この作業が始まったのは、垂拱三年（六八七年）の暮れであった。そして瓦礫《がれき》が片付けられ、更地に明堂の柱の基礎石が敷かれたときは、翌垂拱四年（六八八年）になっていた。

「設計と施工に関しては、たまに監督に行くだけで、後は北門学士と棟梁たちに任せておけばよい。それよりも」

夜伽《よとぎ》が終わって、燭の光で互いの裸体が照らし出されている中で、武太后は新たな提案を始める。昼間の仕事を休ませぬと、言わんばかりであった。だが、薛懐義もやる気は満々だった。それは、男妾たる汚名返上《おめいへんじょう》の機会だからだ。

「次は、何をいたしましょう？」

薛懐義が息急《いきせ》き切《き》って言うと、武太后はにたっと笑って言う。

「新たな大雲経を作れ！」

「えっ！　そっ、それは」

似非《えせ》といえど、薛懐義も僧侶の端くれである。彼は、その意味を咄嗟《とっさ》に理解した。大雲経とは、弥勒下生《みろくげしょう》の信仰を説くと理解している。つまり、世直しのため釈迦の弟子である弥勒菩薩が、この世に現れて民衆を助けるという思想だ。

「それは、武太后こそ弥勒菩薩が下生したお姿だと説くことでしょうか？」

「そうじゃ。良い考えであろう」

薛懐義は、お任せあれと胸を叩いた。

3

「聖母は人に臨《のぞ》み、永く帝業を昌《さかん》にすって言うぜ」

「でも、どういう意味だ？」

「ありがたい女性が、世を盛んにしてくれるってことだ」

「それは、誰が言ってるんだ？」

「そりゃ、洛水《らくすい》の女神様だろう」

「神さまのお告げってわけか？」

「そういうことになるな」

岸辺の居酒屋から、そんな話が漏れ聞こえる。洛水から見つかった、文字が刻まれた石のことである。それは「洛書」と言われ、天の啓示とされている。迷信深い庶民は、こんな飛語《ひご》にあっさり騙されてしまうのだ。

無論、武太后の演出である。

甥の武承嗣《ぶしょうし》に命じて拵《こしら》えさせ、息の掛かった者に拾わせたのだ。それを、お上へ献上させて周囲が囃《はや》し立てれば、それだけで洛陽中の評判を呼ぶ。猿芝居のようだが、武太后が天下に号令をかける下地になっていく。

一方で、また別な流言も飛び交う。

「馮小宝のやつ、いつの間にか消えちまいやがったと思ってたら、名前を薛懐義と変えて宮中の奥深くに出入りしてやがるらしいぜ」

「そうだってよ。それも、武太后の夜伽をして」

南市の店先でかつての大道芸人の噂をしていた商人は、突然刺青髭面《いれずみひげづら》の輩《やから》に囲まれた。

「おい、おまえら。今、武太后がどうのこうの言ってたな。不敬罪でしょっ引く」

商人たちは言い訳しようとするが、放蕩無頼《ほうとうぶらい》も同然の男らから、後方手《しりえで》に縄を打たれて連れ去られた。それと相前後して、白馬寺の寺主や僧侶らも罪人として姿を消していた。


薛懐義が明堂の建築現場へ行って、北門学士や棟梁たちと打ち合わせるのは、三日に一度程度だった。それでも建築物は順調に、高く太い柱を十本建てることから始められている。彼は武太后から建春門《けんしゅんもん》付近に仏授記寺《ぶつじゅきじ》なる別宅を与えられて、そこに法明《ほうみょう》や処一《しょいつ》、恵儼《えげん》といった洛陽切っての高僧を集め、日夜新しい大雲経の制作に没頭していた。

薛懐義がここまで精神を集中できたのは、彼の過去を論《あげつら》う者が全くいなくなったからでもある。いや、それよりも、明堂と大雲経の制作への非難がないことが一番だろう。

それは武太后が、庶民の人気を一手に集めているからではない。それとは逆に、庶民にとって油断も隙もない告密《こくみつ》制度の網が、そこここに張り巡らされていたからだ。

告密は、密告と同じ意味である。唐時代は「告密」の用語を使っているので、ここでもそれに倣《なら》う。

このようなことは、武太后が皇后の時代から、侍女や宦官を賄賂で抱き込み、周囲の状況を報告させていたことを、更に発展させたに形態であるに過ぎない。

高宗（李治）の容態が優れなくなった頃から、告密が盛んに行われ、冗談でも「天下を取る」などと言えば、たちどころに逮捕されて処刑の憂き目をみる事件が増えた。

そうして、李隆基が生まれた翌《よく》の垂拱二年（六八六年）、武太后はそれを制度化した。それも、呆れるほど単純で露骨な方法だ。

洛陽の大路に銅匭《どうき》なる銅製の箱を置いて、そこへ投書させたのだ。表向きは庶民の意見を聞いて政に生かすという大義名分だが、その実は告密の奨励である。それが証左に、武太后は全国に触れを出している。

告密しようとする者があれば、役人は内容を問わず食事や交通の便宜を図るべし。告密を希望する者らは、身分の上下に拘わらず客館で接待され、訴えるところがその旨に適えば重く取り立てる。もし告密が本当でなくとも、罰せられることはない。

この文言を見て気持を動かされるのは、尋常な手段では世に出られぬ者どもだろう。そのようなことを、推し量れぬ武太后では決してない。それゆえ、宮廷人とは似ても似つかぬ無法者が、集まるだろうと期待していた。

彼女にすれば、これまでの唐帝国を支えてきた既存の役人とは、全く違った人材を得たかった。それは取りも直さず、自分が天下に君臨するには、謹厳実直な優等生よりも、蓬髪《ほうはつ》を乱した不逞《ふてい》な輩の力が必要だったのだ。

このような告密制度の中から頭角を現したのが、索元礼《さくげんれい》や来俊臣《らいしゅんしん》らに代表される酷吏《こくり》と呼ばれる連中である。酷吏とは、読んで字のごとく残酷な官吏である。それは、この時代に特有の役人ではない。

遠く前漢まで遡《さかのぼ》れば、その原形がある。

武帝の御代には張湯《ちょうとう》や義縦《ぎしょう》、王温舒《おうおんじょ》といった連中がいた。彼らは汚職役人や盗賊も取り締まったが、執拗《しつよう》に暴き立てたのは、主に大商人の脱税であった。

当時、匈奴《きょうど》戦争で疲弊《ひへい》していた漢の国庫は、彼らの活躍で大いに潤ったと言われている。それでもそこには、飽《あ》くまでも法に抵触《ていしょく》するという前提があった。

それに比べて武太后の膝元に集まった索元礼や来俊臣は、主に謀反の摘発や予防が仕事だった。もう少し近代的に言えば思想弾圧だが、彼らは武太后の爪牙耳目《そうがじぼく》となって、身分の隔たりなく徹底的な摘発を行った。

その行動原理は恣意的《しいてき》で、基準になっていたのは武太后が喜ぶか否かである。

南市で薛懐義の噂をしていた商人も、いつしか消えた白馬寺の寺主や僧侶たちも、武太后の気分を害する存在だから、「不敬罪」や「機密漏洩《きみつろうえい》」など、適当な罪名を押《お》っ被《かぶ》せて処刑したのである。

告密の制度と酷吏の暗躍で、武太后を表立って批判することはできなくなった。そのお蔭で薛懐義は、明堂建設の監督を熟しながら新しい大雲経の制作にも没頭できた。

「明堂は、かなり出来上がっておるな」

武太后から「経を上げよ」と使いが来れば、何をおいても駆け付けねばならない。彼女への夜伽も、薛懐義の大切な仕事である。一汗掻いた後、彼はそのように犒《ねぎら》われた。

「はい、太后のお声掛かりで、なんとか」

「その間にも索元礼と来俊臣が、絳州刺史《こうしゅうしし》（山西省の地方知事）を捕らえよったぞ」

それは、高祖（李淵）十一男の李元嘉《りげんか》である。同じく十八女の千金公主とは、近い姉弟とも言える。気を許した二人の遣り取りから、彼の息子たちが武太后に少々不満を持っているとの話を聞き出したようだ。

それが謀反の動きと告密されて、索元礼や来俊臣が周辺の小者を捕らえて拷問に掛けたのである。

逆吊りにされて鞭《むち》の洗礼を受ければ、何でも言われたとおりに自白しよう。

「絳州刺史の息子越王李貞《りてい》や、その子李沖《りちゅう》に謀反の動き之あり。早速にも討ち滅ぼすべく、兵を派遣いたされたし」

実際に容疑者が挙兵しようとしたかどうかなど、この際どうでもいいことだった。要は、皇室一族の李氏のほとんどが、武太后に反感を抱いているから、少しでも不穏な空気があれば、酷吏に証拠を捏造《ねつぞう》させてでも叩き潰す。

これが武太后の手法で、ほとんどの李氏は武器を取るより、逼塞《ひっそく》する道を選んだ。

このような雰囲気は、明堂建設の棟梁や職人にも伝わっていたようだ。下手に作業が遅れれば、それを謀反と受け取られかねない。だから北門学士と棟梁は、真っ蒼《さお》な顔で建設を急いだのだ。

そして垂拱四年（六八八年）の暮れ、一年をかけずに明堂は完成を見た。武太后を迎えての盛大な落成式があった。新しい大雲経も全四巻が完成に近づき、それを複製して納める大雲寺も地方に建設させていった。

ここで鼻を高くした薛懐義は図に乗り、明堂の北側にそれを凌ぐ天堂の建設を提案した。

巨大な仏像を安置する施設である。

明堂は道教を包み隠して、国政を行う儒教の場となる。一方で、武太后は新しい大雲経に立場を正当付けられるはずだ。ならば仏教の立場から、それを具現化した建築物も必ず要る。薛懐義はそのように熱心な説明をし、中半強引に天堂建築に着工した。

こうして、武太后が皇帝に即位する環境が整えられていった。もう、誰も彼女の暴走を止められなかったのだ。

これが、李隆基が幼少のおりの、思い出せる周囲のようすである。彼は明堂や建設にかかった天堂を、遠くから眺めているだけだった。

4

その日、李隆基《りりゅうき》は侍女たちと隠れん坊をしていた。茂みの背後や庭石の陰では、直ぐに彼女たちに見つかってしまう。そこで、彼は宮城の回廊へ入った。長細い通路を進み、誰もいない薄暗い空部屋の隅にある押入《おしいれ》の下に紛《まぎ》れてみた。

じっと耳を澄ますと、彼女たちが幼子を捜しているようすがうっすらと伝わってくるようだ。六歳の李隆基は、必死に笑いを堪《こら》えながら身を潜《ひそ》めた。

すると、隣室に人の気配がするのが伝わってくる。きっと、侍女たちが間違って捜しているのだ。

李隆基は、尚も身を小さくしてみた。隣室では、人が座りこんだようだが、衣擦《きぬず》れから一人ではないのが判る。

「武承嗣《ぶしょうし》に命じて拵《こしら》えさせた石の洛書を宝図《ほうと》と名付け、更に天授聖図《てんじゅせいと》と呼び換えたのは効果があったかな？」

それは、祖母（武太后）の声に違いない。

「はい、石が出た洛水《らくすい》を永昌《えいしょう》洛水。その場所を聖図泉《せいとせん》、周りを永昌県《えいしょうけん》と立てつづけに名を換えましたので、庶民は何かの瑞兆《ずいちょう》と思い始めております」

「ほう、何を期待しておるのだ？」

持ち上げているのは薛懐義《せっかいぎ》であるが、彼はこれから先々の細工を披露する。

「はい、神の代表は五嶽四瀆《ごがくしとく》におわします。つまり、北の恒山《こうざん》、東の泰山《たいざん》、南の衡山《こうざん》、西の華山《かざん》、そして、洛陽近くが中央の嵩山《すうざん》となります。瀆とは直接海へと注ぐ大河で、黄《こう》河《が》、済水《せいすい》、淮水《わいすい》、長江《ちょうこう》の四つです」

「そのとおりじゃ。それゆえ、皇帝がそこにおわす神々を慰撫するため、常々から祀《まつ》っておられようが」

「しかし、この度は洛水に永昌の冠《かんむり》を付けて、その女神を顕聖侯《けんせいこう》と尊称し、他の河より格を上にしました。嵩山に至っては神嶽《しんごく》と敬い、神は天中王《てんちゅうおう》としましたので、民衆への権威は不動のものとなったでしょう」

　薛懐義が自慢するのも道理で、永昌洛水の北岸に壇を築き、洛神より聖図を授かる儀式をしたところ、民衆はその威容に圧倒された。何しろ武太后は煌《きら》びやかな衣装を纏《まと》い、皇帝旦やその皇太子（李成器《りせいき》＝李隆基の兄）を連れて登壇した様は、贔屓目《ひいきめ》でなく神々しさに満ちていた。壇を見上げていたのは内外の文武百官や遊牧民の首長《しゅちょう》らである。

　このときは、李隆基も侍女に傅《かしず》かれて壇の末席にいたので、会話の内容が解《わか》っていた。彼はあのとき、檻に入った金糸猴《きんしこう》や白孔雀《しろくじゃく》などの珍しい鳥獣に目を奪われていた。

　それは壇の周囲に配置されており、儀式の終了とともに洛水の氾濫原《はんらんげん》へ放たれ、今も姿が見かけられるらしい。

「これ、懐義。わらわが問うているのは、民衆が何を望んでおるのかじゃぞ」

武太后も薄々応えは判っていながら、薛懐義の口から聞きたいのだ。

「それは太后様が、皇位に即《つ》かれることに他なりませぬ」

予想どおりの返事に彼女の口元が綻《ほころ》びる。

「そうか。新しい大雲経や天授聖図のことなどが、やはり効いているようじゃな」

李隆基には会話の内容など、さっぱり解らなかった。

このような工作は、政権を私《わたくし》するための布石である。同様なことをした先例に前漢末期の王莽《おうもう》がいる。彼も皇帝になるため、天命を偽《いつわ》った。それは、枯木や枯葉に虫喰《むしく》い風な文字で、王莽が皇帝に相応《ふさわ》しいと書いて評判を取ったのだ。

それだけで、貧しい庶民は希望を持つ。天帝が見染めた人物なら、この世を直してくれるだろうとの強い期待である。だが、彼は着地に失敗した。つまり、幼帝から禅譲《ぜんじょう》を受けたとしながら、実は毒殺したのである。

禅譲とは、皇帝が自分以上に的確な人物がいるとして、血筋に頼らず皇位を譲ることである。幼帝には、そのような概念はない。ゆえに、王莽は後日「簒奪《さんだつ》」と批難《ひなん》された。

武太后も、王莽が新帝国を興した経緯については、充分研究していた。だから真っ当に女帝が誕生するよう、何年にもわたって入念な準備を重ねていた。

その精神的支柱が、大雲経や天授聖図だったわけだ。一方、目に見える形が明堂の建設や銅匭《どうき》による告密となる。特に後者は酷吏《こくり》の活躍によって、武太后に反感を持つ皇族（李氏）のほとんどと縁者を根絶やしにした。

「黒歯常之《こくしじょうし》だけは、ちょっと思い留めるべきだったかな？」

「いえ、彼ももう歴史の檜舞台から降りた身でしたゆえ、謀反の罪を被って処刑されるのも、御奉公というものです」

「そうかのう。百済《くだら》から投降した将軍で、突厥《とっけつ》とはよく戦ってくれただけになあ」

武太后が珍しく、反省の弁を述べていた。さすがに幼児は、内容まで理解できない。

「ところで、武攸曁《ぶゆうき》の妻は、何とかならぬかのう？　太平公主《たいへいこうしゅ》と娶《めあわ》せねばならぬのに、たいそう邪魔なのじゃが」

武太后が口にした男は、従兄弟の息子である。忠実なので目を掛けてやりたいらしいが、李隆基には意図など解らない。

「おっつけ来俊臣《らいしゅんしん》が参りますので、やつに任せましょう」

それが、恐い男の名であることは、侍女たちの噂で知っていた。李隆基は、回廊脇の薄暗い部屋と酷吏の心象が余りにも合いすぎるので、背中に悪寒を覚える。

そのとき、小部屋の扉がすっと開く。侍女の一人が探しに来たのだ。彼女は静かに部屋の暗さに目を馴《な》れさせている。李隆基は物入れから息を殺しながら覗いて、ちょっと悪戯《いたずら》心を抱いた。それは、侍女がそおっと歩いていた最中に起こった。

「きゃっ」という悲鳴があがったのは、李隆基が突然彼女の足首を握ったからだ。

「それ、こんな所に」

侍女は這《は》い蹲《つくば》って、李隆基の腕を摑《つか》む。そのとき、部屋の扉が更に開けられて武太后と薛懐義の影が立ちはだかる。

「こんな所で、何をいたしておる？」

最高権力者の側近に叱責され、侍女は震《ふる》えだしている。

「和子《わこ》様と、隠れん坊をしておりました」

侍女は、床に額を擦りつけて謝っている。

「立ち聞きしていたなら、不忠の極みでございますな」

また、背後から別の声がした。来俊臣がやってきたのだ。

「いえ、今し方、ここへ入ったばかりでございます」

侍女は、尚も必死に言い募った。

「この女の身、来殿に預けおこうか？」

武太后は、そのように判断を下した。しかし、彼に捕らわれれば、九割九分は二度と日の目を見られない。そのように言われていると、誰もが知っている。

侍女は、幼児の李隆基に縋《すが》るような目を向けてきた。正に溺れかかった者が、藁《わら》をも摑む思いだったに違いない。

「お祖母《ばあ》様。この上官婉児《じょうかんえんじ》（上官が苗字）は、我と遊んでくれていたのです」

武太后は孫の言葉を聞いて、来俊臣を意味ありげに見る。すると酷吏は、意を察するごとく言葉を次いだ。

「ではこの一件、傅遊芸《ふゆうげい》に任せます。やつの方が、恐らく打って付けでしょう」

この名も、李隆基は最近聞くようになっている。彼も酷吏だが、来俊臣とは違った動きをしているようだ。そのためか、侍女の上官婉児の顔に血の気が戻っている。少なくとも、一命だけは取り留めたと悟ったからだ。

その日からしばらく、彼女は李隆基の前から姿を消すことになる。

5

「国という字は、囗《くにがまえ》に、八方と書くのじゃ」

李隆基が手習いをしていると、突然横合いから声がかかった。顔を見なくとも、武太后だと判る。侍女たちは先般の上官婉児の一件に怯《おび》え、何も言わず平身低頭している。

「でも、いつも國と書いております」

李隆基が言うと、武太后はやや不機嫌な表情を見せるが、慈愛に満ちた祖母の顔に豹変する。柔和さを浮き出させて、孫の筆を持ち添える。

「それ、こう書きなされ」

彼女が示したのは「圀」なる文字である。

「そなたの書いている文字、構えの中の或は、下に心を付ければ惑《まど》うであろう。領土の内側が混乱していてはならぬ。八方に国境を拡げる心意気があってこその圀なのじゃ」

祖母に諭され、李隆基は素直に文字を書き換えた。

「これで、いかがでしょう？」

この日、武太后の機嫌が良かったのは、来俊臣から「首尾良く終わった」との報告を受けたからである。

「以後、圀はそのように書きなされ」

「はい、そういたします」

これらを含めた「則天文字」なるものを、彼女は側近の宗秦客《そうしんきゃく》に作らせていた。当初十二箇あり、他には「照」も明と空をそれぞれ平たく書いて合体させたものとなった。その後に普及を図ったが、彼女の政権が終焉《しゅうえん》を迎えたとき廃止された。それゆえ、ここではそのようなことがあったと紹介するのみに留め、話における表記はこれまでどおりとする。

もっとも、圀だけは現在我が国でも、苗字や諱《いみな》に名残がある。水戸黄門でお馴染みの水戸光圀《みつくに》などにも、この文字は生きている。

ところで、彼女が文字に拘《こだわ》ったのは、名は体を表すと信じたからだろう。それは呪術的な意味もあったようで、かつて高宗（李治《りち》）の後宮で妍《けん》を競った王皇后《おうこうごう》や蕭淑妃《しょうしゅくひ》を蹴落として処刑した後、それぞれの苗字を消し去り「蟒《ぼう》」や「梟《きょう》」という人々に嫌われる文字を宛《あて》がって、死後までも呪詛《じゅそ》しつづけた。

それほどまでに漢字というものを、自己の力の一部としたかったようだ。

永昌元年（六八九年）十一月一日を以て、載初《さいしょ》元年正月とされた。また十二月を臘月《ろうげつ》、一月を正月とするよう宣言がなされた。これは周の暦に帰ることを意味し、武太后が目指す国家の地固めとみられる。

「皇太子はそのまま、そこにいてもよい。それ、隆基や。もうそっと、こちらへ参るのじゃ。そこにいては、花嫁が通れぬ」

「はい、祖母上」

この年（六九〇年）の初夏、李隆基は婚礼に出席した。叔母の太平公主が、武太后の従兄の息子武攸曁に嫁ぐのだ。子供心に、どこかで聞いた取り合わせとの記憶があった。だが、当初は思い出せなかった。

皇族の李氏の出席は少なかったが、武氏一族や三省六部の高官らが出揃っていた。その騒がしい中で、武太后と薛懐義の囁《ささや》きが李隆基には聞こえた。

それは彼が少しはしゃいで、侍女たちから注意を受けたのが切っ掛けだった。

「いけませぬぞ」

言われて、李隆基は柱の陰へ隠れた。そのとき、二人の声が緞帳《どんちょう》の裏でしたのだ。

「来俊臣のやつ、巧くやってくれましたな」

隠れている姿勢でこの酷吏の名を聞いた途端、李隆基には少し前の記憶が蘇った。それは話を立ち聞きしていたと、侍女の上官婉児が連れ去られたときのことだ。武太后は武攸暨の妻云々と言っていた。だが、それは何のことか七歳の彼には判りかねる。

叔母の太平公主を娶《めあわ》せるとも、はっきり言っていた。それがこの婚礼だと、何となく理解していた。ただ、普通に言う新郎新婦とは二十歳前が多いのに、彼らは十歳前後は年嵩《としかさ》だとも感じていた。

無論このとき李隆基は、将来この叔母と天下の覇権を争うことになろうとは、夢想だにしていなかった。少年らしく豪華な食事に興味を移していたからだ。

とにかく婚礼は滞りなく終わり、武攸暨と太平公主は武太后の息が掛かった夫婦となったのである。

この婚礼から後、皇太子の李成器が、李隆基を訪ねてくることが多くなった。六歳年上の兄ゆえ、七歳の李隆基と話が合おうはずがない。だが、彼は嚙《か》んで含めるように言う。

「寡人《かじん》は皇太子などと言われているが、それももう永《なご》うはあるまい。判るか？」

「兄上は、もう皇太子殿下でなくなられるのですか？」

弟の不思議そうな声に、兄は無感動な声で応える。

「ああ、年内に、祖母上が皇帝に即位されるだろう」

「それでは父上が上皇となられ、兄上は長男であることに変わりはございませぬが？」

李隆基は、幼いながらも頭脳の明晰さを示し、理路整然と話そうとする。

「そうだが、お祖母上は李姓を嫌っておられるから、武承嗣《ぶしょうし》あたりが昇格しよう」

兄はそのように説明するが、なぜ祖母が長孫を差し置いて甥に位を譲ろうとするのか、さっぱり判らなかった。

「薛懐義が、明堂の北側に天堂を建てようとしておったが、大風で倒れたろう」

そんなことがあって宮廷人が大騒ぎしていたが、李隆基には明堂と天堂の違いなど、さすがに判別がつかない。だが、兄は話をつづける。それは、まるで自らを落ち着けようとしているかのようだ。

「普通なら天堂が壊れれば縁起が悪いとて、それで終わりにしよう。だが、性懲りもなく再建にかかっておる。あの荷担《かたん》ぶりが、寡人は恨めしい。皆、同じ気持であろう」

李隆基には、内容が頭脳の理解する容量から溢れ始める。解るのは、武太后が勝手気儘《きまま》をするため、皇帝と皇太子たる父と兄が憤懣《ふんまん》遣《や》る方《かた》ないということだけだ。

「あの天堂に、何が入るか知っているか？」

「はい、竜門《りゅうもん》のと同じ巨大な仏像だとか」

その応えに兄の口角があがった。

竜門とは、現在でも石窟寺院で有名な観光地である。そこにある盧舎那仏《るしゃなぶつ》は、若き日の武太后の姿を写したと言われている。ちなみに我が国の奈良東大寺の大仏は、これを模写したと言われている。

「そうだ。夾紵《きょうちょ》大仏、つまり中はがらんどうというわけだ」

柱と足場を組み立て、麻布と漆で形を整えて造るのである。無論、目鼻の細工は専門の彫刻師が仕上げるものだ。金属製にしなかったのは、ここまでに薛懐義が莫大な予算を使ったからと想像できる。兄は、忌々し気にそこまで言うと、何かを思い出したように去っていった。

それから数ヶ月後、宮城内が俄《にわか》にざわめきだす。李隆基も子供ながらに、妙な不安と期待の空気を感じていた。侍女の一人に、宮廷人の落ち着きのなさを訊く。

「なぜ皆は、そわそわしているのか？」

「はい、太后陛下を言祝《ことほ》ごうと、大勢の者たちが宮城へ押し寄せてきたのです」

「大勢の者たちとは？」

彼女の応えでは、よく意味が解らない。怪訝《けげん》な表情をしていると、侍女は手を取る。

「では、見に行きましょう」

そう言って、宮城の正門に近い楼閣へ上がる。そこの窓から、宮城前の広場をずっと見やった。そこには、洛神より聖図を授かる儀式のときと同じ文武百官や異民族の首長だけでなく、洛陽《らくよう》近在、いや、遠方からの農民や職人、僧侶や道士までも、あらゆる階層の庶民が群れをなして押しかけていた。

もし、彼らが武器を手にしていたら、これは大きな反乱であるが、「国号を周《しゅう》と革《あらた》めたまえ」と大書した幟《のぼり》があるだけだった。

6

「傅遊芸《ふゆうげい》が、よく働いたということだ」

背後から声をかけてきたのは、兄の李成器だった。彼が口にしたのは、かつて上官婉児を預かった酷吏の名である。

「傅遊芸めが、関中《かんちゅう》（長安周辺）の長老どもを従えて、国号の変更を願い出てきたのが三日前だった」

そのような話など、李隆基のような少年らは、当然蚊帳《かや》の外に置《お》かれている。

「それが景気づけだ。それから身形《みなり》を正した女どもを使って、やれ瑞兆《ずいちょう》の鳳凰《ほうおう》が明堂から飛び立ったとか、赤雀数万羽が宮城の空を舞っていたなどと、ある事ない事を吹聴させたのだ。人品卑しからぬ美しい女が口々に言うものだから、周辺の無知な庶民はそれらを真に受け、お祖母様（武太后）に皇位へ即くよう懇願するため、洛陽へ集まってきている。それが、正にこの光景なのだ」

時代の大きなうねりではあるが、李成器に言わせれば、武太后へ薛懐義と来俊臣ら、男妾の坊主と酷吏が準備した茶番劇になる。しかも、更なる見せ場が用意されていた。

「朕《ちん》にも是非、太后陛下の武姓を賜わりたいものです」

こともあろうに、皇帝自らをして衆人環視の中でそのように言わしめた。それは武太后に対し、近い将来に皇位を譲ると公に言ったも同じだった。

「いや、いや、とてもそのようなことは」

皇帝に武姓を与えるなど、まことに畏《おそ》れ多い。武太后はそう言い繕《つくろ》って、その場を収める。だが、決してそのようなことを本気で考えていないと、誰の目にも明らかだ。

「是非とも、国号を周に！」

皇城付近では、そのように言う庶民が引きも切らない。それは傅遊芸が、女たちを使って庶民にそうし向けているからだ。

武太后に即位を促す民衆の騒ぎはその後もつづき、遂に彼女が宣言するに至った。

「これほどまでの民意があるのであれば、皇位に即かぬわけにはいくまい」

そこで、九月九日重陽《ちょうよう》の節句を以て、彼女が皇帝となって国号を周と改正することとなった。そこに一大儀式が挙行《きょこう》され、元号も天授《てんじゅ》とされたのである。

李隆基は、侍女に言われるまま衣装を調えて参列した記憶があるだけだ。唐が周に代わることが何を意味していたか、彼が知るのはもう少し後のことになる。

とにかく、世に言う武周革命《ぶしゅうかくめい》は成ったのだが、それから後の宮城内は何かと慌ただしかった。国名が変わることで、いろいろと新しい物事や変更事項が発生するからである。

儀式や宮廷人と官僚の序列順序から始まって、果ては女官の袿裳《けいしょう》の意匠や簪《かんざし》、装身具の色や形にまで及んだ。それらは李隆基にも判り、何となく新鮮な思いで見守っていた。

李隆基の侍女も例外ではなく、彼女たちの話の端々にも、回廊を歩く位置や速さなど、制度の変更を確認し合って右往左往するありさまが見て取れた。

その挙句、皇帝だった李旦《りたん》も李隆基も、元《もと》皇太子李成器の住まいだった東宮へと移ることになった。

「寡人、いや、我はおまえと同じで、皇孫《こうそん》と呼ばれることになったのだ」

またぞろ李成器が李隆基の部屋へやって来て、遣り切れなさを口にする。武太后は聖神皇帝と名告《なの》り、皇帝旦は上皇ではなく皇嗣《こうし》（皇太子）に格下げされた。かねてからの予想とやや違ったとはいえ、兄は不機嫌にそれらを呪い愚痴っているのだ。

「国名も皇帝も元号も新たになったが、世の中の何が変わったのだ？　そうか、都が正式に代わったことになるか」

唐の正式な都は長安であった。ところが、武太后が幅を利かせるようになってから、なし崩し的に副都である洛陽に政《まつりごと》の中心が移ってきた。それが彼女の趣味と言えばそれまでだが、要は怨霊《おんりょう》を怖がったからという。

彼女は、高宗（李治）の後宮へ入内《じゅだい》してから妍を競った王皇后や蕭淑妃を残虐に処刑したため、長安の後宮に呪いを感じていたのだろうと、宮廷でも巷《ちまた》でも噂されている。

かといって、長安が捨てられたわけでもない。縮小されたとはいえ、役所の機関が残っている。東都と西都はそんな関係であった。

「他には、何が変わったかのう？」

李成器は、洛陽の空を仰ぎながら言う。李隆基は何とも応えられず、ただ兄を見つめるだけだった。

「皇太子も代えると言うぞ」

言いながら部屋へ入ってきたのは、李旦だった。生母に皇帝から降格させられた男は、更なる不吉を予言する。

「父上、そんな滅相《めっそう》な」

皇太子から皇孫へ一緒に降格させられた李成器が、重なる不幸を払うような声を出す。しかし、父たる皇太子は落ち着いていた。

「事実、武承嗣を皇太子にと、上表してきた者らがいるらしい。どうせ、傅遊芸らが先導したのであろうがな」

李旦が淡々と言うと、李隆基に付いている侍女たちは力なく俯《うつむ》いた。なぜか、上官婉児が片棒を担いでいるように思って、この場に居づらかったのだろう。

もっとも、その後この一件は、李旦の予想とは違う流れになった。武太后が諮問した高官有識者の岑長倩《しんちょうせい》と格輔元《かくほげん》が、意外にも却下するよう答申したのである。理由は、武承嗣が武氏一族というだけだからだ。

「聖神皇帝の皇太子になれるのは、血をお分けになったお子様のみでございます」

武氏は、周の武王を祖とする血統を以て任じている。しかし、聖神皇帝の周は、飽くまでも彼女の血筋が受け継ぐべきで、武氏ならば誰でも良いというものではない。

ここに、彼女の思惑は完全に外れ、武承嗣を皇太子にする一件は流れる。こうなった以上、皇太子になれるのは彼女が腹を痛めて生んだ息子だけになる。

さて、そうなると彼女は高宗（李治）との間に息子を四人儲けている。うち二人（弘《こう》と賢《けん》）は、既に鬼籍に入っていた。残っているのは、彼女の逆鱗《げきりん》に触れて房州（湖北）に流されている李顕《りけん》（中宗）と、現皇太子の李旦だけだ。その李旦、つまり李隆基の父は、長男の李成器と談笑することが多くなった。彼らが嗤《わら》っていたのは、武承嗣の焦り具合だった。

血統を以て難色を示した岑長倩と格輔元の二人は、武承嗣の指示を受けた来俊臣に罪を捏《でっ》ち上げられて刑死した。だが、それで聖神皇帝の気持が動いたわけではない。

「却《かえ》って、酷吏や武承嗣を鬱陶《うっとう》しい存在と見始めたきらいがあるぞ」

李旦は皇太子の地位が揺らがなかった安心感からか、機嫌良く話している。

「ところが父上。やつは王慶之《おうけいし》なる男を使って、祖母上、いえ、聖神皇帝へ嘆願をしております」

「知っておる。庶民数百人を行列させて、一斉にやつの皇太子冊立《さくりつ》を願ったらしいな」

それなら、武太后を聖神皇帝に仕上げたときと同じ手法である。彼女の性格から、同じ茶番劇を認めるとは思えない。

案の定、聖神皇帝の気持は動かなかった。それは、血の繋がりに納得したからだ。

「それならば、この一手はいかがか？」

理屈では動かせないと思ったのか、彼は地面に這《は》い蹲《つくば》って「時を見て、禅譲なされよ」と拝礼を繰り返した。だが全くの逆効果で、聖神皇帝の逆鱗に触れた。

「この男、朕が子を皇太子から外せとな。武承嗣が、朕より仁徳優れていると思うてか！」

王慶之は禅譲の意味を、完全に履《は》き違《ちが》えていた。彼の言うとおりなら、聖神皇帝の人品が武承嗣以下と判断されたことになる。

武氏の家柄であること以外、何の取り得もない男に、なぜ禅譲せねばならぬのか！

このとき、聖神皇帝の怒りは心頭に発していた。彼女は鳳閣侍郎《ほうかくじろう》（詔勅の審議官）の李《り》昭徳《しょうとく》を喚《よ》び、王慶之を引き立てさせた。

「お待ち下され。これは武承嗣様が」

この処置に、彼が引き連れてきた庶民数百人は、蜘蛛の子を散らしたごとく逃亡した。

7

天堂の建設は、やや難航したものの数年を経て完成していた。兄の李成器《りせいき》が言っていたとおり、中には夾紵《きょうちょ》大仏が鎮座している。ここの堂主とも言うべき薛懐義《せつかいぎ》と聖神皇帝との関係は、今も変わらずつづいている。

だが、薛懐義は白馬寺《はくばじ》の住職も務め、千人近い私度僧《しどそう》や遊女に囲まれ、連日連夜宴会を開いているらしい。私度僧とは、日本で言う屈強な僧兵のごとき存在のため、不作法があっても庶民は迂闊《うかつ》に苦情を言えないでいる。

薛懐義も最近はかなり酒色に耽《ふけ》るようになり、聖神皇帝が「経をあげよ」と呼び出しても、知らぬふりを決め込んだ。

「そうか。ならば、朕《ちん》にも考えがある」

彼女は柳眉《りゅうび》を吊り上げて言うと、薛懐義をしばらく放っておく。一方の李隆基《りりゅうき》は、東宮で皇太子たる父（李旦《りたん》）と兄の李成器が語り合うのを傍《かたわら》で聞く毎日を送っていた。

今日も今日とて鳳閣侍郎《ほうかくじろう》の李昭徳《りしょうとく》が、禅譲を言い募った王慶之《おうけいし》をどうしたかを、李隆基の兄に嬉しそうに語っていた。

「牢《ろう》にでも入れて、食事を与えなんだのでしょうか？」

「いや、聞いて愕《おどろ》くな。あいつ王慶之を河原へ引き摺《ず》っていき、不埒《ふらち》者、慮外《りょがい》者と叫びながら、棍棒《こんぼう》で撲殺しよったぞ」

その光景は、想像するだに陰惨の一語だ。しかし来俊臣《らいしゅんしん》の牢なら、同様なことが日常茶飯事だとも言えた。

「もう、皇太子を云々する輩《やから》は出ますまい」

「ああ、寡人は金輪際、降格させられることもなかろう」

皇嗣旦は、この一件に欣喜雀躍《きんきじゃくやく》する気持を表した。だが李隆基は子供ながら、なぜか本能的に、父親の楽観が外れているような気がしてならなかった。

城内には皇族や王族、外戚らの子弟が通う教室があった。聖神皇帝も武照《ぶしょう》と名告《なの》っていた娘時代、長孫《ちょうそん》皇后（李世民《りせいみん》の正妻）肝煎《きもいり》の学問所へ通っていた。だから、教室は奨励《しょうれい》されこそすれ、廃《すた》れることはなかった。

その日、李隆基が論語の学習をしての帰り、廊下の先から歩いてくる千金公主《せんきんこうしゅ》を目にした。この李淵《りえん》の十八女が皇城に来るときは、聖神皇帝と密談するときだけだ。以前、彼女が薛懐義を紹介したと、誰かが言っていたのを覚えている。

彼女は回廊脇の小部屋へ入っていく。その入り口を李隆基が通り過ぎようとすると、横合いから声をかけてきた女人がいた。

「皇孫殿。お勉強は捗《はかど》られましたか？」

その顔に李隆基は愕く。一昨年、酷吏《こくり》傅遊芸《ふゆうげい》に連れ去られた侍女上官婉児《じょうかんえんじ》だったからだ。聖神皇帝の即位を促すため、庶民に奇跡を言い募った女になっていたはずだ。

今、彼女がここにいるのは、働きが認められて誰か公主のお付きになったからだろう。

「お健やかでなによりですな」

声の主は、李隆基の叔母に当たる太平《たいへい》公主である。母親譲りの美貌で、若い頃の聖神皇帝によく肖《に》ていると、年配の宮廷人には評判だ。そう言われると、聖神皇帝は気を良くしているらしい。

「こちらへおいでなされ、菓子を進ぜよう」

彼女は優しく甥を招いてくれた。

「陛下の皇孫か。利発そうな」

傍には先ほど見かけた千金公主が微笑んでいる。もう二年ほど経っているが、太平公主は彼が結婚式に出席したことを覚えていたのだろう。それは初婚ではなかったと、後に侍女たちの話から判った。

太平公主に言われて、上官婉児が皿に菓子を盛って渡す。

「ありがとうございます。いただきます」

太平公主の先の夫（薛紹《せっしょう》）は開耀《かいよう》二年（六八二年）、越王李貞《りてい》の乱に際して息子李沖《りちゅう》の謀議に参画《さんかく》した廉《かど》で獄死していた。それを不憫《ふびん》に思った聖神皇帝が、武攸曁《ぶゆうき》を宛《あて》がってやったのだ。それに関して彼の妻が邪魔なので、来俊臣が何らかの関与をしたらしい。

「美味《おい》しゅうございます」

礼を言いながら、少年には詳しい経緯が判らないものの、冷汗が流れる思いだった。その横で、太平公主が千金公主と話しだす。

「施術は、一刻はかかりましょうかな？」

「はい、沈南璆《しんなんきゅう》殿の軟膏は、擦り込めば擦り込むほどよく効くとか」

千金公主は応えながら、太平公主と声を殺して笑っている。李隆基は菓子を頬張りながら、沈南璆なる薬師を、千金公主が聖神皇帝へ推薦したことぐらいは判った。

「ところで、薛懐義も酷吏どもも、民衆からの評判が頗《すこぶ》る悪うございます。聖神皇帝も考え方が少し変わり、今後は民衆から受けの良い役人を使うと仰《おお》せです」

「太平殿。それがよろしいかと」

「まずは狄仁傑《てきじんけつ》殿を、中央へ招聘《しょうへい》しようと思っております」

狄仁傑は酷吏とは正反対の、いわば循吏《じゅんり》である。前述した越王貞の乱で、庶民二千人が謂《いわ》れなく連座させられ、死罪になりかけたのを救っていた。また、討伐軍の指揮官だった張光輔《ちょうこうほ》が、降服した者の首を刎《は》ねて手柄としていたことも告発している。

このため怒った張光輔に睨《にら》まれて、復州《ふくしゅう》（湖北省）へ左遷させられてしまったのだ。それを聖神皇帝の威光で中央へ戻し、恩に着せて働かせるという筋書きらしい。

「なるほど。太平殿はこの手の官僚を、酷吏に代えて増やそうと？　いったい、どなたからの推挙ですか？」

「はい、婁師徳《ろうしとく》殿の推挽《すいばん》にて。他にも、姚崇《ようすう》や宋璟《そうえい》、張柬之《ちょうかんし》などの名がございます」

「あの太った昼行灯《ひるあんどん》が、人を見る目がおありなのか？」

千金公主の印象とは違い、婁師徳なる官僚は非常に慎重な性格で、人物の鑑識眼は卓越したものだった。

「その点については、聖神皇帝が心底信用しておられます」

「へえ、人は見かけに拠《よ》らぬものですね」

彼女たちが話をしている間、上官婉児は盛んに茶を淹《い》れて三人に渡してくれる。いかにも女人三人が皇孫を可愛がっている風情に見えた。いや、周囲に対して、わざとそのように装っているのだろう。

考えてみれば李隆基は、太平公主と千金公主の密談を、自然な会話に見せるための小道具に使われただけなのだ。

狄仁傑が聖神皇帝に呼び戻されたのは、それから間もなくだった。狄仁傑の出身は太原《たいげん》で、聖神皇帝の父武士彟《ぶしかく》の本貫《ほんかん》（本籍地）文水県《ぶんすいけん》は非常に近い。このようなことも手伝って、理路整然と意見を述べる狄仁傑を聖神皇帝は信頼した。七歳年下だが、側近として諮問する存在になった。

彼の登場で危機感に襲われた来俊臣は、ものの一月《ひとつき》もせぬ内に狄仁傑を謀反の罪で捕縛した。ここで烈しい拷問を受ければ、それだけで命を落としかねない。

ところが、狄仁傑はあっさり罪を認めた。それは即刻罪状を肯定した者は、死罪にならぬという原則を逆手に取った対応だった。だが、牢からも出ることは適わない。

どうにかならぬかと思案していた長男の狄光嗣《てきこうし》の所へ、現れた女がいた。

「お父上の所へ、着替えをお持ちしましょう」

そう言いながら、彼女は手紙を見せる。すると光嗣は、平伏して彼女に言われるまま狄仁傑の着替えを託した。こうして女は、牢と狄家を何度か往復する。

「袍《わたいれ》をお預かりしました」

怪訝そうな表情で、狄光嗣が袍を受け取ると、襟の破れ目に何かが入れられている。それは、聖神皇帝宛てに無実を訴えた書面であった。それは直ちに宛先へ届けられ、狄仁傑は釈放されることになった。

「このようなお役目、命が幾つあっても足りませぬ」

8

洛陽《らくよう》には新潭《しんたん》なる池が、皇城の東にある。大きな鯉が多く見られると人気があり、季節と天気に恵まれた日は人出があった。李隆基も侍従や侍女ら数人に強請《ねだ》って、そこへ繰り出した。目当ては出店である。

人々が蒸芋《ふかしいも》や饅頭の皮を与えると、大きな鯉どもが先を争って食べ物を口に入れようとする。その動きで渦ができて、銀鱗を光らせてなかなか壮観なのだ。

「煎餅《せんべい》は要らんか？　砂糖黍《さとうきび》はどうかな？」

屋台から点心《てんしん》や駄菓子の香りが漂うと、もう李隆基の関心はそちらに向かう。侍従が財布を緩め、侍女が買いに走る。堤防の草むらに屯《たむろ》して、思い思いに頬張っている者も多い。

　すると、人々が慌ただしく入り乱れ、木が割れる音がする。

「やい、てめえら。ここで商売する許可証はあるか！」

　大声で屋台の小商人を責めているのは、総勢十人程の私度僧と喚ばれる連中だ。屋台の商人たちが俯《うつむ》いているのは、後ろめたいから、つまり許可など取っていないのだ。

「それみろ。おまえらは、ただ金儲けがしたいだけの蛆虫《うじむし》だ」

　私度僧どもは言い放つと、屋台を手当たり次第に壊し始めた。そこへ騒ぎを聞きつけたと思《おぼ》しい、大理寺《だいりじ》（刑や獄を司る役所）の武装兵が駆け付けてきた。暴れていた私度僧どもは、うるささそうに彼らと向き合う。

「憩いの場で暴れる無法者。止めねば牢へ連行するぞ！」

　隊長が一喝するが、私度僧どもはへらへら嗤ってまずは言葉で反抗する。

「許可証を取ってない連中を、おまえらに代わって成敗してやったのだ」

「無法者が、御大層な能書きを垂れるな。それは本来、太府寺《だいふじ》（貢賦の授受、保管、市場の管理を司る）の役目だ。肩代わりを頼んだ話など、聞いたことがないわァ！」

「威勢の良い隊長だが、俺たちを誰だか知らぬようだな。白馬寺住職であらせられる薛懐義様の私度僧だぞ」

　彼らは恐れ入ったかという表情を向ける。だが、隊長はさっぱり動ぜず言葉を返す。

「それがどうした。破落戸《ごろつき》は捕縛する！」

隊長の声が響くと、武装兵は一斉に武器を構える。一方、私度僧どもも後に引けず、首領格の一人が打ってかかってくる。だが、兵の棍棒で打ち据えられると、兵たちは私度僧へ襲いかかった。

不断、庶民から恐れられている私度僧どもは、逆に戦いを挑まれることはなかった。それゆえ、呆気なく叩き伏せられた。顔面や腕から血を流した私度僧どもが、武装兵に捕らえられているようすに、庶民たちは大いに溜飲を下げたようだった。

「大理寺といえば、酷吏の来俊臣の根城だが、案外骨のある隊長がいたもんだ。あの人の名はなんて言うんだ？」

数日後、李隆基は手習いのため廊下へ入る。するとその入り口付近で、門番数人と押し問答する薛懐義を見た。

「お通しできませせぬ」

「なぜだ。おぬし、我を誰か知らぬのか？」

「存じておりますゆえ、通せぬと申しておるのです。御容赦くだされ」

聖神皇帝の勅命があるのだ。ならば、門番は従わざるをえない。

「改めて、儂《わし》が出向いたと取り次げ」

「では、しばしお待ちを」

その言葉と同時に、合図を受けた門衛脇の宦官《かんがん》が奥へと奔《はし》る。その隙に、李隆基もその脇を通って教室へ進んだ。

その帰りの廊下で、李隆基はまた上官婉児に声をかけられた。習い事のときには、例の小部屋の前を必ず通る。すると三回に一度は彼女がいて、にこやかに少年を招いてくれるのだ。今日も傍に太平公主がいる。

「本当に、上手くやってくれましたな」

もと李隆基の侍女は、太平公主に褒《ほ》められている。それが何を指しているのかは、少年の与《あずか》り知らぬ事柄である。

「それで、助けられた狄仁傑様は、私度僧相手に勇ましく戦われたとか」

その話から李隆基は、先日の新潭での事件を思い出した。あの歯切れの良い隊長が、狄仁傑だったのだ。

「あれでは薛懐義も、面目丸潰れでしょう」

「そうですわ。二重にも三重にも」

「おまけに聖神皇帝は、彼の正体が暴露される前に、彭沢《ほうたく》（現在の江西省九江《きゅうこう》市）へ異動させられました」

「即刻とは、さすがに聖神皇帝は手回しが良すぎます。また、しばらくすれば、呼び戻されるのでしょうね」

「はい、必ずや。それにしても、薛懐義もさることながら、私度僧どもの傍若無人な行為は目に余る。ここらで告発せねば、聖神皇帝の人気に翳《かげ》が差そう。最後は、薛懐義を崩すことになろうがな」

太平公主は、早く薛懐義を処分するよう母親（聖神皇帝）に助言しているようだ。それでも母親は、ここまで二人三脚したこともあり、さすがに未練を断ちがたいらしい。

「御免くだされ。お入り申します」

それは、優しそうな男の声だった。応じた上官婉児が招き入れると、美男の薬師が包みを抱えて太平公主に挨拶する。

「聖神皇帝の御機嫌は、麗《うるわ》しかったか？」

「はい、お疲れが腰に出ておりましたので、凝りを取る軟膏を充分に塗布いたしました」

「沈南璆殿。それは、御苦労でございましたな。ここで、ゆっくりしていきなされ」

この青年が、最近聖神皇帝の健康管理をしているという医師らしい。いかにも物腰柔らかで、撓《しなや》かな指先をしている。そういえば聖神皇帝も、もう古希と言われる齢《よわい》だが、美貌も体力も一向に衰えないようだ。

「婉児殿。そろそろ隆基殿を、東宮へ送って進ぜよ」

太平公主は、沈南璆と二人だけになりたいようだ。李隆基は子供心にも判り、太平公主に丁寧な挨拶をして小部屋を出た。上官婉児に先導されて回廊を玄関へ向かう途中、息を荒らげた男と擦れ違った。薛懐義である。

彼は通行を拒否され、取り次ぎを頼んでいた。それから二刻（四時間）ばかり経つが、ずっと待たされていたことになる。それは丁度、沈南璆が施術していた時間である。

「それではここで。わたくしは買い物がございますので」

李隆基の侍従や侍女の所まで送ると、上官婉児は城外へ行く。彼女が今では太平公主の侍女になっていることは、周知である。それにしても、傅遊芸に連れ去られて洛陽や長安周辺で武太后を皇帝に押し上げる運動をしていたと思しい。

「国号を周に革《あらた》めたまえ！」

このように叫ぶ行列の最前線に、彼女は立っていた。その論功行賞《ろんこうこうしょう》の結果が、太平公主側近という立場だ。

あれから、薛懐義が聖神皇帝に直談判したようだが、首尾は巧くいったようでもない。その証左か、最近は街中で暴れる私度僧どもが、片っ端から捕縛されている。

いや、薛懐義自身も侍御史《じぎょし》（官吏の糾弾係《きゅうだんかかり》）の周矩《しゅうく》から告発を受けた。要は、彼に対する憤懣《ふんまん》が巷に満ちているのだ。

「聖神皇帝の寵を良いことに、宮中における傍若無人にも程がありますからな」

「さようです。以前も無遮会《むしゃえ》（功徳《くどく》を施《ほどこ》す法要）と称し、馬車に満載した金銭を湯水のごとく都大路にばら撒きましたぞ」

「あのとき、我勝ちに拾おうとした庶民が将棋倒《しょうぎだお》しになって、遂《つい》に死人まで出ました」

このように、薛懐義は宮廷人からも官僚からも嫌われていた。それゆえの告発は、周囲の溜飲が下がるものだ。しかし、御史台へ出向いた彼は、長椅子に寝そべって返事もしなかった。そして、隙を見て逃げてしまった。

ここからが、彼の没落の序曲になる。

9

「酷吏として鳴らした索元礼《さくげんれい》は鉄枷《てつかせ》と棘柱《とげばしら》で、周興《しゅうこう》は大甕《おおがめ》で煮殺されたというな」

「皮肉にも、酷吏自らが考案した責め道具で死にました。彼ららしい最期でございます」

李隆基は昼寝の最中、夢で太平公主と上官婉児の話を思い出していた。

「『少し考え直さねばならぬ』と聖神皇帝が宣《のたま》うのは、薛懐義のことではなかろう」

「褥《しとね》の友なら、薬師の沈南璆が充分に務めておりますゆえ、酷吏のことでしょう」

「酷吏の役目は、聖神皇帝に敵対する者どもを始末することであった。それも、あらかた終わったから、のう？」

「はい、嶺南《れいなん》（広東・広西）における万国俊《ばんこくしゅん》、剣南《けんなん》（四川）や安南《あんなん》（ベトナム）の劉光業《りゅうこうぎょう》、王徳寿《おうとくじゅ》らが、無実の人々を何百人、いや、何千人かもしれぬが、勝手に処刑して手柄を競い合ったことも判っております」

「そんなことがつづけば、正に皇帝の名折れ」

「もっと酷い、侯止思《こうしし》なる者がおりました」

「ああ、あの貧相で無知蒙昧《むちもうまい》な男か」

太平公主は身震いしながら、文字も知らぬもう故人の不埒《ふらち》な役人を思い起こした。

「『かの邪悪を判別できる一角獣の獬豸《かいち》（狛犬の起源）も、文字を知りませぬ』などと、いけしゃあしゃあと言いよった。そんな輩をお使いになった聖神皇帝も聖神皇帝じゃ」

太平公主が珍しく母皇帝を詰《なじ》っていた。

名前をあげた酷吏どもは、疑わしいというだけで耳に泥を詰め、手足の指や耳を少しずつ切り刻み、無理矢理《むりやり》自供を引き出していた。無実の者も多々いたことだろう。

一時は皇太子（李旦）までもが謀反を疑われ、部下が拷問にかけられた。その男は自ら剣で腹を割き、「どこに疚《やま》しい臓物がある」と叫んで倒れたという。幸い一命は取り留め、皇太子もそれ以上追及されずにすんだ。

そんな阿鼻叫喚《あびきようかん》の地獄絵図を、聖神皇帝も充分承知している。それでも、彼女に刃向かう者が一割でも混じっていれば、彼らは役に立ったとせねばなるまい。

だが、それも即位までである。

もう、皇帝の御位に即いて、足掛け五年になる。品性下劣な輩の泥臭い行為とは、決別せねばならない。だから、彼ら同士を競わせて、徐々にではあるが取り除いてきた。

それも、酷吏の業績どおり、過去の違法行為を逐一論《あげつら》って告訴することだった。要は、酷吏どもがしてきたことを、そのまま彼らに適用すればいいのである。

後は、来俊臣の手足を結わえるだけだ。

「聖神皇帝は、そのようにお考えらしい」

一方で私度僧も全員流刑にしたことで、薛懐義の翼を捥《も》ぎ取ったも同然だ。少年の李隆基も、ようやく朧気《おぼろげ》ながら聖神皇帝の考えや薛懐義との男女の関係と沈南璆が取って代わったことなども解ってきた。

確かに最近、薛懐義は疎《うと》んぜられている。それに焦って、彼が聖神皇帝に工事をしたいと申請したらしい。もう彼女は怒っていて、薛懐義になかなか会おうとしない。そこで、文書を差し出したという。

認《したた》められてあったのは、明堂《めいどう》の近くで無遮会の趣向をしたい旨である。内容など、詳しくは示されていなかったが、「細工は流々《りゅうりゅう》、仕上げを御覧《ごろう》じろ」とあった。聖神皇帝は薛懐義の最後の足掻《あが》きを、見てみたくなったらしく、その要請を聞き届けた。李隆基には、太平公主と上官婉児の会話から、そのように聞こえてきた。

工事が本格化したのは、延載《えんさい》元年（六九四年）十二月で、深い穴が掘られ、長く切られた竹や反物が多く運びこまれていると、関係者らが話している。

「あの経費は、どこから出るのでしょう？」

「聖神皇帝のお声掛かりですから」

詮索無用と、宮廷人は諦めかけている。そのうえ、周囲が幔幕《まんまく》で何重にも覆われているため、中のようすは窺《うかが》い知れないらしい。官僚たちも、もう放っておくしかなかった。

しかし、この間、聖神皇帝は一度として現場を見学には来なかった。身体の調子が悪いと訴えては、薬師の沈南璆が泊まり込みの介抱をしているという。そのため、噂を聞いた薛懐義は、気が気ではなかったようだ。その後、周囲の者の観察では、だんだん目が据わってきたらしい。

新年になり、証聖《しょうせい》元年（六九五年）と改元もされた。十五日、明堂で無遮会が開かれた。その趣向として用意されたものが、薛懐義の音頭でいよいよ開帳される。見守るのは聖神皇帝以下、三省六部の大臣や高官、諸将たち百官、異民族の首長らである。

周囲の幔幕は取り外されているが、一本の高い柱が立っているだけだった。天辺《てっぺん》から梁が迫り出し、天蓋も吊り下げられている。その中央に鉤《かぎ》が取り付けられていて、そこからは、太い綱が垂れ下がっていた。

よく見ると、それは梁や柱の背後に付けられた樋《とい》の中を這って、下で控えている者らが支えている。

「それでは、お出ましを！」

薛懐義の命令で綱が引かれると、天蓋下の地面が割れる。それは竹で覆っていたのを、左右に分けたのである。その途端、柱裏の樋を通っている綱が引かれた。すると、まるで撥《ば》条《ね》仕掛けのごとく仏像が飛び出した。無論のこと木彫や金属製ではなく、張りぼての夾紵仏である。

観客側には、地中から突如大仏が現れたように見え、響《ど》動《よ》めきがあがった。つまりほとんどの観客には効果的だったのだ。

「ほう、大したものだな」

だが、肝心の聖神皇帝はどう思っているのか、全く感情を表していない。そこで、薛懐義は再度片手を挙げて合図を送る。すると、天堂の閣にある窓から、巻いた反物が放り出される。

それはするすると回転し、長い懸垂幕のように吊《つる》された。中央に仏の絵が描かれている。その顔は、聖神皇帝と生き写しである。これを見た者は、誰もが再び響動めいた。技術に驚嘆したからだろう。薛懐義の趣向は、この限りにおいて成功していた。だが、今度も聖神皇帝は何ら反応を示さず、立ち上がると宮城の奥へと消えていった。そのとき、彼女を介助するように、美男の薬師が手を引いているのが見える。薛懐義は、そのようすに呆然とした。

翌日、薛懐義は皇城の南にある天津橋《てんしんきょう》で、斎会《さいえ》を催した。それは、洛陽中の僧たちに食事を振る舞う催しである。聖神皇帝付きの僧侶が行うのであるから、欠席する者はない。彼はそこで、長い布に描かれた観音を披露した。誰もが、その美事《みごと》さを誉《ほ》め称《そ》やした。

しかし、聖神皇帝のようすを思い浮かべる度に、薛懐義は虚しい気持になっていた。このようすを、李隆基は後々に連想するのだ。それは、当日夜の行動を思いやってである。

総ての予定をし果《はた》した薛懐義は、昨日の趣向の場所へやってきた。観客をあっと言わせた夾紵仏は、柱の梁から吊り下げられたままであった。見ようによっては、縊死《いし》した仏のようにも見える。

「これは、儂《わし》の姿か！」

彼はそう言うと、張りぼてに火を点けた。だが、燃え上がった仏は火の粉を天堂と明堂に飛ばし、木造建築を赤く染め出した。それは見る見る紅蓮《ぐれん》の炎をあげ、それと気づいた周囲は大騒ぎとなった。

「薛懐義様。消火は宦官どもに任せて。ここにおられては危のうございます」

衛士が彼を見つけて、宮城の端へ連れて行ってくれた。その夜天堂と明堂は、今ぞ盛りと熱を発して灰燼《かいじん》と帰した。

「下働きの者が、不始末を犯したようです」

取り敢えず表面上は、そのようなことになりそうだ。だが、彼の心を知る聖神皇帝は、何もかも見通しているような気がしてならなかった。そしてこの一件で、薛懐義は本心を解ってもらえそうな気がする。

数日後、彼女からのお達しがあった。

「薛懐義に、明堂の再建を命ずる」

こうして、彼の顔に再度血の気が宿り、精気が漲《みなぎ》ってきつつあった。

10

薛懐義《せつかいぎ》が自ら破壊した明堂《めいどう》を再建し始めると、周《しゅう》帝国と聖神皇帝を讃《たた》える記念碑を造ろうとする者が現れた。それは、武三思《ぶさんし》なる聖神皇帝の甥《おい》だ。武承嗣《ぶしょうし》の従兄《いとこ》に当たる。

彼はそれを上申《じょうしん》するとき、周辺諸民族の首長《しゅちょう》を引き連れていた。これは、聖神皇帝が即位する前触れに、傅遊芸《ふゆうげい》が上官婉児《じょうかんえんじ》らを使ったのと同じ方法である。

三年前、武承嗣の皇太子になる目が消えた。このままでは、武氏が浮かび上がる機会が目減りする。武三思は聖神皇帝の一族として、そのように考えたらしい。

「聖神皇帝を顕彰する物は、決して燃えぬ金属製にせよ」

それは、薛懐義に対抗するようにも取れる言葉で、聖神皇帝は小馬鹿にしながらも笑って允許《いんきょ》を与えてやった。

「その記念碑、名は何とする？」

「はい、天枢《てんすう》といたします」

天の中心を意味し、治療の壺でもある。また、北斗七星の第一星（大熊座《おおぐまざ》のα）をも指す。天帝に加護されて長寿を祝う意味が重なり、非常に聖神皇帝を喜ばせた。

素材は銅が使われ、武三思の指揮で洛陽《らくよう》周辺の近在近郷から集められ、融かされ、型に嵌《は》められて全長百五尺（三二メートル）で鋳《い》られた。それを皇城の南正門（端門）の外に建てるとき、天辺《てっぺん》に承露盤《しょうろばん》なる皿が載せられ、大周万国頌徳天枢《だいしゅうばんこくしょうとくてんすう》と、聖神皇帝が揮毫《きごう》した。

「皿の彫刻は、四人の龍人が火珠《ひのたま》を捧げ持っている」

「さすがに、精緻な細工をされますな」

宮廷人は金属製の記念碑に見とれていた。時に証聖《しょうせい》元年（六九五年）の四月である。

だが、陰で奇妙な事件が起こっていたようだ。

火災から半年余り後、李隆基《りりゅうき》が例によって上官婉児に回廊脇の小部屋へ呼ばれた。そこは不断、彼女が太平公主《たいへいこうしゅ》を待つ所で、李隆基がいると気が紛《まぎ》れるらしい。

「首尾ようしてくれたな、との仰《おお》せじゃ」

「これればかりは、来俊臣《らいしゅんしん》に頼むわけにもいくまいから」

その日、ようやく帰ってきた太平公主が、声を潜めて上官婉児と話していた。

「菓子は、美味《おい》しゅうございます」

彼は子供らしくしながら、大人の会話に聞き耳を立てていた。そろそろ十一歳にもなって、聡明でませた子なら、彼女たちの話の内容は充分に理解できる。

事実この頃になれば、聖神皇帝と薛懐義がただの君臣だけでなく、濃厚な男女の関係であったとより具体的に判ってきた。そして、冒頭の太平公主の言葉が、薛懐義についてであるとも、薄々判っていた。

明堂の再建を命じられて、薛懐義は自信を新たにした。やはり、聖神皇帝は自分に頼り切っている。それにも拘わらず、決して「経をあげよ」とは命じられなかった。彼はそれを、明堂が完成するまでのお預けと解釈したらしい。だが、沈南璆《しんなんきゅう》という薬師の存在が、彼の心を煩《わずら》わせていた。

こうなると疑心暗鬼に苛《さいな》まれる。心の葛藤から、街中では以前のような横柄な振る舞いに出る。路地で対向する馬車に行き会うと、道を譲れと怒鳴るなど序の口で、叩き伏せて半死半生の目に遭わせることも多々あった。それゆえ、誰もが彼を避けた。

また一方、大路では車から銭をばら撒いて庶民が奪い合って踏み付け合うようすを小馬鹿にしながら大笑いした。かと思えば、料亭では無銭飲食の挙句、沈南璆を見つけて必ず殺すと大声で喚《わめ》いて息巻いた。

これはしだいに、沈南璆へも聞こえる。

このようなことがつづけば、聖神皇帝の評判が悪くなるだけだ。丁度、明堂建設も骨格ができあがり、あとは大工の棟梁の指図さえあれば完成も見えてきた。

「聖神皇帝のお召しでございます」

その日の夕刻、太平公主の使いで上官婉児が白馬寺《はくばじ》まで出向いて告げると、薛懐義は馬車を仕立てて宮城へやってきた。すっかり夜の帳《とばり》が降りて、「経をあげる」には丁度良い頃合いと思えた。

「では、こちらへ」

太平公主自らが、薛懐義を案内するのは珍しい。きっと久し振りなので、迎えに出るのが恥ずかしいのだろう。思いを巡らせ、寝所近くの瑤光殿《ようこうでん》にさしかかる。

「こちらでございます」

上官婉児に促されて入ると、薄暗い部屋の床に布地が広く敷かれ、縄が輪を作って置かれている。怪訝《けげん》な面持《おももち》でいると、彼女が天井をゆっくり指さす。蜘蛛でもいるのかと見上げると、足首が締め上げられて滑り出し平衡感覚を失った。

すると、手首も同様な感覚で、身動きが取れない。四方八方から、縄の罠が彼の四肢を絡めている。

「掛かれ！」

再び上官婉児の声だった。それに合わせて四方から、棍棒《こんぼう》を持った侍女たちが一斉に打ち掛かってきた。一撃が男の腕力半分の打身であっても、何十人もが八方からなら、皮膚は破れ肉は千切れ骨も砕ける。

虫の息の薛懐義の頸に縄が一周し、思い切り締め上げられる。念をいれて、身体は膝を抱える格好でぐるぐる巻きにされた。それを拡げてあった布で包まれ、宦官《かんがん》が運び出して荷車に乗せられる。

そのまま白馬寺へ運ばれ、愛用品とともに大きな薪を組んだ上に安置された。最後に油が掛けられて、荼毘《だび》に付されることとなる。これで薛懐義なる一代の怪僧が、この世から消えた。空前絶後の女性皇帝が可愛がった男妾の最期にしては、実に虚しい儀式となる。

今までの関係を思いやると、さすがの聖神皇帝にも、一抹の寂寥感《せきりょうかん》が湧《わ》く。その気持を新たにしたいとて、九月には天冊万歳《てんさくばんざい》元年（六九五年）と改元した。表向きの理由は、天枢の承露盤で天帝から思《おぼ》し召しを受けていることと、今後のお伺いを立てる明堂が完成に近づいたからとしている。

無論、正面切って薛懐義のことなど言えるわけもない。それどころか、突然行方不明になった彼への詮索《せんさく》は、宮中だけでなく洛陽中の禁忌《きんき》である。誰もが薄々は処刑と感づき、心で快哉《かいさい》を叫んでいたのも事実だ。李隆基は彼女たちの会話から、更なる密談を聞き取っていた。

「坊主は行方不明、いや、罪を恐れて逃亡したことにしておいていいのじゃがな」

「はい、何か問題でも？」

「ああ、沈南璆が、怯《おび》えてしもうて」

薛懐義の脅しが耳へ届き、線の細い男は精神的に堪《た》えられず、自宅に引き籠もったまま動かないらしい。天変地異があろうと、薛懐義が洛陽へ姿を見せる恐れはないと言っても、沈南璆は梃子《てこ》でも動こうとしないのだ。

「それで、今日は千金公主《せんきんこうしゅ》をお呼びになっているので？」

新しい相手を捜せと言うことだと、李隆基にも解るようになっていた。そして年末には、千金公主が良い知らせをもたらしたように、李隆基は彼女たちの会話から察した。

「新たな年を迎えるに当たって、改元しようぞ。万歳登封《とうほう》とはどうじゃ？」

良かった。朕《ちん》の意向を適《かな》えてくれた者に、褒美を与えよう。そう取れなくもない文字の羅列だが、天に向かって五合目までの意だ。

万歳登封元年（六九六年）の三月、明堂が完成した。そこで聖神皇帝は、それを記念して万歳通天《つうてん》元年（六九六年）と、またもや改元した。読んで字のごとく、天に通じて嬉しいの意である。これは誰にでも解ろう。彼女の漢字や言葉に対する拘《こだわ》りが、ここでも見て取れるのである。

11

だが、言葉遊びもしていられない。それは遊牧民族の契丹《きったん》が、李尽忠《りじんちゅう》や孫万栄《そんまんえい》に率いられて反乱を起こしたからだ。

「魏州刺史《ぎしゅうしし》を命ずる」

狄仁傑《てきじんけつ》を前に、聖神皇帝は声を荒らげた。

優しく命じては、職務への信頼性を欠くように懸念したのだ。魏州とは、現在の河北《かほく》、河南《かなん》、山東《さんとう》の省境が入り組んだ辺りで、契丹が暴れている最前線に近い所だ。

つまり聖神皇帝は、狄仁傑を軍事力を持った知事に就任させ、侵攻を喰い止めるよう勅命を出したのである。

「謹《つつし》んで拝命いたします」

狄仁傑は、最近の異民族事情を脳裏に映しだし、早速赴任の支度を始める。

遊牧異民族を論ずるのであれば、三国志《さんごくし》の時代を終結させた西晋《せいしん》から、まず語らねばならない。この朝廷が短命に終わったのは、内乱に遊牧騎馬民族を傭兵《ようへい》として使って、歯止めが利かなくなったからだ。

そこで、匈奴《きょうど》、鮮卑《せんぴ》、羌《きょう》、氐《てい》、羯《けつ》の五胡《ごこ》（五つの異民族の意）が華北を暴れ回り、彼らの王朝が次々に興亡を繰り返す五胡十六国《じゅうろっこく》の時代に入った。五胡から台頭したのが鮮卑の北魏《ほくぎ》で、南北朝時代の北朝を形成する。

隋《ずい》と唐《とう》も、その中から生まれた国家で、本質的には鮮卑である。それも漢民族に同化していった鮮卑だ。それゆえ、彼らが抜けた蒙古《もうこ》高原には柔然《じゅうぜん》が栄え、それを追い出した突厥《とっけつ》が勢力を拡大したのであった。

だが、隋の煬帝《ようだい》や唐の太宗《たいそう》（李世民《りせいみん》）は、一時彼らを屈伏させた。特に太宗は中華と蒙古高原に覇を唱える天《テングリ》可《か》汗《がん》となった。つまり、遊牧民を完全に支配下に置いたのだ。もっとも支配体系は完全に自由を押さえ込まず、居留地へ移したものの、生活習慣や自治活動などは認める羈縻《きび》政策を採《と》った。

とはいうものの、要所要所には彼らを見張り朝貢を促す都護府《とごふ》が、軍事的にも睨《にら》みを利かした。それでも、その緊張感も時代が進むにつれて、緩《ゆる》んでいった。唐の人々は、異民族が住む長城《ちょうじょう》付近への兵役を忌避《きひ》するようになったのだ。裏返せば、平和惚《へいわぼけ》から厭戦《えんせん》気分が蔓延《まんえん》していったと言える。

それに付け込んだのが遊牧民で、彼らは居留地に押し込められるのを潔《いさぎよ》しとしなかった。永淳《えいじゅん》元年（六八二年）、まず突厥のイルティリシュ可汗《かがん》（阿史那骨咄禄《あしだこっとつろく》）が蒙古高原へ戻り、その地から唐への侵攻を繰り返す。

東北方面にも異民族が多く、営州《えいしゅう》（遼寧省中央部《りょうねいしょう》）が彼らを管理していた。将来、この地から安禄山《あんろくざん》が出るわけだが、彼は雑胡《ざっこ》と呼ばれる異民族同士の混血だった。つまり、それほどいろいろな民族が棲み分けていたのだ。

混乱から台頭したのが契丹だ。唐側も君長に李姓を与えて懐柔《かいじゅう》したが、イルティリシュ可汗の行動に刺激されて効果がなかった。

最近、この地を飢饉が襲った。それに対して営州都督の趙文翽《ちょうぶんかい》は、遊牧民族の救済を放棄した。今風に言えば、彼らの人権を無視して、食糧を独占して倉庫に溜め込んだのである。これこそ、契丹が李尽忠や孫万栄に率いられて蜂起した理由なのだ。

ところで、狄仁傑が出立した頃、東宮では皇太子（李旦《りたん》）と皇孫（李成器《りせいき》）とが、李隆基のいる前で妙なことを話題にする。

「最近、武三思が宮中で動き回っていて、目障《めざわ》りだな」

「はい、天枢を建てて、異民族征伐の凱旋将軍にでもなった気分なのでしょう？」

二人は、武三思の狙いに心を痛めているようだ。それは武承嗣が果たせなかった皇嗣の地位に即《つ》くことらしい。そこで、警戒されない李隆基に、聖神皇帝がどう考えているか、ようすを探らせるつもりらしい。

「隆基。四書五経の学習や手習いの帰りにでも、聖神皇帝に御機嫌伺いしてみよ。寡人らが行っては、警戒されるだけじゃからな」

要は、武三思が何を進言しているかである。李隆基は父と兄に促されて、勉学の帰りに聖神皇帝に会おうとする。

「重要会議につき、只今は面会謝絶です」

奥の方から幽《かす》かに音曲が聞こえてくるが、取り次ぎの宦官はそう告げる。仕方なく回廊を戻って例の小部屋の近くまで来ると、またぞろ上官婉児に手招きされた。菓子でも食べていけというわけだ。

「会議は順調なようですな」

その日は、千金公主も控えていた。

「はい、お話を持っていきましたところ、さまざまに検討せねばならぬと仰せで、このような運びになった次第です」

高祖《こうそ》（李淵《りえん》）の十八女は、涼しい表情で言う。李隆基には、これが宦官の言う重要会議らしいとだけは判った。

「ところで、本人の本貫《ほんかん》（本籍地）は？」

「はい、定州（河北省）でございます」

「そうか。太宗と高宗に仕えた宰相張行成《ちょうぎょうせい》の縁者とか？」

「確か、実兄の孫だとか」

彼女たちの話題の人物は、武三思ではなく張姓の男だ。それからしばらくは、彼の話題で持ちきりになり、当人が歌舞を熟《こな》す美男子らしいと聞き出せた。

だが、聞かねばならぬことは口から出ない。

「そろそろ、張昌宗《ちょうしょうそう》も戻ってこよう」

千金公主が、まるで予言者のごとく言う。そのとき李隆基が気づいたのは、遠くで奏でられていた音曲が止んだことだ。しばらくすると、二十歳前後で色白の男が顔を出し、女三人に笑って見せた。

これは、沈南璆のときと同じだった。

そうなると、十三歳にもなった李隆基は、総《すべ》てを了解した。彼の初お目見えがどうなったか、太平公主と千金公主、上官婉児らは固唾《かたず》を呑んで見守っていたのだ。結果は、彼のようすが物語っている。

「では、承福街《しょうふくがい》の我家へもどりまする」

彼が言ったとき、李隆基はつい訊いた。

「新潭《しんたん》の鯉たちは、元気でしょうか？」

その一言で、美男は大袈裟に反応する。

「東宮住まいの貴公子が、新潭の鯉に思し召しとは、やつらに成り代わって御礼を申します。何なら、一緒に見に参りましょうか？」

話は即決で千金公主を送り旁《かたがた》、上官婉児が付き添って彼らは馬車を連ねた。東宮からは、お付きが飛んでくる。

李隆基が一通り鯉を眺めると、張昌宗は少年を自宅に誘う。何とか取り込みたいのだ。

「よかろう。邪魔をさせてもらおう」

周囲は慌てたが、聖神皇帝側近が内定した男と皇孫が決めたことに逆らいにくい。そのまま承福街に車が入り、張家の門前に停まる。

「むさい所ですが、どうぞ御遠慮なく」

李隆基は、初めて民間の住宅に入った。無論、庶民の荒屋《あばらや》ではない。だが、宮中とは違う家の臭いを感じた。それも、決して不快なものではない、一種の生命力である。

李隆基が張昌宗から持て成しを受けて九ヶ月ほど後、父と兄が心配顔で落ち着かない。

「来俊臣のやつが、我らを誣告《ぶこく》し……」

酷吏《こくり》の権化が、武三思や武承嗣、太平公主、そして父や兄までもを、宿営軍を動かしての謀反と告発しかけている。それと察知した小者が、武三思へ報告してくれた。だから武三思が、聖神皇帝のもとへ釈明に奔《はし》っている。

いや、それだけではなかった。武三思はここぞと、来俊臣のこれまでの不正と残酷性をありったけ言い募ったのである。これで来俊臣は捕縛されたが、李隆基は不可解に思う。

それは、これまでとようすが違うからだ。

12

これまで来俊臣は聖神皇帝の威光で、唐室の李氏を謀反の罪を被せて処刑した。つまりは、武氏と歩調を合わせてきた。ところが、武氏に敵意を示したのはなぜかと考えた。結局行き着くところは、聖神皇帝の寵を独占して、立場を盤石にしたかったからに他ならない。ところが、聖神皇帝から来俊臣を見れば、役目を疾《と》くに終えた評判の悪い、無学で下品な木《こ》っ端《ぱ》役人でしかなかった。

「やつに、最後の御奉公をさせてやろう」

聖神皇帝は、最近寵愛し始めた張昌宗に囁《ささや》いた。彼は勅命が認《したた》められた書類を手に、大《だい》理寺《りじ》へと奔《はし》る。市の広場で、来俊臣の公開処刑が行われるのだ。すると、知らせを聞きつけた群衆が、目を血走らせて殺到した。

それから数ヶ月後、狄仁傑が静かに凱旋《がいせん》してきた。聖神皇帝は早速謁見《えっけん》するが、反乱の原因を訊ねると意外な応えが返ってくる。

「お畏《おそ》れながら、聖神皇帝の政策が内向きのものばかりで、遊牧民に目が行き届かなかったからでございます」

　契丹の侵攻を撃退してきた狄仁傑は、その遠因を分析して応える。

「内向きとは、どういうことじゃ？」

　聖神皇帝は更に下問する。周囲の大臣は、聖神皇帝の失政をあからさまに言っているようで身震いを覚えた。しかし、意外にも彼女が冷静に応じたので安堵《あんど》している。

「陛下がここまでお考えになっていたことは、政敵の排除でございます。それはそれで必要でしょう。しかしながら政《まつりごと》は、人々の生活の安定が最優先です。この際、西域や朝鮮など打ち捨て、塞外《さいがい》異民族との国境線を短くし、兵員の国境派遣を最小限にすべきです」

　言われてみればそのとおりで、彼女はここまで自分が皇帝になるためだけに、形振《なりふ》り構わず行動してきた。その爪となり牙となったのが、薛懐義や来俊臣をはじめとする坊主や酷吏だった。だが、もう彼らは不要だ。

　異民族問題にも国政の諮問《しもん》にも対応できる人材こそ、これからの聖神皇帝に最も必要なのだ。それには狄仁傑のごとく、科挙《かきょ》の及第者が中心になるはずである。

「ところで契丹は、どのように撃退した？」

　聖神皇帝は、狄仁傑がどのように自慢話をするか、興味を持ったのだ。

「乱の原因は、大まかに言えば飢饉《ききん》でした」

「そうであったな」

「ですから、兵糧《ひょうろう》の備えが勝敗を分けます」

要は、兵站線《へいたんせん》の確保である。逆に言えば、契丹の補給路を断ったので、鎮圧軍が俄然《がぜん》有利になったわけである。

「それで、勝てたのか？」

「兵糧攻めだけならば、かなりな長期戦になりますので、他にも策戦を立てました。契丹ら遊牧民族は平原での騎馬は得手《えて》でも、河や湿地帯での行動には慣れておりません」

つまり、契丹の補給路を断ちながら、彼らを平原へ戻らせず、足場の悪い所へ追い込んだことになる。これで更に優位を確保して、正に真綿で首を絞める状況となった。

「そこで、一気に攻めたのか？」

「戦えば兵が何人か損《そこ》なわれるので、突厥と結びました。兵糧を支給する条件で」

突厥も、領内で契丹が盛んになるのは望ましくない。それゆえ鎮圧軍と結んで兵糧を入手できれば、一挙両得だった。

狄仁傑の説明は理路整然としており、味方の損失を最低限にして敵を殲滅《せんめつ》している。その最中、李尽忠は病没し、孫万栄は部下に暗殺された。彼には自慢などなかった。このように、宮廷人や官僚だけでなく、一般の人々からも賞賛を受ける働きは、来俊臣など酷吏には決してできぬ芸当だ。

彼らが考えるのは、有能な者から手柄や成果を奪い取るか、御破算にするかだけだ。それゆえ、憎悪だけを一身に浴びていた。

先刻、来俊臣が公開処刑されたが、死体が地面に転がった途端、庶民が殺到してその身体を引き千切った。いや、それだけで済むはずもなく、彼の肉を貪《むさぼ》り喰《くら》ったのである。それは、飢饉が押し寄せたからではない。来俊臣への憎しみが、異常行動を招いたのだ。

これらの話は無論のこと宮中で流布《るふ》され、来俊臣は今更ながら忌み嫌われ、狄仁傑の評判だけが上がった。彼は宰相に出世し、聖神皇帝の政を正面から見ることとなる。

一方の東宮では、皇太子（李旦）と皇孫（李成器）が以前と同じ問題を、またもや蒸し返していた。

「来俊臣が処刑されおって、ようやくやれやれと思うたに、また鬱陶《うっとう》しい話よのう」

「ほんにあやつは、嫌われ者の酷吏を告発して、大手柄を立てたつもりでしょう」

それは武三思のことで、彼も、かつての武氏の夢を引っ張り出してきたと言えよう。つまり、自分を聖神皇帝の皇太子にと、事あるごとに懇願《こんがん》しているのだ。

以前は武承嗣が、武氏の血脈を言い募って同じことを行い、弁護に立った王慶之《おうけいし》が手荒く処刑されて立ち消えになっていた。それを、武三思は諦めきれないのだ。

聖神皇帝も、彼の言葉に耳を傾けだした。それは彼女も七十代後半になって、自ら確立させた権勢を、何とか武氏に伝えられぬかと意欲を出し始めたからだ。しかし、それを正面から諫言《かんげん》したのも、狄仁傑である。彼の論法は非常に明快で、誰が聞いても納得せざるをえない展開だ。

「母と子に対して叔母と甥、どちらの方が血が濃うて親密でございましょうや？」

「それは……」

母子と応えかけて、聖神皇帝は黙った。狄仁傑の術中に嵌まると判ったからだ。母子と応えれば、李顕《りけん》（中宗《ちゅうそう》）や李旦（睿宗《えいそう》）の方を優先せねばならぬからだ。

だが、彼らは高宗との間にできた李姓の公子で、武姓ではない。聖神皇帝は、どこまでも武姓に拘《こだわ》っていたのだ。だが、かつて禅譲はありえぬと、武承嗣を外している。

「古来、子が親を祀《まつ》ることはあっても、甥が叔母を祀るなどとは、全く聞いたことはございませぬぞ」

狄仁傑は、武三思の思惑と聖神皇帝の未練を一蹴した。それでも彼女は、最後の抵抗を試みる。

「これは朕の家事（家庭争議）じゃ！」

彼女は、はっきり言って横を向いた。この台詞《せりふ》を、伝家の宝刀としたかったのだ。今を去る四十三年前、高宗が王皇后を廃して、武照を皇后に立てようとしたとき、侃々諤々《かんかんがくがく》の議論があり彼女側の分が悪かった。

このとき、重鎮として李勣《りせき》が終止符を打ったのが「家事」の一言だ。つまり、家族以外は容喙《ようかい》するなと大臣らの意見を遮断し、彼女は皇后になれたのだ。それゆえ聖神皇帝に即位した今も、この言葉に恃《たの》んだ。しかし、狄仁傑は一歩も引かなかった。

「皇帝は、四海をもって家となすと申します。ならば皇帝陛下の家事は、君臣全般に及ぶ事柄でございましょう。宰相たる私めが、与《あずか》り知らぬなどということがありますか！」

そういえば、かつて銅匭《どうき》を設置したとき、彼女は「君臣同体」ゆえ身分を問わず投書を歓迎すると触れを出していた。

こうなると、聖神皇帝の旗色は悪くなる。

この頃、武三思自身は聖神皇帝の寵愛が深くなった張易之《ちょうえきし》、昌宗兄弟に取り入り、馬の轡《くつわ》を引いて歩くほど遜《へりくだ》っていた。それもこれも皇嗣になれるよう、彼らから聖神皇帝へ口利きしてもらいたいためである。

狄仁傑は、そこを逆手に取った。

「そなたらが、皇帝陛下に武三思を推薦してみよ。後日、皇帝に出世した彼は、どのように報いるかな？　また、功もなく高い位に就いていることを、世間はどう思っていよう？」

そう言われて張易之、昌宗兄弟は身震いを覚えた。下僕同然に扱われた武三思は、きっと自分たちを処刑すると推測できたからだ。そして、盧陵王《ろりょうおう》（李顕）の復位を願いでる。

「よう、解ってくれたな」

復位を願ったのは、庶民が李氏の世、つまり唐の復活を望んでいると察せられるからである。こうして、武氏が皇嗣になる目は潰《つい》えた。それが引金《ひきがね》になったか、病で伏せっていた武承嗣が、寂しくこの世を去っていた。

第二章　武韋の禍（六九九年〜七一〇年）

13

「我は、もう永くないように存じます」

狄仁傑《てきじんけつ》が、気弱とも取れる台詞《せりふ》を吐いたのは、聖暦《せいれき》二年（六九九年）の暮れ頃だった。

「国老《こくろう》が言うと、朕《ちん》も不安に駆られるのう」

国老とは、狄仁傑への尊称である。特に聖神皇帝《せいしんこうてい》が彼に対し、二人称（あなた）や三人称（彼）として頻繁に使ったのである。李隆基《りりゅうき》も、傍《そば》で何度となく聞いていた。

「これ以上、宮廷に出仕しては老害を撒き散らすのみと愚慮し、暇乞《いとまご》いしとうございます」

恐らくは、体調が悪いのであろう。

「ならぬ。朕の傍を離れること」

聖神皇帝は、いつになく取り乱す。

「陛下を充分に支えてくれる人材を、推薦申しあげます」

もう、有無を言わせぬようすである。

「そなたが、言う人物であれば」

「ありがたきお言葉。では、息子の光嗣《こうし》」

普通は、息子を最初にしない。だが、狄仁傑がそれを敢えてするところに、その才を感じ取るべきであろう。

「つづけます。次いで桓彦範《かんげんはん》、敬暉《けいき》、そして姚崇《ようすう》、宋璟《そうえい》、張柬之《ちょうかんし》でございます」

皆、彼女が聞き知った人物である。特に最後の三人は、婁師徳《ろうしとく》も推《お》していた。

「あの御仁とは、どうも反《そ》りがあいませぬ」

狄仁傑は顔をしかめる。

「国老。朕が、なぜそなたを登用したとお思いじゃ？」

「それは、評判でございましょうかな？」

さすがに、業績を誇るわけにもいかない。ところが、意外な応えが返ってくる。

「それはな、婁師徳の推薦《すいせん》じゃ。ほれ」

彼女はそう言うと、最近故人となった婁師徳の推薦状を見せた。すると、狄仁傑の顔に赤みが差す。それは照れではなく羞恥を覚えたからに他《ほか》ならない。

「我は、婁師徳殿を良く言ったことはございませぬのに、あのお方は」

この日以来、狄仁傑は婁師徳の墓を詣でるようになった。一方、聖神皇帝は三人の最後の一人の慧眼《けいがん》に、今更ながら感服している。

昨年、晋陽《しんよう》郊外の砂漠を、地平の彼方からやって来た男がいた。衣服が乱れてぼろぼろだったため、巡察隊の兵士が訝《いぶか》る。

「隊長、あやつは間諜《かんちょう》でしょうか？」

「さてな。訊問するから、矢を番《つが》えておけ」

殺気立つ二人の背後で、副隊長が膝を叩《たた》いて声をあげる。

「あれは、監察御史《かんさつぎょし》の裴懐古《はいかいこ》様だろう」

彼はその昔、酷吏《こくり》から冤罪《えんざい》を被《かぶ》せられたとき、裴懐古に正しく裁かれ助けられたという。

「そんな御仁が、なぜ砂漠の彼方から？」

巡察隊に救われた裴懐古は、大将軍閻知微《えんちび》の従者として長城外へ行っていたと説明する。閻知微はというと、淮陽王《わいようおう》（武延秀《ぶえんしゅう》）の付き添いで僻地《へきち》へ出かけたのであった。

武承嗣《しょうし》の他界と相前後して、息子の武延秀が、突厥《とっけつ》のカパガン可汗《かがん》の娘を娶《めと》る運びとなった。しかも淮陽王という身分でありながら、塞外《さいがい》まで迎えに出ると息巻いた。そのとき、真っ向から諫めたのが、狄仁傑推薦の張柬之である。

「中華の王が、夷狄《いてき》の王女を娶るなど、聞きつけませぬ」

彼の言うとおりで、普通は夷狄の王が、ありがたがって中華の公主《こうしゅ》を降嫁させる。それが和蕃《わばん》公主と呼ばれる存在で、遠くは王昭君《おうしょうくん》や烏孫《うそん》公主が有名で、近くは聖神皇帝の学友だった李皐佳《りこうか》や文成《ぶんせい》公主がいる。彼女たちは悲運のもと、吐谷渾《とよくこん》（青海省）や吐蕃《とばん》（チベット）という僻地へ赴いた印象がある。

「寡人は、武氏の娘を悲しませせぬ。それゆえに、夷狄の王女を受けに行ってやるのだ」

こうして、武延秀は地方王の肩書をひけらかすように、土産物を満載した車を仕立てて黒沙《カラコルム》の南庭に到着した。だが、カパガン可汗は、それを見て激高する。

「儂《わし》は李氏へ娘を嫁がせたいのに、武氏が来るのか？」

意外な言葉に武延秀が反論する。

「今、中華の皇帝は武氏ですぞ！」

「女の皇帝など認めぬ。娘をくれてやるは李氏だけじゃ！」

カパガン可汗が右手を挙げると、部下の騎兵が一斉に弓を引き絞る。こうなると、護衛の大将軍閻知微は為す術《すべ》がない。

武延秀は幽閉され、閻知微をはじめとした軍兵は、カパガン可汗の麾下《きか》へ編入された。文官の裴懐古は、この混乱に乗じて逃れてきたようだ。そしてようやく辿《たど》り着いたのが、晋陽郊外の砂漠であった。

「武氏の周朝廷は、儂を見くびりおった」

カパガン可汗の怒りは、武延秀を拉致しただけでは収まらなかった。彼は四十万の大部隊を率い、長城の周辺を荒らし回った。これに対抗して兵を率いたのが、狄仁傑である。しかし、彼が長城へ到着したとき、カパガン可汗は既に漠北の彼方へ遁走《とんそう》した後だった。

塞外の異民族が侵攻したとき、付近の住民たちは仕方なく彼らに服従してしまう。歴代の将軍らは、その一事を重要視して住民を不忠者として攻め滅ぼしたり、処刑したりして手柄と誇り、果ては罪人として官奴に落とすことまであった。

狄仁傑は、住民たちの已《や》むに止《や》まれぬ態度など、総て無罪にすべきだと主張した。そして聖神皇帝に直談判して、不憫《ふびん》な住民の救済をすべきと諄《くど》いほど説いた。

「来俊臣《らいしゅんしん》ら酷吏の仕業と薛懐義《せっかいぎ》の横暴は、巷《ちまた》の怨嗟《えんさ》を呼んでおります。今後は、皇帝の仁徳を満天下に知らしむべきです」

「ならば、いまが好いおりなのか？」

こうして狄仁傑は、聖神皇帝から允許《いんきょ》を引き出したのである。これが、今までの将軍とは、根本的に違う態度と心遣いであった。更に、かつて孫万栄《そんまんえい》らに率いられ、反乱を起こした契丹《きったん》の投降者も許すよう訴えた。

聖神皇帝は狄仁傑の提案や推薦を、全面的に取りあげることとした。

この頃、李隆基も十代半ばに達しており、事件の原因と展開はよく呑み込めていた。彼は政《まつりごと》に、狄仁傑のような科挙出身者が絶対不可欠との思いも強くしていた。

また、これら一連の経緯から、塞外民族が武氏よりも李氏を崇《あが》めていると改めて認識でき、李氏の誇りを感じたものだ。

一方、武延秀のことも気になっていたが、彼はカパガン可汗に解放されて洛陽へ戻ってきた。護衛役の閻知微も同様な扱いを受けたが、彼は聖神皇帝から歓迎されなかった。

「朕の武氏一族に恥を掻かせおって、よくもおめおめ戻ってきおったな。許せぬ！」

このような罵詈《ばり》を浴び、彼は洛陽へ戻る前に処刑された。

この事件を機に、王族が夷狄の王女を娶る話は聞かなくなった。張柬之の諫言どおりだったわけで、彼の名が上がることになる。一方、武延秀は嘲笑を受けて、しばらく屋敷から姿を見せなくなった。代わって兄の武延基《えんき》が、最近東宮に出入りするようになったと聞こえてくる。

「父親が薨去《こうきょ》して弟が恥を掻いたとて、新しい皇嗣に取り入る腹だろう」

「全く、武氏など、どうせその程度です」

李隆基の父と兄は、鼻で嗤《わら》っていた。

14

「奉宸府《ほうしんふ》とは何じゃ？」

回廊脇の小部屋で疳高《かんだか》い声を出したのは、太平《たいへい》公主である。怒った顔は、聖神皇帝の表情とそっくりだ。

「かつては、控鶴府《くうかくふ》と言っていました」

応える李隆基も、聖神皇帝に面会を求めに行って、護衛の宦官《かんがん》に断られたのだ。孫ならばさもありなんだが、実の娘まで蚊帳《かや》の外に置くのは、正に秘め事が行われている最中だからに他ならない。

「要は、張易之《ちょうえきし》と張昌宗《しょうそう》を飼っておくための偽役所なのでございましょう」

上官婉児《じょうかんえんじ》が、あしざまに言う。太平公主が怒るのは、奏上したいことがあっても、若い男妾《だんしょう》が侍《はべ》って聖神皇帝を独占してしまうからだ。これでは、彼らを紹介したことが徒《あだ》になりかねない。

この状況を察してか、千金《せんきん》公主は小部屋へもう顔出ししない。李隆基が来たのも、勉学の帰りではなく、父（李《り》旦《たん》）にようすを探るよう言われたからだ。皇嗣の地位を兄（李《り》顕《けん》）に譲《ゆず》ったため、彼も日々が不安なのだ。

「最近の聖神皇帝は朝議に臨まれても、何ら決裁なさらず、宰相以下の百官は随分お困りです」

上官婉児は、子飼いの宦官に賄賂《わいろ》を撒いて情報を収集しているらしい。この話のとおりだと、聖神皇帝には政《まつりごと》に対する情熱が失せ、張兄弟を愛玩動物《あいがんどうぶつ》のごとく可愛がるだけの生活をしていることになる。

かつて寵愛した薛懐義は僧として『大雲経』を調え、また、沈南璆《しんなんきゅう》には医師としての技術があった。そこを言えば、張兄弟は美男で歌舞音曲が得手というだけの芸人風情でしかない。つまり、皇城に留め置く理由が極めて希薄であった。それゆえ、奉宸府などという偽役所をむりやり創《つく》ったことになる。

「聖神皇帝は、かつての北門学士を倣《なら》った学識の府をお考えになったのでしょう。本来は『三教珠英《さんきょうしゅえい》』なる類書《るいしょ》（百科事典）を編纂《へんさん》させるおつもりだったのですが、兄弟の頭脳ではその御期待にさっぱり応えられませぬ。家族や友人を引き込んでの、宴会と賭博《とばく》に連日明け暮れております」

「いやはや、聖神皇帝も焼《やき》が回ったわけか」

太平公主は母を思って、つい天を仰いだ。

「その宴会に、武三思《さんし》がべったりくっついておりますよし」

皇嗣になれなかった承嗣の従兄は、張兄弟に取り入って、いつかその夢を果したいのだと、太平公主には見える。

「仲良く酒を呑んでおるのか？」

「それが、笑止千万なことがありまして」

上官婉児は顔をしかめながら語る。

「ある宴会で、武三思は張昌宗を評して、笙《しょう》（楽器）の名人と謳われた姫晋《きしん》（周の霊王《れいおう》の太子）の再来だと言ったとか」

姫晋は後半生を嵩山《すうざん》で隠棲し、仙人になる修行をしたと言われている。そして、遂に白鶴に乗って昇天した人物だ。

羽化登仙《うかとうせん》した王子と、寵愛する張昌宗が重ねられ、聖神皇帝は喜んでいた。明らかに判断力の低下である。

「そう言えば、嵩山に詣《もう》でて昇仙太子廟を造って揮毫《きごう》までしたというのは、そのことに関してか。まあ、なんと嘆かわしい」

「それだけではございませぬぞ。聖神皇帝は鶴の木造を作り、張昌宗に羽衣《はごろも》を着せて跨《また》がらせたそうにございます」

上官婉児の話に、太平公主は開いた口が塞がらないという表情だった。李隆基も辟易《へきえき》して小部屋からさっさと帰り、父と兄に報告をあげた。二人とも言葉を失い、もう笑う以外に為す術を知らなかった。

「最近、兄上（李顕）は、どうしておられる？」

李旦もいろいろ気を配っている。

「次男の李重潤《りじゅうじゅん》の所へ、武延基が出入りしているらしく、永泰公主《えいたいこうしゅ》（重潤の妹）らとよく酒宴を張っているとか」

応えるのは李成器《せいき》である。彼も対立陣営を窺《うかが》っているのだ。

このような久視《きゅうし》元年（七〇〇年）、狄仁傑が薨去《こうきょ》した。すると、箍《たが》の外《はず》れた樽木《たるき》がばらばらになるごとく、張昌宗らに緊張の糸が切れた。聖神皇帝の寵を好いことに、宮廷内の至る所へ慣例を破って勝手に出没した。まず厨《くりや》に入っては、料理人が下拵《したごしら》えした食物を勝手に摘《つま》み喰いし、武器庫に入っては弓矢を持ち出して、部下の馬を射殺したりした。このような行為が、宮廷人や官僚の口端に上らぬはずがない。

無論、無法者への批難としてだ。

「このまま、張兄弟をのさばらせておけば、今に宮廷が無秩序になります」

「あんな芸人風情の兄弟に、好《い》いようにされては堪《たま》りませぬ。何とかせねば」

「聖神皇帝に、訴え出ればいかがかな？」

「それは逆効果です。目に入れても痛くない可愛がりようとあれば、却《かえ》って訴え出た方が厳罰を喰らいましょう」

「しかし、手を拱《こまね》いていれば、皇城は張一派の根城にされてしまうぞ」

「いや、それどころか、今に洛陽城（城郭内の街）全体が潰されかねませぬ」

「病巣は、早めに取り除くべきですが」

このような会話は、実のところ宮廷の隅々に至るまで、なされていたのだ。ところが、李重潤や永泰公主の所で御機嫌伺いをしていた武延基が、自らも同じような悪口を言っていながら、酔った勢いで張兄弟側近に話の内容を漏《も》らしてしまった。

すると張兄弟が自らの悪行は棚に上げて、これを聖神皇帝に涙とともに訴える。

「ここまで悪意のある話となっては、今に我らはこの世から消されます。あな、恐ろしや。恐ろしや」

晩年の聖神皇帝は、張兄弟の気持だけをつなぎ止めようと、彼らの希望を最優先にしていたようだ。彼女はあろうことか、孫二人と通報者の武延基にまで自害を強いた。

「心よりお詫びいたしますので、何とぞ御慈悲を」

重潤と永泰公主の父親（皇嗣顕）は、額を床に擦りつけて我が子の命乞いをした。

「朕の股肱《ここう》に危害を与えるとは、国家転覆の陰謀にも等しい。罪は命で償《つぐな》うしかなかろうが！」

聖神皇帝の気持は頑《かたく》なに変わらない。

全くの筋違いをしていて、誰も止められないのが恐怖政治である。李隆基も、まかり間違えば処刑の対象になっていたと、このときは背筋が氷る思いだった。

「ついでに、父親の皇嗣の位も剝奪して、我にくれれば良いものを！」

李旦は暢気《のんき》にもそう毒突《どくづ》いていたが、聖神皇帝からはそれ以上の沙汰はなかった。

彼女は武太后と言われていた時代からも、自分の邪魔になると判断すれば、たとえ血を分けた一族でも容赦なく処刑してきた。中でも凄まじかったのは、自分が皇后の地位に即《つ》いたとき、対立していた王前皇后や蕭《しょう》夫人を酒漬けの処刑にしたことだろう。

それゆえ、彼女はその記憶を薄れさせるため、長安を避けて洛陽で生活するようになったのだ。しかし今回、愛する張兄弟のためとはいえ、単なる悪口だけで孫たちや一族の若者の命を奪った。

時間が経つに従って、彼女はまたしても自責の念に苛《さいな》まれたようだ。彼女は「長安へ移る」との勅命を出した。

唐の首都は、ずっと長安である。だが、武太后は顕慶《けんけい》二年（六五七年）から洛陽と長安を行き来して、永淳《えいじゅん》元年（六八二年）からはずっと洛陽に居つづけた。実質的には、この大足《たいそく》元年（七〇一年）まで首都である。

聖神皇帝は、それを敢えて政治機能を移そうとしている。洛陽から長安までは、約三五〇㌔メートルある。それを輿《こし》に乗って馬車にも揺られ、彼女は半月余かけて長安へ戻った。そして元号も、長安元年（七〇一年）とした。

15

長安へ居を移したとて、張兄弟が突然品行方正になったわけではない。それどころか、新天地に来たとばかり、宮城の太極殿を闊歩し始める。朝議で百官が居並んでいるとき、張兄弟はわざとだらしない服装で壇上に上ったり、百面相をして笑わせようとした。無論、聖神皇帝以外は、誰もが彼らに憎しみを感じている。しかし、肉親たる皇族への処刑の件もあり、なかなか聖神皇帝に苦情が言えないのだ。

中に、一人例外がいた。この頃、大臣になっていた魏元忠《ぎげんちゅう》である。彼は来俊臣にも、真っ正面からぶつかっていた硬骨漢だ。ある日、彼が都大路を馬車で通行していると、大声で誰かを罵《ののし》っている声が聞こえた。

「牛肉の盛り合わせぐらい何だ。俺様は、張兄弟に縁《ゆかり》の者だ。文句があるか？」

声の主は仲間二人と無銭飲食した挙句、取り囲まれたので張兄弟を持ちだしたようだ。

魏元忠は杖を片手に、そちらへ向かっていく。

「その方、本当に張兄弟の縁者か？」

「ああ、嘘を言って何になる」

「では、試してやろう。張兄弟の名は？」

「弟御が張昌宗様で兄上が張易之様だ」

「それから、他にも兄が三人おろう。その名は言えるか？」

「昌期《しょうき》様、昌儀《しょうぎ》様、同休《どうきゅう》様のお三方だ。畏《おそ》れいったか！」

男が得意満面で言い放った刹那、魏元忠の杖が相手の側頭部を叩いた。男の鼻から血が流れ、魏元忠は同じことを三度して、男を絶命させた。他の二人が逃げようとする。

「捕らえよ」

男たちは、取り囲んだ者らに首根っこを押さえられたため、命乞いを始める。

「まずは名告《なの》って、無銭飲食を償《つぐな》うのだ」

彼らは自分らと、死んだ男の名を告げる。魏元忠は周囲を見わたして、嘘がないか確かめた。中に、彼らを知っている者がいて、間違いないと確認できる。二人が差し出した財布を、料理屋の主人に渡し、釣など不要だとも言う。

「それから、こいつはおまえらが片付けろ」

魏元忠はそう言って、財布を渡した男どもに死骸を引き取らせた。彼はそのまま、馬車に乗って参内する。そして、聖神皇帝に面会を乞う。許可が下されると廊下を進む。すると、面会の場に張昌儀がいた。無銭飲食者が名を出した一人だ。

魏元忠は彼を見るなり胸倉を摑み、庭へ引き摺《ず》り降ろした。

「殿上へあがるな。おまえは官位が低い」

剣幕に押された張昌儀は庭で突っ立った。そこへ聖神皇帝が、張兄弟を引き連れてやってくる。魏元忠は、先ほど都大路で起こったことをつぶさに述べた。

「そのようなこと、嘘です。そんな連中、全く知りませぬ」

傍にいる張兄弟は、口を極めて否定する。

「まだ、名前も言っておらぬに、なぜ知らぬと判る？」

この一言に、張兄弟は押し黙った。

「そこにおる張昌儀が洛陽県令をしておったおり、薛なる姓の選人《せんじん》（科挙合格者で職を待っている者）が、履歴書と金五十両を渡して職の依頼をしたとか。しかし、昌儀は名を忘れ、薛姓の者全員を官職に就けております」

「そんなことはございませぬ」

「そうかな。記録を見れば、一目瞭然だぞ」

魏元忠に言われて、張昌儀は逃げていく。

「まあ、そう言ってやってくれるな。朕は張昌期を雍州《ようしゅう》長史に推挙しようと思うておる」

聖神皇帝はにこやかに提案するが、それは張兄弟を可愛がる以外、楽しみがなくなった老婆の態度でしかない。

「少々、荷が勝ち過ぎましょうな。この兄弟に治めることなど適《かな》いましょうや」

魏元忠は張兄弟がいようと、歯に衣を着せず言う。お蔭で兄弟は反論も成らず、居たたまれない状況である。

「陛下は、側近の小人どもを除いて下さい」

魏元忠は彼らの前で、はっきりと言った。それに対し、聖神皇帝も張兄弟も黙った。

このようなようすは、賄賂を貰っている宦官が、皇嗣（李顕）や李旦と李成器、太平公主と上官婉児らへ直ぐに伝える。

「魏元忠も危ない橋を渡りおる。張兄弟は、聖神皇帝崩御《ほうぎょ》後を睨《にら》んで悪足掻《わるあが》きしよるぞ」

李隆基は、父の台詞が当たると思った。案の定、それから半月も経たぬ内に、魏元忠と高戩《こうせん》が謀反の企てとの告発があった。皇嗣を擁《よう》し、聖神皇帝を取り除くという趣旨である。

高戩というのは、太平公主の護衛長だ。太平公主は最近、張兄弟が聖神皇帝を独占して願い事が聞き入れられぬと不満だったのだ。つまり、聖神皇帝の息子と娘が、母に対して政変を起こすことになる。逆に見れば、張兄弟が煙たい存在を消そうとしている構図だ。

早速、魏元忠と高戩は牢に入れられる。

「張兄弟は、張説《ちょうえつ》を証人に立てるとか」

同じ張姓だが、兄弟や一族ではない。彼は科挙の及第者で、文学一辺倒の人物だという。この度は奉宸府に配属され、遊び惚《ほう》けている張兄弟の代わりに『三教珠英』を編纂《へんさん》しているらしい。

李隆基も、彼の人となりまでは知らない。このとき、宋璟が彼を説得に赴いた。

「張兄弟が、どんな証言を命じた？」

「魏元忠閣下が、高戩と謀反したと言えと」

「おぬし、本当にそう思っているのか？」

「主人が言うからには、相応なことでは？」

ここで張説は、初めて宋璟の目に只ならぬ光を見た。そして、自らの暢気《のんき》に気づく。

「では、違うのですか？」

学究肌で勉学に熱心な者特有の世間知らずが、張説には典型的な形であった。彼は、奉宸府で資料を調べ、執筆事項が増えることだけが楽しみだったのだ。

「おぬしが書籍を読む眼で、あいつらと魏元忠閣下をよく観察してみろ」

その日から、彼は張柬之や姚崇らにも会って、さまざまに魏元忠や高戩がどのような人物か調べだした。そして張兄弟の傍若無人《ぼうじゃくぶじん》など、本当のことと自らが置かれた立場を自覚して、その恐ろしさに震《ふる》えだしていた。

「ようやく判ったようだな」

再び訪ねてきた宋璟を見る張説は、明らかに以前と違った表情をしていた。張兄弟の言うことは真っ赤な嘘だが、言われたように振る舞わねば、とんでもない復讐をされよう。

「目先の名利に、捕らわれてはならぬぞ」

宋璟が言っても、張説の蒼褪《あおざ》めた顔色は変わらない。宋璟は更に重ねて言う。

「邪悪な連中に与《くみ》すれば、末代までの恥になる。我らは全力でおぬしを守る。左遷されれば、それは勲章と思え。処刑されれば、万代に名を残す。青史を汚して子孫の恥となるまいぞ」

宋璟の説得が、張説にどう作用したかは判らない。とにかく、そのまま裁判が始まって、魏元忠と高戩が陰謀をどのように巡らせたかが問いかけられる。

「この二人は聖神皇帝を上皇にして、皇太子（李顕）を玉座に挿《す》げようと、確かに画策しておりました」

張昌宗が告発すると、魏元忠が反論する。

「我は高戩殿の顔は見知っているが、話などしたこともない。いったい何処での話だ？」

「それについては、証人がございます」

張易之が北叟笑《ほくそえ》みながら、張説を呼ぶ。

「張説、それ、見聞きしたことを述べよ」

張昌宗に促され、張説は徐《おもむ》ろに応える。

「見てのごとく、張兄弟は我に威丈高です。聖神皇帝の前ですらこうなら、他でいかなる所業に及んでいるか、推して知るべしでしょう。張易之は我に、魏元忠閣下の謀反を偽証せよと強要いたしました。それが今日、ここで我が申し述べるべきことです」

この一言で、場内は騒然となった。

「張説は魏元忠に買収されておる。これは信じてはならぬことじゃ」

張易之が慌てて言うと、聖神皇帝が更に声を荒らげて言う。

「張説こそ偽証しておる。取り調べよ」

この言葉に、誰もが聖神皇帝の耄碌《もうろく》による能力の低下を見て取った。

16

「先日、地震があったな」

「そう言えば、長安城《ちょうあん》の東側で井戸が溢《あふ》れ出して止まらぬとか。これもその影響、いや、天帝の御意志でしょうか？」

四方山《よもやま》話の後、李旦《りたん》が裁判を嗤《わら》う。

「ところで、なかなかの見物《みもの》だったな」

また李旦は、魏元忠《ぎげんちゅう》と高戩《こうせん》が皇太子（李顕《りけん》）を担ぎだしての政変なら、自分は謀反《むほん》を疑われぬと高《たか》を括《くく》って嘯《うそぶ》いた。だが、長男の李成器《せいき》は楽観してはいない。

「もし、謀反が認められれば、皇嗣は父上に代わりましょう。が、張兄弟が捨て措《お》きはしません。次に、謀反を言い立てられます」

傍《そば》で聞いていた李隆基《りゅうき》は、兄の意見をもっともだと感じた。あのような調子で処刑されては、李一族は完全に根絶やしにされよう。しかし、今回判ったのは、聖神皇帝《せいしんこうてい》に反旗を翻《ひるがえ》そうとしている者たちが、大臣をはじめとして、かなりいるという事実だった。

このまま、魏元忠や高戩、張説《ちょうえつ》を処刑すれば、民衆の不満が一挙に爆発すると、大臣数名が聖神皇帝に直談判し、結局のところ三人は左遷《させん》（流罪）ということで収まった。行き先は嶺表《れいひょう》（広東、広西地方）である。

魏元忠は、赴任に先だって聖神皇帝へ挨拶に罷《まか》り出た。張兄弟が背後に控えている。

「私めは高齢ゆえ、もう生きてこの地は踏めますまい。それでも陛下は、きっと私めを思い出されましょう」

聞いていた聖神皇帝は、それはいつかと言うように小首を傾《かし》げる。魏元忠はそれを待って、張兄弟を指さす。

「その小童《こわっぱ》らが、乱の発端を作るときです」

腹を括った老大臣の一言に張兄弟は震えだし、聖神皇帝の前で這《は》い蹲《つくば》って「そのようなことは、決してない」と低頭する。

「御苦労であった。さあ、早《はよ》う赴任《ふにん》されよ」

聖神皇帝は、厄介な話を避《さ》けたかったらしく、魏元忠を体《てい》よく追い出した。だが、収まらないのは張兄弟である。彼らは、部下の柴明《さいめい》に魏元忠を見張らせた。

魏元忠が長安を離れるに際し、太子僕（皇帝の馬車管理係）の崔貞慎《さいていしん》ら八人の高官たちが見送った。ごく自然な惜別《せきべつ》の風景だ。

李隆基も、このとき遠くからだったが、硬骨漢の大臣を密かに見送っていた。それは、彼が湧出《ゆうしゅつ》の井戸を見物に出かけ、才人と言われる者たちと語り合っていたときだ。

長安の城邑は、北側が龍首原《りゅうしゅげん》と呼ばれる丘になっている。宮城と皇城は一番北側にあって、それを降《くだ》って官庁街が一般住居となっている。その整然としたようすと裏腹に、才人らは才がありながら、張兄弟に官職の道を閉ざされている。李隆基は彼らと、金光門《きんこうもん》を眺めていたのだ。そこに、魏元忠を送別する一行がいたのだった。

それから数日後、観察御史の馬懐素《ばかいそ》が宮城の回廊を慌てて歩いている姿が見られた。李隆基は、聖神皇帝への表敬訪問の途中で彼と擦れ違ったのだ。

「なぜ、柴明に問い質《ただ》す必要がある？　朕《ちん》が謀反と言えば、崔貞慎ら八人もそれまでじゃ」

聖神皇帝は目前で挨拶している李隆基と、先ほどまで話していた馬懐素を取り違えているようだ。察するところ、張兄弟の命令を受けた柴明が、崔貞慎らも魏元忠と腹を合わせた謀反の仲間だと誣告《ぶこく》したらしい。

それを聖神皇帝は、張兄弟可愛さの余り、鵜呑みにしている。だから、公正な状況把握に努める馬懐素に不満を述べたのだ。一方、訊問されては襤褸《ぼろ》の出る柴明は姿を隠したと判る。

それから旬日《じゅんじつ》以上経っても、馬懐素は誰も罪に落とさなかった。それを聖神皇帝が詰《なじ》っても、「見送りを謀反などと、我は糾弾できませぬ」と、骨のあるところを示した。

「なぜ、朕の告発を取り上げぬ？」

「罪状が、さっぱり見えぬからです」

こう応える分、馬懐素は法治国家の良識ある官僚だったわけだ。この一件を、来俊臣《らいしゅんしん》のごとき酷吏《こくり》が調べていれば、否が応でも崔貞慎らは罪に落とされていたことだろう。

つまり国家が健全になったことで、聖神皇帝の独裁振りに、翳《かげ》りが生じたのだ。それは取りも直さず、張兄弟の活動範囲が縮小されていくことも意味した。

如実な具体例は、宴会の席順にも現れる。

これまでは武三思《ぶさんし》をはじめ、宮廷人や高級官僚が張兄弟を上座に押し上げていた。楊再《ようさい》思《し》なる官僚に至っては、誰かが張昌宗《しょうそう》の美男振りを蓮《はす》に喩《たと》えると、「いや、蓮が昌宗殿に似ているのだ」と言い出す始末だった。そこが張兄弟の絶頂期と言えた。しかし、魏元忠や馬懐素の一件以来、彼が上座にいると皮肉が飛んだ。

「才のない者が上座にいては目障りだ」

宋璟《そうえい》などは、張兄弟が殺意を抱くような発言を平気でしていた。もう、張兄弟が聖神皇帝に訴え出ても、彼女は「謀反」を理由に彼らを拘束して左遷できなくなった。

ここまで諂《へつら》っていた武三思でさえ、最近は態度がやや引きぎみだという。

そんな周囲の状況もあるが、聖神皇帝自身の気力の問題でもあった。そして、最後に力を振り絞ったのは、洛陽《らくよう》へ戻ることだった。またしても遷都同様の右往左往が始まったのは、長安三年（七〇三年）の十月である。

洛陽へ戻ったものの、元号は長安のまま変えなかった。それすら、聖神皇帝の気力が衰えた証左であろう。

　翌長安四年（七〇四年）には李隆基も二十歳となり、立派な皇族の男子に数えられる。

　この年、増えたのが張兄弟による収賄の告発だった。これまでも就職の口利きや異動依頼など、形振《なりふ》り構わぬ金銭要求を取り沙汰されていたが、聖神皇帝の力不足を敏感に受けて、証拠がはっきりしている事件が浮かび上がってきた。

「これだけでも張兄弟一族を、宮廷、いや、洛陽城内から追放すべきです」

　大臣の韋安石《いあんせき》と唐休璟《とうきゅうえい》が、さまざまな証拠を文書にして告発していた。聖神皇帝がそれに目を通して決裁したのは、李隆基が慰問に訪れたときのことだ。

「この返事を、大理寺《だいりじ》に出してきておくれ」

　頼まれた李隆基が戸惑っていると、張兄弟が文書を見据えたまま言い募る。

「このような物、役職以下の者に託してはなりませぬ。それに、韋と唐は刑に処して」

　だが聖神皇帝は、往年よりもやや低いが、迫力ある一声で制する。

「黙りなされ。収賄云々《しゅうわいうんぬん》は、そなたたちが自制すれば済む話じゃ。いちいち処刑していては、この国が成り立つまい」

　彼女の一喝で張兄弟は、塩を掛けられた蛞蝓《なめくじ》のごとく大人しくなった。

「さあ、隆基。早う」

　祖母に促され、李隆基は文書を届けた。その後、韋安石は揚州都督府長史に、唐休璟は幽州都督中と安東都護の兼務を命ぜられ、張兄弟の告発は有耶無耶《うやむや》になった。

だが、張兄弟の横暴もここまでであった。これ以降は、彼らに賄賂を渡して何事か頼もうとする者が著しく減った。武三思でさえ寄りつこうとしない状況は、取りも直さず聖神皇帝の力が見限られたと言うことだ。

彼女の独裁体制に、不平や不満を燻《くすぶ》らせてきた者らが、一斉に怨《うら》みの矛先《ほこさき》を張兄弟に向けてきたようだ。ところが張兄弟は、まだその本当の恐ろしさに気がついていない。

「陛下。いかがなされました?」

その日は、突然やって来た。張兄弟が、いかに話しかけようと、聖神皇帝は一切返事をしなくなった。ただ両方の眼だけが、力なく開いていた。

17

「張昌宗に、天子《てんし》の相があるなどと、どこの莫迦《ばか》が言いおったのだ?」

「人相見の李弘泰《りこうたい》なる者だそうな」

「そのような卦《け》を出せば、謀反と言われようが。何と、度胸のあることよ」

「それは、言った側にも言われた側にも及びましょうに」

宮廷人の噂には尾鰭《おひれ》が付く。だが、張兄弟を相手にするので、聖神皇帝の威光が背後でちらつき、司直もなかなかそれ以上に踏み込めないでいる。

「兄弟め、人相見の意見に従って、定州《ていしゅう》（河北省）に大伽藍《だいがらん》を建て、洛陽の高僧十人を送り込む手筈だとか。祈禱《きとう》を篤くすることで、聖神皇帝から禅譲《ぜんじょう》を取り付けるつもりかもしれん」

悔しさを嚙《か》み締める李旦（後の睿宗《えいそう》）は言うが、息子たち（李成器と李隆基）は全く意に介《かい》していない。

「おまえたちは、どうして平然と？」

「父上。これは奴《やつ》らの悪足掻《わるあが》きです」

李隆基は鼻で嗤《わら》っていた。張兄弟は後がないので、何にでも縋《すが》る思いなのだという。

「いいですか。聖神皇帝には、数ヶ月も謁見《えっけん》できない者すらいるんです」

病状が深刻になっているのだ。張兄弟は、それを周囲に悟られまいと、必死に隠している。最近も、大臣の崔玄暐《さいげんい》が聖神皇帝を見舞って、ようやく長生院で面会できたという。

「陛下が重篤の身に際し、異姓の者を置いてはなりませぬ」

だが、この諫言も聞き入れられなかった。かといって、叱責されたわけでもない。聖神皇帝自身、もう気力の底が尽きていると見なされるのだ。

張兄弟を追い詰める側にとって、ここで嬉しい誤算だったのは、彼らは兄弟五人とそれに関わる部下たち以外、取り巻きが去って味方がいなかったことだ。だから彼らは、官僚機構や宦官《かんがん》の組織を使うことができない。

そう言えば、かつて武三思は聖神皇帝の覚えを愛《め》でたくしようと張兄弟の馬の轡《くつわ》を取るほど遜《へりくだ》っていたが、太平公主《たいへいこうしゅ》が上官婉児《じょうかんえんじ》を使わせて交際を断たせたと聞こえてきた。

ただ、その過程で二人がただならぬ仲になり、太平公主が上官婉児に暇を出したとも言う。だが宮中の噂など、どこまでが真実か、大いに怪しい。とにかく武三思が、最近は張兄弟と距離を取っていることだけは確からしい。

一方、官僚の側は最長老で傘寿《さんじゅ》（八十歳）の張柬之《ちょうかんし》が、姚崇《ようすう》や崔玄暐、敬暉《けいき》、桓彦範《かんげんはん》、袁恕己《えんじょき》ら大臣級の官僚を次々に同士として集めていた。魏元忠も呼びたかったが、彼は身体が許さなかったようだ。

李隆基は皇城を歩いていて、張柬之の動きを把握していた。このようなときは太平公主も、買収した宦官どもを使って双方の動きを察知していただろう。いや、宮廷人や官僚たちも、遅かれ早かれ、結局は同じ認識に立つものと思われる。

「おんみは、どなたのお蔭で武人としての地位に就いているか、解っておられるか？」

これは張柬之が、右羽林軍《ううりんぐん》大将軍の李多祚《りたそ》に接近して口を利いた台詞である。

「はい、高宗《こうそう》（李治《りち》）陛下のお蔭です」

「ならば、そのお方のお子（皇嗣の李顕）が、張兄弟のため危機に瀕《ひん》している現状を、どのようにお考えかな？」

「御恩に報いるため、家族のことは忘れて身命《しんめい》を賭《と》し、宰相閣下の命令に服しましょう」

張柬之はここに、軍の協力を取り付けた。政変を画策強行する場合、全体の趨勢《すうせい》を決定するのは、何と言っても軍の去就《きょしゅう》である。それゆえ張柬之は、気脈の通じ合った楊元琰《ようげんたん》を右羽林将軍とするなど、着々と周囲を固めていった。

神龍《しんりゅう》元年（七〇五年）一月二十二日、ついにそのときが来た。この頃になると、もう官僚機構も宦官たちも、何事が起こるかを充分に予測している。

「兄（皇太子＝李顕）のやつ。この期《ご》に及《およ》んで、まだ渋っているとは、何と優柔不断な」

張柬之に命令された大将軍の李多祚が、皇嗣のもとへ行き、聖神皇帝に退位を迫るよう促《うなが》しているらしい。だが、李顕は未だに躊躇《ちゅうちょ》している。彼には、自分が退位させられたときの恐い聖神皇帝の姿が、鮮烈に焼き付いているのである。いや、張兄弟を批判した次男重潤《じゅうじゅん》と永泰《えいたい》公主が処刑されて、その精神的打撃も未だ癒《い》えていないのだ。

だが、妃の韋氏に激励されて、ようやく重い腰をあげかけている。一方、傍にいる四男の重茂《じゅうも》は、明らかに怯《おび》えていた。その妹の安楽《あんらく》公主は、常に父親と三男重俊《じゅうしゅん》の弱腰を嗤って見ているという。李顕一家は、女性が強気で男性は気弱の家族らしい。庶長子に重福《じゅうふく》がいるも、彼は地方へ出されている。

李隆基は、張柬之の行動をそっと見に行った。行き先は、玄武門から先の長生殿《ちょうせいでん》の一画にある迎仙宮《げいせんきゅう》である。そここそ、聖神皇帝の寝所であるからだ。

「早くこちらへいらせられませ」

「そうか、すまぬ。取り敢えず皇太子様の住まいへ入らねばな」

回廊を進んでいく途中、武三思の手を引いて上官婉児が進んでいく。

「早う。このまま屋敷にいては、必ず処刑されましょう。皇太子の庇護を受けてくださされ」

また、別の方向からは、安楽公主が夫の武崇訓《すうくん》と、武一族の延秀《えんしゅう》の二人を連れて走っていた。崇訓は武三思の息子であることを考えれば、彼らは皇太子の傘の下へ逃れるのだ。

李隆基が長生殿に近づくと、右羽林軍が建物を取り囲んでいた。そして、張柬之が楊元琰以下の右羽林軍の校尉以上を引き連れ、他の大臣や官僚と踏み入る直前だった。

それに、李隆基が目を合わす。

「邪魔さえされねば、随行されるのは御自由といたします」

張柬之と李隆基の、阿吽《あうん》の呼吸であった。

張柬之が指揮棒を振ると、楊元琰が扉を蹴破って迎仙宮へ進んでいく。長い回廊の先に聖神皇帝の寝所があるが、その前に二つの影があった。張兄弟である。

「どこへ行く。これより進むこと、相成らぬ」

弟の張昌宗が両手を拡げて、侵入してきた一隊を止めようとする。だが張柬之は、抜刀するやいなや、なにも言わずに彼を斬り捨てた。それを見て逃げようとする兄の張易之《えきし》を、背後から突き刺す。

血塗《ちまみ》れで呻《うめ》く二人に、右羽林軍が止《とど》めを刺して骸《むくろ》にする。そのまま軍兵が迎仙宮を取り巻く中、ようやく皇太子（李顕）がやってきた。それで、位を委譲《いじょう》する準備ができる。

「皇帝陛下。入りますぞ」

張柬之は一声かけると、御簾《みす》を挙げて聖神皇帝の前へ罷《まか》り出る。

「何用じゃ」

気配を察していたのか、彼女の声は落ち着いている。

「只今、謀反人どもを成敗いたしました」

「それは、だれのことかな？」

「張兄弟の昌宗でございます。人相見の李弘泰に天子の相などと煽《おだ》てられ、その気になった由にて、莫迦なやつでございます」

「そうか。ほんに下《くだ》らぬやつじゃな」

聖神皇帝は、もう誰のことか判らないのかもしれない。張柬之は尚も畳《たた》みかける。

「皇位を、皇太子にお譲《ゆず》りいただきたく」

18

皇太子（李顕）の皇帝即位は、滞《とどこお》りなく行われた。これにて周《しゅう》なる国号が消え、唐が復活したのである。聖神皇帝は武太后《ぶたいこう》と呼び換えられ、もう往年の勢いはすっかりなくなった。いや、それどころか、上陽宮に移されて以降は世話役の宦官以外に出入りを許さず、ただ痩《や》せ細ったまま逼塞《ひっそく》していた。

「お祖母様（武太后）は、張兄弟が殺害された後、伯父上（皇帝顕）に何と仰せでしたか？」

李隆基は、父（李旦）に敢えて訊いた。

「さあ、御苦労とでも宣《のたも》うたかな」

「いえ、逆賊は成敗されたから、汝は東宮へ戻れ、でした」

「状況を、全く解っておられぬのか」

「はい、そこで桓彦範が進み出て、成長した皇嗣に時代を譲るよう進言したのです」

「それで、あっさり折れられたのか？」

「はい、御位を降りると宣言されて、そのまま輿《こし》に乗せられて上陽宮へ移られました」

「随分、呆気《あっけ》ないのう」

李旦にとって武太后は、母性を失った権力者にしか見えてなかった。だから、その力を失っても「母上」と無邪気に近寄れぬ存在である。それは李隆基にしても、同様な感慨があった。疾《と》くに家族の埒外《らちがい》なのだ。

そこへ兄（李成器）がやってきた。彼も、外で粗方《あらかた》の経緯は聞いてきたようだ。そこで李隆基が別の一件に口火を切る。

「ところで、政変を謀《はか》った張柬之は、一つ過ちを犯してしまいましたな」

李隆基の言葉に、李旦は怪訝《けげん》な表情をするが、李成器は頷いている。

「そうだ。武氏を一掃できなかったからな」

政変の日、上官婉児が武三思と連れだったり、安楽公主が武崇訓と延秀を匿《かくま》うように走っていたのは、張柬之らの後の動きを察知していたからだ。

「新皇帝の庇護を受ければ、処刑とはいかぬからな」

実際のところ張柬之は、政変以降に皇帝顕へ武氏の一掃を願い出ている。だが、勅許《ちょっきょ》は決して出なかったのだ。

こうして武三思らは、薄氷《はくひょう》を踏む思いで何とか命をつないだと、李成器は見なす。

「その皇帝だが、何とも頼りないな！」

吐き捨てるように言うのは、李旦である。

「政変のときですら、妃と大将軍らに尻を叩かれて、ようやく腰を上げたのだろう」

だから即位した後も、韋后《いこう》にいろいろ助言を求めて政《まつりごと》をする始末だ。それも、個人の事情が周囲に筒抜けなのが情けない。李旦はやっかみ半分で兄の悪口を言うが、それで気持の整理ができるなら、相手に聞こえない範囲で発散すればいいのだ。

李隆基は、屋敷の外へ出た。そして、かつて通っていた回廊を、独り懐かしそうに歩いてみた。すると偶然のなせる業《わざ》か、太平公主が侍女も連れずに歩いてくる。

かつてであれば、上官婉児が扈従《こじゅう》しているはずだが、彼女がいなくなったのも、時代の変遷であろう。

「久し振りじゃのう。隆基殿」

彼女は李隆基を、脇の小部屋へ招いた。これも、懐かしい構図である。

「はい、どうしておられました？」

「張兄弟の毒牙にかからぬよう、できうる限り屋敷で静かにしておったわ。いずれは、今日のようになろうとは思っていたがのう」

彼女の表情から、ほっとしたような状況が読み取れた。そこで、李隆基は気になることを直截《ちょくさい》に訊く。

「上官婉児は、どうしました？」

「ああ、あいつには参った。武三思に、張兄弟とは付き合うなと注意しに行かせたら」

二人が深い仲になったという。

「それ以降、わたしのもとへはもう帰ってこぬ。いや、それどころか、武三思のやつめ、今上《きんじょう》陛下の庇護を受けながら、上官婉児だけでなく、韋后とも深い仲になあ」

つまり、皇帝顕は飾り同然と言うことだ。さもありなんと、李隆基は思う。李顕は、もともと皇帝位に拘《こだわ》ってはいない。いや、できれば、そのような地位には即《つ》きたくないと嫌がる質《たち》だ。今回も、韋后や大将軍の李多祚らに尻を叩かれ、ようやく決起している。

それは今の政を、実質的に韋后が動かしているということだ。それゆえ、政に深く関わりたい武三思が擦り寄ったことになる。ならば、いくら張柬之が皇帝顕に、武氏の一掃を訴えても適《かな》わぬわけだ。

上官婉児も、それらの事情をしっかり心得ているから、必要以上の悋気《りんき》を抑えて武三思に協力しているのだろう。

「まだまだ、一悶着《ひともんちゃく》ありそうですね」

「そのとおりよ。それに、ふしだらなのは韋后だけではない。娘の安楽公主もなあ」

「安楽公主は、武崇訓と夫婦の間柄ですが」

それも、武氏の一掃ができない理由だ。

「一緒に逃げてきた武延秀とも、関係を持ちだしておる。手引きしたのは、上官婉児じゃ」

こうなると韋后と安楽公主の母と娘が、武三思と武延秀の伯父と甥を、それぞれの不倫相手とした構図になる。

「なんと、これでは平穏無事なはずがございませぬ」

「ああ。何事もなければ、奇跡に近かろう」

太平公主はそう言うが、考えてみれば彼女の夫も武攸暨《ぶゆうき》で、武三思の又従兄弟《またいとこ》に当たる関係だ。しかし、ここでそれを論《あげつら》っても始まらない。

「ところで、皇太子（李重俊《りじゅうしゅん》）はどうしておられましょう？」

李隆基が突然そんなことを訊いたのは、その兄（李重潤）が妹（永泰公主）と一緒に処刑されているからだ。その事件が結局は、皇帝顕の自主性を奪ったのだ。つまり、性格を受け継いだような皇嗣なら、気持は沈んだままではないかと思ったのである。

「あの子もなあ、女たちに小馬鹿にされたままで、すっかり覇気のない男じゃ」

そう聞いて、李隆基は不安を覚えた。韋后と安楽公主が、それぞれの夫と皇太子を小馬鹿にしていては、第二第三の聖神皇帝（武太后）ができてしまう。

「このままでは、またしても周ができてしまいましょう」

「そのとおりじゃ。実際、安楽公主は皇太女《こうたいじょ》になるよう、さまざまに働き始めておる。それに、彼女には困った癖があってのう」

そう言われても李隆基自身は、女性の癖を詮索するなど、沽券《こけん》に関わると思っていた。だから、それ以上話を展開させたりしない。

「目を、光らせておかねばなりませぬな」

注意を促しながら、太平公主とは別れた。

そして真冬の神龍元年（七〇五年）十一月二十六日になり、上陽宮の宦官五、六名が、色めき立って皇城へ駆け込んできた。一人は宮城へ、そして数名が三省の大臣の執務室へ駆け込む。

「武太后が明け方、武太后が明け方に」

崩《ほう》じたのである。享年は八十三となる。

ただ、宮廷人も官僚たちも庶民も、大きく動揺することはなかった。

もう、精神が弛緩《しかん》して、体力も消耗していたと誰もが知っていたからだ。それゆえ今風に言えば、既に秒読みが始まっていたのだ。

「では、則天《そくてん》大聖皇后と諡《おくりな》して、乾陵《けんりょう》へ葬り、遺体と一緒に我らも長安へ移ろう」

儀式は韋后が武三思と図って取り仕切る。

乾陵とは、長安郊外にある高宗（李治）の墓所である。つまり、皇帝と皇后の合葬という形式にするわけだ。陵の正面には宮殿と楼閣があり、周囲は城牆《じょうしょう》に囲まれている。

また、長安へ移る実質的な遷都ともども、宦官たちに言い付け、荷造りをはじめとして充分に準備されていたのである。

陵の前には、大きな石碑が置かれている。

一方は高宗のもので、則天武后が功績を称えて文を選び、皇帝顕に書かせている。もう一方の石碑は則天武后のものであるが、「無字碑《むじひ》」と呼ばれている。巨大なものではあるが、一字も刻まれていない。

19

「あれは、上官婉児《じょうかんえんじ》ではないのか？」

湧出《ゆうしゅつ》が止まらぬ井戸が池を造ったと聞き、李隆基《りりゅうき》は兄（成器《せいき》）と一緒に見物に行った。その帰り、長安《ちょうあん》の大路で急ぎ足の女を見て、兄がそう言った。李隆基も確認したが、男が

五、六人連れだっている。だが、彼らに紛《まぎ》れている女が、誰だかよく判らなかった。
「後ろから車を牽《ひ》かせているのは、宗楚客《そうそきゃく》だ。どうやら、噂は本当だったようだな」

このとき李隆基は、兄がどこから噂を聞き齧《かじ》ってきたかを思い出していた。叔母（太平《たいへい》公主《こうしゅ》）の所である。彼女は李顕《りけん》が即位して後、自分の影が薄くなっていると不満なのだ。

「武三思《ぶさんし》め。張《ちょう》兄弟は今に失脚するから離れよと、せっかく注意してやったに」

政変が起こったとき、一緒に斬られぬよう気遣ったのだから、彼女は恩人なのだ。しかし、武三思の行いは、感謝とは似ても似つかぬ仕打ちだった。

「あやつ、使いの上官婉児を組《く》み敷《し》きおって、自分の情婦《おんな》にしてしもうたわ」

太平公主の怨《うら》みは一通りでない。そのうえ彼が韋后《いこう》とも密通して、政《まつりごと》を私していては尚更だ。とにかく武三思には、恩義に報いようとの観念など皆無に等しい。

考えてみれば武三思と韋后は、それぞれの息子（武崇訓《すうくん》）と娘（安楽《あんらく》公主）が夫婦で、親戚同士となる。交流があっても不思議はないが、只ならぬ仲になっていることを、皇帝顕は気づかないのか？

結局問題なのは、皇帝顕その人の性格にあった。政変のとき、大将軍の李多祚《りたそ》に立ち上がるよう促されても、なかなか腰を上げなかった。その優柔不断さと鈍感さが、終生付いて廻っていることになる。

いや、父親の高宗《こうそう》（李治《りち》）が崩じた後、一旦皇帝位に即《つ》いていながら、そのときにも韋后に尻を叩《たた》かれていた。つまり、なんら自主性がなかったのだ。そこで彼女の言いなりになって、韋一族を登用しようとした。

だが、それを嫌った武太后《ぶたいこう》に退位させられた過去がある。それでも李顕にとっては、却って肩の荷が降りた程度の感慨だったに違いない。それにともなって、今度は母親たる武太后から、いつ処刑の断が下されるかもしれぬと、びくびくしながら小さくなって暮らしていたのだ。

だからこの度も、政など韋后に頼んだ方が楽なのだろう。武三思は、皇帝顕のそんな性格に付け込んでいるに違いない。

「見ておれ、必ず目に物見せてやる」

容貌が則天武后に肖《に》ている太平公主は、その性格まで似《に》ているようで、李隆基は悪寒すら感じていた。その彼女が、韋后らの醜聞を暴き出そうと、ある噂を聞きつけてきた。李成器は、それをも炙《あぶ》り出そうと、溢《あぶ》れた井戸見物を口実に、李隆基と街中を徘徊《はいかい》した。

彼らは女と男五、六人の後を付けた。怪しい輩《やから》は、路地を入っては出るような行動を繰り返している。そして、ある一角へ来ると、何かを布袋に包み、担いで車に乗せていた。

袋の荷と思《おぼ》しい物の中から、女の声が聞こえている。明らかに拐《かどわ》かしである。

「助けてぇ〜！」

「うちの娘を返してよ！」

背後から、母親らしい女が泣きながら追いかけてくる。それを男たち二人が、宥《なだ》めるように金子《きんす》の包みを渡している。

最近、聞く耳を疑う話が飛び交っているのは、安楽公主の道楽だった。それは長安の貧民の、器量よしを攫《さら》っているというものだ。自らの侍女にするためだ。

「あの娘たちは良い物が着られて、親たちは喰《く》い扶持《ぶち》が減って金子が入るのよ。願ったり叶《かな》ったりじゃない」

安楽公主はそう嘯《うそぶ》いているが、中には婚礼間近や、病気の親の面倒を看《み》ている娘たちもいたのだ。そのような事情など、一切お構いなしである。いや、初めから考慮の埒外《らちがい》であったろう。

後で判ることだが、この誘拐事件には姉の長寧《ちょうねい》公主や定安《ていあん》公主も関わっていた。

布袋に入れられた娘は、宗楚客が指揮する車で連れ去られる。その後を男たちに混じって、軽装の女が一人いた。通りを進んできた李隆基と擦れ違うとき、彼女は真っ直ぐ前を見て視線を合わそうとしない。

「もう、昔のわたしじゃなくってよ。義宗《ぎそう》の御養子様」

そう言っているように聞こえた。

李隆基は形式的には、李弘《りこう》（義宗）の養子ということになっている。いや、だったと言った方がよかろう。李弘なる人物は、高宗と則天武后の長男で、李隆基にとっては伯父に当たる。

当時、既に立てられていた皇太子に代わって彼が冊立《さくりつ》されたのは、母親のごり押しだけでなく、李弘持ち前の聡明さと体力があったからだ。いわゆる文武両道に秀で、高宗の期待も高かったと言われている。

しかし、高宗からの禅譲《ぜんじょう》が決まった途端、重荷に耐えかねて精神を病み、急死したとされている。高宗はそれを悲しみ、李弘が皇位に即《つ》いていないにも拘《かか》わらず、彼に義宗の廟《びょう》号《ごう》を贈ったのだ。そのうえで、財産等を引き継がせるため管理させておいたらしい。

それで出来の良かった我が子を、偲《しの》ぼうとしたのだろう。

彼の没後十年目に甥の李隆基が生まれたが、高宗も既に崩じていた。だから養子としたのは、遺勅を守った当時の皇帝旦《たん》（隆基の父）である。天下晴れて兄李弘の財産を相続するためでもあったろう。

ただ、普段の生活は李弘の未亡人に挨拶する程度で、李旦の息子と同じ状態だった。則天武后が崩じてからは、形式的な養子という枷《かせ》は外された。李弘の両親が存在せず、偲ぶ必要がなくなったからである。

こういった経緯で、李隆基が使っていたものは、李弘の遺品が大部分だった。そんな中に、かつてはお付きとして上官婉児もいたのだ。彼女はもともと官奴《かんぬ》（宮中の奴隷）であった。だが、経歴は決して賤《いや》しくはない。

彼女の祖父は上官儀《じょうかんぎ》なる、立派な高級官僚である。古くは前漢武帝の晩年、側近に上官《じょうかん》桀《けつ》がいた。腕っ節の強い武官系で、彼の孫娘は昭帝《しょうてい》（武帝最晩年の末っ子）の皇后となっている。ただ上官儀が、この血脈の裔《すえ》かどうかは、明らかでない。

さて上官儀は当時高宗に、気性の烈しい武皇后を廃するよう進言した。ところが後日、武皇后がその事実を知って、彼は処刑された。

それに連座して、幼い上官婉児も官奴に落とされ、李弘の屋敷の婢《はしため》とされていた。だが、持ち前の明晰な頭脳から頭角を現し、侍女に昇格して李隆基のお付きの一人になっていたのだ。それが、酷吏《こくり》の傅遊芸《ふゆうげい》に連れ去られ、太平公主の側近になり、今度は武三思の愛人にまで伸《の》し上がって実力を付けている。

だが、安楽公主の趣味が下劣である分、上官婉児も世間的な賞賛とは程遠い存在になってきている。それが残念だと李隆基は思う。

現在の彼女の立ち位置は、武三思の秘書的存在で愛人でもあった。いや、それだけではなく、韋后や安楽公主の侍女頭も兼ねて、物事の調整役にもなっていた。

皇帝顕の周囲は、武三思を除くと正に女性が権力を握っていたのだ。

「これでは、お祖母様《ばあ》の時代と変わらぬ」

兄の李成器が吐き捨てるのを、父李旦も同じ思いで聞いている。だが李隆基は最近、別の目的で長安城の内外を駆け巡っていた。

それは、かつて長安に来たとき知り合った才人子《さいじん》たちとの会食だった。彼らは、唐の御《おん》曹司《ぞうし》と積極的に話し合ってくれた。

20

唐が復活して都も長安に戻り、聖神《せいしん》皇帝の影響は夕陽が落ちるごとく翳《かげ》っていた。代わって皇帝顕が政《まつりごと》を行って、いや、行っていることになっているが、唐の威光を取り戻すための対策は、何一つ打ち出していない。

当初は、張柬之《ちょうかんし》が武氏の一掃を願い出ていたが、皇帝顕は全く判断できずにいた。韋后が武三思と密通しており、彼女の言いなりの皇帝ならば、さもありなんだ。

それどころか、武三思の意見で張柬之を左遷する暴挙に出た。無論、武三思には権限がないので、韋后の傀儡《かいらい》同然の皇帝顕の名によって為されたのである。

「安楽公主が長安の街中で、人攫《ひとさら》いや拐かしの暴挙に出ていると、訴えがございます」

このような告発も出ていて、左台侍御史の袁従一《えんじゅういつ》が長寧公主と定安公主も含めて、捕縛する計画を立てた。だが、それは手懐《てなず》けてあった宦官《かんがん》の報告で、事前に察知される。

「侍女たちは、安楽公主の募集に応えたまでじゃ。その証左に、彼女たちは喜んで仕えておるではないか」

このようなときにのみ、皇帝顕は矢面に立たされて勅命を出した。正に、上手《うま》く使われている哀れな夫の見本である。

「良い面の皮とは、よう言うた語だな」

また、李成器が皮肉を飛ばす。

「皇太子の重俊《じゅうしゅん》が、苦虫を噛《か》み潰《つぶ》したような表情だったとか。どうやら皇帝が、皇后ら女たちに除者《のけもの》にされたからのようです」

李隆基は、長安城の内外で才子《さいし》らと接触していて、李成器と違った意見を聞いていた。

「いえ、この度、税役を軽減させる触れが出たものの、それは手の者に韋后の口添えだと吹聴させているようです」

庶民の賞賛を得るような政策は韋后の機知とし、愚策のみ皇帝顕の印象を抱かせる。それもこれも、背後にいる武三思の入れ知恵であろう。

皇太子重俊は、韋后と武三思の勝手な振る舞いに業を煮やしているようだ。彼自身、韋后が産んだ子ではなく、妾腹《しょうふく》の三男である。則天武后に処刑された兄の重潤《じゅうじゅん》だけが韋后の息子で、庶長子の重福《じゅうふく》は彼女と反《そ》りが合わず、彼は地方（譙王《しょうおう》）に出されている。

四男重茂《じゅうも》もいるが、未だ十二歳の少年だ。それゆえ重俊が皇太子に立てられてはいるが、韋后の娘で妹の安楽公主から、いつも役立たずと蔑《さげす》まれている。

彼は妹の罵詈雑言《ばりぞうごん》に耐えかねて、ときおり護衛役の李多祚の所で泣いていた。それは幼少のおりから、彼と仲が良かったからだ。兵を率いる術《すべ》なども教えられていたらしいが、安楽公主はそれさえ揶揄《からかい》の種にした。

「用兵の術を会得なされたら、突厥《とっけつ》のカパガン可汗《かがん》か突騎施《トルキッシュ》のバガ・タルカン征伐でもなされば良いのです。さすればきっと、もう役立たずとは言われますまいに」

このように挑発されても、皇太子重俊は一切反論しなかった。そのような態度も、安楽公主をつけあがらせた。

「皇太子などというが、この際皇太女を置いても良いではないですか」

則天武后という先例があったからだろうが、彼女はここまで主張するようになった。それは夫の武崇訓の入れ知恵とも言われるが、これはさすがに、皇太子重俊の自尊心をずたずたにしたようだった。

「皇太子が、また李将軍の宿営で泣いておったそうだ。気持は判るが女々《めめ》し過ぎよう。こんなことでは、遠からず皇太女が誕生してしまおうなァ」

李成器は、宦官から仕入れた話をする。このとき李隆基は、長安城内外の才子たちの意見を思い起こし、少し不安に駆られる。

「安楽公主が皇太女になれば、やがて韋后が皇帝顕に取って代わって即位しましょう」

「ああ、そうなると武三思と組んで、好き放題の政となるのは火を見るより明らかです」

「もっと想像を逞《たくま》しくすれば、武三思が政権を簒奪《さんだつ》して、武氏の周《しゅう》を復活させる可能性すら否定できませぬ」

李隆基は、暗澹《あんたん》たる先行きを見る。このままだと父の李旦も成器も自らも、やがては韋后と武三思に生殺与奪《せいさつよだつ》権を握られる。つまりは、彼らの思うがままにされるのだ。それを阻止するには、勇気ある才子たちが必要だ。

不安を抱えての神龍《しんりゅう》三年（七〇七年）七月のある日、皇城にほど近い屋敷から火の手があがり、長安城内は騒然となった。

「燃えているのは、いずこだ？」

「はい、何でも武三思様のお屋敷だとか」

李旦の問いに、従者がそう応えた。

「失火か？」

「只今、舎人《とねり》を走らせておりますので、しばしお待ちを」

立ち昇る煙を見ていると、単なる火事ではなさそうだった。風の向きにもよるが、人々の喚声も聞こえてくる。

「一大事です。皇太子重俊殿下が」

従者の報告は、声が震えていた。

あの大人しい皇太子重俊が、武装蜂起《ぶそうほうき》したのである。だが、李隆基は声を殺して叫ぶ。

「なぜ、先に皇城を攻めぬ！」

皇太子重俊が、深い恨《うら》み辛《つら》みを募らせていたのは、明らかなことだ。安楽公主らに苛《いじ》められ、李多祚に泣きついている姿は度々見られた。しかし、ただ泣きを入れているだけではなかったようだ。彼は李多祚の忠誠心を頼り、武官仲間の李思沖《りしちゅう》、李承況《りしょうきょう》、独孤禕之《どっこいし》らを引き入れ、彼らの軍兵一千騎と兵三百余人を徴発してもらえたらしい。

誰もが、皇帝顕を操《あやつ》っている者に憎しみを感じていたからだ。それゆえ、彼が最初に襲ったのは、武三思の屋敷だったのだ。屋敷を取り囲んで門を打ち抜き、主人を必死に守ろうとする郎党十数人を血祭りに挙げた。

「この屋敷には、もっと家来がおろう？」

皇太子重俊は大声で呼ばわった。それは、主人を見捨てて逃げ去った者が倍以上居たと知っていたからだ。やがて、武三思と息子の崇訓が引き出されてくる。彼らは即座に首を刎《は》ねられ、遺体は業火へと投げ込まれる。

「さあ、これから太極殿へ攻め入る。陛下を誑《たぶら》かしておる女狐どもの成敗じゃ！」

皇太子重俊が叫ぶと、将軍の李千里と息子の李禧《りき》らが、宮城の総ての門を抑えに掛かった。彼女たちを逃さぬためだ。

だが、韋后たちも、逆に門を開けさせぬよう、楊再思《ようさいし》、蘇瓌《そじょう》、李嶠《りきょう》、宗楚客《そうそきゃく》、紀處納《きしょのう》ら側近に固めさせた。そして自分たちは玄武門の楼上へ、皇帝顕を擁《よう》して立て籠もった。つまり、韋后と安楽公主、上官婉児らが、皇帝顕の両手と首根っこを押さえている図だ。

「降りてこい！」

皇太子重俊が叫んでも、楼の下には右羽林大将軍の劉景《りゅうけい》が守備隊形を崩さない。それゆえ、攻め辛い形勢である。

普通なら、門に火矢を放って炎で攻めるところだ。それを懸念して、女三人は皇帝顕を一緒に連れてあがっている。そこで、李多祚が楼を攻めようとしたが、宿営に阻まれた。

「おまえたちは、朕《ちん》の衛兵であろう。なぜ、反乱に加わる？　今からでも遅くはない、反乱の指導者を斬れば出世は思いのままぞ」

女三人に言わされたこの一言が、反乱軍を寝返らせた。李多祚一党は、部下どもから刃を向けられ、一気に形勢が逆転した。

皇太子重俊は、玄武門から終南山《しゅうなんざん》へ百騎で逃走したが、追っ手に次々と討ち取られ、遂に重俊も首を取られた。

21

五、六年前、長安城東方の井戸が溢《あふ》れた。原因はよく判らなかったが、地震で秦嶺《しんれい》山脈の一部に断層が起こり、ある場所に地下水脈が集中して、それが件《くだん》の井戸へと流れ込んだと考えられる。
流れ出た水は周辺を沈めて池を造り、隆慶池《りゅうけいち》と名付けられた。長安へ戻った李旦や長男成器、次男隆基らはそこが気に入り、北側にそれぞれ屋敷を構えた。

彼らは池の畔《ほとり》に設けた庵《いおり》で、四方山《よもやま》話をよくしたものだ。

「好い天気だが、そんなことも言っておれぬぞ。安楽公主が、またぞろ出かけておる」

「楽遊原《らくゆうげん》で、酒肴《しゅこう》と歌舞音曲《かぶおんぎょく》付きですかァ」

「その度に、要らざる官職が増えるのです」

李旦が怒り、李成器が呆《あき》れ、李隆基が嘆くのは、安楽公主の物見遊山を羨《うらや》んでのことではない。彼女が長安郊外にある丘の草原で茣蓙《ござ》を敷いて宴を張ると、幔幕《まんまく》の外側には面会を求める者が詰めかけ、門前市をなす活況を呈する。それが問題なのだ。

陰では、安楽公主詣《もう》でとも呼ばれる現象である。顔を見せるのは官僚をはじめとした宮廷人だけではない。一般庶民も混じっている。それも、大商人らが中心だ。

彼らは皆が皆、金銭を持って行くのだ。それは少なくとも賄賂《わいろ》ではなく、痩せても枯れても買い物のためだと彼らは言った。

「どのような官職が残ってございます？」

「従八品下は、どうかな」

つまり、品官や官職を売っていたのだ。

売官と言われる行為である。これは、前漢の時代から行われている。元手が不要、つまり原価が零《れい》の地位だけを売るのだから、売価が総て収入となるのだ。

ところで、普通の売官は売り手が国家で、入った金銭は国庫に納められる。だが、安楽公主の場合は彼女自身が売り手になって、収入は総て個人資産になってしまう。

「住職の権利はございませぬかな？」

「おお、それなら、これから建造する寺院が二宇《う》あるから、どちらでも好きな方を選べ」

韋后と安楽公主は、皇帝顕に寺院建設の勅命《ちょくめい》を署名させ、国家予算で寺院を何宇も建てていた。だが、住職などの職員人事は、安楽公主が売官で決める。そして、寺の実入りの半分を攫《さら》い、残りを職員に分け与える。

このような状況でも買おうというのは大商人で、見栄であったり、出来の悪い次男三男の足場としたり、一族に恩を売る材料として職場を確保してやるためらしい。

とにかく、官職や僧職の需要は驚くほどあった。それゆえ韋后や安楽公主、上官婉児に至るまで、懐《ふところ》は温かさを通り越して熱くなっていた。唸《うな》るほどの財産で、私腹を肥やせたのである。

金銭を受け取り官職や位が決まると、彼女たちは人事の勅命（皇帝の命令）を書き起こす。それを皇帝顕に渡して唯々諾々《いいだくだく》と署名させ、中書省で印璽《いんじ》を捺《お》させるのである。

その際、実施を早めさせるため、封書を斜めに置いておく、すると官僚たちは逆らって左遷されては堪《たま》らないので、それを最優先に事務処理をするのである。

それゆえ、そのような格好で地位を得た官位官職を「墨勅斜封官《ぼくちょくしゃふうかん》」とか、単に「斜封官」と呼んでいる。

こうして、上官婉児までも含んだ女たちの利権集団が、やりたい放題の時間が過ぎていったのであった。しかし、このような絡繰《からく》りは当初秘密であっても、だんだんに知れ渡るものである。

「本当に不逞《ふてい》な女どもの丸儲けだぜ」

庶民の不満は、太平公主が安楽公主の不正蓄財を皇帝顕に訴え出るに及び、とうとう明るみに出た。しかし、彼は妹（太平公主）の告発を受け止められなかった。韋后（妻）や安楽公主（娘）に睨《にら》まれると、蛇《へび》の前の蛙《かえる》同然なのである。

「関中《かんちゅう》の穀物が、今年は不作です」

関中とは、長安を中心とした渭水《いすい》盆地のことだ。つまりお膝元での収穫が、さっぱり覚《おぼ》束《つか》ないのである。本来、由々《ゆゆ》しき事態であるが、皇帝顕は太平公主の訴えを一時保留できるとばかり、ほっとしている始末だった。

長安に飢饉《ききん》が迫っているのなら、皇帝はしばらく洛陽《らくよう》へ避難すればどうかという意見が大勢を占めた。これはある意味合理的で、皇帝と一緒に官僚や宮廷人らも一緒に移動することになる。すると何万人単位での食糧が、一般庶民に回せるのだ。

しかし、皇帝顕は動こうとはしない。それは、韋后や安楽公主の不行跡が、ようやく耳へ入ってきたかららしい。

それも韋后や安楽公主の隙を窺《うかが》って、皇帝顕が独り寂しくしている所で、太平公主が耳打ちしたのだ。それも、巷《ちまた》で囁《ささや》かれている話としてである。

「安楽公主は、皇太子重俊殿下の乱で旦那（武崇訓）が殺されたから、今度は一族の武延《ぶえん》秀《しゅう》と再婚するらしいな」

「いや、前々からできてたんだと」

「そう言や、韋后の方も、浮気相手の武三思が首を刎ねられたもんで、今度は宗楚客と懇《ねんご》ろになっているらしいぞ」

「それより、医術の心得がある馬秦客《ばしんかく》と料理で気に入られている楊均《ようきん》なんかにも思し召しがあるらしい」

「それにしても、これだけ浮気されっぱなしじゃ、皇帝陛下は蔑《ないがし》ろもいいところだな」

長安城内では、庶民がこのように陰口を利いている。それが、ようやく聞こえたのだ。ところがその巷間から、またしても奇妙な噂が流れ出した。

「隆慶池に、天子の気があるとのことだ」

もとは、気を観る名人が流したらしい。それで皇帝顕は、ますます洛陽へ行かず、四月の麗《うら》らかな日和《ひより》に誘われて隆慶池へ足を運ぶ。彼は、そこで宴を催した。

「皇帝が来たからには、挨拶の酒肴でも用意せねばなるまい」

そこで李旦は成器と隆基を連れて、皇帝顕へ挨拶に罷《まか》り出ようとした。

「伯父、いや、皇帝陛下は、天子の気があるとされる所へいらせられたのです。そこに我々が屋敷を建てたとなれば、謀反と受け取られませぬか?」

李成器は、李旦を押し止《とど》めようとする。だが、李隆基は別の意見があった。

「挨拶せねば不自然ですし、謀反の口実を捏造《ねつぞう》したいなら、屋敷だけに限りますまい」

結局、用意した物を彼らが届けると、皇帝顕は上機嫌になり、舟を浮かべて遊んだ。彼にしてみれば、天子の気にすっぽり包まれる感触に浸《ひた》りたかっただけなのだ。しかし、これを別の目で見ていた者もあったらしい。

皇帝顕は、かなり酔って帰途に就いた。心配した李隆基が介添役として送ると、皇帝顕は従者がいる前であらぬ事を口走る。

「韋后も安楽公主も、淫乱の限りを尽くしおる。このような者らが国政に関与している限り、唐の復活などあり得ぬ。早う、謀反人として処刑せねばならぬなあ」

そう言いながら、皇帝顕は我慢できずに嘔吐《おうと》し始める。李隆基は、伯父に当たる皇帝の背をさすって介抱した。

「すまぬのう。隆基」

それは皇帝ではなく、伯父の態度だった。

彼のここまでの生涯は、母の則天武后と妻の韋后、娘の安楽公主に翻弄されつづけてきたのだ。その悲哀が、酒精の臭いと丸めた背中に現れている。

「すまぬのう」

李隆基は寂しそうな声と、その台詞《せりふ》を何度も聞かされ、遣《や》り切れぬ気持になった。

皇城に着くと、李隆基は後を侍従に任せて馬を駆った。皇帝の詫《わ》びる姿が、何度も脳裏を過《よ》ぎる。東市近くに来ると、背後から十数騎が彼の周囲に轡《くつわ》を並べた。一瞬、冷やっとしたが、彼らには全く殺気がない。

「隆慶池のお屋敷近くにて、しばし話をお聞き下さいませぬか？」

頭目と思しい一人が、駆けながら静かに言う。李隆基が頷いたのは、長安城内外で知り合った才人らだと判ったからだ。李隆基は、そのまま彼らと併走していった。

22

「皇帝（顕《けん》）陛下は、四男重茂《じゅうも》様を皇太子に冊立《さくりつ》されました」

夏の盛りに宮廷から突然、そのような発表がなされた。そういえば、皇太子重俊《じゅうしゅん》が乱を起こして以来、皇太子が立てられていなかった。今日、遅ればせながら指名があっても、何ら不思議ではない。

しかし、それから三日と経たぬ内に、またしても重大な発表があった。

「畏《おそ》れ多くも、皇帝陛下におかせられましては、崩《ほう》じられました」

それは、景龍《けいりゅう》四年（七一〇年）六月だった。いや、既に景雲《けいうん》元年と改元されていたのかもしれない。問題なのは、崩御がいつの時点だったのか、はっきりしないことだ。

李隆基《りりゅうき》が、買収している宦官《かんがん》から仕入れた話では、それは皇太子冊立の三日前で、遺体の口から泡が吹き出ていたという。その状況からは、毒殺された疑いが濃厚だった。

「隆慶池《りゅうけいち》における皇帝の気《き》は、今の皇帝陛下にあるのではございませぬ」

あの日、皇帝顕が悪酔いし、李隆基が皇城まで送っていった。その帰り、日頃歓談している才子たちが馬を寄せて、話し合いを申し込んできた。

そこで、先ほどまで宴《うたげ》を催していた池の畔《ほとり》に席を作り、李隆基は彼らと向かい合った。

「客人だ。もう一度、酒肴《しゅこう》を持て」

彼は下僕に命じて、再度用意させた。

初夏の陽も翳《かげ》り、丁度肌に心地よい風が吹く。そこで五十歳前後の才人の頭目が開口一番、「気」の所在について話し始めたのだ。彼は書家で、鍾紹京《しょうしょうきょう》と名告《なの》った。

「では、どなたに気があるのだ？」

「それは、隆基様に」

鍾紹京がそこまで言うと、李隆基は口に人差指を立てる。下手に話が拡がると、反逆罪に問われかねないからだ。それにしても、李隆基は天子の気の対象にされているなど、露ほども思っていなかった。

ここで彼らは、やや小声になる。

「心ある者たちは、韋后《いこう》や安楽公主《あんらくこうしゅ》らの恣意的《しいてき》な政《まつりごと》を、早く止《や》めさせたいと願って止みませぬ」

それはそうだろう。ならば、皇帝顕の味方になって協力すれば良いではないかと思う。しかし、彼らは首を振る。

「天子の気を浴びるため、今日この地を訪れると聞き、遠くから眺めておりました」

確かめると、池に舟を浮かべる趣向など、皇帝の風格が皆無だったと彼らは言う。女どもの尻に敷かれて、李隆基に介抱されるなど、全くもって論外だと頗《すこぶ》る辛辣《しんらつ》であった。

「陛下がここへ来られることは、誰から？」

するとオ人らは、太平《たいへい》公主からと応える。それなら合点がいく。彼女も、韋后と安楽公主、上官婉児《じょうかんえんじ》らが左右する政を呪っている一人だ。李隆基との関係から考えて、韋后らを包囲する勢力と考えて当然である。

太平公主の護衛高戩《こうせん》などが、彼らとの橋渡し役かもしれない。

このとき李隆基は、初めて自分が頼りにされているとの自覚を持った。これまでは、気儘《きまま》に長安城《ちょうあんじょう》の内外に出かけ、そこで才人と話をすることがあった。

彼らは、科挙の勉学をしている者たちが主で、鍾紹京などの支援者もいる。それ相応の知識人であるが、韋后や安楽公主、上官婉児らが幅を利かせている世では、用いられぬと嘆いていた。

それは、韋后の一族だけが高位高官を独占しているからだ。軍関係の役職に目を遣っても、韋捷《いしょう》、韋濯《いかん》、韋璿《いえい》、韋綺《いき》、韋播《いはん》ら韋一族が、駙馬都尉《ふばとい》や中郎将《ちゅうろうしょう》、衛尉《えいい》の要職に名を連ねている。

これは皇帝顕が、韋后に言われるままに、人事を承諾する印璽《いんじ》を捺《お》しつづけた結果だ。だから、軍関係の韋一族は誰も彼も傲慢《ごうまん》で横柄で、兵士たちは全く懐《なつ》いていなかった。

「官職がなければ、我の荘園で収穫物の管理をして、無聊《ぶりょう》を慰《なぐさ》めよ」

李隆基はそのように言って、彼らと係累《けいるい》を何人も自分や兄、そして父親の荘園で働かせてやった。それゆえ李隆基は、才人らから人気がある。彼らの知人で、似たような境遇の者らが呑み会の誘いをかければ、李隆基は何処《どこ》へでも出かけて交流を持った。

それは不断、兄を中心とした皇族としか話をする機会がなく、才人たちとの話が実に新鮮だったからだ。譬《たと》えれば皮肉だが、かつて張昌宗《ちょうしょうそう》の住まいを訪《おとな》ったとき、宮殿以外の建物の臭いを嗅いだときに似ていた。

その得も言われぬ快感が、李隆基を才人に引き合わせていったようだ。また、才人たちも、屈託のない皇族を慕ったようだ。無論、韋后の間者ではないかと、疑っていた向きもあった。その男らは遠くから李隆基の行動を見張り、ようやく納得したらしい。

言うまでもなく、才人たちの望みは李隆基や親兄弟の荘園の管理者ではない。それは一時、口を糊《のり》するためのもので、ゆくゆくは官僚として世を動かしたいはずだ。

「我には、おぬしらを統《す》べる力などないぞ」

応えると、鍾紹京らは情熱を力説する。

「我らが担ぐ輿《こし》に、乗せたい人物なのです」

そう言われて、李隆基も充分納得できた。結集するために、運動力の拠《よ》り所にしたいわけだ。そこへ戴《いただ》くのは、皇族の理解者が一番相応《ふさわ》しかろう。

「だが、幾人ほどの勢力が持てるのだ？」

李隆基が不安そうに訊くと、彼らは胸を張って応えた。

「尚衣奉御《しょういほうぎょ》の王曄崇《おうかすう》、前朝邑尉《ぜんちょうゆうい》の劉幽求《りゅうゆうきゅう》、利仁府折衝《りじんふせっしょう》の麻嗣宗《ましそう》らが、隆基様を動かせるなら決起するに吝《やぶさ》かではないと、口を揃えて申しております」

それなら積もり積もって一挙に数千の兵が動くと計算できた。この日から鍾紹京が、腹心とする王毛仲《おうもうちゅう》と李守徳《りしゅとく》ら十数人を、護衛及び連絡係として館に詰めさせた。

それから二ヶ月ばかり経って、皇帝顕の崩御が伝えられた。既に李重茂が皇嗣に立てられていたから、葬儀の後に即位する算段がなされていたはずだ。

葬儀の後に重茂の即位儀式があった。皇帝顕の諡《おくりな》は「大和大聖大昭孝皇帝《だいわだいせいだいしょうこうこうてい》」とされた。唐になってからは、これがやたらと長くなって使い勝手が悪いため、彼らを祀《まつ》った廟名《びょうめい》で呼ぶ習慣が付き、李顕は中宗《ちゅうそう》とされた。これは太宗《たいそう》も高宗《こうそう》も、同じ理由で「宗」が付いている。

即位式から数日、主立《おもだ》った異動が発表される。李隆基の父李旦《りたん》は相王《あいおう》で太尉という実権のない名誉職に就き、李成器《せいき》は宋王《そうおう》に、そして李隆基は臨淄王《りんしおう》となった。臨淄県（現在の山東省淄博近辺）の収穫物を収入にできる地位肩書だ。だが、政には参加できない立場である。こんなことでは、才人たちが納得しない。

彼らは、皇帝崩御の真相を探り出す。

「宦官の話に拠ると、皇帝陛下は韋后と安楽公主の仕込んだ毒入りの饅頭《まんじゅう》を、神龍殿で食べさせられたそうです」

それが崩御発表より、六日ほど前になる。

「皇后と公主が不倫の露見を恐れて皇帝を弑逆《しいぎゃく》するなど、前代未聞の醜聞《しゅうぶん》ですぞ」

「さようです。これは、許してなりませぬ」

彼女たちが皇帝を亡き者にしたのは、自分たちの不行跡が白日の下に曝《さら》されることを恐れただけでなく、則天武后《そくてんぶこう》のごとく君臨したいという野心からだった。

これらのことは、もう公然の秘密と言ってもよいほど、李隆基はじめ誰もが承知していた。だから、余計に許せないのだった。

23

韋后は、聖神《せいしん》皇帝のようにありたいと望んでいた。それゆえ、安楽公主や上官婉児らと、どのように皇帝重茂から韋太后へ禅譲《ぜんじょう》させるか、宮殿内でその手続方法を練《ね》っていた。

このとき彼女たちは、皇嗣重俊の反乱が頭を過《よ》ぎった。だから、皇帝重茂に襲われてはならじと、護衛隊を常に見張役に立てた。しかし、根本的に考えが甘かったと言わざるをえない。彼女たちは、宮城周辺を兵士どもに護らせていただけで、離れた有力者を全く偵察しない。

ここが、神経の行き届いていた則天武后との、根本的な違いである。一代で皇帝に上り詰めた彼女なら、酷吏《こくり》を何人も放《はな》って監察を怠らず、反乱の芽を事前に摘発して、既に何人も処刑していたことだろう。

だが、韋太后や安楽公主、上官婉児たちには、そのような木目《きめ》の細かさは全くない。それは、玄武《げんぶ》門の楼閣に立て籠もれば、兵士たちが腕を振るうと信じていたからだ。

このお蔭で、李隆基は武力蜂起の準備ができていった。彼の廻りには、韋太后らの動きが逐一《ちくいち》入ってくる。それを分析すれば、周辺の動向など気にも止めていないと解る。

「妙な僧が一人、参っております」

李守徳が不審者の来訪を告げたので、剣を携えた王毛仲を傍に置いて会う。

「崔日用《さいにちよう》殿の使いで、普潤《ふじゅん》と申します」

崔日用とは、韋后に近い人物である。宗楚客《そうそきゃく》などとも昵懇《じっこん》と聞いている。だとすれば、使いに託された言葉は、韋太后の陣営に入れということだろう。

「どのようなお話か?」

李隆基は、余り期待せず会ってみた。

「韋太后と安楽公主は、国家を簒奪《さんだつ》するつもりです。決起して、それをお止め下さい」

「何とな。それが、あいつ自身の言葉か?」

耳を疑うような台詞《せりふ》に、李隆基は思わず訊き返してしまった。

「こいつが囮《おとり》となって、臨淄王や我らを誘《おび》き出す罠《わな》やもしれませぬぞ」

李守徳が疑いの目を向ける。

「それもごもっとも。では、吾を質子《ちし》になされよ。そのうえで、お探りになっては？」

理に適《かな》う言葉である。そこで王毛仲ら才人を五人立てて、土産《みやげ》を持たせて崔日用の屋敷に赴かせた。表向きは、才人らが就職の依頼に行った格好を装ったのだ。

門番は、最初追い返そうとした。

「普潤殿の伝言を持って参った。そう、お取り次ぎ下され」

門番は訳の解らぬまま、厳しい表情で取り敢えずそのまま伝えに行った。すると表情を和らげて戻ってくる。受け容れられたのだ。

「我も武人で、宗楚客とも昵懇《じっこん》にしている。だが、最近は韋氏が要職を独占しておる。それだけなら時局の趨勢《すうせい》、いちいち文句を言っても詮《せん》ないことと諦めよう。だが、武官の韋氏は部下を大事にせぬ。事あるごとに、訓練と称して軍兵を虐《いじ》めておる。我は、あれが堪《た》えられぬのだ」

そういえば、崔日用は気が小さい分だけ、部下を酷使したりしない。自らも、かつて虐め抜かれた記憶があったからだろう。ゆえにその分、韋氏の側近どもが、部下をやたら殴りつける姿に嫌悪感を覚えたのだ。

彼は、韋太后や安楽公主らに、それ以上の憎しみを覚えたようだ。彼女たちも、宮殿の侍女たちを顎で使って優しさに欠けていた。

「宮殿も練兵場も、優しさや慈悲に欠けており、我らは付いていけませぬ」

彼女たちに比べ、則天武后には節度やけじめがあった。つまり、残虐に対処したのは敵《てき》だけで、それ以外の者には敬意を示した。

「是非、臨淄王の御決断を」

崔日用は、涙を浮かべて懇願した。

それを見て王毛仲ら才人は退散したが、表裏の門外に居残った。使いが夕間暮《ゆうまぐ》れに、宮中へ密告せぬか見届けるためだ。もし、誰かが奔《はし》れば、暗殺も辞さぬ覚悟だった。

「どうやら、本気だったか」

李隆基は、崔日用の屋敷門前に居残った王毛仲らへ伝令を出したが、崔日用が李隆基を騙《だま》しているような素振りは覗《うかが》えなかった。そこで、改めて蹶起《けっき》するため、夜陰に紛れて味方になる者らに伝令を発した。この役目は、一番信頼できる鍾紹京に任せた。

「韋一族を誅殺《ちゅうさつ》せよ。但し、相王（李旦）は蚊帳《かや》の外に置け。失敗しても巻き込まぬようにな」

この檄《げき》に感激して、韋氏麾下の校尉葛福順《かつふくじゅん》や陳玄礼《ちんげんれい》、李仙鳧《りせんぷ》たちが同調していると報告が来た。やはり、韋氏将軍どもの暴行に怨《うら》みを募らせているようだ。

「さあ、進軍しましょう」

檄の件を聞きつけてきた劉幽求が促すと、李隆基は鎧ではなく普段着で宮城近くまで行くという。韋氏の将軍どもが油断しきっているのを、確認してから攻めたいのだ。

「吾は、解放していただけますかな？」

普潤が尋ねると、李隆基は付いてこいと命ずる。攻撃しているところを、崔日用に報告させたいからだ。

李隆基は、才人たちを同調者の所へ奔らせ、羽林営《うりんえい》から火の手が上がれば突撃するよう、再度檄を飛ばしたのだ。そして、宮城近くの官舎へ潜り込んだ。そこでまず、偵察していた鍾紹京に会った。彼は覚悟を示すため、家族に別れを告げてきたと戯《おど》けて言う。

「後悔でもしたのか？」

李隆基が冗談めかせて訊くと、彼も笑って妻に尻を叩かれたと応じる。気持に余裕を持たせるための芝居である。

彼らは羽林営で校尉たちに会った。葛福順や陳玄礼、李仙鳧らは、目を据えて李隆基に臣従を誓った。

「韋氏の将軍どもは、どいつも我らに片付けさせて下さい」

やはり韋太后の武官一族は、どこまでも部下に恨まれている。李隆基は、彼らに一番槍を奮わせて、仇を討たせてやりたくなった。

校尉らは部下を引き連れ、韋氏の将軍たちが夕餉《ゆうげ》の酒盛りをしている司令部へ進んでいった。李隆基たちも背後から付いていく。そして、司令部の扉が開くや否や、校尉たちは抜刀して将軍たちを血祭りに上げた。

まさかこのような反乱が起こるとは、将軍たちは夢想だにしていないような呆気なさだった。それは当初の読みどおり、韋后の一派は権力摂取だけに専念していて、反対派を押さえ込むことに疎《うと》いということだ。

「韋后は先帝を毒殺し、自ら皇位に即《つ》こうと謀《はか》った。これを許しては、国が滅んでしまう。相王（李旦）を立てて国を安んじよう。二心持つ者は、その罪は三族に及ぶと思え！」

李隆基は、羽林営から狼煙《のろし》をあげる。すると、それを待っていた才人らと羽林の士は、日頃自分たちを虐めていた韋氏の上官どもに襲いかかっていった。

「崔日用殿に、共に兵を出されよとお伝えくだされぬか」

李隆基は、普潤に言葉を託して解放した。

羽林営の校尉に指揮された兵らは、斧で宮殿を破壊して侵入した。そのうえで韋氏の首を刎《は》ねて、李隆基に送った。やがて韋太后の首も届けられた。彼女は護衛軍に助けを求め、反乱軍と鉢合わせして斬られたのだ。

安楽公主は、宮殿付近での騒乱を全く知らず、化粧している最中侵入してきた兵に捕らわれ、鋸《のこぎり》で首を引きおとされた。

24

韋氏一族、例えば左僕射《さぼくや》の韋巨源《いきょげん》や太子少保の韋温《いおん》らは、皆が皆、討たれてあえない最期を遂《と》げた。また、彼らと昵懇の者たち、趙履温《ちょうりおん》や汴王邕《べんおうゆう》、竇従一《とうじゅういつ》、馬秦客《ばしんかく》、楊均《ようきん》、葉《よう》静能《せいのう》らも乱兵で討たれた。他にも、庶民が告発したり襲ったりして私刑にし、かなりな死者が出た。

篝火《かがりび》の元に並べられている首が、また一つまた一つと増えていく。普潤の連絡が行ったらしく、遅蒔《おそま》きながら崔日用も兵を繰り出し、日頃傲慢《ごうまん》な韋一族を突きだしてきた。

哀れだったのは宗楚客で、彼は衣を引き裂いて見窄《みすぼ》らしく窶《やつ》し、驢《ろ》馬《ば》に乗って逃げようとした。だが、日頃虐めていた部下らに、通化門で見破られて処刑された。

「上官婉児が捕らわれたもようです」

王毛仲が、李隆基に報告してきた。反乱軍に嬲《なぶ》り殺しにされなかったのは、それだけでも幸運の極みである。

「これへ、連行せよ」

命じながらも、彼は複雑な心境であった。幼少のおり、遊び相手になってもらったり、酷吏の傅遊芸《ふゆうげい》に連れ去られて消息不明になった記憶が交錯する。その後、聖神皇帝が即位して、太平公主の侍女となっていた。

そこまでの経緯は状況的に推し量れて、同情しながら、彼女の向上心に感心もした。だが、聖神皇帝が失脚すると同時に武三思《ぶさんし》と情を通じ、韋太后側に取り込まれて寝返った。

残念ながら、この事実は消せない。

「同道させました」

上官婉児を引き立ててきたのは、劉幽求であった。奇妙に思ったのは「同道」と言い、縄を打つなどの拘束《こうそく》がなかったことだ。

彼に拠れば、宮殿へ侵攻したとき、上官婉児は拱手《きょうしゅ》の礼で彼を迎えたという。しかも、しおらしく宮女たちに燭《しょく》を灯《とも》させて、李隆基の到着を待っていたと言上した。だから劉幽求は、彼女を縛《しば》らずに連れてきたのだ。

「さあ、早《はよ》う、おことが言うておった顚末《てんまつ》を述べてみよ」

劉幽求のようすを見て、李隆基は危ないと思った。上官婉児の手練手管に引っ掛かっていると直感したからだ。それでも、劉幽求が何に関心を示しているかも気になる。

「何のことだ。婉児？」

李隆基は、取り敢えず訊いてみる。すると彼女は、我が意を得たりと話しだす。

「わたくしは当初から、皇帝陛下（李重茂）を立てて相王（李旦）が輔弼《ほひつ》されるよう進言し、中宗（李顕）の遺勅《いちょく》を起草したのです。ところが、韋太后と宗楚客に、破り捨てられました」

それは中宗毒殺の後、李重茂を即位させ、やがては韋后が禅譲を迫る算段だったからに他ならない。上官婉児が言いたいのは、そんな陰謀には与《くみ》しなかったとの強弁らしい。

「それで、顚末とは何じゃ？」

李隆基に促されて、上官婉児は以前起草しかけた遺勅の清書を見せた。侍女時代から才覚はあったが、美事な筆跡である。

劉幽求は、それに魅せられたらしい。

「それが、どうした？」

「御慈悲を。必ずやお役に立ってみせます」

李隆基は、彼女を睨《にら》み付ける。今更、忠誠心を訴えようとも、韋太后や安楽公主に臣従し、誘拐事件だけでなく、中宗の毒殺にも何らかの格好で荷担《かたん》したはずだ。

「遅過ぎたな」

李隆基の乾いた声を聞き、上官婉児が再度声を絞り出す。

「ならば、臨淄王（李隆基）御自身の手でお仕置きくださいませ」

これが彼女の、一縷《いちる》の望みであった。李隆基が昔の誼《よしみ》で、最後には情けをかけてくれるのではないかと、心で縋《すが》ったのである。だが、李隆基は甘くなかった。安楽公主の悪趣味のため、誘拐への荷担を目撃した頃から、彼女を見る目が変わったのだ。

「観念しろ」

李隆基は引導を渡すように叫ぶと、彼女を首切り役人に引き渡した。未練たらしく流し目で彼女は李隆基を見るが、もう視線が合うことはなかった。

「さて、皇帝のお姿はどこじゃ？」

李隆基は、皇帝重茂の居所を訊いた。下手に逃げられでもしたら、また面倒だ。

「大極殿におわします」

応えたのは、またしても劉幽求であった。きっと、上官婉児から聞き出していたのだ。

「では、出向こう」

一瞬、呼びつけようとも思った。それは、皇帝としての値打ちが認められぬからだ。それでも、形式の上では臣下の礼を取らねばならない。しかも政変の最中なら、態度の善し悪しが、後の部下や庶民の信頼にもつながっていくのだ。

李隆基は、王毛仲や李守徳ら才子を引き連れて大極殿へ上がった。すると皇帝重茂が、皇帝の印璽《いんじ》を捧《ささ》げて待っている。

「韋后や安楽公主らを成敗してくれて、寡人は命を救われたのだ。さあ、相王（李旦）を御位にお即けなされ」

それは、もう諦めきった男の言葉だった。重茂にすれば、韋太后への禅譲は暗殺される不安が先立った。叔父の相王（李旦）へ禅譲すれば、まだ命は永らえられると安心しているようだ。

「では、明日までお待ち下さい」

李隆基は、王毛仲ら才人を五人ばかり残した。護衛を兼ねて、逃げぬよう見張りを立てたのだ。彼はそのまま、父相王の所へ向かった。李守徳を奔らせ、居所は判っている。

「黙ってこのような事をなし、申しわけございませぬ」

それは、万一のことを考えての処置だが、相王も解っていた。

「唐の社稷《しゃしょく》（土地と穀物の神。転じてその祭礼を司《つかさど》る国家そのものを指す）や宗廟が武氏に乗っ取られなかったのは、そなたの功績である」

李隆基は、父親である相王に甲冑《かっちゅう》を着せて、自ら先導役となった。そして部下の才子らを従えて、衣冠で調《ととの》えた皇帝重茂が待つ太極殿へ連れて行った。

「相王は、皇帝陛下の輔弼といたします」

家族関係で言えば、甥が叔父に助けられている構図だ。つまり李一族が、彼らに仇《あだ》なす韋一族を誅滅《ちゅうめつ》するのを、大極殿から見守ってくれというわけだ。

この間に行われていたのは、韋氏一族と彼らに便宜を図った者どもの処刑であった。これらは総て、李隆基が劉幽求らに命じて実行したものであるが、形式的には皇帝重茂の勅命という形を取っている。

「逆賊の首魁《しゅかい》は全員誅滅した。以降、以前の法に抵触した事跡も、総ては不問に付す。拠って、すべからく恭順すべし」

これも、皇帝重茂の名で宣せられる。

韋后や安楽公主、韋氏の主立った者らの死骸は、市に曝《さら》された。確かに凄惨《せいさん》な光景ではあるが、庶民は政変の結果、政権の委譲《いじょう》が行われて世の中が安定すると認識するのだ。

ここまでの則天武后と韋后の騒動を、世に「武韋《ぶい》の禍《か》」と呼んでいる。それは、そのまま庶民感情と言ってもよかろう。

何日かして、太平公主が皇帝重茂の言葉を伝えに来た。それは「禅譲」の一語である。

韋太后の傀儡《かいらい》であったことは、自らも自覚しており、父中宗（李顕）が暗殺されても、何も手出しできなかった。それでは、「無能」と揶揄《やゆ》されても仕方なかった。

それゆえ、李隆基に頼まれた太平公主が、皇帝重茂に相王へ位を譲るよう諭《さと》したのである。無論、李旦自身は形式的に辞退するようすを見せるが、再度要請されて受けるのだ。

これは、反乱を決したときから、李隆基と太平公主との暗黙の了解事項だった。だから彼女が皇帝重茂に持ちかけるのも、阿吽《あうん》の呼吸であった。父の仇を討ってもらった格好でもある皇帝重茂に、断る理由はなかった。

こうして、再度皇帝旦の登場となる。中宗もであるが、二度皇帝位に即くことを重祚《ちょうそ》という。則天武后の横暴が偲《しの》ばれる。

日本では、皇極《こうぎょく》天皇＝斉明《さいめい》天皇、孝謙《こうけん》天皇＝称徳《しょうとく》天皇と、二人の女性天皇の例があるが、事情は唐とはまた違うものだ。

第三章　唐の復活（七一〇年〜七一八年）

25

皇帝旦《たん》の即位の前に、さまざまな論功行賞《ろんこうこうしょう》が発表されていた。これまで臨淄王《りんしおう》とされていた李隆基《りりゅうき》は平王《へいおう》兼知内外閑厩《ちないがいかんきゅう》として軍事部門を統括することとなった。これは政変の軍事面で、精神的支柱になった功績を称《たた》えられてのことだ。

彼に協力した才子の頭目鍾紹京《しょうしょうきょう》は中書侍郎《ちゅうしょじろう》（秘書官補佐）に、劉幽求《りゅうゆうきゅう》は守中書舎人《しゅちゅうしょしゃじん》（秘書官心得）に抜擢された。

他にも兄の李成器《せいき》は宋王で左衛大将軍を兼ね、李氏の男子は皆、小さいながらも地方に領土を持った王になれた。また、薛崇柬《せつすうかん》が爵立節王《しゃくりつせつおう》（地方王の資格）とされた。彼は太平公主《たいへいこうしゅ》の息子である。これは母親が皇帝重茂《じゅうも》を説得して、禅譲《ぜんじょう》のお膳立てをした功績を、息子に及ぼした例である。

だが、必ずしも昇進栄転の者たちばかりではない。楊慎交《ようしんこう》は巴《は》州、蕭至忠《しょうしちゅう》は許《きょ》州、韋嗣《いし》立《りつ》は宋《そう》州、趙彦昭《ちょうげんしょう》は絳《こう》州へ刺史《しし》として赴任していった。彼らは韋《い》氏へ積極的に荷担しなかったが、李氏への協力も惜しんだとみなされ、降格の烙印《らくいん》を捺《お》されて左遷の憂《う》き目を見たのだ。

これらは、即位式に先立つ地均《じならし》であった。

夏の名残の蟬《せみ》が鳴いている。李隆基は、隆慶池《りゅうけいち》の屋敷へ帰ってきた。この数日ばかりの動乱で、さすがの彼も疲れている。今日、隆慶池の屋敷へ戻ってきたのは、起居の場を宮城へ移すためだ。つまり、引っ越すのである。

皇帝重茂が禅譲を承諾したにも拘《かか》わらず、父李旦は皇位へ即《つ》くことを躊躇《ちゅうちょ》していた。

「韋后や安楽公主《あんらくこうしゅ》、上官婉児《じょうかんえんじ》らが中宗《ちゅうそう》（李顕《りけん》）を毒殺したのだから、それを成敗するのは大義が立つ。だが、御位には今上陛下《きんじょうへいか》が」

正式に即いていて、彼自身は潔白でなんら悪事を働いたわけではない。だから李旦は、取って代わることを潔《いさぎよ》しとしないのだ。

それでも、政変で人心は不安定である。それゆえ安定を図るためにも、皇帝を新たにする必要に迫られている現実がある。

「今の陛下は、何をなさったわけではございませせぬ。でも、それがいけなかったのです。韋后らが好き勝手をしても、それを諫《いさ》めなかっただけでなく、父の仇《かたき》すら取ろうとなさいませなんだ。これでは、人倫に悖《もと》ります」

だから、皇帝重茂では政《まつりごと》は進まないと、劉幽求ら才人《さいじん》たちが声をあげているのだ。

「しかし、兄の子から帝位を奪うことなど、できようか」

この期《ご》に及んで、李旦は未だ兄弟の仁義を慮《おもんぱか》っている。煮え切らない李旦を説得せよと、劉幽求らは更に言い募る。

「これは、我々だけの希望を言っているのではありませぬ。巷間の庶民も、全く同じ思いです。今、小さな節義に拘《こだわ》るべきではありませぬ。天下を鎮めるため即位なされませ」

李隆基は、彼らの意見を兄の宋王（成器）と、父相王に謁見《えっけん》して伝えた。このとき太平公主は、まだ玉座《ぎょくざ》にあった皇帝重茂に場所を明け渡すよう説得していた。

考えてみれば李重茂は、今年まだ十六歳である。父は母や姉に暗殺され、彼女たちは従兄（李隆基）に攻め殺されている。失意の彼が、大人たちに寄って集《たか》って皇位から退《ひ》けと脅されれば、居座っているだけの胆《きも》はない。そう考えれば、可哀想な存在だ。

こうして、唐隆《とうりゅう》元年（七一〇年）六月末、李旦は二度目の即位をして、承天門《しょうてんもん》に行幸した。

そこは太極宮正面の大門で、立つと満天下に姿を見せる格好となり、人心の安寧には実に効果的だった。

「特赦《とくしゃ》を降《くだ》す」

つまり、ここまでの罪を、一級減じてもらえるのだ。これこそ、皇帝だけが持つ特権であり、仁徳の具現である。

中宗には、このようなことができなかった。それは韋后や安楽公主に、一々《いちいち》お伺いを立てねばならず、もし立てれば片っ端から反対されたからだ。

退位した李重茂は温王《おんおう》（温県に荘園を持つ地方国王）に降格された。それと同時に、周囲は皇太子を冊立《さくりつ》するよう、大声をあげる。そして、誰もが長男の李成器だと思った。ところが意外にも、李成器が辞退を申し出た。

「政変で活躍したのは李隆基です。よって、天下の禍《わざわい》を除いた者が、天下の福を享受すべきなのは、自明の理《り》ではありませぬか」

この意見は皇帝や大臣高官らも一理ありと認め、一旦保留とされた。李隆基の意見も聞かねばならぬからである。その本人は朝議に出る前、兄成器のもとへ面談に行った。

「兄上は、なぜ皇太子の座へお即きになりませぬ。政変において、長男を軍に入れなんだのは、皇太子の身の安全を考えてのことでした」

李隆基は、心遣いを理解してもらえなかったのは、心外だと言いたかったのだ。だが、李成器は真顔で言い返す。

「長男が皇太子になって、何か良いことがあったか？」

「えっ？」

李隆基は、兄の言葉が判らなかった。せっかく彼のため、父に次ぐ地位を用意しておいたのにと思っていたからだ。

「今を去る八四年前の武徳《ぶとく》九年（六二六年）、何があったか知っておろう？」

玄武門の変があった年だ。

「でも、あれは皇太子の建成《けんせい》様が、日頃から次男の太宗《たいそう》（世民《せいみん》）を亡き者にせんと、狙っておられた報いでしょう」

李建成は、高祖《こうそ》（李淵《りえん》）の長男である。

「煬帝《ようだい》や高宗の場合はどうかな？」

煬帝（楊広《ようこう》）も兄（勇《ゆう》）を葬り去り、高宗（李治《りち》）も、自ら手を下《くだ》したわけではないが、長男（承乾《しょうけん》）や三男（恪《かく》）や四男（泰《たい》）の不運や没落から成り上がっている。兄（成器）は、このことを不吉だと呪い、皇太子の地位に即きたくないと言い張った。

「しかし、兄上は我を陥《おとし》れたりされまい」

「そんなこと、判るものか。皇太子という地位が、人の性格を変えるやもしれぬのだ」

社会的地位が高くなるほど、その特権にしがみつく。だから、そこを脅かす次男を目の敵《かたき》にするのだろう。

「兄上も、そうなられるのか？」

「判らぬが、決してないとは断言できぬぞ」

そこが恐い。ゆえに端《はな》から皇太子の地位には即かぬと言い募るわけだ。

「では、それを陛下に言われよ」

李隆基は兄に告げると、朝議に参加するため大広間へ出向いた。李成器が、本当に父皇帝へ今の台詞《せりふ》を進言するのかは判らない。しかし、今のままでは膠着《こうちゃく》状態だ。

やがて朝議が始まり、皇太子冊立に話が及んだ。そこで皇帝旦は、その名を発表する。

「次男隆基を、皇太子とする。国家が安定している時には長男が皇帝位を相続するのもよいが、政変が起こる不安定な時には、功績ある公子が嗣ぐべきだ。それゆえに、隆基を皇太子とする」

皇帝旦の歯切れの良い説明を聞けば、誰も異論を挟む者はなかった。

だが一人、口にこそ出さないが、李隆基の皇太子冊立に不満げな顔つきの者がいた。それは、太平公主である。彼女は今回における政変の陰の立て役者でもある。それゆえに李隆基の武人としての活躍だけではなく、政治的能力や人望の大きさを具《つぶさ》に知っていた。だからそれゆえに、今後の政権運営に大きな役割を果たしそうだと思ったのだ。

それが、彼女にとっては邪魔になる。

26

「あいつは、今頃どうしているのだ？」

温王（李重茂）が、皇帝の印璽《いんじ》や必要な書類など引き継ぎをしているとき、ついそんな疑問を口にした。

李隆基が名を問うと、温王は「李重福《りじゅうふく》」と応える。中宗（李顕）の庶長子《しょちょうし》に当たり、則天武后《そくてんぶこう》の晩年には譙王《しょうおう》とされていた。懿徳《いとく》太子（李重潤《りじゅうじゅん》）と妹が彼女に処刑されたときには、僕《ぼく》州の員外刺史に左遷されている。

つまり、荘園のある地方王から、領地を減らされて知事待遇に降格されたのだ。

そして、中宗が立ったときも、李旦に禅譲したときも、彼は忘れられたような存在だった。それを位を降りた温王が、今更ながら思い出したのである。二人は皇帝の執務室へ行き、印璽など説明しながら李重福の一件を持ち出した。ここで皇帝（李旦）は、意外な反応をする。

「太平公主殿には、譙王（李重福）の状況を報告したか？」

「いえ、そのようなことは」

「それはいかん。早う、御報告申しあげろ」

これも、皇帝旦の慮りである。良く言えば、自分を支えてくれた者を大切にする心遣いだが、一方で、女たちに首根っこを押さえられた中宗と同じ精神状態といえる。伯母や姉、姪といった女系の係累《けいるい》に弱い李姓男子の気質が覗《うかが》える。

「では、これから」

温王（重茂）が、李隆基を伴って太平公主のもとへ出向こうとしたとき、衣擦《きぬず》れの音がした。風に乗ってくる香りで誰だか判る。

「どうか、なされたか？」

「いや、そのなんだ」

太平公主が現れたことで、李隆基には父皇帝（旦）がこころなしかおどおどしているように見えた。完全に圧倒されているようだ。

「李重福殿が、今どうしているかと」

「ああ、あの甥っ子ですか？」

太平公主は、少しせせら笑うようすを見せる。今の彼の状況を知っているようだ。

「大人《おとな》しゅうしているようだな」

皇帝旦が高《たか》を括《くく》ったように言うと、彼女は鼻を鳴らして応えた。

「不満分子に、担《かつ》がれかけております」

「何、それは誰じゃ？」

皇帝旦は、早くも敵対する勢力が現れたことに驚きを隠せない。

「張霊均《ちょうれいきん》に鄭愔《ていいん》、厳善思《げんぜんし》と言えば、お判りかな？　皆、韋后に左遷された者どもじゃ」

李隆基は、その名に覚えはあった。今回、地方の刺史にされた楊慎交らと、かつて同様の扱いを受けた者どもだ。

「韋后に冷飯を喰わされたのであれば、仇《かたき》を追放した我らに、心から協力してくれるのではないかな？」

皇帝旦はそう言うが、李隆基は違うと思った。自分たちも、今が今まで彼らの存在を忘れていたのだ。そのように、顧みられなくなった者らの絶望は、おっつけ国家転覆の思想を生むものだ。

「伯母上。それで、李重福らは今どこに？」

「近々、洛陽《らくよう》に詰めている留台侍御史の李邕《りゆう》から報告が参りましょう。隆基、いや、皇太子隆基殿はそれを受けて処理なさいませ」

太平公主の指示は的確だった。残念ながら皇帝旦では、このようにはいかない。

「李邕に早馬を立てます」

李隆基は報告を督促《とくそく》した。すると、時を措《お》かず彼から書面が来た。それによると、張霊均らは李旦の即位を認めず、李重福を皇帝に擁立しようと謀っているらしい。

「中宗の長男は重福様だ。中宗の崩御にともなって、即位されて然るべきであったのだ。それを簒奪《さんだつ》したのが現皇帝（李旦）だから、それを除いて、我らの手で御位にお即けしようではないか！」

このような煽動は、李重福を盛りあげる三人が、周囲に吹聴しているから判るのだ。

彼らは、李重福こそ唐の皇帝に相応《ふさわ》しいと言い募り、味方の兵になるよう無宿者らを掻き集めているようだ。

「では、挙兵を全力で阻止せよ」

新しい皇太子（李隆基）からの通達は、李邕の気持を大いに動かした。彼は周辺の豪族らに協力するよう要請する。

「新しい皇太子様からの命令だ。御意向に適《かな》えば、出世が見えてこよう」

李隆基にしても父皇帝の即位を無効とされては、自分の立場もなくなってしまう。だからここでの行動は、地位を不動なものにするため、彼の気持も必死だった。

「李重福の反乱軍を撃滅して報告せよ」

李隆基の檄《げき》の内容を裏返せば、重福を捕らえれば、生死に係《かか》わらず過分な報償が用意されていることを意味する。こうなれば、国家のために一肌脱ごうという気分になる。

この頃になると李重福の軍は、洛陽の郊外から副都めがけて迫ってきていた。その一挙手一投足を見張っていた李邕は、豪族の崔日知《さいにちち》（崔日用の縁戚）が集めてきた兵を天津橋《てんしん》へ繰り出していた。

「李重福は、先帝から罪を得たものぞ。討っても咎《とが》め立てはされぬ。皆の者、遺憾なく力を発揮せよ」

この言葉に、兵たちは奮い立っている。

李重福の軍が天津橋まで進んできたとき、崔日知は兵を二手に分けて待機させ、李重福の兵を天津橋で挟み撃ちにした。

ここでは重福側の将、張霊均と鄭愔が激戦の中で捕らわれた。だが、肝心の李重福の姿がなかったのだ。

「しまった。こいつらは囮《おとり》だ」

崔日知がそれと気づいた頃、李重福は厳善思の先導で洛陽の城門に近づいていた。

一方で李邕は、天津橋へ進んできた軍に李重福がいないと知り、逸早《いちはや》く城内へ取って返していた。そして、城門を閉めるように命じて、李重福の軍を中へ入れなかった。

「火矢を射込め」

洛陽の防備が思った以上に堅いので、李重福は必死に命令していた。だが、このとき思いがけぬことが起こった。洛陽の城壁の一際高い櫓に、見たこともない幟《のぼり》が揚げられた。

「あんな真っ蒼《さお》な幟など、初めて見るわァ」

李重福がそう言ったとき、突然手勢が断末魔の叫びをあげだした。見ると、同士討ちが始まっている。厳善思が引き連れている一隊が、李重福の兵に襲いかかっているのだ。

「不覚だ。真っ蒼な幟が、裏切れの合図だったとは」

李重福は、驚き慌てて馬を駆った。

彼は張霊均と鄭愔に助けを求めたのだが、そのときには二人とも捕縛されていた。ゆえに天津橋へ近づいた李重福は、崔日知の兵に矢を浴びせられた。

そこで手綱を戻して洛水《らくすい》の下流を目指したが、彼の味方はどこにもいなかった。それどころか、李邕と崔日知の軍に追い詰められ、遂に河へ飛び込んだ。彼は鎧《よろい》の重みで泳げず、そのままの格好で溺死した。享年三十一だったと言われる。

捕縛された張霊均と鄭愔は処刑されたが、前者は覚悟を決め従容《しょうよう》と首を刎《は》ねられた。しかし鄭愔は、最後の最後まで泣き通しで命乞《いのちご》いの醜態を曝《さら》した。

「これでは、乱も成功すまい」

誰もがそのような感想を漏らしたらしい。

もう一人残った厳善思は、流罪になったと伝えられる。だが、その場所も後の消息も、不明のままである。

27

「才人の横暴が目に余ります」

そのような告発が、皇帝旦のもとへ寄せられた。内容を具に調べると、鍾紹京《しょうしょうきょう》が勝手に才人の部下に官位を与えていると判った。そこで彼に職を辞させ、長安から去らせることにした。李隆基は、正に「泣いて馬謖《ばしょく》を斬る」思いだった。

「政変は成功し、李隆基殿が一番の功績者になられた。皇太子の地位も得られ、この世の春の心地であろう。しかし、ここで才子だけを取り立てて、他の者たちを蔑《ないがし》ろにすれば、韋后や安楽公主の二の舞となって、人心は離れますぞ」

李隆基の周囲ばかりを人事的に依怙贔屓《えこひいき》するようでは、宮廷に不満が溜まる。それは、一面の真理であろう。李隆基も、そこは納得していた。

このような箴言《しんげん》を、誰が言ったのか判らない。だが、女官を中心に囁《ささや》かれていた。

これに動揺したか、劉幽求や警護役の王毛仲《おうもうちゅう》や李守徳《りしゅとく》までが身を引くと言い出す始末になり、李隆基は説得するのに骨が折れた。

それでも李守徳が離れていったのは、高位高官になるという出世の道が断たれたと思ったのかもしれない。そして、彼と行動をともにした才子が何人か出た。このような事態は予想もできなかった。他にも、奇妙なことがある。

「以前の皇太子李重俊《りじゅうしゅん》や将軍の李多祚《りたそ》らを、表彰しようと思うのだが」

皇帝旦は、自分たち（実際には李隆基）に先駆けて韋后や安楽公主、上官婉児らを討とうとしたことについて、再評価を提案したのだ。そこで李重俊へ「節愍太子《せつびんたいし》」なる諡号《しごう》を贈ると、諮問《しもん》する卿大夫《けいたいふ》の間で決められた。

ところが、そこへ横槍が入る。

「元皇太子の李重俊殿が挙兵されたのは、確かに韋后らを討たんがためだったかもしれませぬ。しかし、武三思《ぶさんし》、崇訓《すうくん》の父子殺害は姦臣《かんしん》を除くためと言えても、その後、玄武門で中宗（李顕）と対峙したのは、どう考えても謀反と映りましょう？」

皇帝旦は反論する。

「それは、韋后らが陛下を盾にしたからだろう。状況を量《はか》らねばならぬ」

「前漢武帝（劉徹《りゅうてつ》）の晩年（前九一年）、戻太子《れいたいし》（劉拠《りゅうきょ》）は姦臣江充《こうじゅう》に謀られて巫蠱《ふこ》の乱を起こされましたが、江充を処刑して長安を封鎖されました。それでも、甘泉宮《かんせんきゅう》で休養中の武帝には、刃《やいば》を向けておられませぬ」

遠い昔の事例まで持ち出され、皇帝旦は反論できなかった。横槍は更につづく。

「それに当時の韋皇后は、討伐される程の悪事が確認されておりませぬ。詰まるところ、李重俊殿の私怨《しえん》にて、今回の政変と同列に扱うは、却《かえ》って陛下や皇太子隆基殿下の名を汚すことになりましょう」

意見の真意を要約すれば、今回韋太后や安楽公主、上官婉児を成敗したのは、飽くまでも中宗毒殺という大逆罪があったからと理由付けされるわけだ。

これは正論で、認めざるをえない。だが、李重俊を節愍太子としたのは決定事項である。したがって、名だけを認めて大々的な儀式をしないことで決着した。

李隆基は、何か起こりつつあるように感じた。才子の件で出過ぎまいと遠慮しているうちに、皇帝旦が蔑ろにされつつあるようだ。どこか、中宗に似てきている。

景雲《けいうん》二年（七一一年）の年頭、突厥《とっけつ》のカパガン可汗《かがん》が講和の使節を派遣してきた。そんな中、李隆基にも来客があった。

「お会いしたいと言う者が」

高力士《こうりきし》が取り次いだのは、張説《ちょうえつ》であった。

「どうした風の吹き回しだ？」

八年余り前、将軍の魏元忠《ぎげんちゅう》が謀反したと張易之《ちょうえきし》が誣告《ぶこく》したとき、偽証するよう命じられたのが、この張説であった。その後、宋璟《そうえい》に説得されて張易之らの実体を知り、彼は世間知らずを羞《は》じて張易之の工作を暴露した。

その後、左遷の報復を受けたが、生来の学究肌を返上し、世間の動向を具に見るようになったらしい。この度は、皇帝旦の即位とともに恩赦で都に戻ったのだ。

「その挨拶に来たのか？」

「いえ、そのようなことができる身分では。されど、このことだけはと参上した次第です」

礼儀を示すためなら畏れ多いという張説が、それを押して来る理由が他にあるのだ。

「聞こうではないか」

「はい、ここまで、いろいろな不都合がございませなんだか？」

「ああ、意のままにならなんだこと、意に反することなどが多かったな」

李隆基は、皇太子になってからのことを反芻《はんすう》してみた。才人を引き立てることができなかったり、父皇帝の意向も通らない。

「それら皆、太平公主の画策でございます」

「なに、叔母上の？」

それを少し疑わぬでもなかったが、政変のとき協力してくれた太平公主は、少なくとも敵ではないはずだ。温王（李重茂）に、父（李旦）へ禅譲するよう働きかけたのも、中宗（李顕）の長子（李重福）の反乱に先手を打っていたのも彼女だった。だから、信じていた。

「皇太子（李隆基）は嫡長ではないから、冊立したのは間違いだったと、周囲に吹聴してございます。無論、侍女らを通じてですが」

そういえば、才人への特別待遇を批判していたのは女官たちだが、それも太平公主の画策とすれば手口が共通している。また、李隆基が皇太子になるときは、どこか苦虫《にがむし》を噛《か》み潰したような表情だったのが気になった。

「でも、我を可愛がってくださったあの叔母上が、なにゆえ妨害なさるのだ？」

「それは、危険視しておられるからです」

「危険だと？　我は叔母上に、危害など加えはせぬのにか？」

張説の言葉と、李隆基の思いは交錯する。

「身の危険を言うのではありませぬ。太平公主も結局は韋太后と同じく、則天武后を嗣《つ》ぎたいと思っておられるのです」

つまり、韋太后と同じ穴の狢《むじな》なのである。

「他に、証拠はあるのか？」

「はい、朝廷の臣下は皆、皇太子の下に平伏していると、腹心の竇懐貞《とうかいてい》や娘婿の唐晙《とうしゅん》を通じて陛下へ言上してございます。陛下はそれを調べよと、韋安石《いあんせき》に申しつけられました」

「それで、韋安石は命を肯《き》いたのか？」

「いいえ、彼は陛下に讒言《ざんげん》に惑わされますなと諫め、亡国の言と取り合いませんでした」

韋安石は、冷静に事を判断したわけだ。しかし太平公主に睨《にら》まれて弾劾されそうなのを、郭元振《かくげんしん》に助けられているらしい。

「人事に口出しし始めたのだな？」

「はい、そのうちに皇太子を挿《す》げ替《か》えよと言い出しましょう。それは我をはじめ宋璟殿や姚崇《ようすう》殿が、皇太子殿下の功績を論じて全力で阻止いたします」

他の二人は、かつて狄仁傑《てきじんけつ》が則天武后に推薦していた人物だ。一時左遷されていたが、特赦で戻ったと思われる。張説も言うのだから、補佐役としてかなり優秀と推測できる。

「だが、その程度では諦めまいな」

「はい、こちらにも秘策がございます」

李隆基はその具体策を訊く。

「太平公主は、宋王（李成器）や他の地方王や公子と組んで皇太子殿下を追い落としにかかります。そこで我らは皇帝陛下に、太平公主や地方王及び公子たちを地方へ派遣するよう提案します」

「父上、いや、陛下もさすがに、それはお肯きになるまい」

「はい、恐らくは。でも、きっとそれに恐れをなして、皇嗣の交替劇もなくなります。そこで、少なくとも太平公主一派から禁軍《きんぐん》の統帥権を全面禁止してもらいます」

「それで、事足りるのか？」

「いえ、そうなれば太平公主は、きっと殿下の謀反を言い募るはずです」

「なに、それでは藪蛇《やぶへび》ではないか」

「抜かりはございません。そこを我らが、総《すべ》てお膳立てしておきます」

これは、先々への読みの戦いである。

28

その年（七一一年）の夏のある日、王琚《おうきょ》なる者が諸暨《しょき》（浙江《せっこう》省紹興《しょうこう》市）の主簿《しゅぼ》（国司の補助）に昇格し、赴任する挨拶に訪れた。

「諸暨か？　春秋時代の呉王《ごおう》（夫差《ふさ》）と越王《えつおう》（勾践《こうせん》）に翻弄《ほんろう》された絶世の美女、西施《せいし》の故郷であるな」

「はい、でも司馬遷《しばせん》の『史記』には、そのようなことは一切書かれておりませぬ」

普通、皇太子へ挨拶に来て、議論を吹っかけるようなことは言わぬものだ。ここでは、返す方も返す方だが、それに合わせる皇太子隆基《りゅうき》も変わっている。

「『史記』を引き合いに出すとは感心な。では同じ出典から、長安の皇城はどのように言い表せる？」

やや、意地の悪い質問だが、王琚はめげずに諳《そら》んじている箇所を思い出している。

「秦《しん》の宰相に登り詰めた范雎《はんしょ》が、まだ張禄《ちょうろく》と名告《なの》っていた頃、王宮で昭襄王《しょうじょうおう》に謁見《えっけん》したときの言葉がございます」

昭襄王は系図上、始皇帝の曾祖父に当たる。

「ほう、どんなことを言うた？」

「はい、ここには秦王などおらぬ。いるのは宣太后《せんたいごう》と穣侯《じょうこう》（魏冉《ぎぜん》）だけだ、と」

「それを、今の皇城に当てはめると？」

李隆基の言葉に、高力士《こうりきし》の表情が曇る。それを尻目に、王琚は口を開く。

「皇帝も皇嗣もおらぬ。ここにいるのは太平公主《たいへいこうしゅ》だけだ。と、なりましょう」

要は本来の権力者が力を発揮できず、親族が実権を握っていると揶揄《やゆ》しているのだ。

「無礼者！」

王琚の遠慮会釈のない言い方に、高力士が堪《たま》りかねて吼《ほ》えた。だが李隆基は、それを手を挙げて抑える。

「いや、実に、そのとおりじゃ。その証左に赴任の挨拶も、ほとんどが叔母上の所じゃ」

李隆基は、真面目に本当のことを言う王琚が気に入った。そして赴任を白紙に戻し、自らの詹事府《せんじふ》（皇太子家の家事を司る役所）司直（司法官）とした。李隆基の勅命同然の依頼を、王琚は深く感銘して拝受する。


皇帝旦《たん》が、またもや李隆基に譲位すると言いだした。それは、旱魃《かんばつ》で飢饉《ききん》が相次ぎ、盗賊などの社会不安が募《つの》ったためだという。

「ならば、改元なさればいかがですか？」

「以前もしたが、霊験《れいげん》が灼《あらた》かではない」

父と次男は、このような会話を交わした。だが、実際のところ皇帝旦は、李隆基の悪口を言う妹の太平公主を持て余しているのだ。これしきのことで譲位を云々《うんぬん》していては、皇帝位の価値が下落してしまう。太平公主も、李隆基と同じ苦言を呈してきた。

それは李隆基にとっても、勿怪《もっけ》の幸いであった。皇帝位などに即《つ》けば、俊敏な動きができ辛《づら》い。彼は中書侍郎《ちゅうしょじろう》（秘書室長）に昇格させた王琚に、父皇帝を説得させた。

「もう一踏ん張り、皇帝でいらせられませ」

翌景雲《けいうん》三年（七一二年）、ここで李隆基は心を固めることにした。ただ、以前に張説《ちょうえつ》が吐いた最後の台詞《せりふ》が気になっていた。あれはまるで太平公主の横暴によって、近々自分らが左遷されるとの予言に聞こえたからだ。

張説の言ったごとく、李隆基が謀反を起こすとの風聞が流れた。占師の言葉とされていたが、太平公主の画策だと直ぐに判った。すると皇帝旦は怯《おび》えて、太極《たいきょく》元年と改元した。

「陛下と皇太子殿下を、離間させようとの妄言《もうげん》です。これを解消するために、殿下を監国《かんこく》となさいますようお願いいたします」

監国とは、皇帝が巡幸などで宮殿に不在のとき、国政を代行することであり、その資格を有する人物である。つまり、こうすることで謀反の誣告《ぶこく》を一蹴《いっしゅう》できるのだ。

これは張説と姚崇《ようすう》の提言で、皇帝旦は大いに喜んで受け容れた。そうなると、太平公主から即刻睨《にら》まれるわけだ。つまり、人事で虐《いじ》められ、遠からず流罪同然の憂《う》き目《め》を見ることは必定《ひつじょう》だった。李隆基を慕う部下たちが地方へ追い遣《や》られると、身辺が不安になる。そこは、王毛仲《おうもうちゅう》や高力士が護衛として頼もしい。

王毛仲は以前から李隆基の警護をしていたが、最近は将として親衛隊を率いることが多く、身近には高力士が控えるようになった。彼は名にし負う筋骨隆々とした偉丈夫で、正《まさ》しく力士上がりであった。

かつては聖神皇帝《せいしんこうてい》の前で金剛なる力士と技を競ったこともある。だが、薛懐義《せつかいぎ》から不興を買い、行き場をなくした。それを当時の才人らと一緒に、李隆基が荘園で働かしていたのだ。さすがに力自慢で、よく能力を発揮した。だが、彼は才人たちと違っていた。それは子供の頃、既に去勢されていたことだ。

政変を起こした頃からは、王毛仲の下で働き、武人としての才能を開花させていた。その高力士が、李隆基の身辺警護の隊長を務め始めた。周囲が安定しない中、彼はよく目を行き届かせた。

李隆基は、このように身の安全を図《はか》っていった。それと併行して、皇帝旦も太平公主を警戒する。彼女の周りには、長男で宋《そう》王の李成器《せいき》や岐《き》王の李隆範《りゅうはん》、薛《せつ》王の李隆業《りゅうぎょう》など李一族を味方に付けていた。李隆基は、そこに兄がいることに衝撃を受ける。かつて皇太子の座を勧めたとき、彼は李隆基に譲ってくれた。煬帝《ようだい》や太宗《たいそう》（李世民《せいみん》）の例を出し、皇太子の座が性格を大きく変えるかもしれぬと恐れたからだった。

だが、父の元を離れて叔母の側に付く今の兄こそ、性格が変わったのではないか。それでも、兄の思惑を裏切るようなことを、皇帝旦が突然言い出した。

「そろそろどうじゃ、朕《ちん》の位を嗣《つ》がぬか？」

今度は意を決することでもあったのか、延和《えんわ》元年と自ら改元してからの依頼だ。

「またもや、何を仰《おお》せられますか？」

「やはり旱魃がつづいて、穀物が実らぬ。これというのも、朕の徳が足らぬからじゃ」

一見理屈が通っているようであるが、それなら元号を変えて終わるではないか。大袈裟に譲位を言い募るのは、妹の太平公主からの突き上げに、今まで以上の耐え難さを感じているからだろう。

「まだ、お元気であらせられるのに、なにゆえ我などが御位に即けましょうや？」

李隆基は周囲に聞こえるよう、謙譲の美徳を示したのだ。内心では、もう少し頑張れと言うつもりだったが、皇帝旦の忍耐は、遂に飽和状態になっている。

「位を、皇太子隆基に譲る」

皇帝旦の希望は、瞬《また》く間《ま》に宮中に伝わる。当然ながら、太平公主が喚《わめ》きたててやってくるに違いない。想像するだけで、皇帝旦は胃が痛む思いだった。

「有徳者に位を伝え、禍《わざわい》を避けねばならぬ」

こう言っても太平公主が異を唱えれば、彼は更なる反論を考えていた。

「中宗《ちゅうそう》の御代《みよ》、姦臣が専横したので様々な異変が現れたことは御存じであろう。そこで朕は賢臣を推挙したが、中宗が不機嫌となられた。朕は憂慮の余り、食事も咽《のど》を通らなくなったものだ。これに鑑《かんが》みて、自らの異変に対処できねば、何で皇帝の面目を保《たも》てよう」

これらの台詞を胸に、皇帝旦はいわば手薬煉《てぐすね》引いて太平公主を待ち構えていた。ところが意外にも、彼女は兄皇帝の意を酌《く》むようすを見せる。

「そうか、譲位に賛意を示してくれるか」

「陛下の御意志なら無論です」

29

「豆腐を切って味噌《みそ》を付けて焼いたのを、少し醬油《しょうゆ》に漬《ひた》して喰《く》うんだ」

「へえ、そりゃ旨《うま》そうだな。それを、今、下で料理してんのか。楽しみだな」

太平公主に封《ほう》州（広東省肇慶《ちょうけい》市）へ左遷された劉幽求《りゅうゆうきゅう》は、道すがら旧知の桂《けい》州（桂林）都督王晙《おうしゅん》の接待を受けていた。すると階下から、串刺の焼豆腐を手代が運んでくる。

「へい、お待ち。まずはこちらから。焼きあがったのを、どんどん運びます」

威勢の良い口上を残し、料理を盛った皿が置かれる。芳《かん》ばしさが鼻孔を擽《くすぐ》ってきた。

「なかなかの味だ。こいつは」

王晙が劉幽求に酒を注ぎ、受けた方は一気に呑み干す。そんな遣り取りが五、六回つづいた頃、また串刺の焼豆腐が運ばれてくる。

「あっ、そうだ。都督閣下、主人が牛肉を奉仕させてもらうって言ってやしたぜ」

「それはすまぬなァ。精々贔屓《ひいき》にしよう」

手代が礼を言って階下へ降りると、入れ替わりに番頭格と思《おぼ》しい男が、牛肉の角切を大皿に盛って上がってくる。牛を屠《ほふ》ったばかりと見え、牛刀まで携《たずさ》えている。

「おう、待ってた。待ってた」

王晙が大皿を受け取った刹那、番頭の牛刀が躍りあがる。

「上意である！」

彼はそう言うや、牛刀を振り下ろそうとする。だが、劉幽求が一瞬早く、豆腐から串を抜き取り、王晙の皿を蹴り上げると同時に、尖《とが》った方で番頭の喉元を突き刺す。

竹の先端を受けた相手は、全く声も出なかった。声帯を鋭く破ったからだろう。その賊は、そのまま息を引き取った。

「こいつは、一体？」

「店員になりすました刺客か。迂闊《うかつ》だった」

「誰が送りこんできたんだろう？」

「雇ったのは広州都督の周利貞《しゅうりてい》の奴だが、動かしたのは崔湞《さいてい》のはずだ」

言われて、劉幽求は崔湞を思い出す。かつての襄州刺史《じょうしゅうしし》で、李重福《じゅうふく》と懇意だったため、乱に際して罪を言い渡されそうになった。だが張説や劉幽求が弁護して、助けた経緯がある。その後、彼は太平公主に仕えた。

「つまり、大元は太平公主だ」

彼女の意向を崔湞が受け、周利貞へ命が下った格好なのだろう。王晙は、広州都督の小心を詰《なじ》る。劉幽求の首を取って、太平公主の歓心を買い、出世の糸口としたいのだ。

「襲撃は、またある。このままではおぬしに迷惑を掛けるから、我はさっさと発《た》とう」

「封州へ行けば、ますます周利貞に近づく。命を惜しんでここに居ろ」

「だが、このままでは共倒れになるぞ」

「皇太子隆基様に賭けよう。太平公主が則天武后並《なみ》になれば、儂《わし》も生きてはおれぬからな」

王晙は劉幽求と一蓮托生《いちれんたくしょう》を宣言する。

「東都（洛陽《らくよう》）留司に左遷された張説や、江南刺史とされた宋璟《そうえい》、姚崇も、刺客が放たれていようか？」

劉幽求は、長安での同僚を心配する。

「いや公主は、おぬしが暗殺計画を謀ったと疑っていた。だから刺客を立てたのだ」

「暗殺しようとしたのは、本当だ。我と張暐《ちょうい》が謀ったのだが、密告されて捕らわれた」

「だが、証拠不充分で流罪とされた。それゆえ、太平公主は刺客を立てたのだ」

「それじゃや、我にだけか？」

「ああ、文官ごときは何とかなると思っている節がある。だから、彼らは安泰だろう」

王晙の読みは正しい。それなら、まだ諦めず再起を図る余地もあると思える。

さて、先天《せんてん》二年（七一三年）の夏、長安では李隆基の皇帝即位を認めるなど、以前の態度は何だったのかと思うような太平公主の豹変《ひょうへん》振りに周囲が驚いていた。

しかも、彼女が付け加える言葉に、またもや誰もが気を揉《も》んだ。

「天文官が、彗星《すいせい》の接近を言い募っております。これは、古きを廃して新しきを立てることを意味しますゆえ」

つまり、皇太子隆基を皇帝に立てよと言っているのだ。だが間髪を容《い》れず、彼女は兄皇帝の耳元で囁《ささや》く。

「たとえ上皇になりになっても、政《まつりごと》だけは御自分でなされませ」

それでは、御位の呼び名が変わるだけで大勢は何も変わらない。日本で言うところの院《いん》政《せい》である。それを、太平公主が背後で操るなら、更に複雑な垂簾政治《すいれんせいじ》の出現とも言い換えられよう。

そこで皇帝旦は、妹の言うことを肯《き》くような表情で皇太子隆基を呼びつけた。駆け付けてきた李隆基は、床に這《は》い蹲《つくば》って譲位を遠慮する振りをしながら、顔を近づける父皇帝に小声で言い募る。

「叔母上の要請は厳しいでしょうが、もう少しだけ堪《こら》えていただけませぬのか？」

「いや、限界じゃ。太平公主に毎日あれこれ指図されては、身が保《も》たぬわァ」

「仕方ありませぬな。では、もう少しごねてから、嫌々お受けするような格好をします」

こうして、何度か依頼と辞退の儀式を繰り返し、李隆基は決意を以て皇位を受ける。即位式が行われたのはもう秋であったが、また新たに開元《かいげん》元年と改元もなされた。

そこで、一つ変わったことがあった。皇帝から上皇になった李旦は、一人称の「朕」を変更せず、命令は「誥《こう》」とした。一方新皇帝となった李隆基は「予《よ》」と自称し、彼の命令は「制《せい》」及び「勅《ちょく》」とされたのだ。

そして、皇帝隆基だけは武徳殿にて毎日の早朝、臣下たちから拝礼を受けねばならなかった。また、上皇は三品《さんぼん》（官僚の階級）以上の叙勲や左遷などの人事権を握れるが、皇帝はそれ以下の官僚に関してのみ指図できると決められた。

皇帝隆基の権力を縮小させ、朝礼という鬱陶《うっとう》しい縛りを入れたのは、総《すべ》て太平公主の意を反映したものである。実際、ここまでの皇帝旦と彼女を見比べれば、どう見ても太平公主の力が強いと、誰にでも判る。

それゆえに官僚から宦官《かんがん》に至るまで、彼女の意向を忖度《そんたく》してさまざまな制度や慣例を示すのであった。それを裏付けるのは、後日はっきり判ったことだが、人事異動の挨拶に来る者の数に見ることができたのだ。

王琚のような例は少数派で、ほとんどの者は彼女のもとへ行っている。太平公主の勢力がここまでになると、上皇旦は洛陽に流すことも考えるべきである。だが、優柔不断な上皇は躊躇《ちゅうちょ》したままだ。

太平公主の取り巻きには、兄の李成器がいる。だが、飾りにしかならない。事実上、周囲を固めているのは、竇懐貞《とうかいてい》や岑羲《しんぎ》、蕭至忠《しょうしちゅう》らが南牙《なんが》（南軍）を率い、常元楷《じょうげんかい》と李慈《りじ》が羽林兵を指揮しているのが、今の太平公主側の態勢だった。

ただ、彼らが招集されたときも、陸象先《りくしょうせん》だけは決して仲間にならなかった。

一方の皇帝隆基の側は、岐王李隆範と薛王李隆業の王族、将軍格の王毛仲、姜皎《きょうこう》、李令《れい》問《もん》、王守一《おうしゅいつ》、高力士、李守徳《しゅとく》らであった。

双方は一触即発の状態だったわけではないが、交流は全くなかった。いずれ緊張状態になる不穏な空気が、醸成されつつあったのだ。

30

そんな頃、劉幽求が桂州から単身戻ってきた。刺客の襲撃に王晙を巻き込めぬので、異動命令を反故《ほご》にした行動なのだ。また、洛陽から、張説が皇帝隆基へ佩刀《はいとう》を贈ってくる。これは、劉幽求と連携した行動だ。

「業物《わざもの》が手に入りました。御使用下さい」

彼らが、「太平公主を排除下さい」との意思を、露骨に表したのである。これは、皇帝隆基の気持を強く突き動かした。正に、背中を押してもらった感覚だった。

「張説の勧めは、決して無にはせぬぞ」

李隆基は、綿密に計画を練った。そして、機が熟する前の朝駆け（不意討ち）を将軍たちに提案した。今に襲撃されると太平公主側が警戒すれば、攻めにくくなる。

「先んずれば人を制す。このようなことになれば、項羽《こうう》の気持が判るというものだ」

まだ危険度が低いと思われているところを、一気呵成《かせい》に攻め込む算段である。この策戦は、王毛仲や高力士らの賛意を得られた。

また、ここで幸いしたのは、太平公主の性格だった。彼女は敵対して流罪にされた者には追い討ちをかけるものの、長安城内の軍や皇帝の手勢には、名前のとおり無頓着だったのだ。目で見える者には、却って安心感を覚えるようだ。とにかく、上皇旦さえ抑えておけば、何とかなると確信があるのだ。

そこが、皇帝隆基の思う壺《つぼ》となる。

翌朝、王毛仲が三百人を連れて大工道具も荷車に乗せ、武徳門から虔化《けんか》門へとやってきた。空の荷車も背後に連なっている。当然ながら、羽林兵が彼らを囲んだ。

「われらは陛下の勅命にて、厩舎の修理に参った。もう、使われておらぬが、今後お使いになられる由じゃ」

そう言われると無下に拒絶もできず、羽林兵は彼らを通した。ただ、常元楷と李慈には報告が行く。すると、彼らは何事かと押っ取り刀で飛んで来た。

「厩舎を修理とは、聞いておらぬぞ」

二人の高官は、門を守っているからには周辺の厩舎も縄張りと心得ているらしい。

「しかし、これは皇帝陛下のものゆえ、我らが修理して差し支えございますまい。それから、お二方にはこれを」

王毛仲は意味ありげに、袋を取り出して二人を手招きした。そして、何も入っていない袋を開いて見せながら、傍の部下に合図を送る。その刹那に白刃が一閃し、彼らの頸動《けいどう》脈《みゃく》から鮮血が噴きだした。

三百人の手勢はばらばらっと敏捷《びんしょう》に散って、羽林兵らに刃を突き付けて、彼ら一人一人の武装を徹底的に解除した。彼らの武器や武具の類《たぐ》いは、空の荷車に積み込まれる。

「我らの言うことを聞けば、命まで取りはせぬ。太平公主側の勢いは、もう今日限りと思ったが賢明だぞ」

そう言われ、羽林兵の戦意は喪失する。

一方、皇帝隆基も一芝居打っていた。

「朝議に遅れて来るような不届者《ふとどきもの》は、決して予の忠臣とは言えまいな」

皇帝隆基がそう言いながら朝堂にいると、後から蕭至忠と岑羲がやって来た。

「時間を守らぬ不埒者《ふらちもの》を捕らえよ」

皇帝の一喝と同時に、二人は近衛兵に捕縛された。言い訳する間もあらばこそ。そのまま屋外へ連行され、有無を言う間もなく首を刎《は》ねられたのである。

「今日の朝議は中止じゃ」

言い放つと皇帝隆基は手勢を連れて省庁舎を巡り、太平公主派と目される幹部連中を片っ端から捕らえていった。無論、そのまま処刑という荒療治をしたのである。

ここまで来ると、太平公主一派が皇帝隆基に粛清されているとの噂《うわさ》が、宮城内から長安城内を駆け巡る。おまけに羽林兵が武装解除されているとあっては、彼女から覚えのめでたかった者らの顔面が蒼褪《あおざ》め、冷や汗が沁《し》み出していた。

「いったい、どうしたというのじゃ？」

太平公主の屋敷内が騒然とし始めて、彼女は不安げに家臣たちに訊ねる。すると彼らは馬車を用意して、とにかく逃げろと勧める。だが、彼女はどこへ行けば良いのか判らず、結局は馭者《ぎょしゃ》が勧める山寺へ奔《はし》った。

「この騒ぎは？」

宮城内の慌ただしさは、遂に上皇旦にも伝わった。彼は中宗の行動を思い出し、奉天門の高楼へ登った。状況を見るのと、宮廷人でも登ってこられぬ所に、己の権威を重ねられると思ったようだ。

しかし、高楼からは宮廷人の右往左往振りが判るだけで、その内容は把握できない。

「たれか、今のようすを報告できる者は、どこにもおらぬのか？」

上皇旦が心細そうに嘆息したとき、皇帝隆基の使い郭元振《かくげんしん》が現れた。彼は遜《へりくだ》った姿勢を取り、徐《おもむ》ろに口上を述べる。

「太平公主が、謀反の準備をしておられました。それゆえに、只今皇帝陛下が社稷《しゃしょく》の姦臣を次々に成敗されております。ついては、これから名を挙げる者どもに対し、討伐の詔を認《したた》めて下さいませ」

本来順番が逆だが、緊急事態である。すなわち、上皇自身の思いでもあった。彼は我が子の実行力に、快哉《かいさい》を叫びたかった。それゆえ、次男の皇帝隆基が処刑した者どもの名を、嬉々《きき》として書き連ねた。

詔は即刻、皇帝隆基に届けられた。そしてそれを後楯《うしろだて》に、皇帝側から太平公主側に呼びかけがなされた。

「もう、これまでのことは問わぬ。今後とも皇帝陛下に忠誠を誓えば、何人も処断せぬ。逃げ隠れせず出てまいれ。城内にて、これまでどおりに生活をつづけさせる」

そのような口上が城内外で喧伝《けんでん》され、触書も東西の市に掲げられた。するとそれに相前後して、上皇旦が口上を述べる。

「今後、朕は政《まつりごと》から一切手を引く。今後は、皇帝の裁断に任せる」

上皇旦はそう言うと、百福殿を自らの住まいとすべく引っ越した。そのような噂も、直ぐに城内に広まる。それを受けてか、山寺へ籠もっていた太平公主が、ふらふらと屋敷へ戻ってきた。そこを待っていたように、皇帝隆基は彼女と一族の全員を一網打尽に捕らえてしまう。

「皇帝陛下に忠誠を誓えば、罪には問われぬのであろう。それを、このように拘束するとは、とんだ二枚舌男よのう」

彼女は皇帝隆基へ、そのように訴えた。だが、言葉を受けた皇帝は口を歪めて、叔母を宮殿の庭へ引き出す。膝を曲げて座り込んだ姿は、四十代後半の則天武后にそっくりと、古参の官僚は一頻《ひとしき》り感慨を述べた。

皇帝隆基は、彼女に向き直る。

「そもそも今回の混乱の原因は、叔母上が横暴の限りを尽くし、政を私《わたくし》しようと企てたからではありませぬか。あなたが諸悪の根源との思いはござらぬか？」

甥の告発に、太平公主は逆に睨《にら》み付ける。

「おまえが幼いとき、わたくしが遊んでやったことを忘れたか。その恩を反故にして、人としての恥を知れ！」

庭に頽《くずお》れた太平公主は、上目遣いに甥を睨み付ける。その凄みも母親則天武后譲りであったが、皇帝隆基はめげずに睨み返す。

「世迷い言を仰せあるな。幼少の恩と横暴の報いは別のこと。そうでなければ、上官婉児《じょうかんえんじ》も処刑できませせなんだ」

きっぱりと言い切る皇帝隆基の傍らには、劉幽求の姿があった。彼は、無表情に太平公主を見下ろしている。だが、暗殺を掻《か》い潜《くぐ》った目は、煌《きら》めいて怨《うら》みを宿《やど》している。

その姿に、彼女は少々気圧《けお》されたようだ。そこを皇帝隆基は畳みかける。

「潔くなされよ」

皇帝隆基は突き放すように言うと、叔母に背を向けた。祖母でもある則天武后によく似た姿を思い浮かべると、確かに幼い日々を思い起こして辛い。

　それを押して、彼は叔母とその一族を根絶やしにしてしまった。

31

「ほう、そう来るか。弁正《べんしょう》？」

「はい、これにて我の陣地が更に拡がりますれば、ますます有利でございます」

「うむ、予は、領土を侵《おか》されっ放しじゃな。突厥《とっけつ》や契丹《きったん》、吐蕃《とばん》（チベット）らも暗躍しておるし、遠く西ではサラセン（イスラム）帝国などというのが勢力を伸ばしておるとか。これでは予など、到底一国の皇帝が務まらぬのう」

「陛下。そんな大仰《おおぎょう》な。たかが囲碁《いご》でございますぞ」

　皇帝隆基《りゅうき》と向き合って碁石を摘《つ》まんでいるのは、弁正と名告《なの》る僧である。それも、日本からやってきた遣唐使《けんとうし》の一人と言われる。日本から中国への使節は、六朝《りくちょう》時代からあったようだ。ただ、我々に古くから馴染み深いのは、聖徳太子《しょうとくたいし》が小野妹子《おののいもこ》を遣隋使《けんずいし》として海を越えさせたことだろう。

　時の最高権力者煬帝《ようだい》が、聖徳太子の書いた「日出《いづ》る国の天子より日没する国の天子へ、恙《つつが》なきや」なる書き出しに、激怒した話は人口に膾炙《かいしゃ》している。

ところが、隋は短命で義寧《ぎねい》二年（六一八年）に滅んだため、次に遣唐使が企画された。記念すべき第一回は貞観《じょうがん》四年（六三〇年＝舒明《じょめい》天皇の二年）で、太宗《たいそう》（李世民《りせいみん》）の治世が安定した頃に到着している。

その後は龍朔《りゅうさく》三年（六六三年）の白村江《はくすきのえ》の戦い前後に、五回もの派遣を見ている。それは、唐と新羅《しらぎ》対百済《くだら》と日本という対立関係で戦ったことへの、国際関係の駆け引きと修復外交があったためらしい。

一時は唐の倭国《わこく》侵攻まで噂されたが、唐と新羅との関係が悪化したため、日本は難を逃れている。そして、弁正がやって来たのは、長安《ちょうあん》二年（七〇二年＝大宝《たいほう》二年）の、第八回遣唐使の留学僧としてであった。

そういえばこの頃から、中国（唐）が倭国を日本と呼ぶようになったのである。

さて、弁正が来唐したときは、聖神皇帝《せいしんこうてい》（則天武后《そくてんぶこう》）の晩年であった。遣唐使は宮廷で歓迎を受けていたが、その頃は李隆基として、まだまだ彼らに注目していなかったのだ。

とにかく、聖神皇帝の側近だった張《ちょう》兄弟をどう始末するか、大臣たちが思案していたので、気持がそちらへ向いていた。だが、才人《さいじん》に紛《まぎ》れて国家や宗教について話している弁正を見て、だんだん気に入っていた。

それにしても政変に関しては、異国人ゆえに、李隆基は彼を巻き込まなかったのだ。その後（先天《せんてん》二年＝七一三年）、太平公主《たいへいこうしゅ》の一族を一人残らず葬り去って、同年十二月に開《かい》元《げん》元年と改元し、ようやく政権が安定した翌二年（七一四年）になってから、彼を宮廷へ呼んだのである。

　囲碁の相手をさせると、なかなかの腕前と判り、それも皇帝隆基を喜ばせた。

「中宗《ちゅうそう》（李顕《りけん》）と則天武后は、さまざまな所へ国分寺を建設して、仏教を隆盛させた。だから、僧や尼になる者が後を絶たなかったのじゃ。そこもと、どう思う？」

　皇帝隆基は、碁石を盤に打ち付けて訊《き》く。

「仏への帰依を思ってのことなら結構でございますが」

　弁正は皆まで言わない。税金逃れのため、庶民は僧籍を欲しがっている。それを彼は、仏教のためにならぬと思っていた。丞相《じょうしょう》をはじめとした高官らは、税収の減少を問題視している。そういう意味では、本物の僧と官僚の利害は一致していたのだ。

　そして、真面目に稼業に励む庶民も、同じ気持で俄僧《にわかそう》や俄尼を見ていた。

「南北朝時代の梁《りょう》の武帝（蕭衍《しょうえん》）は、仏教を信仰するあまり自ら寺男に扮《ふん》し、国家予算の半分以上を注ぎ込んだというがな」

　このときも寺院への税金が低かったため、庶民は挙《こぞ》って僧や尼になっていった。

「はい、かの皇帝は、身毒《インド》から達磨《だるま》大師をお呼びになりましたが、連日、これだけ仏教に貢いでいるので、必ずや極楽へ行けましょうなと念を押されたので、大師は辟易《へきえき》して少林《しょうりん》寺《じ》へ身を隠されたと聞きつけます」

「そのとおりじゃ。つまり仏への奉仕に、現世利益を求めてはならぬということじゃな」

「御意」

弁正の同意に、皇帝隆基は溜息を吐く。

「予は、もっと早く気づくべきであった。そこを、宰相に先を越されてしもうた」

それは、姚崇《ようすう》のことである。彼は則天武后が奨励した仏教への保護を、逸早く問題視していた。そのうえで長安から洛陽《らくよう》に乗り込み、脱税のため俄《にわか》に僧や尼になっていた連中一万二千人余を還俗《げんぞく》させたのである。

その中には、商売が成功して大金持ちになった者が、かなりの割合で含まれていた。それこそ一番の問題で、彼らに正当な税を負担させねばならないのだ。

その金銭を以て、生活破綻した庶民を救うべきである。でなければ、結局は国家の根本が成り立たなくなってしまう。

「偽って僧籍における者は、今後厳罰に処す」

この触書も、姚崇が皇帝隆基に書かせたものである。ここに至って皇帝隆基は、ようやく祖母（則天武后）が撒き散らした多大な害悪を理解した。

「それは、姚崇様が辣腕《らつわん》ということですな」

「そこもと、そう思うか？」

「はい、なかなか得がたき人材かと」

「あいつ、張説《ちょうえつ》や劉幽求《りゅうゆうきゅう》を左遷したぞ」

「確か、本名は姚元崇といわれましたな？」

「それがどうした？　元号を開元とした途端に、元を省いて、本名まで姚崇としよった」

「その迅速《じんそく》さでございます」

「何がじゃ？」

「姚崇様は父上が地方官で、いわば恩蔭《おんいん》系のお方。一方の張説様は科挙《かきょ》を及第された方で、劉幽求様も才人であられたので、科挙系と言っても差し支えございますまい」

恩蔭系とは、父祖の官位や家柄、影響力で官界に入る系統を言い、科挙系は選抜試験に及第し、知識で叩き上げてきた官僚である。

「そうだ。それはつまり、姚崇が張説らに劣等感を抱いているということか？」

「いえ、そうではございませぬ。それは、姚崇様が今までしてこられたことを見れば判るというものでしょう」

姚崇はこれまで、契丹の侵攻に的確な対応をして、則天武后に認められ宰相に抜擢された。中宗の治世には退くものの、睿宗《えいそう》（李旦《りたん》）期には返り咲き、敏腕ゆえに却《かえ》って太平公主から疎《うと》まれ、失脚の憂き目を見た。皇帝隆基が彼を再度宰相に据えたのも、その政務処理能力の高さからだ。

「あいつの手腕は、折り紙付きだ」

「そこでございます。恩蔭系の官僚は、早くから国家の問題が判っておられます。したがって、どのような手の打ちようが有効かも御存じです。そのうえ姚崇様は、要点を摑む天賦《てんぶ》の才がおありです」

「ふむ、姚崇は恩蔭系でも、能力抜群か」

「そこへゆくと科挙系の方々は、勉学はできても政《まつりごと》の要点を把握されるのに時間がかかります。特に張説様は、理解されるまでに相当な試行錯誤がおありのようで」

劉幽求も、似たり寄ったりだろう。だが、姚崇が彼らを左遷したのは、意地悪からではない。官僚としての実務経験を、地方で積めということだ。

「ところで、弁正。日本では科挙の制度は取り入れぬのか？」

「はい、律令制度や官僚組織は真似ますが、選抜試験はいかがなものかと」

32

「突厥のカパガン可汗《かがん》が、息子のドンオと娘婿らに兵を与えて北庭大都護府《ほくていだいとごふ》（現在の新《しん》疆《きょう》ウイグル自治区の一部）へ攻めて来おったが、都護の郭虔瓘《かくけんかん》に撃退されよった」

十五年前、カパガン可汗の娘を娶《めと》ると敵地まで出向いて拉致された淮陽王《わいようおう》（武延秀《ぶえんしゅう》）の振る舞いは、今でも嘲笑の的だ。それを思うと、郭虔瓘の武功は賞賛に値する。

皇帝隆基は弁正と囲碁をしながら、さまざまな異民族との戦いや外交の話をした。

「カパガン可汗が去ったと思えば、今度は吐蕃じゃ。国境線を確定して欲しいなどと言ってきよる」

「今まで、決めておられませなんだのか？」

「決めても、直ぐに破るのが奴らじゃ。ちょっとでも油断しておると、じわじわと国境を我が方へずらしてきおる」

「それは、また姑息《こそく》な」

「蛮夷《ばんい》などというものは、程度が低いわい」

そのように言われると、弁正も冷や汗を掻《か》く。自国もようやく日本などと呼ばれているが、少し前までは倭と呼ばれ、東夷（東の未開民）の一民族とされていたからだ。

この年は契丹も騒乱を起こし、討伐に行った薛訥《せつとつ》なる将軍が、さんざんに撃ち破られて逃げてきた。普通なら敗軍の将は処刑されるが、免官されただけですんだ。

「どうだ。この処置は？」

またしても皇帝隆基は、弁正と囲碁をしながら国政にまつわる質問をする。

「次に、突厥と戦わすおつもりですかな？」

「そのとおりだが、それだけでは終わらぬ」

五ケ月後、薛訥は突厥を撃ち破ったが、つづいて吐蕃の攻略に向かった。そこでは、将軍王晙《おうしゅん》と協力して吐蕃に大打撃を与えた。すると、この機会にと姚崇が、吐蕃が築いた橋と砦を毀《こわ》して、国境を河として条約に再度盛り込むべきと言上《ごんじょう》してきた。

皇帝隆基は、宰相の意見を容《い》れる。

ここでまた弁正に、碁仇を務めよとの督促があった。何か喋《しゃべ》りたくて堪《たま》らないようだ。

「この前の意味が解ったか？」

「はい、薛訥殿の使い方ですな。まことに美事《みごと》の一言でございます」

「おまえも帰国したなら、これを異民族対応の見本にいたせ」

言いながら、皇帝隆基は碁石を握る。

「我が国には、あまり異民族というものがおりませぬ。強《し》いて言えば蝦夷《えぞ》ですが、それとて北へ追い遣《や》っておりますので」

「問題ないと申すか？」

「御意。それほどのことは」

「おまえは以前、日本には宦官《かんがん》なる制度がないと言っておったな？」

「はい、ございませぬ」

「それは、異民族が少ないことと、大いに関係があろうな？」

「多分、そうでしょう。去勢とは、殖《ふ》やすまいとする発想とほぼ同義ですから」

もともとは、遊牧民族が発情期に気が荒くなった牡《おす》に施したのだ。それを農耕民族が、耕作用に重宝《ちょうほう》したのかもしれない。更に、人にまで応用したのが宦官だ。

奴隷とするため、異民族の捕虜や犯罪者に外科手術がなされ、男でありながら生殖行為をできなくした。そのような者たちを、後宮従事者に仕立てたのが宦官だ。官と言うからには、下級といえど役人の端くれである。

これは、唐（中国）だけの文化ではない。インドから中東、アフリカにもあり、ヨーロッパにも存在した。日本になかったのは、四方を海に囲まれて、単一民族に近い国家だったからだろう。ちなみに宋の時代から始まる纏足《てんそく》も、当然ながら受け容れていない。肉体を不自然に加工することは、どうしても日本人の肌に合わなかったようだ。

双方とも、先人の賢明な選択だった。

「それで、以前にも訊いたが、科挙の制度は取り入れぬのか？」

皇帝隆基にすれば、宦官を受け容れぬ日本の事情は解る気もする。だが、科挙を受け容れぬ積極的な理由が何か、知りたいのだ。

「受け容れたいのは、山々なのです」

「ほう、気持はあると申すか？」

「はい、日本国中から優秀な青年が集められるのなら、それに越したことはありませぬ」

「ならば、すれば良かろう」

皇帝隆基は、もどかしい思いで促す。

「それには陛下。若者たちに試験の内容となる、例えば『四書五経』なり『論語』なりの書物が、行き渡るようにせねばなりませぬ」

「すれば良いのじゃ」

皇帝隆基は、焦《じ》れったい気持で一杯だ。

「書物を作るには、紙が要りましょう。我が国の紙の生産は、まだまだ量を熟《こな》せませぬ。

つまり、書籍が拡がらぬ上、試験問題も作れぬ状態ですから、まだまだ官僚の選抜試験などできようがありませぬ」

そう言われれば、若者に書物が行き渡り、同時に試験が実施できる唐（中国）は、世界でも抜きん出た存在なのだ。

もっとも、この頃でも書物は筆写である。それには文字を読み書きできる者が、多数いて、同じ書物をどんどん複写できねばならない。唐はそんな人材に事欠かなかったと言うべきである。

実際、木版印刷でもっと大量に複写した書籍ができるのは、精々が唐の末期から宋代にかけてと思われる。

唐においてですらこの程度であるから、日本はまだまだ水準は低かった。また、律令制度を確立する方が先決であったし、一般の民草《たみくさ》から優秀な人材を探し出そうとする発想も希薄だったろう。

支配階級は、天皇から臣姓を賜わった一族からという思いが強かったはずだ。それゆえ、科挙制は理屈こそ解っていても、気持が動かなかったと言った方が当たっていよう。

唐においても、名門という発想はあった。

以前にも触れたが「恩蔭系」なる官僚がいるのは、その考え方を如実に示している。

隋と唐においては山東系（崔《さい》氏、盧《ろ》氏、李氏、鄭《てい》氏）が上位で隴関《ろうかん》系（隴西《ろうせい》や関中《かんちゅう》出身の独孤《どくこ》氏、竇《とう》氏、長孫《ちょうそん》氏、武《ぶ》氏など）を下位にみる傾向があった。

これを入れ替えたのが太宗で、彼は『氏族志』を編纂して李氏、独孤氏、竇氏、長孫氏の順位（皇帝と外戚を上位に置いた）とし、隴関系の優位を確立した。

だが、それをも根底から覆《くつがえ》してしまった人物がいた。則天武后である。

彼女は、自らの氏が隴関系の下位にあることから、来俊臣《らいしゅんしん》に代表される酷吏《こくり》を使って、李氏を排除した。そのうえで、武氏以外の官僚は科挙系の人材から登用した。

だから、狄仁傑《てきじんけつ》のような逸材も出た。しかし、科挙でも恩蔭系でもない薛懐義《せつかいぎ》や沈南璆《しんなんきゅう》、張兄弟のような寵愛系の人材を重要視したことで墓穴を掘っていったのだ。

皇帝隆基はそれらを他山の石として、恩蔭系と科挙系の人材を巧く使いこなさねばと思っていた。そして、囲碁の相手をしている弁正を見た。この男は、いわば寵愛系に属すると思い、勝手に笑みが零《こぼ》れてしまった。

「陛下。陣地がまた減りましたぞ」

碁石を摑んで、弁正が口を曲げている。

33

開元三年（七一五年）、劉幽求が卒した。

有能な人物ではあったが、不本意にもある事件と一緒に取り沙汰されている。中宗が毒殺された後、皇位に即《つ》けられた李重茂《りじゅうも》が、前年突然薨去《こうきょ》した。病死とされたが、暗殺された可能性が高いと言われている。

皇帝隆基はこれに関与していないが、周囲の思惑は元皇帝を邪魔者と見なしていた。いや、不満分子の神輿《みこし》に乗せられてはと懸念したのだろう。

だから、劉幽求が手を下し、秘密保持のため自害したのではなどと取り沙汰する向きもあった。しかし、そんな憶測も、あっさり消える事態が起こった。

それは、蝗虫《ばった》の大群が発生したことだ。

空を黒雲のように翳《かげ》らせる虫が重なり合うようすは、それを連想しただけで皇帝隆基の肌を粟立《あわだ》たせる。

実際には空を覆《おお》うだけでなく、翅《はね》を閉じて野原に降り立てば、緑を総て喰い尽くすのである。これを放っておけば、穀物の収穫が非常に難しくなる。

つまり、飢饉《ききん》の呼び水になるのだ。

「対策せねばならぬのう」

皇帝隆基が声を発すると、宰相の姚崇をはじめ尚書省兵部や司農寺《しのうじ》（農林関係）の官僚が集まってくる。そこには弁正や高力士《こうりきし》、久し振りの王琚《おうきょ》ら側近も在席を許された。

「群蝗《ぐんこう》には、いかな方策が有効なのか？」

皇帝隆基の問いに、司農寺の官僚が応える。

「はい、香を焚《た》いて拝んでおります」

一瞬、意味を解しかねたが、皇帝隆基は持ち前の知能を一閃させる。

「ほう、その香とは蝗虫に効いて、人には害はないのじゃな？」

今度は皇帝の問いに、司農寺の官僚が言葉を喪《うしな》っていた。

「いえ、我らが祖先の霊を慰めるときに使う香と同じにございますれば、何者にも害はございませぬ」

皇帝隆基は、説明が解らない。

「では、何のための香と祈禱じゃ？」

「はい、蝗《いなご》の害が少ないようにと」

皇帝隆基は開いた口が塞がらない。

「それで、どのような効果があった？」

官僚は、この問いに応えられない。つまり、拝む努力が対策の総てなのだ。

「我から、応えさせて下さい」

挙手した副宰相《ふくさいしょう》の盧懐慎《ろかいしん》は、唇を湿す。

「これは、和気《わき》を傷つけぬための配慮です」

和気とは、長閑《のどか》な陽気や穏やかな気候を指す。つまり、群蝗で乱された気の乱れを、拝礼で正すといった理屈である。これには訊いた皇帝隆基が呆《あき》れてしまった。この盧懐慎なる副宰相は、有能を絵に描いたような宰相姚崇の補佐役をしていた。そのため、不断は昼《ひる》行灯《あんどん》のような存在だ。

　事実、姚崇が不在のおり仕事を代行させると、効率が半分以下に落ちた。その程度の人物だった。それを揶揄《やゆ》して、世間では彼を「伴食宰相《ばんしょくさいしょう》（無能の者が高位にあること）」と呼んでいる。皇帝隆基は、今それをまざまざと見せつけられているのだ。

「私めからも、御報告が」

　次に手を挙げたのは、しばらく姿を見なかった王琚である。皇帝隆基は促した。

「香も拝礼も、蝗虫に対して何ら効果はありませぬ。その証左に、土地を捨てて逃げていく農民が後を絶ちませぬ」

　そんな現状も見ず、香を燻《くす》べて拝礼だけに徹しているのは、正に虚礼の極みである。

「苗がただ喰われていくなど、予は見るに忍びぬ。真面《まとも》な方法はないのか？」

　皇帝の剣幕に、姚崇が意見を言う。

「農民たちも、本当は網で防いだり火を大きく焚いたりして、群蝗に立ち向かいたいはずでございます。そうすれば、たとえ蝗虫を全滅させられずとも、被害を食い止められましょう。是非、軍を出動させるべきです」

　姚崇は威勢良く言ったが、盧懐慎が震えながら反論する。

「そのようなことをすれば、和気を損《そこ》のうて天からの罰が降《くだ》りましょう」

　すると、姚崇が止《とど》めを刺す。

「降るのであれば、我が甘んじて受けよう」

これにて対策が決まったが、群蝗同様の厄介な存在が動き出す。西方遊牧民族やタリム盆地の都市国家の動きである。

「安西《あんせい》（新疆ウイグル自治区）へ一万人を徴発して、騒ぎを鎮めて参ります」

左羽林大将軍の郭虔瓘が、そのように言上する。だが、またしても王琚が手を挙げる。

「安西の騒ぎは、葱嶺《パミール》の西方で混乱が起きている余波に思われます。原因は、更に西でサラセンなる国家が拡大している由です」

マホメットを奉ずる国が勢力を拡大させてきたのであるが、中国本土までは攻めてきそうにはない。しかし、現在の中央アジアにはかなりな影響を与えた。事実、大宛《フェルガナ》からは亡命してきた王族もいた程だ。

葱嶺を越え、確実に刺激が伝わっている。

「そこで、我が安西へ出向くというわけです。食糧は途中で調達すれば充分です」

郭虔瓘の鼻息は荒い。だが、姚崇の意を受けた韋湊《いそう》が上疏《じょうそ》する。

「北の突厥や契丹に備えて、兵が出払っております。このうえ兵を徴発しては国だけではなく、食糧や家畜を徴発される安西の都市が疲弊《ひへい》いたします。まだ安西は、重大な事態ではなく、従来の鎮兵で充分と存じます」

意見の根拠は、王琚が示したと思《おぼ》しい。

「それならば、安西への遠征は中止とする。予も、珠玉や綾錦《あやにしき》を貯える贅沢《ぜいたく》は慎《つつし》もう」

皇帝隆基は、郭虔瓘にせめても面子《めんつ》を立てさせてやろうと、そんな自制を宣言した。

翌開元四年（七一六年）に山東《さんとう》で、再び蝗害《こうがい》が起こった。皇帝隆基は、対応する軍を派遣しようとした。だが、県令の倪若水《げいじゃくすい》は、徳を具えて祓《はら》うと、軍の受け入れを拒否した。

「ここにも、儒教の害悪を具現する見本があったか。まるで、『塩鉄論《えんてつろん》』の賢良《けんりょう》だな」

前漢の中頃、塩や鉄の専売について議論したところ、御史大夫《ぎょしたいふ》（副総理）の桑弘羊《そうこうよう》が現実的な具体策を述べているのに、賢良方正《けんりょうほうせい》（聡明と認められて郎官《ろうかん》に採用された若者）の青年たちは、やたらと徳の具《そな》えを言い募った。

例えば、北方遊牧民の匈奴《きょうど》が攻めて来るので、「塩鉄専売で得た経済利益で武器を買い集めて対抗する」という桑弘羊に対し、賢良たちは「徳を身に付けて匈奴を感化し、略奪行為を慎ませればよい」としたのだ。

こんな調子では、何も進まない。

「今の唐は聖朝だ。県令が具体的な対策で予防すれば、蝗はもとより来ないはずだ」

姚崇は、そのような手紙を認《したた》めた。すると倪若水は、蝗虫対応の軍を要請した。こうして群蝗の被害は、だんだん下火になった。

「南海には虫が多種多様で、それを退治する薬もよく効くそうです。それさえ備えておけば、次の群蝗発生の際に役立ちましょう。また、ついでに翡翠《ひすい》や真珠《しんじゅ》も運べましょう」

盧懐慎が胡人の商人から聞き齧《かじ》った話を披露して、皇帝隆基が顔を綻《ほころ》ばせる。すると監察御史の楊範臣《ようはんしん》が、やおら口を挟む。

「陛下は先年、珠玉や綾錦を貯える贅沢は慎むと仰せでした。今、お喜びになった物と、何が違いましょう？」

　この一言で、南海に関する沙汰は止んだ。楊範臣は、自分が南海遠征に遣られると思って、必死だったらしい。

　それから少しして、長安が大いに騒がしくなった。首が送られてきたという。

「誰の首級《しゅきゅう》だ？」

「なんでも、カパガン可汗のだとよ」

　それは突厥の大王である。昔は、武延秀が娘を娶《めと》りにきたとき、李姓でない者と縁戚を結べるかと、気骨を見せた人物だった。それが、反抗勢力討伐の最中に斬られたのだ。

　その首が到着した頃、皇帝隆基の父たる上皇旦が崩御した。思えば彼も、波瀾万丈の一生であった。

34

　突厥《とっけつ》のカパガン可汗《かがん》が戦いの最中に崩《ほう》じたので、息子のビルゲ可汗が即位した。彼は側近に恵まれ、このあと東突厥を糾合《きゅうごう》していく。

「ビルゲ可汗が周囲を固めることに精を出してくれれば、取り敢えず唐と事《こと》を構えたりはすまいから、それはそれで安心であるな」

「一方で、心配の種も増えましょう」

問いに誘われて、皇帝隆基《りゅうき》は口を開く。

「ああ、奴が満を持して国境を侵《おか》すようなことがあれば、きっと手強《てごわ》かろうからな」

「ゆえに、そこは備えねばなりませぬ」

今、皇帝隆基に返事しているのは、姚崇《ようすう》ではなく高力士《こうりきし》である。それは、宰相《さいしょう》の身体が思わしくないからだ。

ならば不本意でも、副宰相の盧懐慎《ろかいしん》を傍《そば》に置くべきだが、そもそも彼がまず床に就く格好になったのだ。内臓奥の重い疾患らしく、伏せってから半年と保《も》たず身罷《みまか》った。

彼は自分の代わりと言うことで、宋璟《そうえい》や李傑《りけつ》、李朝隠《りちょういん》らを推薦していた。そして、死の間際に一言添えている。

「この者ら、以前の陛下から罪を得て流罪《るざい》となりましたが、皆宰相の器《うつわ》と存じます」

これを聞いて、皇帝隆基は盧懐慎を見直した。彼にも、人を見る目だけはあったのだ。

現在の側近を見てみると、王琚《おうきょ》はこの数年仰《おお》せ付かった探索のため、サラセンの情報を得ようと安西《あんせい》へ、あるいは突厥や契丹《きったん》の動向を見るため柳城《りゅうじょう》へ出向いているらしい。一方弁正《べんしょう》は、そろそろ故国からやってくるという遣唐使を迎えるため、その準備に余念がない。

盧懐慎が卒した後、姚崇の容態も芳《かんば》しいものではなくなった。一説に瘧《おこり》（マラリア）とも言われたが、永く治療を要する病であったに違いない。それでも、まだ頭脳の明晰《めいせき》さは以前と変わらなかった。

「四方館《しほうかん》で養生し、家族が看病することを特に許す。早ういたせ」

四方館とは、機密書類の保管庫である。普通なら特別職でもない限り、一切立ち入りを禁じられる場所だ。そこを敢えて姚崇に使わせようとするのは、皇帝隆基がいかに彼を重要視していたかの証左だ。

つまり、姚崇の判断力を信頼しており、それを助けるため機密書類の閲覧を允許《いんきょ》したのである。正に例外的に、至れり尽くせりの状況を提供したのだ。

「とんでもないことでございます」

姚崇は、特別扱いを断ってきた。だが、それに対する皇帝隆基の返事が振るっていた。

「できれば禁中に住まわせて、意見を求めたい。だが、規則によりそれもできぬ。もっとも、四方館は利用すべき官吏が入るよう造られておる。だから、卿が使うのは社稷《しゃしょく》のためなのだ。それなのに、自身の都合だけで辞退するか？」

こう言われると、姚崇に断る理由が見つからない。食器も寝具も衣類も、総て皇帝隆基から指揮を委託された高力士の配慮で用意される。姚崇も妻も召使いも、文字どおり身一つで移ってくれれば良いのだ。

そして、皇帝隆基が諮問すれば、四方館の資料を見つつ応えるわけだ。

「さすがでございます。吐蕃《とばん》（チベット）が国境の川を渡って領土侵犯を始めたと対処を伺いますと、上流に堰《せき》を造れと仰せです」

息急《いきせ》き切って皇帝隆基のもとへ駆け付けたのは、黄門侍郎《こうもんじろう》の源乾曜《げんかんよう》である。

「堰を造れば流れが滞《とどこお》る。さすれば、ますます吐蕃が侵入し易くなろう」

皇帝隆基は皮肉っぽく切り返す。

「それが、いつでも綱を引けば壊れるようにしておけば、国境を侵した者は帰れまい。それを相手の使者に通知しておけばよいと」

「ほう、さすがじゃ。『史記』の韓信《かんしん》と、『三国志』の董卓《とうたく》に同じ記述がある。四方館も立派に用を為《な》したな」

皇帝隆基は目を細めて褒めたが、高力士は苦言を呈する。

「残念ながら、少し翳《かげ》りましたかな」

「ほう、手厳しいのう」

「はい、以前であれば絹をはじめとした贅沢品《ぜいたくひん》など交易物資を差し止めるとか、降嫁した公主《こうしゅ》と離縁するとか、金銭や兵士を動かすまでもいかぬ方法をお考えになったはずです」

つまり、知力の凄《すご》みを利かせたわけだ。

「それは、老いなのか？」

「それもありましょうが、盧懐慎様の御他界が影響していましょう」

皇帝隆基は、一瞬意味を量《はか》りかねた。

「盧懐慎が、的確な助言をしていたとか？」

「いえ、案外好《よ》い相棒だったのではと」

高力士の一言で、皇帝隆基も解った。

思えば、無能な盧懐慎があっての聡明な姚崇だったのだ。自分がしっかりせねば、盧懐慎に重荷を背負わせることになる。そんなことをさせられない。

その思いが、姚崇をよりしっかりさせていた。高力士は、そう言いたかったのだ。

その後、姚崇は伏せりながらも、的確な判断を皇帝隆基に示してきた。ところが、彼の命がけの功績に、泥を塗りかねない出来事が起こった。

息子の光禄寺《こうろくじ》（宮中の饗宴係の長）姚彝《ようい》と宗正少卿《そうせい》（皇族の事務取扱管理職）姚昇《ようい》が、人付き合いも良いことから賄賂《わいろ》をたらふく受け取っていた。

父親が皇帝隆基に重要視されていることで、周囲が彼らを放っておかなかったという事情もあったろう。機会があれば、姚崇を通じて皇帝隆基への取り成しを頼みたいといった意味である。

だが、遠くから眺める者にとっては、羨《うらや》ましい反面目障《めざわ》りでもあったろう。だから、そのような連中は、寄ると触ると謗《そし》ったのだ。しかも、理はそちら側にあった。

それでも皇帝隆基は、姚崇の助言欲しさにそのような噂は捨て置いた。だが、それではすまぬ事態が引き起こされた。

「卿は朕《ちん》と偽って、特赦を降したのか？」

先般、皇帝隆基の父（李旦《りたん》＝睿宗《えいそう》）が崩御して、上皇のみの一人称とされた朕は皇帝隆基へ降りてきた。ゆえに「予」が消えた。

「陛下、申しわけございませぬ。なれども、趙晦《ちょうかい》は我の恩人にて、どうしても助けてやらねば、人として義理が立たぬのです」

姚崇の持ち味とも言える臨機応変な対応ではあるが、さすがの皇帝隆基も表情が渋い。

「あやつは、胡人から賄賂を受けた者ぞ」

「はい、郝霊荃《かくれいせん》なる胡人は、カパガン可汗の首を届けたやつでございます。そやつが陛下からの賞金欲しさに、賄賂を贈りました」

「そのようなことをせずとも、近々報償を取らせせようと思っていたものを」

「そこが、胡人の浅はかなところです。主書（記録係）の趙晦に手柄を伝え、何とかして欲しいと泣きつき、彼は遂に憐憫《れんびん》の情を催したらしいのです」

「だが、胡人相手の収賄は、相手から侮られるため、国家として重罪になるのだ」

「だから、我は救ってやろうと」

「だが、朕に黙って特赦はなかろう。残念ながら、卿を解任せねばならぬ。後任を推《お》せ」

「はい、広州《こうしゅう》都督の宋璟が適任と存じます」

それは、盧懐慎も挙げていた名だ。皇帝隆基は早速に楊思勗《ようしきょく》を使わし呼び出した。

その後、姚崇は四方館を離れたが、副宰相格で地位は保証された。しかし、趙晦は杖打《つえう》ち百の罰を喰らって嶺南《れいなん》へ流された。そのうえ、後の消息は杳《よう》として知れなくなる。

35

「宋璟なる男は、実に尊大でございます。広州（現在の広州付近）から長安《ちょうあん》まで案内しましたのに、我とは一切口を利きませなんだ」

皇帝隆基に宋璟の態度を訴えているのは、楊思勗である。この男は宦官《かんがん》の養子で、自らも宦官になった経歴がある。宦官は男性器を切除して、後宮《こうきゅう》（ハレムとも言う）の雑用をする下級役人が多い。だが、中には皇帝に可愛がられ、高力士のごとく側近になれる場合もある。

だが、一般的に宦官は子孫を作れない半端物として、見下される。宋璟は、迎えの使節を仰せ使った楊思勗から長安への帰還命令を聞いただけで、その後はほとんど相手にしなかった。それも、宦官蔑視の表れなのだ。

それゆえ、楊思勗は讒言《ざんげん》めいた報告をしたのだが、皇帝隆基は、それを肯《き》いてやったわけではない。いや、皇帝の寵臣と判《わか》っていながら、敢えて歯牙《しが》にもかけなかった宋璟を頼もしく感じ始めている。

「心して、宰相職を務めさせていただきます」

皇帝隆基は、響きの良い声で宣誓する宋璟を、ますます好もしく思った。髭も濃く適度に顎を覆い、目鼻立ちも背格好に釣り合いが取れ、押し出しの立派さも宰相として申し分がなかった。

美男で鳴らしたのは張《ちょう》兄弟だが、彼らのような薄っぺらさがない。それは知力の厚さがあるからだ。

「相談相手としたき人物はおるか？」

皇帝隆基は、もし彼が誰の名も言わねば、病床の姚崇を推そうかと思った。

「蘇頲《そてい》を側《そば》に措《お》きたく存じます」

四十代中半《なかば》の官僚で、宋璟と馬が合うらしい。彼らが最初に手がけたのは、郝霊荃の処分だった。それは、姚崇失脚の大元になった人物だからだ。

「それで、どうするつもりだ？」

皇帝隆基は興味深く訊く。

「はい、郝霊荃の贈賄の罪は逃れられませぬが、カパガン可汗の首を届けた手柄は手柄。それぞれを相殺した断を下すべきです」

「うむ、それでどうする？」

「はい、本来ならば小さな県を与えて最下層の貴族にでもしてやるべきでしょうが、贈賄の罪を減じて郎将（将校級の位）にでもしてやりましょう。それも年明けの沙汰にて」

宋璟の判断は、やや厳しい観があった。だが、唐という国家の威厳と相手への敬意と情を加えて足せば、正に名答だったろう。皇帝隆基は気分を好《よ》くし、年明けの東都（洛陽《らくよう》）行幸を考えた。

考えながら宋璟を頼もしく思って、宮廷内での彼の人気を考えた。

後宮の女たちからも慕われよう。

後宮とは、皇后を頂点とする妻の集団（を囲っておく場所）である。日本の江戸時代に大奥《おおおく》と言われた所と、ほぼ同じ状況と思えばいい。

皇帝隆基には、皇后が立てられている。王《おう》氏といって、則天武后《そくてんぶこう》が君臨していた頃、彼女が太平《たいへい》公主か千金《せんきん》公主あたりに命じて、無理に添わされた相手である。

皇帝隆基が皇太子に冊立《さくりつ》され、皇帝位へ即《つ》くにつれ、皇太子妃から皇后へと登り詰めていった。恋愛感情はなかったが、口煩《くちうるさ》くもなかった分だけ邪魔ではなかった。無論、夫婦としての営みはあったが、子はなさなかった。

だが儒教社会では、それですまない。男児に恵まれよとばかり、周囲が次から次に姫《き》妾《しょう》を送り込んでくる。武妃《ぶひ》、楊嬪《ようひん》（後の楊貴妃《きひ》とは別人）、皇甫妃《こうほひ》、趙妃《ちょうひ》など、五指に余る女たちが彼の周囲を取り巻いた。

彼の子は琮《そう》、嗣謙《しけん》（後に鴻《こう》、瑛《えい》）、嗣昇《ししょう》（後に浚《しゅん》、璵《よ》、粛宗《しゅくそう》）、琰《えん》、琬《えん》、瑶《よう》、琚《きょ》、清《せい》らである。次男の嗣謙は王皇后の養子とし、皇帝隆基は彼女の面目を保たせている。

今後も姫妾と子供たちは増えつづける。

この当時、皇帝自らが子育てなどしない。また、武韋《ぶい》の禍《か》があっただけに、後宮の姫妾たちには政《まつりごと》へ一切容喙《ようかい》させなかった。したがって後宮と政は完全に分離され、皇后と姫妾たちも大人しく控えていた。

それは、皇帝隆基の決意が伝わっていたからとも言えた。だが彼も知らぬまま、女たちの間では、別の駆け引きが始まりつつあったのだ。それが表沙汰になるには、もう七、八年の時を要する。

ただ時として、後宮から宮廷へ拡がる噂がある。開元《かいげん》五年（七一七年）の年頭、太廟《たいびょう》（先祖の位牌を祀る建物）の控えの間が四カ所も壊れた。誰の作為も見当たらぬので、却って怪異なようすに映った。

「きっと御先祖様が心安らかに、おわさぬからではありませぬか？」

「しかし、今の宮中には、取り立ててこれといった不祥事もございませぬが」

姫妾たちの話から、宋璟は蘇頲とある打ち合わせをして、皇帝隆基に面会をする。

「年頭に起こった不吉は、きっと天帝の怒りにて、睿宗陛下（李旦）を憂う御意志にございましょう」

「怒りに憂うとは、何をじゃ？」

「まだ、睿宗陛下の喪が明けておりませぬ」

「それが、何じゃ？」

言いながらも、皇帝隆基には後悔の念が浮かぶ。不孝の一言が脳裏を過《よ》ぎったのだ。

「東都行幸を、お咎《とが》めと存じます」

そう言われると、皇帝隆基は行幸を取り止《や》めようかと思う。しかし、ここで姚崇の意見が訊きたくなった。

「やはり、父上はお怒りかな？」

この問いに、病が小康状態の姚崇は小首を傾げて応える。

「太廟の屋材は、前秦《ぜんしん》の皇帝苻堅《ふけん》の頃の物です。時を経て老朽化し、崩れたのがたまたま年頭であっただけのこと。気にされますな。関中《かんちゅう》は群蝗《ぐんこう》以来不作がつづいております。それゆえ、当初の予定どおり行幸なさいませ。民も待っておるはずです」

前秦は四世紀、五胡十六国《ごこじゅうろっこく》の最中に建てられた国である。太廟が建てられてから、もう三〇〇年以上も経《た》っている。普通に考えれば、補強なしでは保たないはずだ。そう説明されれば、皇帝隆基も納得できる。

姚崇に勧められ、皇帝隆基は行幸する意思を強めた。

「これは、失敗したな」

宋璟は、蘇頲に向かって顔をしかめた。

「関中が不作つづきで民に力を付けるため、陛下には行幸を中止していただきたかった。だから、天帝や睿宗陛下まで持ち出したに、姚崇への根回しを忘れておった」

「今後のため姚崇殿と、一度話し合いを持ちませぬか？」

蘇頲は提案し、早速姚崇の屋敷へ走った。

「そうか、それは儂《わし》としたことが、気が回らなんだ。病は辛いが、話はいつでも」

姚崇は、抵抗せず宋璟の意向を呑んだ。姚崇の様態を慮《おもんぱか》って、後日彼の屋敷で行われ、宋璟は知恵を授けられる。

行幸は当初の予定どおり行われた。だが、洛陽への途中にある崤谷《こうこく》付近の道が、舗装されず幅も狭かった。皇帝隆基は早速、責任者を処罰しようとした。そこを宋璟が戒《いまし》める。

「咎《とが》めに寛容な態度をお示しになられませ」

言われて皇帝隆基は責任者に罪状を与えて後、無罪放免の特赦を与えた。

36

「日本から、遣唐使船が参りました」

皇帝隆基も、その知らせは受けていた。無論、正式なものより、前年あたりから情報を得ている弁正の耳打ちの方が早かった。これが和暦で養老《ようろう》元年（開元五年＝七一七年）の第九回遣唐使である。

このときの乗組員には、押使《おうし》（全権大使的な存在で大使の上司）の多治比県守《たじひのあがたもり》や大使の大伴山守《おおとものやまもり》、副使の藤原馬養《ふじわらのうまかい》の他に、居残りの留学生として吉備真備《きびのまきび》や阿倍仲麻呂《あべのなかまろ》、玄昉《げんぼう》らがおり、総勢は五五七人であった。

後日彼ら主立《おもだ》った者は、弁正の計らいで皇帝隆基へ直々《じきじき》の拝謁を賜わることができた。

日本から唐へ来る目的は、先進技術の習得である。皇居や寺院の建築や堤防構築などの土木技術、製薬、農業、収穫物の運搬、土地管理、政治、法律、兵制などの文化吸収だ。

それも、皇帝隆基が背後から援助してくれれば、何かにつけて成果が早く大きくなる。

特に仏教については、戒律を知ることと経典の蒐集《しゅうしゅう》が必要不可欠であった。

ただ、ここで不思議なのは、日本には天照大神《あまてらすおおみかみ》を頂点に措く「神道」があるのに、なにゆえ仏教を信仰せねばならぬのかである。

これは、唐から朝鮮半島を経て文化文明が伝播《でんぱ》することを考えれば、その辺《あた》りで信仰されている仏教を対象にせねば、国際化が図れない。そう考えれば納得がいく。

もう一つ、彼らが深刻に考えていたのは土地制度である。既に大化《たいか》の改新《かいしん》の後、班田《はんでん》収授法《しゅうじゅのほう》で、農民には口分田《くぶんでん》が分け与えられている。だが、制度は年月と共に疲弊《ひへい》する。

事実、唐の兵制である府兵制《ふへいせい》は、均田制《きんでんせい》（農民に等しく土地を分け与える制度）に基礎がある。運悪く、蝗害《こうがい》や旱魃《かんばつ》で収穫がなかった農民は、借金して翌年を期する。

もっとも、半数以上は借金を返すに至らず、土地を新興地主に吸収されて客戸《きゃくこ》（小作農）に転落する。いや、客戸にでもなれば良い方で、逃戸《とうこ》（浮浪人）になって社会不安の元になっていく方が多かった。

かかる現象が、当時の唐には現れつつあった。それは詰まるところ、兵制の崩壊につながるのだ。

新興地主は、客戸から収穫の四割は掠《かす》め取る。ところが国へは、三分程度しか支払わない。つまり、かなりな利鞘《りざや》があるが、その分税収が減るわけだ。

そのうえ客戸になると、一家の代表たる戸主ではなくなり、府兵になる資格と義務まで消滅する。こうして、兵制もどんどん崩壊していくのである。

国家としては是正せねばならぬ醜態だが、遣唐使はその実態を脳裏に焼き付け、後々の参考にしたかったようだ。

「戸籍から漏れている客戸を、洗い出して元に戻しましょう。これにて税制を健全化せねば、府兵制まで機能しなくなります」

宮廷人からもそのような声があがり、宇文融《うぶんゆう》なる官僚が先陣を切っている。それでも宋璟などは、まださほど深刻だと思っていない節があった。それよりも皇帝隆基を、儒家の理想に近づける思案に汲々《きゅうきゅう》としていた。

これは、科挙《かきょ》上がりの官僚特有の感覚だ。

宋璟は、行幸などを重要視してはいない。それよりも、宮中における盛大な儀式や宴会を盛りあげたい方だ。その壮大さによって、皇帝の威厳が具《そな》わり、唐という国家の付加価値が上がると考えているのだ。

先般崩れた太廟の修復なども、宋璟は積極的にするよう皇帝隆基を説き伏せた。皇帝関係の建物の豪華さこそが、権威の象徴であるからだ。

ただ、宋璟のような遣《や》り方だと、宮中の出費は膨大になる。その根幹は、民の納税に拠《よ》る。そうさせるためには、民を疲弊させてはならない。それが宋璟の考えである。

これらは総て、彼らが科挙のため勉学してきた『四書五経』を中心とした儒家思想の影響である。


開元六年（七一八年）の年頭、突厥のビルゲ可汗が参賀して、和を求めてきた。

これなども儒教的精神から言えば、理想的な構図である。蛮夷《ばんい》が文明に感化された典型と見ることができるからだ。したがって、彼の願いは聞き届けられる。

皇帝隆基は宋璟に導かれるようにして、それらの儀式に臨んでいる。だが、宇文融に代表されるような、府兵制や均田制への危機感を説く声が、聞こえていないわけではない。

その問題は、高宗《こうそう》から則天武后の時代を通じて顕在化《けんざいか》し始めている。高宗は政治的無能で、解決しようともしなかった。一方の則天武后は放っておいた。それは自分が皇帝になるための準備に余念がなく、そこまで手が回らなかったともいえる。

だが、もう一つの見方もできた。

破綻した農民（逃戸）から土地を買い上げているのは、同じ均田を受けて成り上がった新興地主である。つまり、旧来の貴族の拡大を嫌う則天武后にとって、新興地主は新しい支持者に映ったらしい。

それゆえに、府兵制（均田制）の崩壊に手を拱《こまね》いていた。その付けが回り回って、唐の支配体制の弱体化を助長したことになる。そのことを宇文融は、言い募っているのだ。

皇帝隆基は、事態に無理解であったわけではない。宋璟がなかなか意見を言わず、それを待っていたのである。しかし宋璟は、なぜか官僚の推薦と更迭《こうてつ》を示唆《しさ》してきた。

「括州《かつしゅう》（浙江省《せっこうしょう》麗水《れいすい》）員外司馬の李邕《りゆう》と儀州《ぎしゅう》（山西省《さんせいしょう》左権《さけん》）司馬の鄭勉《ていべん》は、両名とも才略文詞の才はあるも、奇行に走る恐れがございます。ただ、捨てるに惜しい人材ゆえ、渝州《ゆしゅう》（四川省《しせんしょう》綿陽《めんよう》）辺りの刺史《しし》に留め置ければと存じます」

「卿が思うのなら、そういたせ」

「それと、大理寺《だいりじ》（刑獄を司る）の元行沖《げんこうちゅう》は有能と評判でしたが、実務は不得手です。李朝隠と交替させましょう。陸象先《りくしょうせん》は寛大で、誰にも媚《こ》びません。よって河南尹《かなんいん》（河南の長官）に推薦いたします」

このような異動が、自分に都合の良い者で周囲を固めるのか適材適所なのか、皇帝隆基にははっきりと判らない。とにかく、宋璟の言うがままにさせた。

「早いもので、昨年やってまいりました我が国の押使と大使、副使らは、故国日本へ帰りますので、挨拶に伺っております」

弁正の取り成しで、遣唐使の一行が威儀を正して広間へ入ってきた。

「一年間視察して、御国のさまざまな文化を学びました。早速故国に持ち帰って、制度など真似させていただきます」

押使の多治比県守が、そつなく礼の口上を述べる。そこを皇帝隆基は質《ただ》す。

「土地制度も学んだか？」

「はい、それはかつての使節が持ち帰り、我らの口分田として民に分け与えております」

「そうか。ならば訊《き》こう。唐の均田制と府兵制は、どのように手を入れればよいかな？」

あまりにも率直に訊かれ、誰もが応えかねる。しかし、ただ黙ってもおられず、無難な返事をする。

「御国は、我らの生国に比べて広過ぎます。手を入れるなど、とても我らの想像の、及ぶところではございませぬ」

皇帝隆基は、巧く逃げられたと思った。だが考えてみれば、そうかもしれなかった。ただ制度を模倣しているだけでも、それぞれの事情によって運営は違おう。

「もし良い解決方法があれば、次の使節に託してくだされ」

遣唐使ら一行は多くの土産品とともに、唐の使いを伴って長安を離れる。このような使節は、無論日本だけではない。そして、友好国ばかりでもない。

翌開元七年（七一九年）には、サラセン帝国の脅威が西から伝わってきた。

第四章　開元の治（七一九年〜七三四年）

37

「あやつ、何たる無駄を。捨て措《お》けぬ」

複道《ふくどう》と呼ばれる廊下がある。古くは秦《しん》の始皇帝《しこうてい》が造らせた、二階建ての回廊のことだ。上部が皇帝の専用路で、暗殺の警戒と居所を知らせぬための機能がある。

皇帝隆基《りゅうき》もそれに倣《なら》い、同様な造りの窓から周辺を眺めていた。すると、あろうことかある下士官が、余った食べ物を植え込みの陰へ、ぽいと捨てたのが目に入った。

「凶作が、つづくというに。連れて参れ」

皇帝隆基は怒りを露《あら》わにし、自ら成敗すると言い出した。

「少し、お待ちくだされませ」

このとき恭《うやうや》しい態度で止めたのは、李憲《りけん》だった。憲とは、兄成器《せいき》が改めた諱《いみな》である。

皇帝隆基が韋后《いこう》や安楽公主《あんらくこうしゅ》に対して政変を起こしたとき、兄には何ら計画を漏《も》らさなかった。これは万一失敗したとき、彼に累《るい》を及ぼさないようにしたのだ。

しかし、成功してみると、李隆基ばかりが持て囃《はや》されて、李成器の立場は蚊帳《かや》の外に措かれた能なしにしか映らなかった。それゆえに、父たる睿宗《えいそう》（李旦《りたん》）が皇帝に立てられたときも、皇太子の位を弟（隆基）に譲《ゆず》った。

李隆基が説得しても「何の貢献もしていない自分が皇太子にはなれぬ」と一貫して通していた。これには弟も困ったが、周囲の意見は隆基の皇太子冊立《さくりつ》、皇帝即位を容認していた。

だが、皇帝隆基が立つと、どうしたことか太平公主《たいへいこうしゅ》の取り巻きとなった。つまり、皇帝隆基へ協力する態度は示さなかった。それでも、露骨な敵対行動も一切なかった。

彼女に対する政変を成功させたとき、皇帝隆基は兄（成器）に対する処分を考えた。

「処刑すれば、煬帝《ようだい》や太宗《たいそう》（李世民《りせいみん》）の二の舞になりますぞ」

忠告してくれたのは、劉幽求《りゅうゆうきゅう》であった。

例に挙げた二人とも、長兄を殺して皇帝位に即《つ》いていたからだ。だから、決して手を掛けないことにしたのだ。

かといって、兄を蔑《ないがし》ろにしたり辱《はずかし》めたままで生涯を送らせれば、却《かえ》って皇帝隆基の評判が落ちる。それゆえ、政《まつりごと》には関わりない名誉職を与えた。それを、開府儀同三司《かいふぎどうさんし》といった。実権を握らせず、臣下の礼を取る必要もない身分である。

憲なる諱にしたのは、父睿宗の二度目の皇后が崩御《ほうぎょ》し、「昭成《しょうせい》」なる諡《おくりな》となったため、文字が重なるのを遠慮したからである。

不断は、皇帝隆基にほとんどものを言わなかった李憲が、突然言葉を差し挟んだので、周囲ははっとしていた。それと同時に、内容に耳を欹《そばだ》てている。

「兄上、どうなさいました？」

「その昔、始皇帝は複道の窓から、宰相李斯《りし》の供揃《ともぞろ》いが多いと苦情を言ったとのこと。それを、周囲の一人がこっそり本人に伝えたそうです。当然、彼は供の数を減らします」

「それは、そうでありましょうが」

「後日、始皇帝は李斯の供回りが減ったことで、誰が小言を漏らしたか周囲の者を問い詰めたということです」

「誰も、名告《なの》り出ますまい」

「そのとおり。よって始皇帝は、周囲の者ら全員を処刑したのです」

「しかし、朕《ちん》は何も」

「無実の者を処分されるのではございませぬが、複道から窺《うかが》っておられたならば、皇城に居る者は心安らかにしておれませぬぞ。もとは人の命を全うする食べ物のこと。なのに人を処刑しては、本末転倒になりますまいか？　ここは一般の注意として、食べ物を粗略《そりやく》に扱うなの触れになさっては？」

　皇帝隆基は納得しながらも、正論で行動を止められて不快だった。だが、ここで更に感情を高ぶらせれば、不評につながる。事を支障なく収めるには、兄の意見を肯《き》くに限る。

「朕は、刑罰を濫用《らんよう》するところでした。兄上、恩に着ます」

　これで兄（李憲）の顔を立てて彼の牙を抜き、更に寛容な皇帝と評価されよう。皇帝隆基は今更ながら、玉座に座る者の苦労と欺瞞《ぎまん》を知る思いだった。

李憲に関して警戒すべきは、彼を担《かつ》いで反乱を謀《はか》る者だけだった。それゆえ、皇帝隆基はある方策を採った。兄は笛が得意だったので、あやしてくれとばかり、武妃《ぶひ》が産んだ李清《りせい》の養育を頼んだのである。

下士官が食べ物を捨てたことに皇帝隆基が怒り、李憲が取り成したという噂《うわさ》は拡がる。ために、食べ物を大切にする努力だけは、その年一杯かけて皆へ浸透していったようだ。

「そなたらの国では、食べ物を粗略に扱ったりはせぬであろうな？」

「無論でございます。稲作は国の根幹でありますれば、一粒も残さず口に入れます」

皇帝隆基へ直々にまみえているのは、弁正《べんしょう》が案内してきた日本の留学生たちである。押使《おうし》や大使、副使らは昨年帰国しており、勝手知った弁正が彼らの面倒を見ている。

皇帝隆基の側には高力士《こうりきし》が付いており、弁正の背後には三人がいる。吉備真備《きびのまきび》と阿倍仲麻呂《あべのなかまろ》、玄昉《げんぼう》と銘々が名告った。

「それで、おまえたちは、不自由ないか？」

「それはございませぬが、ちょっと」

「これ、真備」

弁正は、真備が言おうとするのを制する。

「弁正。まあ、良いではないか」

「いえ、陛下。この真備という男は、物怖《ものお》じというものを知りませぬ。放っておくと、好き勝手なことを申します」

弁正は皇帝隆基の手前、はらはらしているようだ。しかし、皇帝は笑って先を促す。

「はい、この二年足らず、長安《ちょうあん》周辺を見学いたしましたところ、何と白村江《はくすきのえ》の戦いの捕虜なる日本人がおりました」

この言葉を、皇帝隆基は高力士に質《ただ》す。

「何、五十六年も前の戦いか？」

驚く皇帝隆基に、弁正が説明を追加する。

「確かに日本は百済《くだら》と同盟し、新羅《しらぎ》と唐の連合軍と戦って敗れました」

「敗れたなら、捕虜は付き物だろうが？」

「それでも、五十年以上は行き過ぎかと」

犯罪でも、それ程の懲役はない。吉備真備はそこを言い募り、釈放を求めている。

「府兵制で徴発された者は、農家の稼ぎ頭でもある。捕虜は、戦死した壮丁《そうてい》の家で働かされているのであろう」

「子がいても、疾《と》くに成人してございます」

だから、もう責任は果たしているゆえ、釈放すべきだと、真備は丁寧に慈悲を乞うた。

「捕虜の期限は、どうなっているのか」

皇帝隆基は高力士に問う。彼は宦官《かんがん》を刑部《けいぶ》（司法）へ走らせ、詳細を調べさせる。間もなく戻ると、特段の規定はないと判った。一番多いのは捕虜同士の交換で、数に余った者が奴隷として働かされる。真備が指摘したのは、その極端な一例であろう。

「ならば、朕の一存だが、一層のこと勝負をせぬか？」

突然、皇帝隆基が奇妙な提案をした。

「と、言いますと？」

これには、留学生たちを連れてきた手前、弁正が弱った表情をする。

「唐に、科挙《かきょ》なる官僚登用制度があると知っておろう？」

「はい、存じおります」

「それに応募して、誰かが受かれば、要望を叶《かな》えようではないか」

38

サラセン帝国が葱嶺《パミール》高原の西側へ、具体的な脅威を感じさせるようになったのは、開元《かいげん》八年（七二〇年）も後半になってからである。しかし、誰も具体的な対策を取ろうとしなかった。それは、これまでの世界観では理解できない国家の拡大の仕方で、情報量が圧倒的に少なかったからだ。そのうえ、場所がかなり遠かったことも僥倖《ぎょうこう》であった。

それよりも、皇帝隆基が以前心配していたことが始まった。東突厥《ひがしとっけつ》のビルゲ可汗《かがん》が周囲を統一して、甘《かん》州と涼《りょう》州（甘粛《かんしゅく》省）へ大軍で攻めてきたのだ。

ビルゲ可汗の求心力もさることながら、参謀格のトニュククの策も侮《あなど》れない。

「河西節度使《かせいせつどし》の楊敬述《ようけいじゅつ》が、敗れたそうです」

節度使とは、辺境守備の将軍である。これは、皇帝隆基の治世で初めて現れた役職だ。そして、兵は府兵制で徴用された者どもではなかった。募兵、つまり、給与目当てに応募した傭兵《ようへい》たちが中心である。

「陛下。お聞きになられましたか？　東突厥ごときに敗れるのは、兵が府兵制に拠《よ》らぬ脆《ぜい》弱《じゃく》な者の寄せ集めだからです」

このように言い募《つの》ってやって来るのは、最近頭角を現している宰相宇文融《うぶんゆう》である。宇文とは北周《ほくしゅう》皇室と同じ、つまり鮮卑《せんび》系の姓である。そこから派生した隋も唐も、元を正せば鮮卑の血筋と言えた。

煬帝（楊広《ようこう》）が、父文帝《ぶんてい》（楊堅《ようけん》）の妾《めかけ》を自らの姫妾《きしょう》にしたのも、高宗《こうそう》（李治《りち》）が父太宗（李世民）の姫妾だった武照《ぶしょう》（則天武后《そくてんぶこう》）を皇后に迎えたのも、遊牧民族のレビレイト婚の名残と考えれば別段奇異でもない。

苗字の楊や李は、漢化した際に鮮卑の苗字普六茹《ふりくじょ》や大野《だいや》を意訳したと言われる。ただ、それぞれが祖先を後漢の君子楊震《ようしん》、楊秉《ようへい》父子と道家思想の祖老子《ろうし》（李耳《りじ》）にしているのは、明らかな捏造《ねつぞう》である。

「我に、括戸《かっこ》（洗い出し作業）の権をお与え下さいませ。逃戸《とうこ》と客戸《きゃくこ》を追跡調査して、元の府兵制を復元して御覧にいれます」

宇文融は、自信満々のようすだった。

そういえば、宋璟《そうえい》は最近屋敷から出てこない。宰相から、李憲と同じ開府儀同三司の官品を与えてやると、気持が腐ったのか参内しなくなったのだ。彼が相談役としていた蘇頲《そてい》も所在なげなようすだったので、父親の爵位を嗣《つ》がせ、許国公に封じて任地へ赴かせた。

宰相として仕事を熟《こな》していたはずの宋璟だったが、土地制度（府兵制）の破綻を解消できないでいる。ただ、宴会をつづけてくれるのは結構だが、皇帝隆基の立ち居振る舞いに対して厳格な要求をする。

無論、それは厭《いや》なのだが、離宮の造営や後宮を調《ととの》えるなど、奢侈《しゃし》が過ぎることは不思議に思わなかった。それが、皇帝隆基の皇族としての感性で、終生直らなかった。

それと、姚崇《ようすう》の容態も更に悪くなり、彼の意見が聞けなくなって寂しかった。そのようなことで、皇帝隆基は、実利的な宇文融の発言を重要視するようになる。

そうなると宇文融は勧農使《かんのうし》を兼ねて、部下の勧農判官を全土に派遣した。戸籍が漏れている客戸（逃戸）を捕捉し、正確な数を摑《つか》むためである。当然ながら、これは半年やそこらではできる作業ではない。それでも宇文融は、進展や詳細を報告しにきた。

それを、冷たい目で見ていた官僚がいた。御史大夫に昇進していた張説《ちょうえつ》だが、彼は開元九年（七二一年）突厥の反乱平定という武勲をたてていた。彼が武器を取ったわけではないが、副宰相に栄転した。

それと相前後して、姚崇が他界する。彼の葬儀に参加した帰り、皇帝隆基は側近の高力士に話しかける。

「あの者らは、勉学に励みよるかな？」

吉備真備ら、日本の留学生らと約束した科挙の件だ。

「はあ、なかなか頑張っているようです」

「ほう、どうして判るのだ？」

「先日、模擬試験をしてみました。儒教における六芸《りくげい》、五常《ごじょう》とは何か？　と、問います
と、三人とも正解いたしました」

六芸は「易」「書」「詩」「礼」「楽」「春秋」で、五常とは「仁」「義」「礼」「智」「信」

である。

「しかし、その程度のことなら、日本でも遣唐使を選ぶ段階で応えさせられよう」

「無論、さようでございますが」

高力士は言いながら、懐から紙を取り出す。それは、三人の解答用紙だった。

「いかがでしょう？」

受け取った皇帝隆基は、彼らの筆跡に舌を巻いた。実に美しい文字だったからだ。彼等
が唐への使節を兼ねた留学生に選ばれたのは、頭脳が明晰であるからだろう。だが、それ
と筆跡に関係があろうか？

皇帝隆基の知る限り、頭が良い人物でも金釘流の不細工な筆跡は幾らもあった。彼はそ
れらに微笑を禁じ得ず、かつて煬帝へ宛てた聖徳太子《しょうとくたいし》の手紙を思い起こした。

日出《いづ》る国の天子より日没する国の天子へ、恙《つつが》なきや……。

このように始まる親書を、煬帝は無礼の一言で放り投げた。だが、それを拾って目を通した側近の蘇威《そい》は、筆跡の美事《みごと》さに感嘆したという。そのうえ、撥《は》ねや払い、留めなどの作法も間違ってなかったと唸った。

それは、留学生にも通じているのだ。彼等がしっかりした文字を書くのは決して偶然ではなく、そのようなことも派遣される人物の属性とされているからである。すなわちそれが、日本人の唐文化に対する敬意であった。

皇帝隆基がそんな感慨に浸《ひた》っていると、東突厥のビルゲ可汗から使者が来た。内容は、都合良く「和」を求めたいとのことだ。

「突厥の牛馬と唐の絹織物や穀物を交易すれば、双方は幸福な和平が保てた。しかるにカパガン可汗は、唐へ侵攻して信義を欠いたゆえ討たれたのだ。ビルゲ可汗も、甘州と涼州へ侵攻して間もないのに和を求められるは、カパガン可汗の二の舞になりませぬかな」

皇帝隆基は、皮肉を飛ばして返事をした。「和」などと言っても、破れば終わりだ。要は、ビルゲ可汗が本気かどうかだけなのだ。

使者は、早々に退散していった。

「あのような輩《やから》、府兵制が調えば撃破して、漠北の彼方へ追い遣《や》りましょうに。ところで陛下。我が勧農判官は、こたび既に四十万戸の客戸を摘発致しました。もう、百万銭以上の税収を上げましたぞ」

宇文融が括戸の権を駆使して、いかに効果を上げたかを喧伝しに来た。

「張副宰相は、いかが思うか？」

皇帝隆基の問いに、張説はにべもない。

「焼け石に水かと存じます」

この一言が影響したか、開元十年（七二二年）に張説は朔方郡《さくほうぐん》の節度使に転任する。

「逃戸や客戸を元の本籍に移して主戸に戻すのが、最善の策と思っておりました。しかしここに至っては、寄寓先で客戸として登録した方が、事務処理が早くすみます」

宇文融が言うのは、手っ取り早く税収を増やす方法である。これは新興の地主層に支持基盤を持つ科挙系官僚が一番嫌う政策だった。ここから、彼らの巻き返しが始まる。

39

皇帝隆基が後宮へつづく回廊を歩んでいくと、最近寵愛している武妃が、椅子に凭《もた》れている姿が見えた。つい頬を崩して近づいていくと、花瓶が飛んできて彼女を掠《かす》めた。

「なにをなさいます」

武妃が、ある程度感情を制御して抗議している。それは、自分より身分のある相手に対してだ。そうと判って、皇帝隆基は歩みを速くする。

「ちと、手が滑ってのう」

その声は、回廊の曲がり角から聞こえる。

「花瓶が都合良く、武妃の方へ行くか？」

皇帝隆基が突然割って入り、声の主が次の声を呑み込むのが判る。それは、王皇后だった。彼女を尻目に、皇帝隆基は徐《おもむ》ろに花瓶を拾った。だが次の瞬間、突然喉を押さえる。

「くっ、苦しい」

どうしたものかと周囲が狼狽《ろうばい》する中、彼は花瓶を放り出す。転がる焼き物を指さしたまま、彼はその場に跪《ひざまず》いた。

「こんな物を！　朕を寝室へ連れて行け」

皇帝隆基は頭をふらつかせながら、高力士に肩を貸してもらう。彼が後宮の寝台へ横になったとき、高力士の他には王皇后と武妃、それにそれぞれの侍女たちがいた。

皇帝隆基は、そのまま眠りに就《つ》いた。それから何刻か経ち、彼は魘《うな》されたような声を出して目を覚ました。そして、侍女に命じる。

「絵師の呉道玄《ごどうげん》を呼べ」

そう言うと、後宮から出て宮殿隅の小部屋へ行って座り込んだ。周りには高力士をはじめ皇后も妃も侍女たちも詰めている。そこへ宦官の案内で呉道玄が、絵を描く道具や紙を抱えて入ってくる。

「昨日、瘧《おこり》に罹《かか》った。原因は皇后の花瓶に小鬼が入っていて、そいつが取り憑《つ》いたからじゃ。ところが、夢に出てきた大鬼が、そいつを退治してくれると、もう身体《からだ》がすっきりした。そこでじゃ、その大鬼の姿を述べるから、おまえが描き写せ」

皇帝隆基は、その姿を述べる。

「剣を携えていたが、文官の冠と衣装で、蓬髪《ほうはつ》と髭と筋骨が衣装からはみ出していた」

かなり抽象的な説明だが、呉道玄は絵師らしく特徴を摑みだして紙に形を整えていく。

「髪が冠《かんむり》に収まらず、髭も伸び放題とは、随分豪傑肌《ごうけつはだ》の文官でございますこと」

傍に居た王皇后が、横目で一瞥《いちべつ》して言う。

「何だと。おことの花瓶に入っておった小鬼を退治してくれたのだ。だいたい、あのような花瓶をいったい何処から持ってきたのだ？」

皇帝隆基の剣幕に、皇后は平服する。

「それは、秘書官が宦官を通じて、贈ってくれた物でございますれば」

要は将を射んための馬で、王皇后から皇帝隆基へ名を知らしめたかったのだろう。そうと知った皇帝隆基は鼻で嗤《わら》う。

「今は休んでいる宋璟に、『良宰論』なる著書を贈ってきた者があったとか。権力者に媚《こ》びて、立身しようとする下心が透けて見えよう。このような輩は流罪に当たる」

後日、秘書官は罪を得たという。

「ところで、陛下はこのお方を？」

今度は武妃が訊く。だが、問われた皇帝隆基も首を振るだけだった。すると、横合いから声を上げる者がいた。李憲である。

「それは、鍾馗《しょうき》ではございませぬかな？」

彼によると、百年ばかりの前の武徳《ぶとく》年間（六一八年～六二六年）に科挙の試験を受けて及第せず、宮中で自害した者らしい。高祖《こうそ》（李淵《りえん》）が手厚く葬って遣ったと言う。

「それゆえ、陛下の一大事とあって、恩義に報いんと出てきたのでありましょう」

李憲の説明に周囲は納得する。

「判った。それでは呉道玄。同じ絵を十枚描け。王皇后の不吉な花瓶を木箱に入れ、この絵で封印せよ。また、同様な凶事が予想される所に貼り、今後の魔除《よ》けといたそう」

鍾馗が今日まで名を残しているのは、皇帝隆基の肝煎《きもい》りである。

こうして一件は落着し、皆が去っていった頃、皇帝隆基は兄李憲を呼び止める。

「つかぬお願いをお聞き届けくださり、誠にありがとうございます」

皇帝隆基は李憲と、日頃から仲良くしていた。それは仲違《なかたが》いしては、煬帝や太宗に準《なぞら》えて、評判を落とすからだ。それゆえ今日のように、巧く端役を演じさせたのである。

鍾馗の逸話など、無論知っていた。そこを第三者に言わせ、周囲に信憑性を持たせたわけだ。この小芝居は、武妃を寵愛して、王皇后を失脚させる第一段階だった。

こうしてみると、皇帝隆基は人が悪い。李憲に対しても、和気藹々《わきあいあい》を装《よそお》いながら、常に密偵を配置しておき、李憲に近づこうとする輩だけは報告させていた。そして、必ず左遷の憂き目を見させた。

皇帝隆基にとって一番厭《いや》なのは、李憲を担ぎ上げて自らに反旗を翻す、不満分子らの勢力拡大である。

皇帝隆基の裏の思惑から、朔方郡の節度使として急に飛ばされた者がいた。するとそのお蔭で、開元十一年（七二三年）張説が長安の中央官庁へ返り咲き、中書令として皇帝隆基の周辺で仕事ができる立場となった。

こうなると、科挙出身の彼は、事ある毎《ごと》に恩蔭系《おんいんけい》大臣の宇文融と対立する。

「逃戸は解消せず、今度は客戸を認めるという。それも、今判った者らだけのこと。本来の府兵制は、疾くに破綻しております」

張説の舌鋒《ぜっぽう》は鋭い。

「それを、元に戻すため、儂《わし》や勧農判官が必死に調査しておるのだぞ」

宇文融も、勧農使として陣頭指揮に当たっている自負が満ちている。だが張説も、その程度の大声に怯《ひる》まない。

「それが、何になりましょう？　もともと均田制による府兵制は、どこもかしこも穏やかな晴れと雨で天候が推移することで成り立つものです。旱魃《かんばつ》、長雨、地滑り、洪水《こうずい》、蝗害《こうがい》、雹《ひょう》、遅霜《おそじも》、日照不足などは、毎年どこかで必ずあります。そのような所では収穫が少なくなり、借金もできず没落した主戸は逃戸となり、上手くいっても精々が客戸になるだけです。それが、ここまでの実情でしょう」

客戸になれねば、浮浪人のまま野垂《のた》れ死ぬか、盗賊など社会不安の要因となっていく。

「だから、それを元に戻そうというのだ」

「元に戻っても、結局は同じことの繰り返しになります。それよりも、客戸を戸籍上認められるのであれば、行き所のなくなった逃戸を、職業軍人に仕立て上げ、傭兵として使うことをお考えになりませぬか？」

これならば、兵の補給だけでなく、流民《りゅうみん》による社会不安の解消にもなる。張説の当を得た切り返しに、宇文融は唇を嚙みながら、尚も強く反論する。

「傭兵も結構だが、彼等の給与となる原資を、何処から求めるのだ？」

言われることを予期していたように、張説は意見を述べる。

「いろいろ考えられます。辺境へ派遣した兵には屯田《とんでん》させて、余剰穀物を当てることもできれば、客戸の税率を少々上げることも、総《すべ》て原資の候補となります」

皇帝隆基は、双方とももっともな意見と認めながら、今は宇文融の力を試そうとする。

「まあ、張副宰相（説）。ここは宇文宰相（融）が、勧農使として税収を上げてくれている最中であるから、一応の決着が付くまで遣らせてやってくれぬか」

皇帝隆基に言われたからには、無下《むげ》に否定するわけにはいかない。張説は、一応引く振りはするが、決して賛成はしない。この後、彼らは農業に付随した府兵制について議論をつづけるが、それは数年にわたることになる。

「鍾馗様の御利益といいますかな」

開元十二年（七二四年）、高力士の報告だ。

「どうした。また、小鬼が出たか？」

「いえ、陛下は賭けに負けられたようで」

「何、それはどういうことだ？」

「あの、日本人が科挙に受かったそうです」

「そうか、そつのない吉備真備か？」

「いえ、阿倍仲麻呂だとか」

40

「ほう、いつも真備《まきび》の陰に隠れているような文官がな。人は見かけによらぬな」

「はい、しかも、一、二を争う好成績だったといいます」

高力士《こうりきし》の説明に、皇帝隆基《こうていりゅうき》は狐《きつね》に抓《つま》れたような気持になった。まさか、遠い海の彼方からやって来た日本の若者が、科挙に歯が立つとは夢想だにできなかったからだ。

「そうか。受かったならば、白村江《はくすきのえ》の捕虜を解放してやらねばならぬな」

さすがに、皇帝隆基は約束を覚えている。

「はい、特赦《とくしゃ》をお出しいただき、捕虜を働き手としていた者には、税を割り引くか新たに官奴《かんぬ》を与えるかの処置が必要かと存じます」

高力士は適切な示唆《しさ》を与え、庶民に不満が出ぬよう考慮を示した。

しばらくして、科挙に及第した者の表彰式と仮の任官式があった。その中に、晴れがましい表情の阿倍仲麻呂《あべのなかまろ》もいた。

「唐の発展のため、大いに能力を発揮してくれるよう。朕《ちん》はそれを期待しておる」

皇帝隆基の言葉を、科挙及第者は神妙な表情で聴いていた。彼らには、これから時間をかけて、正式な配属先が決められる。

日本の留学生の中から及第者が出たことで、一行の顔にも多少の羨望と、仲間意識からの晴れがましさが綯《な》い交《ま》ぜにあった。

「改めて、特赦の御挨拶にあがりました」

弁正《べんしょう》が留学生三人を、皇帝隆基の御前へ連れてきた。無論、阿倍仲麻呂が中心である。

「美事《みごと》、朕の鼻を明かしてくれよったな。褒《ほ》めて使わす。これからも、励んでくれよ」

皇帝隆基の言葉に阿倍仲麻呂が平伏し、周囲の三人も一緒に拱手《きょうしゅ》する。どうやら及第者の立ち位置が、三人の中で変わったらしい。

彼らに楽な姿勢を許し、侍女に命じて飲み物と菓子を持たせた。そこに、ゆったり寛《くつろ》いだ空間ができる。

「ところで、解放した捕虜どもは、どのようにしておるのじゃ？」

皇帝隆基は、そもそもの約束に立ち返ろうとする。四人は、まず高力士へ目を遣《や》った。どうやら総ての差配には、彼のお膳立てがあったからしい。

「白村江の戦いは、もう六十一年も前になりますれば、捕虜の歳も若い者でも七十代後半、老いたる者は卒寿前後になっております」

高力士の説明では、捕虜の総数十五人程を連れてきたらしい。彼らは無論のこと、故国への帰還を希望しているという。

「だが、次の遣唐使《けんとうし》はまだまだ先であろう」

言いながら、皇帝隆基は見当違いを悟る。

第九回（七一七年）の遣唐使が来る直前、弁正は「近々、やって来る」と、そわそわしていた。それは、非公式に渡ってきて、情報を与える者が幾人もいるからだ。

「民間の商用の者が、船を乗り継いで来ているのか？」

「はい、この際、そやつらに任せようかと存じますが、これは唐としての処置ですので」

高力士が言うのは、特赦があったことと、享受した者の一覧表を日本政府（大和《やまと》朝廷）へ報告することの必要性である。

「全員に通行手形を発行し、新羅《しらぎ》を通って奈良まで送り届ける役人が必要でしょう」

「それで好いかな？」

高力士の提案を、皇帝隆基は肯《き》くつもりらしい。それなら四人に反対する理由はない。

それから旬日が経ち、長安《ちょうあん》の春明門《しゅんめいもん》に元捕虜たちが集まって、留学生たちと別れを惜しんでいる光景があった。

「こんなことが起こるなんて、夢にも思わなんだ。皆、遣唐使様の働きのお蔭じゃ」

「吾《われ》は、日向《ひゅうが》の国の出身なんで、筑紫《ちくし》の海岸で別れさせてもらえるのかな？」

「そりゃ、一度奈良まで行って帰るんじゃ大変だ。一覧表に拇印してから、国司宛てに手形と身分証を発行してもらえるはずだ」

　感涙に噎《むせ》んだ男たちは、唐の役人に引き連れられて旅立っていく。

　一行を案内するのは商用で長安を訪れていた日本人で、引率者は弁正となった。

「日本では昨年、三世一身《さんぜいっしん》の法《ほう》という定めができましてね。開墾《かいこん》した土地は、親、子、孫の三代にわたって私有が許されることになりました。これで、田畑が拡がりますよ」

　奈良の都も、いろいろと様変わりしていることが判る。留学生にとって、このような男が行き来してくれることは、実に有益である。

　この男は、高力士から案内料を与えられ、唐の役人を再度長安へ連れ帰ったとき、国内での優先的な商業権が与えられることになっている。

「おぬしら、上手《うま》く役割を分担したな？」

　弁正と留学生三人がいる所で、高力士はそんなことをいう。その刹那、阿倍仲麻呂以外の三人に狼狽《ろうばい》の色が見て取れた。

「そっ、そんなことは……」

「あるだろう。三人とも受かって唐の官僚になれば、次の遣唐使船で帰国しにくくなる。

それでは唐で得た知識や情報を祖国（日本）で使えない。だが、全員落ちては日本人の沽《こ》券《けん》に関《かか》わると考えたのであろう？」

吉備真備《きびのまきび》と玄昉《げんぼう》も、阿倍仲麻呂と比肩する程の知識と、頭脳の冴えもあると言われていた。その彼らが、科挙の成績だけは、及第の最低点よりやや低かった。

それは、故意としか考えられなかった。

「高力士様。そのぐらいで御勘弁を」

平身低頭するのは弁正だった。総ては、彼の発案であったのだろう。高力士も、笑ってすませてやった。

皇帝隆基も薄々は感じていたが、特段質《ただ》すことはなかった。周辺諸国の事情は事情で、忖度《そんたく》してやらねばと思っていたからだ。

また、それを搔《か》き消すような腥《なまぐさ》い噂が、飛び交い始めたからでもある。

「王皇后の兄上（守一《しゅいつ》）が南北の斗星《とせい》を祀《まつ》って、僧侶に祈禱《きとう》を願っておられるとか」

「北斗七星は死、南斗六星は生を司《つかさど》るとされますが、何を願っておられるのでしょう？」

「それは決まっておりましょう。武妃《ぶひ》様の死と、皇太子になられる公子の誕生です」

そう言われれば、人情で御もっともだ。しかし、ここから先が拙《まず》かった。王守一が祈禱料を弾むと、僧侶は言わずもがなの、とんでもない世辞を口にした。

「そのうちお子がお生まれになって、皇后陛下は則天武后《そくてんぶこう》のようにおなりでしょう」

この一言があろうことか、少し離れた所で掃除をしていた寺男に聞こえてしまった。彼はそれを黙っていられなかった。家族はおろか仲間にも喋《しゃべ》って飲み屋でまでも広めていると、遂に宮中まで漏れ聞こえてしまった。

これには皇帝隆基が怒り、呪詛《じゅそ》の当事者として王皇后を廃位するに至った。いや、それだけではない。彼女は身分を庶民にまで落とされ、宮中の奥深く幽閉された。

そして、三ヶ月後には自害する。

当の僧侶と兄（王守一）は、無論のこと処刑されている。これを喜んだのは武妃であるが、彼女がすんなり皇后に昇格したわけでもない。ここには、皇帝隆基の躊躇《ちゅうちょ》があった。それは彼女のためにも、不幸を踏み台に出世させたくはなかったからだ。

後宮の出来事とは別に、朝廷の政《まつりごと》は、粛々《しゅくしゅく》と進んでいく。

「調べ上げた結果、八十万もの客戸《きゃくこ》（小作農）が洗い出せました。新規に徴収した税は、数百万銭に達しますぞ。これにて、財政は安定です」

宇文融《うぶんゆう》の声が響いていた。

41

開元《かいげん》十三年（七二五年）、皇帝隆基の封禅《ほうぜん》の儀が執り行われることとなった。阿倍仲麻呂が東都洛陽《らくよう》の司経局校書《しけいきょくこうしょ》（典籍の筆写や校正係）に任命されたのも、大きく言えばその幇助《ほうじょ》の一端を担《にな》うためである。

封禅とは、皇帝が天の神と地の神を讃《たた》えて感謝する儀式になる。ただ皇帝であれば、どのような人物でも良いというわけではない。

少なくとも天下の混乱を平定して、世に平和をもたらせた人物でなければならない。勢い、始皇帝《しこうてい》や光武帝《こうぶてい》（劉秀《りゅうしゅう》）のごとき戦乱を終わらせた統一王朝の創草者か、漢の武帝（劉徹《りゅうてつ》）に代表される中興の英傑といった存在になる。

皇帝隆基の場合は、後者に当たろう。

隋末の混乱を平定した高祖（李淵《りえん》）、太宗（李世民《りせいみん》）の貞観《じょうがん》の治《ち》を受けて、彼には後の武韋《ぶい》の禍《か》を実力で沈静化した実績がある。

また、勧農判官を動かした宇文融が、先般のごとく数百万銭の税収を上げたことも、封禅の儀式をする下地となっている。ここに来て、当然ながら宇文融の鼻息も荒い。

「天下太平のもと、皇帝陛下の大業を天と地の神に御報告しようではないか！」

彼は事あるごとにそう言って、その基《もとい》を築いたのは自分だと言外に含ませていた。

中華で封禅の儀式をする場所は、泰山《たいざん》と決まっている。現在の山東《さんとう》省泰安《たいあん》市にある神宿るとされる名山は、古来信仰の対象になっていた。それは程度こそ違え、現代も同じである。天に通じんばかりの石段は、写真にしてもなかなか壮観だ。

とにかく、封禅の儀式を挙行するには、長安から遥々《はるばる》と泰山まで出向かねばならない。

それも一通りの行列ではなく、最高の鹵簿《ろぼ》（皇帝の供揃い《ともぞろい》）を仕立てる。皇帝の親族や百官などの随行者らで、何万人もが移動するのだ。

途中で洛陽や濮陽《ぼくよう》などを通過するが、皇帝を迎えるとあって、当地の役人どもは上を下への大騒ぎとなっている。

そのような状況を露程《つゆほど》も知らぬ皇帝隆基は、李一族や宰相、高官、宮廷人らの人選をどうするかを考えている。誰が行かせてもらって誰が行かぬで、彼らの中に嫉視《しっし》や僻《ひが》みが生まれるのは必至だ。かといって、長安を空にするわけにもいかず、留守を任される重要さを諄々《じゅんじゅん》と説くしかない。

こうして皇帝隆基の頭は、封禅の儀式をいかに熟《こな》すかで一杯になっていった。

「頂上では方形の、そして麓《ふもと》では円形の、それぞれ舞台を造って、そこで朕がやるべきことは、はっきり解っているのであろうな？」

「はい、儒者どもに調べさせて、まずは大丈夫かと存じます」

礼部（文教を司る役所）侍郎《じろう》（儀式における先導役）の賀知章《がちしょう》が自信なさそうなので、皇帝隆基は強く発破《はっぱ》を掛けてやる。

「かの始皇帝が調べさせても、儒者どもはよく解らなかったそうだ。漢の武帝も然《しか》り。それが唐になってからなら、より明瞭に解るとも思えぬ。それなら一層のこと、儀式の順序をこちらで創《つく》ってしまえば好いのだ」

この言葉に、賀知章は少し気を楽にしたようだ。皇帝隆基にすれば、いい加減な説明をされてお茶を濁すより、後世への手本を残す方を選んだといえよう。

「周辺の蕃国《ばんこく》（異民族の国）へは、必ず参加するようにと、通達を出しておるのだな？」

「はい、新羅、渤海《ぼっかい》、吐蕃《とばん》へは王もしくはそれに準ずる者、奚《けい》や契丹《きったん》、突厥《とっけつ》、黒水靺鞨《こくすいまっかつ》らの各族長には、必ず本人が参加するよう使いを出しました」

説明する賀知章は、額から汗を滴《したた》らせている。恐らく、できるだけの手は打っているのだろう。だが、まだ明確な返事が来ていないらしい。それでも異民族のことゆえ、しっかりした返事がなくとも、突然に文字どおり来駕するかもしれないのだ。

そう言えば、契丹王の李吐干《りとかん》が娘を連れて唐へ亡命してきた。内紛で行き詰まったらしいが、唐へ身を寄せてくるのは、中華の文明を慕ってのことだと、皇帝隆基は機嫌を良くしている。

それより、「出席」と言いながら、新年の祝賀にも黙って姿を見せぬ地方王や親族の不心得者などより、よほど信用ができよう。

実際、皇帝隆基が鹵簿を仕立てると、王や周辺異民族の族長が威光に吸い寄せられるごとく駆け付けてきた。それは、行列の殿軍《しんがり》を務めるような格好もあれば、直接泰山の麓へ行く者らもあった。

孔子《こうし》の子孫と称する一団がそれで、彼らは儀式の大元締めといった雰囲気を醸《かも》す。とにかく儀式には、様々な冠《かんむり》や衣装、鎧兜《よろいかぶと》で身を固めた者たちが参列したのである。

もし、この国家的儀式に来なければ、今後の人事に差し障りがあると、太常寺《たいじょうじ》の官僚らは、地方王らにそれとなく臭わせたに違いない。そう思いたくなるほど、人が集まった。

いや、それだけではない。彼らが宿場とした所には、穀物運搬車や食糧となる家畜も集められたため、そのごった返し方は、とにかく尋常ではなかった。

また、異民族の族長らには、唐公認を示す金印を与えると約束したらしい。そのためには、金印を鋳造せねばならない。確かに皇帝隆基は、異民族名が入ったそれら幾つかを見ている。

その中に「筑紫の王」なる日本人の名があった。太常寺から進言があり、先般赦《ゆる》した白村江の捕虜で、帰国を拒む者がいると言う。

「唐に骨を埋めます」との決意が評価され、皇帝隆基の允許《いんきょ》を取り、在唐の地方王扱いになったのだ。齢《よわい》九十五歳を愛でられ、名誉的な尊称で地位の実体はない。

皇帝隆基は泰山の麓で車を降りて、翌朝に供揃えや地元の役人らと燎祭《りょうさい》を行った。これは篝火《かがりび》を焚《た》いて、身を清める祭りである。つまり、泰山に登るための禊《みそ》ぎと言えよう。

こうして午後から、皇帝隆基は大勢従えて泰山へ登った。頂上まで行くのは重労働だったが、あらかじめ造られた祭壇に立って、彼は天帝に対して天下太平を報告して感謝する儀式を行う。

その壇には、天下太平など願い事を彫り込んだ玉製の書を埋め込んだ。これが、「封」の儀である。

それから数日休み、麓で「禅」の儀に臨んだ。こちらは同じく壇で地の神を祀るので、願い事は五穀豊穣である。こうして、唐が天下に主人として君臨することを示すわけだ。

これらの経緯は、後日易県《いけん》の断崖に彫り込まれて、今日まで残っている。

総ての儀式を終えた後、一行は曲阜《きょくふ》にある孔子の旧宅を訪れた。封禅の儀式は内容的には道家思想であり、儀式全般は儒家思想である。一般的な道徳も儒家思想であることから、儒家の総元締めともいえる孔子に敬意を表したことになる。

唐の姓「李」は、李耳《りじ》（老子《ろうし》）を祖と仰ぐ。それゆえ皇帝隆基も道教に親しんでいた。仏教を少々疎《うと》んじたのは、則天武后が仏教を利用して一旦、唐を滅ぼしたことによる。

中国において儒教と道教、仏教は、この後も三つ巴《どもえ》になってそれぞれの消長を繰り返すことになる。

42

「もう、あれから一年経ちますな？」

「はあ、陛下。一年などあっと言う間です」

皇帝隆基が敬語で話しかける相手は、年上の皇族だけである。今、彼が辞を低くしているのは、兄の李憲《りけん》に対してだ。

「昨年、寿王《じゅおう》に致しましたが、本人の向上のために、地方の面倒も見させませぬと」

「是非、そうしてやっていただければ」

彼らの話の俎上《そじょう》に載っているのは、李清《りせい》（後に瑁《ぼう》）である。彼は、皇帝隆基と武妃との間にできた公子だ。ただ、彼と両親を同じくする兄公子たちは、皆夭折《ようせつ》していた。

だから清は、かなり遅く誕生している。

ところが当時、王皇后は、趙妃《ちょうひ》が産んだ嗣謙《しけん》（この頃は鴻《こう》、後に瑛《えい》と改名）を養子としていた。こうなると、李清を目の敵《かたき》にする恐れもあった。それゆえに縁起担ぎも手伝って、笛が巧い兄李憲に、「あやしていただきたい」とばかり預けていたのである。

幸いなことに李憲の連れ合い元妃は、清を可愛がってくれたため、その限りにおいて問題はなかった。

さて一昨年、王皇后は呪詛の罪で失脚している。とはいうものの、皇太子鴻が廃嫡《はいちゃく》になったわけではない。それに、やきもきしているのが武妃である。自らに皇后位が来ないのなら、せめて我が子（清）だけでも皇太子にしたいと願っているのだ。

皇后や皇太子の箝《す》げ替《か》えなど、たとえ皇帝の発する鶴の一声でも、おいそれとは為《な》されない仕組みになっている。それが、文明国家というものであろう。

かつて、漢の劉邦《りゅうほう》や武帝、光武帝に好例や悪例が多々ある。だが、七十年ばかり前、高《こう》宗《そう》（李治《りち》）が王氏から武氏（則天武后）に皇后を代えたため、いかに国家が停滞したか、今更考えるまでもない。だから皇帝隆基は、皇后や皇太子の問題を持ち出せないのだ。

皇帝隆基は、朝議の場に臨んだ。

その日は端から、宇文融と張説《ちょうえつ》の激しい議論の応酬となってしまった。

「客戸を八十万人見つけ出し、数百万銭の増収をした実績は、どなたもお認めであろう。そこで府兵制を復活させて、以前のように徴兵をかければ、軍も盤石《ばんじゃく》になりましょう」

宇文融は、封禅の儀式以前と同じ理屈を振りかざした。

「宇文勧農使（融）のお働きは、大いに認めるところでございます。しかし、税収は見込めても、府兵制を復活させるのは無理でございましょう。なぜなら、破綻《はたん》した農民の土地がほとんど豪農に取り込まれて、主戸《しゅこ》（自作農）が減っているからです」

張説の反論に、宇文融の額に浮き出た血管が太くなる。

「それなら土地を開墾して、そこへ客戸や逃戸《とうこ》（流民）を入植させればいいではないですか」

恩蔭系の崔隠甫《さいいんぽ》が宇文融を助ける。

「唐全土の地は広うございます。しかしながら、耕作に適する所は限られております。高祖や太宗の頃は、戦役が終わって人口が少ない時期でした。それゆえ、良い所が選べたのです。それでも年月が経てば人が増え、洪水や地滑りなどと相俟《あいま》って土地は不足します」

一方では、科挙出身の張九齢《ちょうきゅうれい》が張説を支持する。こちらの意見の方がより論理的である。張説に至っては、崔隠甫の無知振りをあざ笑っているかのようだ。

そう言えばと、皇帝隆基は思い出す。少し前、崔隠甫を河南尹《かなんいん》（河南の総督）に抜擢しようと張説に意見を聞いたことがあった。すると張説の応えは、にべもなかった。

「無学ゆえ、務まりませぬ」

朝議の席では源乾曜《げんかんよう》が意見を述べる。

「それにしたところで、開墾は必要です」

これまた、宇文融寄りの発言である。

「焼け石に水です。土地を拡げても、同様な確率で逃戸は発生します。もう、現在の状況を認めて新たな兵制を作らねばならぬと、なぜお気づきになりませぬ？」

張説は、土地に根差す府兵制を廃止したがっているように見えるが、実は大土地所有者になった新興勢力を擁護しているのである。それは、彼らが科挙官僚の支持者だからだ。

宇文融のような門閥出身者は、無論それも解っていて、何とか既得権を手放すまいとしているのである。

彼は矛先《ほこさき》を変えて言い募《つの》る。

「少し前、つまり封禅の儀式をした頃、亡命してきた契丹王の李吐干を遼陽王《りょうようおう》に、彼と対立していた李邵固《りしょうこ》には左羽林大将軍《さうりんだいしょうぐん》と静折軍経路大使《せいせつぐんけいろたいし》を拝命させせました」

「それが、何か？」

張説は宇文融の真意が解らず、呆《あき》れたような表情で反問する。それを崔隠甫が、深く説明しようと唇を湿した。

「更にその契丹の李邵固を広化王《こうかおう》に立て、奚の李魯蘇《りろそ》を奉誠王《ほうせいおう》とし、それぞれに東華公主《とうかこうしゅ》と東光公主《とうこう》を降嫁《こうか》させています」

つまり、北方遊牧民の首長を唐の地方王として皇族の女性を嫁がせて優遇していると言いたいらしい。そこに源乾曜が、言わでもがなの蛇足を付ける。

「唐の皇帝と姻戚関係になるので、彼らからの攻撃はなくなったというわけです」

説明を聞いた張説は、源乾曜を鼻で嗤《わら》う。

「要は辺境が和平に包まれるから兵を増強する必要はない。だから人手を開墾に向けられて、そこへ客戸を宛《あて》がって府兵制の復活を図りたいというわけですな？」

「よくお解りではないか。それでは、我らの提案に賛成していただけるか？」

宇文融が鷹揚《おうよう》な態度で言うと、張説は頭と手を一緒に振って否定する。

「開墾されるのは結構です。それにて穀物生産が増えるでしょうからな。しかし、それとて人口増加で結局は今回と同様な破綻となりましょう。それに、降嫁先の異民族は大人しゅうなっても、渤海や黒水靺鞨、吐蕃は焦臭《きなくさ》い動きをしていて、とても府兵制での徴兵を待てませぬぞ」

張説の言い方は、なぜこの程度のことが解らないのかといった侮蔑《ぶべつ》が見て取れる。

「では、兵をどのように集めるのだ？」

崔隠甫が烈《はげ》しく喰って掛かるように言うと、張説は無表情に応える。

「兵になりたい者を集めれば済む話です。給与を払って長安も東都も長城も、彼らに守らせます。客戸になれぬ逃戸を集めて専門的に組織的訓練をすれば、遊牧民を撥ね返すような強兵ができましょう」

彼は宇文融とは違って、府兵制になど全く拘《こだわ》っていない。それより、現状からどのような制度に移行するかを考えているのだ。それは、張九齢も同様である。

この「張」が共通する二人の高官は、共に科挙出身者である。それゆえ貴族の既得権など、早急に取り去ってしまいたいと思っている。だが、その性急さは、皇帝隆基も決して望むものではない。

朝議をつづけていけば、宇文融側が完全に論破されるのが目に見えている。そこで皇帝隆基が、ようやく言葉を挟む。

「役人は、清廉《せいれん》でなければならぬ」

この言葉に、宇文融側も張説側も狐に抓まれたような表情になる。話の流れと、何ら関係がないからだ。そして、皆が押し黙る。

「先般の封禅の儀式に際し、懐州刺史《かいしし》（軍事力を持った知事）の王丘《おうきゅう》は穀物以外は献上せず、魏州《ぎ》刺史の崔沔《さいべん》は装飾に錦繍《きんしゅう》を使いよらなかった。また、済《さい》州刺史の裴耀卿《はいききょう》は朕に数百言を上表《じょうひょう》しよったが、無駄な言葉は一つとしてなかった。彼らの態度は、人々に苦労を掛けた封禅では、全く意味がないということだ。だから、三人を表彰したのだ」

朝議に参加した全員が、ただ黙ってぽかんとしていた。そして、その日はそのまま解散になった。

それから何日かして、宇文融が張説を収賄と呪詛の罪で告発してきた。その詮議には、源乾曜や崔隠甫らが当たることとなる。

皇帝隆基は薬が効きすぎたとばかり、高力士にようすを見させることにした。

43

「ありがとうございました」

皇帝隆基《こうていりゅうき》は突然、横合いから声を掛けられた。声色で、それが李清《りせい》であることは判ったが、何を感謝されているのか忘れている。

「益州大都督《えきしゅうだいととく》及び剣南節度使《けんなんせつどし》を遥領《ようりょう》させていただきます。この聖恩、生涯忘れませぬ」

現在の四川《しせん》省辺りの知事と軍事責任者を兼任する肩書を得たのだった。これは皇帝隆基と、育ての親たる兄李憲《りけん》との約束である。

「当地に赴任せずとも、税と軍の状況だけは把握しておくように」

実父の忠告に、李清は鞠躬如《きっきゅうじょ》として再拝し、感謝の意を示して下がっていった。それを待っていたように、高力士《こうりきし》が近寄ってきて耳打ちする。

「張説《ちょうえつ》様は屋敷の一室に閉じ籠もって、反省の御様子だとか申します」

頭は梳《くしけず》らず蓬髪《ほうはつ》のまま莫蓙《ござ》に座り、瓦《かわら》の食器を使い、ひたすら神妙な面持《おももち》で謹慎の態だったという。

高力士は、部下の輔璆琳《ほきゅうりん》に土産を持たせて使わせたようだ。蟄居《ちっきょ》する張説は、積極的に包みを開けられない。万事心得た部下は、茶の用意をしながら気の利いた菓子を並べる。

「張説様。主人からの心ばかりの物です」

そのように勧められ、張説は気持を解《ほぐ》したらしい。輔璆琳の主人とは高力士であり、背後には皇帝隆基がいるからだ。

「武妃《ぶひ》を、早《はよ》う皇后にして差し上げねば」

張説は自らの身を嘆かず、皇帝隆基の希望を慮《おもんぱか》ったと輔璆琳は報告する。そして、受け取ってきた包みを主人に手渡す。

「手土産というわけか」

つまりは、「よしなにお取り計らいください」という賄賂である。収賄で蟄居していても、このような感覚なのだ。

高力士は溜息を吐《つ》いたが、包みを左脇に抱えると、輔璆琳の胸倉を摑《つか》んだ。すると、懐から大枚の金子《きんす》が出てくる。

「おまえも、賄《まいない》を受けたのか？」

「はい、黙って懐へ捩込《ねじこ》まれたもので」

輔璆琳は、震えながら応えた。

「まあ、良かろう」

張説は告発されている内容など、何とも思ってないように見える。高力士の部下にまで贈賄して、主人への取り成しを頼んでいる。要は、宇文融《うぶんゆう》一派の悪意が、自分を窮地に追い遣《や》っていると思っている。それが、張説の心持なのだろう。

まあ、その程度の反省ということになろうが、当時は世の常なので、それほど目くじらを立てることでもないのだ。高力士の認識にしても、そこは大して違わない。

「確かに、陛下のお心は武妃を皇后にとの思いが、お強かろうな。それも含みおいて、張説様の件をお伝えせねばならぬ」

高力士は独りごちながら宮廷へ出かけ、皇帝隆基に張説のこれまでの実績を語った。

「土地政策など国家への功績を鑑《かんが》みて、張説様の御処分は、丞相職《じょうしょうしょく》を解くだけにされては如何《いかが》でしょう？」

「それだけで、良いかのう？」

「はい、張説様は、武妃様を皇后位に即《つ》けることを推進されておられますので、その観点からも有用な人物かと存じます」

「だが、宇文融の一派を黙らせるには、もう一つ何か欲しい気がするがな」

「それならば、張説様が以前から唱えておられる彍騎《かくき》の制度を取り入れると、なされるのが好いでしょう？」

彍騎とは、募兵制の都防衛軍である。つまり、府兵制に取って代わる制度なのだ。実際に土地制度が破綻すれば、府兵制は自ずと崩壊する。それに関して、宇文融と崔隠甫《さいいんぽ》、源《げん》乾曜《かんよう》らは、何の改革案も持たなかった。

「それでは、張説の案を受け入れて、宮廷へ呼び戻そう」

「そこで武妃様を、皇后位に即ける議論も推し進められるのが好きかと」

「なるほど。朝議にて、一気に話を推し進めるには、ここは好機かもしれぬのう」

皇帝隆基と高力士の思惑で、張説の復帰は滞りなく行われた。だが、武妃の皇后昇格について、朝議は侃々諤々《かんかんがくがく》の紛糾《ふんきゅう》となった。

「武妃の御先祖を四代遡《さかのぼ》りますと、武華《ぶか》なる方に辿《たど》り着きましょう」

「それは、則天武后《そくてんぶこう》の祖父に当たります」

「武韋《ぶい》の禍《か》の元凶と、同じ御先祖を持つお方は、皇后に相応《ふさわ》しいとは申せませぬ。だいたい則天武后その人が、強引な皇后の交代劇で成り上がった人物ですからな」

張説の復帰が成ったのは、宇文融一派を嫌悪していた者が多かったからだ。しかし、武妃の件に関しては、事情が違っている。前皇后が廃位されたときでも、皇太子鴻《こう》の地位は全く揺《ゆ》るがなかったのがそれだ。

つまり、皇太子鴻と誼《よしみ》を通じている宮廷人は非常に多い。ここで武妃を皇后にしてしまえば、彼女の息子清が皇太子に箝《す》げ替《か》えられる恐れがある。それゆえ則天武后の祖父まで持ち出して、提案を潰しに掛かったのだ。

「くそっ、それなら朕《ちん》も則天武后を祖母に持つ皇帝ではないか」

皇帝隆基は腹立たしさを高力士にぶつけ、その年の暮れを迎える。黒水靺鞨《こくすいまっかつ》の使者がやって来たので、彼らの地を黒水州とした。

翌開元十五年（七二七年）は、新春から奇妙な話が聞こえてきた。それは、黒水靺鞨に関することだ。彼らが住まう土地は、現在の黒竜江《こくりゅうこう》流域の沿海州付近である。

その彼らが唐の長安《ちょうあん》へ行くには、南に位置する渤海国《ぼっかいこく》を通らねばならない。というよりも、もともと黒水靺鞨は渤海国領内の民なのである。いや、渤海国王の大武芸《だいぶげい》が、そのように見なしていたと言うべきであろう。

にも拘わらず、黒水靺鞨が唐と結ぼうとするのは、独立の意向を敢えて露骨に示したわけだ。渤海国王は、その行動を恐れかつ怒った。そこで彼は、叔父の大門芸《だいもんげい》を進路へ遣って、使者を殺害しようとする。

しかし、大門芸はその命に従うを潔《いさぎよ》しとせず、黒水靺鞨の使者を唐へ行かせた。

「彼らの進路を妨害すれば、それは唐に宣戦布告するに等しい。そうなれば、渤海国も唐に滅ぼされた高句麗《こうくり》の二の舞となろう」

こうして黒水靺鞨の使者は長安へ来られたが、彼らを助けた大門芸は渤海国王の大武芸から罪人扱いを受けた。それゆえ、王の召喚状を破り捨てて長安へ身柄を移してきた。

「大門芸とやらが、唐に亡命をしたいのなら許可してやろう。武人であるから、軍兵を付けて河西《かせい》で使ってみてはどうだ」

唐と大門芸の利害はこれで一致するが、渤海国王（大武芸）は収まらない。

「寡人《かじん》の叔父大門芸は、国家反逆の罪人でございます。是非とも御送還くだされたく」

唐には、このような書状が送られてきた。

それでも、黒水靺鞨の使節を受け入れたことには言及していない。拙《へた》に唐が黒水州を置いたことを非難すれば、領内の民を支配できていないと逆捩《さかね》じを喰うからだろう。

本来はこちらの方が主権侵害で、実質的な損失になる。州とは唐の行政単位である。つまり、唐の役人が出張して税を徴収すれば、渤海国の支配が実質的に及ばなくなるのだ。

国王大武芸は、せめてもの抵抗として叔父の身柄を要求したのだが、これとて唐が要求を呑むとも思っていない。唐にしても、「出兵するぞ」と脅しをかければいいようなものである。だが、府兵制の崩壊から、兵の頭数が揃わないのが実情だ。

44

皇帝隆基は、武妃を皇后に昇格させることが、諦めきれない。だが、朝議では不平と不満が紛々《ふんぷん》として、高級官僚や宮廷人を納得させられなかった。そこで皇后の位や呼び名よりも、実質を取ることにした。

「武恵妃《ぶけいひ》」と呼ぶことと、郎官や侍女たちに「皇后」同等の礼を以て接するよう命じた。この程度のことなら、皇帝隆基の一存で充分だ。しかし、只それだけでは、後宮の静かな反発が起こるに決まっている。

そこで楊妃《ようひ》は楊貴嬪《きひん》、皇甫妃《こうほひ》は皇甫淑妃《しゅくひ》、趙妃《ちょうひ》は趙麗妃《れいひ》と、貴や淑、麗などの字を鏤《ちりば》めて、扱いも一段引き揚げてやった。この皇帝隆基の気遣いが功を奏し、後宮の姫妾《きしょう》たちからも武恵妃を皇后同等に扱うことは暗黙裏に了承された。

「このような扱いを受けて、妾《わらわ》は喜びにたえませぬ。ところで、清も皇嗣同様の扱いというわけには参りませぬか？」

武恵妃は、産みの母として当然の希望を言った。だが、これは張説や高力士の意見や、朝議にかけるまでもなく、却下しなければならない。

五百年ばかり前の三国《さんごく》時代、呉主（孫権《そんけん》）の長男登《とう》が亡くなり、次男和《か》を皇嗣に冊立《さくりつ》した。ところが、（三男は夭折しており）四男覇《は》にも皇嗣同様の扱いを命じた事が混乱の元凶となる。それによって宮廷が二派に分裂し、十年にもわたって啀《いが》み合ったのである。

これが、有名な二宮事件《にきゅうじけん》だ。

「このため、呉の国力が落ちてなあ」

皇帝隆基に諭され、武恵妃は息子清の皇嗣並みの扱いは諦めた。それでも、呼び名に昇進を感じた姫妾たちは喜び、皇帝隆基に強請《ねだ》って連日宴会に発展してしまった。

「余人を入れてはならぬ」

場所は、宮殿の庭先に舞台を設《しつら》えた所だった。そこで姫妾たちの踊りと、西域の楽人たちとの共演が始まった。時には二手に分かれて、芸能合戦で勝ち負けを競ったりもした。

「王君㚟《おうくんざん》が青海《せいかい》の西（青海省）で、吐蕃《とばん》（チベット）と戦って勝ったようです」

宴会に疲れて広間で水を飲んでいると、源乾曜《げんかんよう》が、そんな報告をしにくる。勝戦だったので、早く耳に入れたかったようだ。詳しい報告によると、前年から吐蕃に侵攻しており大いに撃ち破っているという。

吐蕃は唐に対し、横柄な外交をしてきていた。ちょっと油断していると軍事攻撃してくるので、唐は少し持て余しぎみだった。そこを王君㚟が、鼻を明かしてくれたのだ。

「よし、この司令官を左羽林《さうりん》大将軍に昇進させて、誉《ほ》めてつかわそう」

ここで、宮廷へ返り咲いた張説が徐《おもむ》ろに言葉を挟む。

「吐蕃が弱れば、和を乞いに来ましょう。それは、お受け下さいますよう」

張説が言うのは、吐蕃との永い戦いに勝っても、出費と戦利の天秤に掛けると、決して割の合う軍事行動ではないということだ。

「しかし、陛下。王将軍（君㚟）は講和など頭になく、突き進むことしか考えませぬ」

源乾曜が、王君㚟の性格を問題にする。つまり、和平は王君㚟の活躍の場を奪い、決して従うはずがないというのだ。

「そうか、ならば好きなようにさせよう」

王君㚟は、人手と金銭の経済性に疎《うと》いのだろう。皇帝隆基はたちまちの内に決断して、また後宮の姫妾たちとの宴会に臨んだ。

そのような浮かれた状況が、しばらくつづく。出世した後宮の姫妾たちは、それで満足だった。無論、武恵妃がその筆頭だったが、それに次いだのは趙麗妃だった。

彼女は皇太子鴻の産みの親で、もとは伎人《ぎじん》だという。それは、歌舞音曲に優れた美しい歌姫だったことになる。そう言えば先般の芸能合戦でも、彼女の踊りと歌いっぷりは出色《しゅっしょく》のものだったようだ。

かつて、彼女の演技を見た皇帝隆基が、ぞっこん惚れ込んだのも判ると言われている。それゆえ、扱いは武恵妃に次ぐ位となる。加えて、皇太子鴻が、諱《いみな》（本名）を瑛《えい》と改めた。史書に載る皇太子瑛である。

後々この二人の立ち位置は、武恵妃を不安がらせたかもしれない。

一方で、恩恵に与《あずか》らなかった女たちも大勢いたのだ。彼女たちは次に期待することもできた。それでも、さっぱり収まらないのは、何ら沙汰のなかった公子や公主《こうしゅ》らである。

これから後、素行が悪くなる公子や公主が増えていくが、皇帝隆基はそのことになかなか気づかなかった。

さて、吐蕃は、王君㚟にしてやられてばかりではなかった。青海の山地から下りて河西辺りで暴れ始めると、遂には王君㚟らを動けなくした。勢いづいた彼らは、ビルゲ可汗《かがん》の突厥《とっけつ》との連合を図ろうとした。

だが、突厥には別の考えがあると見え、あっさり断られた。

「西受降城での交易を、許可してやれ」

皇帝隆基が機嫌良く言ったのは、ビルゲ可汗が約束を守ったからだ。これで、唐の威信が高まる。

「やつらの馬を、多く購入してやれ」

こうして突厥と唐の関係は好くなった。

だが吐蕃は未練がましく、なかなか高原へ退き返さなかった。すると、ここで奇妙な事件が起こる。

吐蕃が荒らした砦を、瓜州《か》（甘粛省北部《かんしゅく》）刺史《しし》の張守珪《ちょうしゅけい》が修復を命じられ、部下たちに作業させた。ところが、まだ軍兵《ぐんぴょう》の態勢も整わない状況で吐蕃が攻めてきたのだ。ここで困ったのは、張守珪の側である。

「将軍、如何いたしましょう？」

不安がる下士官を見据えて、彼は笑いながらお手上げだと言う。すると、部下たちの表情が限りなく曇った。

「城壁の巡回路で宴会をしよう」

「この世とのお別れでしょうか？」

「さあ、そうなるかどうかは、おまえたちの騒ぎ方次第だ」

張守珪の言い方が力強かったからか、部下たちの頬に喜色が少し差した。

「さあ、酒と肉を、どんどん巡回路へ運び上げるんだ。それから、城門は開けておけ」

張守珪の言葉に、兵たちは唖然とする。だが、もう今更と、彼らも腹を括《くく》る。

「さあ、唐の繁栄に乾杯だ！」

張守珪の音頭で宴会が始まると、城壁上の巡回路に席を設けた乱痴気騒ぎのようすが、何里か先からも見える。当然ながら、吐蕃の軍からも遠望できたのだ。

「門まで開けて誘っているのか。こりゃ、何らかの策戦があるに違いない」

吐蕃は判断すると、即刻退却していった。

この一件は、皇帝隆基に報告される。そのとき高力士ら側近たちと、感心しながら大笑いになった。

「ほう、孫子《そんし》が言う空城《くうじょう》の計だ。辺境に、それを実行できる剛毅《ごうき》なやつがいたのか」

皇帝隆基は上機嫌だった。そして、張守珪の名を確《しか》と記憶に刻み込んだ。

張守珪は城壁を完全に修理し、逃げていた民も呼び戻した。皇帝隆基は、彼を銀青光禄《ぎんせいこうろく》大夫《たいふ》に任じ、瓜州の都督ともした。後年、彼は宮廷へ皇帝を訪ねることとなる。

45

開元十七年（七二九年）になっても、張守珪は瓜州で吐蕃に打撃を与えつづけ、鄯《ぜん》州

（甘粛省中部）都督となり隴右《ろうゆう》（甘粛省南部）節度使に任じられた。彼はこれから更に出世して、河北《かほく》（現在の河北省）方面へと異動になる。このことは、後々皇帝隆基に関与する人物を登場させる引金となるが、今はその話は措《お》いておこう。

その間、都長安を護衛するため募兵制の彍騎を導入した張説がかなり勢いを盛り返していた。一方、宇文融は崔隠甫と結託して、再び張説を失脚させようとしているようだ。

皇帝隆基は、彼らの抗争に割って入ることはしなかった。それぞれの持論は長所と短所が入り混じっていて、早急に判断するのが難しかったからだ。

「宮廷の雑事は実に不毛である。おことの実家へ忍んでいこうか？」

彼は武恵妃に、そんな提案をした。

「そのようなことが、できましょうや？」

「今あやつらは、政敵をどうするかで汲々《きゅうきゅう》として、周囲には目が届かぬ。だから、不断ならできぬ事が、できるゆえ面白いのじゃ」

皇帝隆基は思いつくと直ぐに実行する。手助けは高力士に頼み、護衛には腕の立つ宦官《かんがん》どもが数人従うだけにした。

彼らは後宮の裏門から抜け出し、宮殿の裏庭に出る。周囲を覆った馬車が用意されており、武恵妃と二人してそれに乗った。

「このようなこと、よろしいのですか？」

「まだ皇嗣にも成ってなかった頃は、よく城外に出かけたものだがな」

彼が付き合った才子たちとは、野原で車座になって語り合った。だが、寄合所《よりあいしょ》のような建造物にすら入ったことはなかった。それゆえ、武恵妃の実家に入ることだけで、妙な興奮を覚えるのだ。

長安の大路をゆっくり進む。だが、地味な供揃《ともぞろ》いのうえ少人数なので、夕暮れの街で注目を集めはしない。実家へは先触れが走り、家人には箝口令《かんこうれい》が敷かれるはずだ。

皇帝隆基は、御簾《みす》から見える夕焼の長安を遠い街のように眺めていた。それだけでも、日常と違う感慨に浸《ひた》れた。そのまま馬車は武恵妃の実家の門の内へ滑り込んだ。

「いらせられませ」

武恵妃の両親が挨拶に罷《まか》り出た。彼らに案内されて皇帝隆基は玄関を一歩入る。そのとき、懐かしさに襲われた。家が持つ臭《にお》いの記憶であったが、必ずしも悪いものではない。

それは三十年余り前につながる。初めて民間の家屋へ立ち入ったのは、洛陽の承福街《しょうふくがい》であった。則天武后の愛人だった張昌宗《ちょうしょうそう》の屋敷へ招かれたときだ。

あのとき鼻を襲った民間の臭いという快感を、皇帝隆基の脳はずっと覚えていたのだ。それは宮廷の限られた空間には、絶対にない生活そのものの臭いだった。彼は最愛の武恵妃の実家で、それを嗅《か》げて幸せだった。

皇帝隆基と武恵妃は一頻《ひとしき》り滞在して、慌ただしく馬車の人となった。微行《びこう》の件を高官らが知れば、また一悶着おきるからと、高力士が気を遣ったのだ。

すっかり暗くなった大路を馬車が行き、ある繁華街に差し掛かったとき、明るい玄関先から五、六人が飛び出してきた。手に棍棒《こんぼう》を握っている者もいて、穏やかではない。馭者《ぎょしゃ》の宦官は危険を察して、やや離れた所に馬車を停め、周囲を護衛どもが固めて成り行きを見守った。

「やい、このお方がどなたか知っていて、楯突《たてつ》きやがるのか？」

身形《みなり》の良い男が四人の前に立ち、腰巾着《こしぎんちゃく》のような従者に啖呵《たんか》を切らせている。

「誰なんでェ？」

「おう、聞いて驚くな。今上《きんじょう》陛下の御従弟《おんいとこ》にあられる君だぞ。下手すりゃ、おまえら首があっさり飛ぶぜ！」

そのように聞いて喧嘩相手は明らかに怯《ひる》み、すごすご引き下がる。原因が何だか判らないが、これは皇帝の権威を崇《あが》めたものではない。虎の威を借りた下劣な行為だ。

皇帝隆基は高力士に経緯を探らせた。偽者《にせもの》なら、成敗せねばならぬと思ったのだ。

「あのお方は、記憶違いでなければ……」

高力士から聞かされた名は、確かに皇帝隆基の従弟に当たる男だ。しかし、不断から付き合いなどほとんどない。

民間で飲食しては、暴れて権威を振り翳《かざ》すらしい。その日も、他人の座敷へ勝手に乗り込んで酒肴《しゅこう》を只喰いしたという。

「このような輩《やから》は、こいつだけだろうな？」

皇帝隆基は高力士に命じて、他の皇族たちの素行調査を始めた。その数は決して少なくない。高祖《こうそ》（李淵《りえん》）や太宗《たいそう》（李世民《りせいみん》）の孫、曾孫や係累《けいるい》、高宗《こうそう》（李治《りち》）の子や孫もいる。

それらの庶子にまで調査を及ばせれば、三桁の人物に接近せねばならないからだ。皇帝隆基は、適当に二十人ばかりを選び、一月《ひとつき》以内に報告をさせた。

「やはり、あやつだけだったか？」

皇帝隆基は恐る恐る訊く。

「いえ、そっ、それが……」

高力士の口からは、料亭の飲食だけではなく、取り敢えず調べた二十人の半数以上が、民間に多大な迷惑行為を働いているという。実際には、無銭飲食などまだ可愛い方で、もっと大きな買い物の踏み倒しまであった。その他にも土地家屋の詐取もあった。

これは、皇帝隆基の公子たちさえ、何人かが例外でなく、婦女子の拐《かどわ》かしもある。そう言えば安楽《あんらく》公主らが、長安の美少女を攫《さら》って、有無を言わせず侍女にしていたことがあった。そこから推し量れば、決してあり得ぬ事ではない。

このようなことでは、いくら善政を敷いても庶民の不満が鬱積《うっせき》しよう。不品行を重ねる皇族どもは、正に皇帝隆基の努力を無にし、権威を引き下げる輩であった。

想像を絶する皇族の不行跡に、皇帝隆基は何か手を打たねばならぬと考えた。そこで、特に酷い皇族には、領地召し上げや肩書の剝奪を行った。

「なぜ、このような仕置きをなされます？」

「朕の顔に泥を塗ったからだ！」

この断固たる処置には不良皇族どもが震え上がり、しばらく巷《ちまた》での鳴りを潜めた。

「あいつら、大した皇族でもないくせに、何ゆえ偉そうに身分を振り回しおったのだ？」

皇帝隆基が呟くのを、高力士が応える。

「恐らく、先行きが見えぬからでしょう」

彼らは皇族であること以外、何ら取り得はない。肩書と封国や荘園があれば安泰だが、平皇族では屋敷と俸禄があるだけで肩身も狭い。だから、理不尽に奔《はし》るらしい。

「文武に励めば、やがては芽も出ように」

この年（七二九年）楊思勗《ようしきょく》、かつて宋璟《そうえい》を広州《こうしゅう》へ出迎えに行って一切口を利いてもらえなかった宦官が、将として瀧《ろう》州（広東《カントン》省羅定《らてい》市）の陳行範《ちんぎょうはん》や何遊魯《かゆうろ》らの反乱を鎮圧した。

「見よ。宦官も努力次第でここまでになる」

しかし、このとき楊思勗が行った残虐行為は、まだ皇帝隆基に伝わっていなかった。

一方、宮廷では宇文融と崔隠甫が、張説に追及されていた。

「土地の測量をしていた井真成《せいしんせい》なる男が、新羅《しらぎ》領に入り込んでいたと、先方から抗議されましたぞ。まさか唐の土地として、税の計算をさせていたのではありますまいな？」

「いや、それは違う。日本の井真成が、故国のため土地の測量を学びたいというので、地形の似ている辺境へ行かせただけじゃ。間違ったのは、唐と新羅、渤海国が複雑に入り組んでいたことと、日本には国境などなく、更に奴の未熟さがあったに過ぎぬ」

「やはり、戸口《ここう》の検括《けんかつ》など信用できぬ。勧農《かんのう》判官が報告した客戸《きゃくこ》（小作農）の数字は出《で》鱈《たら》目《め》だ。宇文融と崔隠甫は結託して嘘の報告をしたぞ」

このように言われ、両名は流罪になって宮廷から姿を消した。だが、ここで浮上した日本人、井真成とは何者かが注目されだした。

「遣唐使の一人だが、吉備真備《きびのまきび》や阿倍仲麻呂《あべのなかまろ》らと違い、測量術を実践しながら会得しようとした実務に励む人柄らしい」

46

「陛下。どうぞ、こちらへおいでくだされ」

「さあ、わらわの手を、お取りになって」

開元十七年（七二九年）の八月五日、皇帝隆基《りゅうき》は武恵妃《ぶけいひ》や楊貴嬪《ようきひん》、皇甫淑妃《こうほしゅくひ》、趙麗妃《ちょうれいひ》らに囲まれて、宮殿の庭先に設えられた舞台へ連れて行かれた。かつて、姫妾《きしょう》や西域の楽人たちを交えて芸能合戦をした所だった。

「はて、月見でもするのか？」

「はい、それを兼ねても宜しゅうございますが、今日は陛下のお誕生日ですから」

「ほう、誕生した日と言うか？」

「御意。唐を再興された方が、この世に生を受けられた日でございます」

「おめでとうございます」

姫妾たちはそう言うと、楽人の伴奏に合わせて踊りを披露した。突然の余興に、皇帝隆基は大いに喜んだ。

これを言い出したのは、武恵妃をはじめとした、呼び名を格上げしてもらった後宮の姫妾たちであった。彼女たちは、何らかの形で皇帝隆基に謝意を示したかったようだ。要は、その口実に誕生日を持ち出したのである。

「それでは、席を変えましょう」

そう言う武恵妃たちに誘われ、皇帝隆基が連れて行かれたのは、興慶宮《こうけいきゅう》の花萼相輝楼《かがくしょうきろう》であった。そこには山海の珍味が並べられ、酒宴の用意がなされている。これは少なくとも東アジアで、最初の個人の誕生日を意識した宴と記録されている。また、後の天長節《てんちょうせつ》（天皇誕生日）の起源ともなっている。

「さあ、そこへ、おかけくださいまし」

華やかに着飾った姫妾たちに取り囲まれ、喜色満面となっていた。だが、勧められた酒を呑みながら周囲を眺めると、居るのは後宮の姫妾たちだけではない。

皇太子瑛《えい》や公子浚《しゅん》、琰《えん》、琬《えん》、瑤《よう》、琚《きょ》、清《せい》らも控えていた。無論のこと、百官も勢揃いしている。いや、それだけではない。先般不行跡を叱責されて、肩書や封国を召し上げられた皇族どもも、ちゃっかりと末席に顔を連ねているではないか。

こうしてみると武恵妃たちは、皇族ら全般と皇帝隆基の距離を、縮めようとしているようだ。それは不行跡事件を利用して、自分の立場を盤石にしようとする布石とも取れる。皇帝隆基は武恵妃贔屓《びいき》であるから、それについても大目に見る意向だった。

後宮のようすはそのようなことで好かったが、高官たちには、受難がつづいた。崔隠甫《さいいんぼ》と徒党を組んでの政敵（張説《ちょうえつ》）追い落とし策を咎《とが》められ、流罪になっていた宇文融《うぶんゆう》が、再度土地政策の新案を披露すると豪語して宰相《さいしょう》に返り咲いた。

だが、新羅《しらぎ》から土地の無断測量の抗議が舞い込み、渤海《ぼっかい》国王大武芸《だいぶげい》からも、罪人大門芸《だいもんげい》の引き渡しを求めてきた。

外交が苦手な宇文融は、新羅の抗議に腰が引けてしまった。もう、それだけで、宰相に再任したことを後悔し、屋敷に引き籠もる。そこを張説は、北叟笑《ほくそえ》みながら言い放った。

「新羅も渤海国も、抗議の本音は違います」

そこは皇帝隆基にも判らず、訊《たず》ねた。

「奴らは、何が言いたいのだ？」

「半年ばかり前、群蝗《ぐんこう》の害が生じました」

「つまり、食糧が不足しているのか？」

「はい、少しばかり運んでやれば、引き下がりましょう」

張説の言うとおりすると、確かに新羅や渤海国からの抗議は止《や》んだ。すると、自分を不甲斐ないと気落ちしたのか、宇文融が寝こみだした。暫《しばら》くすると病状が篤《あつ》くなり、見舞いに行った宦官《かんがん》の報告では、その数日後呆気《あっけ》なく他界したという。

知らせを聞いた張説は、政敵の他界を鼻先で嗤《わら》っていた。しかし、その彼も一ヶ月ばかり後、喀血《かっけつ》して倒れる。

「実力伯仲の政敵が消えて、生活の張りが無くなったのではないかな？」

宮廷人たちは、そんな噂をした。だが、このままでは政《まつりごと》に支障をきたす。

「宋璟《そうえい》を復帰させよう」

皇帝隆基は即座に、そのように命じる。すると、それと相前後して張説が息を引き取ってしまった。

「前漢の時代、竇嬰《とうえい》と田蚡《でんぷん》の確執があり、双方が訴訟合戦したというが、共倒れになったらしい。それに、似ておるかな」

皇帝隆基は、『史記』の一節を思い起こして言う。

宋璟は、尚書右丞相《しょうしょうじょうしょう》なる肩書で、宮廷へ復帰したが、かつてを思わせる辣腕《らつわん》ぶりは影を潜めていた。

「長安《ちょうあん》へ来ている新羅の使節から、日本留学生の不心得者が、領内を測量したことについて、詫《わ》びを入れるよう申し出があります」

補佐役の張九齢《ちょうきゅうれい》が宋璟へ取り次ぐのを、皇帝隆基は見た。

「食糧の援助で、その話は決着したと聞き及んでおるが、また蒸し返しているのか？」

「同じ話を執拗に追及するのが、あの国の癖でして、先般は日本人の無断測量と言ったが、精査すると更に渤海人が一緒だったと」

「別の事例から、再度抗議するのか？」

「そのようです。如何《いかが》いたしましょう？」

「日本人は井真成《せいしんせい》とか言ったな。確か故宇文融殿の命だった。連れて参れ」

こうして井真成は宰相の呼び出しに応じたが、相見《あいまみ》えたのは宮殿外の謁見部屋である。

皇帝隆基はそれを見たがったが、宋璟から身分の違いを叱責され、宦官の報告を待った。

井真成は呼び出しに応じ、恭《うやうや》しくやってきた。実務畑で、このような事態に不慣れなためか、阿倍仲麻呂《あべのなかまろ》や吉備真備《きびのまきび》、玄昉《げんぼう》らが付き添っている。

「新羅領内へ立ち入ったのは、国境がどこか判らなかったというに、相違ないか？」

「はい、日本は島国ゆえ、土地に走る国境に疎《うと》いのです。それゆえ新羅の人々の誤解を」

「じゃが、渤海人も一緒だったのは？」

「たまたま通りかかった人に訊《き》いたまでで」

確かに、井真成がいた辺りは唐と新羅、渤海国の境が入り組んでおり、日本人には判りにくい。だから、通りすがりの渤海人に訊ねても不思議ではない。

「宋璟は、それを新羅に伝えたのか？」

「はい、日本側の説明どおりに」

「それで、納得したのか？」

「それが、新羅側は尚も詫びを入れよと申したので、宋璟閣下は一喝されました」

「どのように？」

「いい加減にせよ、と」

皇帝隆基はその話を、当時左拾遺《さしゅうい》（皇帝に直言して失政を諫める職）の役目にあった阿倍仲麻呂に問うた。

「よくぞ、仰せ下さいました。白村江《はくすきのえ》は、もう六十七年も前のことですのに、まだ、その蟠《わだかま》りを何かにつけて言い募るのです」

彼が言うと、吉備真備や玄昉も口を揃える。

だが、ここで一旦終結したかに思えた国境測量事件だったが、以降も何かにつけて新羅から日本への突き上げがあった。日本側はその度に宋宰相（璟）へ助けを求めたが、彼の口利きでも、収まるのは暫《しばら》くだけだった。

一方、井真成は測量の技術を更に上げるため、長安近郊の土地を巡っていた。

「どこの土地か、よく調べてから測量しろ」

「わかった。これからは、異民族とも境を測ってくる。充分気を付けよう」

井真成は笑って出かけて、開元十八年（七三〇年）も過ぎていった。

47

皇帝隆基は、白村江の戦いの後に日本の都が飛鳥《あすか》から志賀《しが》（大津）へ移ったと、かつて弁正《べんしょう》から聞いていた。それは唐と新羅が連合して、日本へ攻めて来るとの懸念からだったらしい。

だが、当時の唐と新羅は、戦後処理の話し合いが上手くいかず、国境線の位置すら決めかねていた。百済《くだら》を滅ぼした新羅の利権と、それを手助けした唐への恩賞をいかにするか、折り合いがさっぱり付かなかったのだ。

お蔭で日本は助かり、唐との国交は回復できた。しかしながら、新羅に関してはなかなか落とし所が見つからなかった。だからおりに付け、何かと絡んでくるようだ。

日本の理解は、そのまま皇帝隆基の認識になった。それは、阿倍仲麻呂や吉備真備、玄昉の功績と言えた。

ところで、張守珪《ちょうしゅけい》が吐蕃《とばん》（チベット）を翻弄《ほんろう》して以降、外蕃国《がいはんこく》に対して唐軍の負戦《まけいくさ》をあまり聞かなくなった。それは、異民族との戦い全般についても言えることだ。その要素として、府兵制から募兵制になったことが挙げられよう。

彍騎《かくき》の制が功を奏していると聞けば、提唱者の張説は草葉の陰から涙を流すだろう。これに先頃は勝戦を望めないと思ったのか、吐蕃から和親を求める使節がやって来た。これには、皇帝隆基も眉をひそめる。

「かつて吐蕃王は、朕《ちん》に無礼千万な親書を寄越しおったことがあったな」

朝議において、少し怒気を含んだ皇帝隆基の言葉に、周囲はやや怯《ひる》んだ。ここで皇甫惟《こうほい》明《めい》なる外交官が言葉を挟む。

「その件について調べてみましたが、吐蕃王の親書が届いたのは開元の初年でした。しかし、当時の王は、まだ五歳そこそこの幼児にて、とても手紙を書けたとは思えませぬ」

「ならば、側近が代筆したのであろう。そやつの首でも差し出させろ」

皇帝隆基の剣幕は収まらないが、皇甫惟明は落ち着いて説明する。

「思いますに、辺境守備に就いていた吐蕃の将軍たちが、偽造したものでしょう」

「はて、なにゆえ、そのようなことを？」

「彼らは、戦いでしか存在を誇示できませぬ。戦えば、官から支給された物を着服できますし、功績を粉飾して勲爵《くんしゃく》が得られるのです。だから、陛下を怒らせたのでしょう」

「朕は、その策に乗せられたのか？」

「信じて怒ったのは、我々臣下も同じです。これは皆、奸臣の利益に帰《き》したのです」

紛争がつづけば戦費は鰻登《うなぎのぼ》りになり、地域の住民は苦しむだけである。

「そうか。ただ、使者一人を送って和平を約すれば、それだけで国の台所事情も民の安寧も取り戻せるわけだな」

こうして皇甫惟明が使者となり、吐蕃との和平が成ったのである。

次に宮廷内で、西突厥《とっけつ》（トルキッシュ）のバガダル可汗《かがん》の部下と東突厥のビルゲ可汗《かがん》の部下が鉢合わせした。詳細を述べれば、皇帝隆基が臨席して前者と丹鳳楼《たんほうろう》で酒宴の最中に、後者が押しかける格好で参加したのだ。

「後から来て言うのも何だが、我らは突厥の本家本元の本流であるから、上座を譲ってもらいたいものだ」

東突厥が無理な要求をすると、西突厥も負けてはいない。

「酒宴の席など先着順が常識です。まずは、空いている所へお座りなされ」

しかし、東突厥は納得せず、前言に固執する。このような堂々巡りは、甲論乙駁《こうろんおつばく》ばかりで決して収まらない。

「では、席の形を変えましょう」

宴を差配していた唐の鴻臚寺《こうろじ》（外客の接待を司る役所）の長官は、一旦自らと役人、及び東西の突厥を部屋の外へと案内した。

「さあ、どうぞ」

言われて東西突厥が入ると、席が東西に分けられており、真ん中に幔幕《まんまく》が張られている。それぞれに座ると相手の顔が見えず、皇帝隆基からだけは、双方が見渡せた。

これで、それぞれの顔が立ち、酒宴は和《なご》やかなままお開きとなった。

「新羅が日本に、詫びを入れよと言っていた件ですが」

宋璟の補佐をしている張九齢が、静かに皇帝隆基へ報告に来る。

「何、まだ同じことをとやかく言うてか？」

「いえ、裏の事情が見えてきたのです」

宋璟に命じられて、張九齢は間者に調べさせたらしい。

「只、国境が判らなかっただけでは？」

「ないのです。井真成は測量の最中に渤海人と偶然会って云々《うんぬん》などと申しておりましたが、その実、渤海国と日本の同盟を図っていたようです」

「同盟とな？　どの国に対してだ？」

「それは、新羅と思われます」

「ほう、挟み撃ちにでもするのか？」

「可能性はありましょう。実際、海を渡って渤海国からの使節が日本へ入ったようです」

「なるほどな。唐にとってはどうでもいいようなことだが、新羅は気掛かりであろう」

「単なる通商かもしれませんが、間にある国は不愉快でしょうな」

「それで井真成が詫びに来たら、捕らえて真相を訊き出そうとしたのだな？」

「そのようです。拷問つきで」

「阿倍仲麻呂らは、知っておろうか？」

「さあ、恐らくは、井真成が受けた特命でしょうから、彼らが知っているかは」

「そうか。だが、訊いてみても良かろう」

こうして阿倍仲麻呂はじめ吉備真備、玄昉らが、皇帝隆基に呼び出されることとなる。

皇帝隆基は、三人の表情が意外に明るいことに気づく。そして、彼が何か言う前、まるで促されたように吉備真備が口火を切る。

「陛下。今、日本では、第十回の遣唐使《けんとうし》が図られています。来年か再来年には参ります」

「そうか。それは楽しみだな」

「はい、この地で勉学させていただいたことなどは生国《しょうこく》へ持ち帰り、必ずや国作りに役立てたいと存じます」

「そうか。それは殊勝な心懸けじゃ。ところで持ち帰る中に、渤海国との同盟はあるのか？　正直に申せ！」

皇帝隆基は、このとき三人が困った顔を見合わせるものと思っていた。だが意外にも、吉備真備がすらすらと応える。

「同盟と言うほどではございませぬが、通商を希望する使者は、五年ばかり前に出してございます。そして、渤海国からも日本への使者が参りました。かの国からは皮革製品、当方からは穀物を融通してはということで」

五年前というと、黒水靺鞨《こくすいまっかつ》の使者が直接長安へやって来た頃だ。渤海国が日本と手を結べば、新羅だけではなく、黒水靺鞨も軍事的な脅威を感じるはずだ。

それを問うと、また吉備真備が応える。

「白村江の戦い以来、日本は海外への派兵を忌んでおります。我らの願いは飽くまでも通商にて、それを新羅の方々がどうお思いになろうが、それはそれでございます」

彼の応えは、新羅の疑心暗鬼を誘うことを言外に漂わせている。皇帝隆基は、日本のような小国の強《したた》かさを知った思いだった。

48

「大変です。渤海国の水軍が、登州《とうしゅう》（山東省《さんとう》）は蓬萊《ほうらい》の港を占拠したもようです」

開元二十年（七三二年）、突如事件が起こった。張九齢から報告を受けた皇帝隆基は、妙な気分になった。一瞬、日本が連合しているように思えたのだ。

「そこから、進撃して来そうか？」

「いえ、穀物倉庫に討ち入って、総《すべ》ての米や麦を運び出すと、退き返して行きました」

張九齢は、汗を拭き拭き応える。

「大門芸を、引き渡さなんだ報復らしいな。だが、穀物だけを持って行くとは」

皇帝隆基は、もう一度張九齢を呼んで日本との関係を調べさせた。すると、新たなことが判った。

「間者が詳細を調べましたが、日本へ渡った渤海国の使者は、蝦夷《えぞ》なる民の襲撃を受けたとのことでございます」

「ほう、蝦夷とは？」

「日本の中の、唯一の異民族だそうで」

「そやつらも、日本が渤海国と組むと厄介だと思ったのだろうな？」

「そのようですが、両国の軍事同盟はないと存じます」

日本は遣唐使の派遣準備で、手一杯のはずだから、渤海国の無法に手を貸せない。

「渤海国の水軍が、これ以上暴れぬのなら、深追いすることはない。だが近い将来に、懲罰は与えねばならぬ」

そう言うと、張九齢は下がっていった。宋璟が病気を再発させて休みがちなので、最近は彼が忙しく立ち働いている。

「今回のことで、少々懸念がございます」

耳元で囁《ささや》いたのは、高力士《こうりきし》である。

「どうした？　日本のことか？」

「いえ、蝗害なども影響して、今年や来年の穀物生産高が、余り望めないようです」

「真《まこと》か？　それは一大事ではないか！」

既に農民の間では噂になっており、不穏な動きがあるという。皇族の中にも、それを凌《しの》ごうと、早くも穀物の取り込みなど、以前のような無法を働く者が現れているらしい。

皇帝隆基は、様々なことに目を向けねばならぬと思った。

「唐の人口とは、どのぐらいのものじゃ？」

「およそ四千五百万人程度と思われます」

何かにつけて張九齢が宰相職を熟《こな》しているが、人口について淀《よど》みなく応えられるのは、宋璟が病床で食糧問題を抱えているからだ。

「遊牧民族は、どの程度かな？」

「突厥、契丹《きったん》、奚《けい》、黒水靺鞨、吐蕃など総てを加えても、恐らくは十分の一程度でございましょう」

最近は契丹と奚の勢力が伸《の》してきて、辺境守備は節度使の器量次第だと言われる。

「そんな少数の人口なのか？」

「彼らは農耕しませんので、定住するための城邑《じょうゆう》を持ちませぬ。遊牧とは家畜の草を求めて移動するのが日常です」

吐蕃には拉薩《らさ》なる都はあるものの、概《おおむ》ねは張九齢の言うとおりだった。説明に、皇帝隆基は一応の納得をした。しかし、その程度の者らに、長城《ちょうじょう》を越えて侵略されるのも癪《しゃく》だと感じた。

開元二十一年（七三三年）、皇帝隆基は大門芸を将軍に据《す》えて渤海国を攻めさせた。祖国を追い出した大武芸を、討伐させてやったのである。と同時に、先年の登州侵攻の報復も兼ねたわけだ。

渤海国の攻撃は新羅にも命じられた。しかし、南部から攻撃した新羅軍は大雪に遭って難渋し、戦果はさっぱり挙がらなかった。

一方の大武芸は、大門芸に刺客集団を立てたが、傷を負わせただけで討ち果たせなかった。いや、それどころか、集団は一網打尽に捕らえられて、全員が処刑された。

「しかし、よく躱《かわ》せたな？」

「刺客どもが動くと、密告がありまして」

「誰からだ？」

「よく判らぬのですが、多分新羅でしょう」

「つまり、敵の敵は味方というわけか？」

皇帝隆基は、新羅の渤海国を見る目に畏怖《いふ》すら覚えた。そのとき張九齢は別の話に変えて、懐かしい名前を出す。

「実は、河北《かほく》節度使にした張守珪が、使いに契丹の可汗屈烈《くつれつ》と部下の可突干《かとつかん》の首を持たせてきました」

張九齢は生首二人の罪状を詳しく述べ、使いのようすまで語った。

「降服すると見せかけて長城を攻略する謀《はかりごと》を見抜き、契丹の対立勢力李過折《りかせつ》を誘って二人を討たせたようです」

「毒を以て毒を制すだな」

「はい、それは好いのですが、使いの安某《あんなにがし》なる者が突厥とソグド人の雑胡《ざっこ》でして」

「それが、どうしたのだ？」

皇帝隆基は、張九齢の意図が解らない。

「将来謀反を起こすのは、きっとあのような卵形で彫りの深い顔立ちの輩《やから》でしょう」

余程使いの容貌が、張九齢の気に障《さわ》ったようだが、皇帝隆基にはよく解らない。中国は漢民族の国だが、周辺諸民族やシルクロード経由の胡人との混血も多いのである。

皇帝隆基は使いのことよりも、収穫が見込めないことの方を余程気にしていた。特に関《かん》中《ちゅう》（都長安を中心とした渭水《いすい》盆地）の穀物が半減以下になる予想は、国家的な処置が必要となる。

「不本意であるが、また、洛陽《らくよう》へ移るか？」

宮廷人や官僚が全員洛陽へ移れば、長安は食糧事情は改善する。洛陽も足りているわけではないが、江南《こうなん》（長江《ちょうこう》河口付近の南側）から運河で運ぶことができる。

そうすれば、問題はほぼ解決するのだ。

しかし、蟠《わだかま》りもある。東都と言われる洛陽は、則天武后《そくてんぶこう》が権勢を振るった所である。したがって皇帝の移動があれど、飽くまでも遷都《せんと》と言いたくない。この気持は、誰もが持っているものだ。

「ただの避難でございます」

それが、宮廷人と官僚の合言葉《あいことば》となった。

「ところで、どのような順番で移っていくのだ。街道の数や幅も限られておろうに？」

皇帝隆基が訊く相手は、高力士であった。

「それは、まず先触れと道普請《みちぶしん》を兼ねた兵士どもからです。それが終われば、衛兵と下働きの婢《ひ》や女官ら、それから下級官吏《かんり》に百官で洛陽を内外ともに調えて、その後に近衛兵と皇族の方々、宦官と後宮の姫妾方や陛下、そして殿軍《しんがり》の兵たちという順番でしょう」

彼が応えると、皇帝隆基は小声で話す。

「不良皇族で、穀物をたんまり備蓄している者どもは、長安から出ることならぬと、勅命を出してやろう。それから、庶民から金銭を借りて踏み倒したり、飲み食いの挙句に同様なことの常習者も、同罪とするか？」

耳を近づけていた高力士はうっすら笑ったが、目は氷のごとく冷えている。

「お灸《きゅう》を据えますか？」

「せっかくの大移動だ。何でも有効に使おうではないか」

準備に掛かるのは、その年の暮れからであった。移動する順序は、高力士が説明したのとはちょっと違ってきた。それは、庶民もどんどん移り出したからである。特に商人は良い場所を確保するため、俊敏に動き出す。すると、想定していた混み具合が違ってくる。

また、官僚らの事務処理も遅れがちで、なかなか荷物をまとめられないでいる。

「向こうの宮殿を、婢や女官らに申しつけて早々に整備いたしますので、予定より早めにお移りください」

謝りに来たのは、張九齢である。諸条件が狂って、彼もてんてこ舞いしている。

やがて年を越し、新春の儀式や挨拶も長安で終わった。高力士は、さまざまな準備が整ったので、二月には出立できるという。ところがそんな矢先、高力士が訃報を伝える。

「土地測量の技術習得をしていた井真成が、弓で暗殺されました」

「新羅の手の者か？」

「まだ何とも言えませぬが、鏃《やじり》の材料は石英《せきえい》だったそうです。それを使う民族は、私の知る限り黒水靺鞨だけです」

第五章　楊貴妃（七三四年〜七四五年）

49

井真成《せいしんせい》は、開元《かいげん》二十二年（七三四年）一月に官舎で亡くなった。胸に矢が刺さっていたので、他殺と断定される。鏃《やじり》の材料が石英《せきえい》だったこともあり、黒水靺鞨《こくすいまっかつ》が疑われたが、下手人は全く特定されていない。

「測量技術は仲間にも伝授されているから、あいつの実地の努力は報われるが、ようよう故国へ帰れるに。物盗りの被害とはなあ」

日本人仲間には、悔やみが溢《あふ》れている。しかし、皇帝隆基《りゅうき》の周辺は、事件に拘《かかず》らわるわけにはいかなかった。諸般の事情がまた変わって、二月の声を聞かぬうちに洛陽《らくよう》へ出立《しゅったつ》せねばならなくなったのだ。

無論、一般にはいつ移動するかなど、公表されない。それに、皇帝側近も身辺が整理しきれず、一緒に移動できる者と先行する者、遅れる者と取り取りだった。

ところで、日本の第十次遣唐使《けんとうし》船は、四艘《そう》仕立てで前年に出発している。途中で暴風雨に遭《あ》ったものの、なんとか蘇《そ》州へ到着していた。そこから、運河や街道を利用して長安《ちょうあん》へ向かったのだが、道程《みちのり》にして東京・大阪間の三倍はある。

　更に年も新しくなり、皇帝隆基が洛陽へ移ってくるという情報は、彼らになかなか伝わらなかった。だから先遣隊の僧五、六人は、斥候《せっこう》を兼ねるように、まず長安を目指した。彼らは、洛陽と長安の間の往来、特に長安から繰り出してくる人が、やけに多いと訝《いぶか》りながら先を急いでいた。

　疲れて木陰で休んでいると、怒声がする。

「おぬしら、寡人《かじん》を誰と心得おる？　太宗陛下の曾孫《ひまご》なるぞ。頭《ず》が高い！」

「笑わせるな。庶子の庶子の庶子だろう。そんなもの、今じゃ塵屑《ごみくず》以下の存在だ」

　身分を押し付けた方を、相手は鼻先であしらっているのが判る。次に衣が擦れ合う音がして、身分を言い募った方の呻《うめ》き声が聞こえた。跫音《あしおと》から測ると、危害を加える側は四、五人いるようだ。

　僧たちは、経緯を見届けず長安へと急ぐ。身分を偽って無銭飲食した不心得者が、店の用心棒に痛めつけられていると思ったのだ。その憶測が、「当たらずとも遠からず」だったことは、後日判る。

　彼らは疲労困憊《こんぱい》して長安に着き、前回の留学生らを探した。吉備真備《きびのまきび》や玄昉《げんぼう》には会えなかったが、残務整理をしている阿倍仲麻呂《あべのなかまろ》には会えた。語り合って、ようやく飢饉《ききん》や長安から洛陽への引っ越しの件を知ったのだ。そこで三人が早速退き返した。大使や副使に洛陽で留まるよう伝えるためだ。

　残ったのは興福寺《こうふくじ》の栄叡《ようえい》と普照《ふしょう》なる僧だった。彼らは伝戒師《でんかいし》（僧に戒律を与える僧）を捜しに来たのだ。そこで先《ま》ずは、十五年も唐にいた留学生を頼ったのである。

だが、科挙で唐の官僚となった阿倍仲麻呂は、仏教界のことには疎《うと》かった。

「便宜をお図りするゆえ、取り敢えず高力士《こうりきし》様にお引き合わせしよう」

彼はそう言ったものの、飢饉から逃れる洛陽への移動が専権事項であるため、僧らの希望を即座に適《かな》えられなかった。

一方、日本の第十次遣唐使は、大使に多治比広成《たじひのひろなり》、副使には中臣名代《なかとみのなしろ》、判官に平群広成《へぐりのひろなり》他三名らを据え、総勢数百人の編成である。彼らは先遣隊の報告を聞き、洛陽で待機することとなった。

留学していて、先に洛陽にいた吉備真備や玄昉らが彼らの対応に当たる。洛陽は不慣れとはいえ、在唐十五年は伊達でなく、遣唐使一行に衣食住の提供は、無理なくできる。

問題は、接見の機会をどのように設定するかである。それは、皇帝隆基の落ち着き具合に拠《よ》るのだ。つまり、機嫌である。感情が昂《たか》ぶっていたりすると、元も子もない結果を招いてしまう。

この頃の皇帝隆基は、二十九年振りの洛陽を懐《なつ》かしんでいた。こういうふうに振り返ってみれば、則天武后《そくてんぶこう》もしっかりと政《まつりごと》をしていた側面があったのだ。彼女の治世には、国内の反乱が少なかったと言える。江南《こうなん》からの穀物輸送も滞らず、食に関しては洛陽への移動は成功だった。

「明日は武恵妃《ぶけいひ》らと、宴《うたげ》でも張るか」

皇帝隆基の気分は、かくのごとしである。こうして吉備真備と玄昉は、宰相の張九齢《ちょうきゅうれい》を動かして、日本からの献上品の目録を皇帝隆基に見せることができた。

「美嚢《みのうの》あしぎぬ二百匹、水織《みずおりの》あしぎぬ二百匹か。良い物を貢《みつ》ぎよる。では、会おう」

こうして、謁見が適ったのであった。

ようやく洛陽へ来た阿倍仲麻呂や吉備真備、玄昉らに連れられて、大使、副使、判官らが拝謁の間に入ってくる。

「御国と日本の繁栄を言祝《ことほ》ぎたく」

大使と副使が通り一遍の挨拶をした後、皇帝隆基はやや砕けた物言いを始める。

「吉備真備や玄昉ら留学生は、唐の文化を充分に吸収して、日本の明日を担ってくれるであろう。だが、阿倍仲麻呂はこちらの役人となり、よく働いてくれている。来年の帰朝時には、彼は置いて行ってくれ。最近は、晁衡《ちょうこう》なる唐の名も付けられているしな」

これは驚嘆すべき提案だった。皇帝が、一役人を手許に留めたいという希望を、自ら漏らしたのだ。これは、本人よりも大使や副使、同僚たち、誰もが断れない状況である。

「ありがたき、お計《はか》らい」

阿倍仲麻呂は、こう言う以外になかった。皇帝隆基が上機嫌になったところで、大使らは辞そうとしたが、再度質問が飛ぶ。

「何年か前に渤海《ぼっかい》国の使節が日本を訪れ、蝦夷《えぞ》なる民に襲われたというは本当か？」

このとき、大使の多治比広成と副使の中臣名代は、虚を突かれて応え方に苦慮した表情を見合わせた。だが、判官の一人平群広成は「本当でございます」と応えた。

「渤海国と連携して、何とする？」

皇帝隆基の質問は、明らかに唐に敵対することを牽制している。

あの時、渤海国の使いとしてやって来たのは、大使高仁義《こうじんぎ》と首領高斉徳《こうさいとく》以下十六名で、大使を含む半数が討死している。だが、ここで問題なのは、高氏が唐に滅ぼされた高句麗《こうくり》王族の末裔《まつえい》ということだ。

その程度のこと、唐は織り込み済みのはずである。不用意で下手な応えは唐への敵対行為と受け取られかねない。命取りにもつながり、大使も副使もはらはらしている。

そんな中で、平群広成は応えた。

「新羅《しらぎ》を牽制しております」

その応えに皇帝隆基はにっと笑う。

「半島の裏側の海で行うなら許そう」

皇帝隆基の言葉に、一同はほっとする。日本海で双方が動く場合、たとえ軍事行動であろうと唐に影響はないとの判断だ。

大使、副使らが宮殿を辞するに当たって、高力士が見送った。そして、門前から彼らが去ろうとするとき、小声で囁《ささや》く。

「先般亡くなった井真成の荷物が、洛陽の官舎へ移された。どなたか、引き取りに行かれよ。晁衡（仲麻呂）が世話する」

翌日、仲麻呂がその官舎に出向いて井真成の部屋を点検していると、荷車を引いて二十歳前後の眉の濃い若者が現れた。

「井真成様の荷物、御遺族にお渡しするために、私がお引き取りいたします」

名を大伴古麻呂《おおとものこまろ》といい、仏典を持ち帰るため今回の一行に加わったという。

50

「仕置きは進んだのか？」

皇帝隆基が言うと、高力士は唇に人差し指を縦に交差させて眉根を下げる。張九齢などに聞かれると拙《まず》いという意味である。

「更生の見込みがない極悪の不良皇族から順に、游俠《ゆうきょう》の手を借りて致しております」

「もう、何人ぐらいだ？」

「はい、十人程度かと」

「そうか。朕《ちん》の従兄弟《いとこ》といえど、遠慮はいらぬ。このようなとき宋璟《そうえい》の重病は残念だが、飢饉のときこそ唐の穀潰《ごくつぶ》しどもを始末せよ。奴らの娘なら、和蕃公主《わばんこうしゅ》にしても良い」

皇帝隆基のいつにない剣幕に、高力士は大理寺《だいりじ》（刑獄を司る役所）へ行き、命令を言いつけると同じ回廊を戻った。すると、阿倍仲麻呂に行き会う。

「これは高様。井真成の荷物の件、大伴古麻呂が引き受け、片付きましてございます」

「そうか。あやつは有能だったがなあ」

「そう言ってやって下されば、真成も故郷に錦を飾ったも同然です。ところで、下手人らしい黒水靺鞨が、幽州《ゆうしゅう》（現在の北京《ペキン》）辺りで射殺されたと聞こえてきましたが」

「ほう、幽州か。口封じやもしれぬな」

「それは、誰が？」

「新羅が、黒水靺鞨を唆《けしか》けたと考えられる」

「日本が渤海国と結んで、おまえらを挟み撃ちにすると言えば、不安に駆られましょう」

それは、蝦夷の心理と同じだ。それゆえ、使いの井真成を恨んで狙ったらしい。

しかし、もう総《すべ》ては終わった。

「先日、御紹介した興福寺の僧らは、ここ洛陽の、大福先寺《だいふくせんじ》へ行くと申しておりました」

「まあ、ゆっくり捜しなされ。陛下は、仏教に御執心でない。だから、表だって御協力をと言うわけにもいかぬのでな」

高力士は、阿倍仲麻呂の肩を叩くと再び皇帝隆基の側《そば》へ行った。

「もう少し厳しく命じたか？」

「はい、洛陽で理不尽を働いた奴から順に」

「まあ、そういうことだな。ところで、先ほど晁衡と話しておったろう？」

「はい、今回の遣唐使の中に、伝戒師を求めている僧がおりましたので」

高力士は掻《か》い摘《つ》まんで、これまでの要点を話してみた。

「仏教か。朕はどうしても祖母則天武后の、悪い面を思い起こしてしまってな」

だから、李氏の先祖李耳《りじ》（老子《ろうし》）を敬う道教に気持が傾いている。高力士も、そこが解っているので、伝戒師の話など曖《おく》にも出さなかったのである。ここで皇帝隆基が、高力士へ尚も質問する。

「日本には、独特の宗教があるらしいが」

「はい、彼らのいう日出《ひいづ》る国の天子、つまり日本王の先祖が、天から降り立ったとする宗教がございます」

神道《しんとう》（神社信仰）のことだ。当時の日本は『古事記』や『日本書紀』の制作を進めて、天皇の根源と正統性を明らかにしようと努めている。一方で聖武《しょうむ》天皇は、仏教を大いに隆盛させた。

これは一見、矛盾しているやに見える。

「して、なぜ仏教なのだ？」

皇帝隆基は突き詰めるように訊くが、彼の興味は別にある。それは、自分たちにしても、仏教、道教、儒教を巧く棲み分けさせて精神の拠り所にしているからだ。畢竟《ひっきょう》、日本が二律背反を、どう処理しているかに興味を持っているのである。

「日本が仏教を信仰し始めたのは、遣隋使《けんずいし》や遣唐使を考えたためでしょう」

聖徳太子《しょうとくたいし》が法隆寺や四天王寺《してんのうじ》を建設したことが、それを如実に裏付けている。

「どういうことだ？」

「文化程度の高い唐から制度や技術を学ぶため、同じ宗教を信仰せねば精神の均衡が取れぬと思ったからです」

「なるほどな。それで、日本王の先祖はどうなる。蔑《ないがし》ろにもできんだろう？」

「それは、政《まつりごと》の儀式に生かしているようです」

内裏《だいり》の大極殿《たいきょくでん》では神道の形式に則《のっと》って即位式や朝賀《ちょうが》の儀式を行い、都の東西に大寺院（東大寺と西大寺）を置いて、人々の心の安寧を図っているのだ。

中国人なら精勤して働くのは儒教、公休日に山野でゆったりするのは道教、心の拠り所は仏教となる。皇帝隆基は高力士の説明に、やはり両者が似ていると感じた。

関中《かんちゅう》はその年、大豊作とまでは言わないものの、飢饉とは程遠い状況を見込めるようになった。それを受けて、また洛陽から長安への移動の検討がなされ始める。ただ、この度は危急存亡ではなく、慌てることはない。

これと併行して、遣唐使たちも帰国の準備を始めていた。かつてのように長安からではなく洛陽なので、少しは楽な道程である。

大使の多治比広成や副使中臣名代、判官平群広成らが皇帝隆基へ別れの挨拶をした後、吉備真備や玄昉が、阿倍仲麻呂に別れを告げに来る。

「我らは一足先に奈良へ戻るが、おまえもそのうちきっと戻ってこい」

また、井真成の遺物を整理荷造りした大伴古麻呂が、直々に預かって届ける所があればと申し出てくれたのが嬉しい。

仲麻呂は、真備らが言った「そのうち」なる語が気になった。それは、「皇帝隆基が崩《ほう》御《ぎょ》してから」との意に取れる。だから、濁して言ったようだ。

仲麻呂は、その皇帝隆基を見やった。皇帝は屈託なく、華やかなようすで遠ざかっていく遣唐使を見送っている。そのようすは好もしく、死を想像するなど畏れ多かった。

「なあ、晁衡よ。おまえの祖国は海に囲まれた国で良かったな」

声をかけられた仲麻呂は、一瞬意味が呑み込めなかった。唐と海を隔てているゆえ、使節は命がけで渡って来ねばならぬのだ。しかし、それゆえに国境紛争もないと気づく。

最近、幽州の周辺では突厥《とっけつ》や契丹《きったん》、奚《けい》などの遊牧民族が小競り合いを繰り返し、節度使の張守珪《ちょうしゅけい》が鎮めていると聞こえてくる。仲麻呂は、そんなことを思い出した。

「少し、宜しゅうございますか？」

声を掛けてきたのは、高力士だった。皇帝隆基の側近だから、不思議なことはない。そして、彼が連れている人物は、最近頭角を現してきた李林甫《りりんぽ》なる高官だった。

科挙上がりの張九齢と違って、李氏傍系の特権を生かして高官に連なっている。それゆえ、仲麻呂とも昵懇《じっこん》の仲ではない。彼が皇帝隆基の周辺に現れると、張九齢は侮蔑《ぶべつ》を含んだ表情でさっさと姿を消す。

何処へ行くのか気になるが、聞くところでは、王維《おうい》や孟浩然《もうこうねん》といった詩人と交際しているという。いわゆる文人墨客《ぶんじんぼっかく》との、知的な遊戯を愉しんでいるわけだ。

さすがは科挙官僚の面目躍如であるが、宋璟の病状悪化と重なって、仲麻呂は一抹の寂しさを感じていた。その思いは皇帝隆基も同じであるが、張九齢より李林甫を重要視するのは、深刻な理由があった。

「清《せい》様を、なんとか皇太子にいたしましょう」

彼はそんなことを言いながら、宦官《かんがん》を通じて武恵妃に近づいた。実子の身分を高くしようと言われて、嫌がる母親はいない。

51

蘇州から帰路に就いた遣唐使が、暴風雨に祟《たた》られて遭難したと聞こえてきた。東シナ海沿岸の諸州から、情報集めに右往左往している阿倍仲麻呂の姿は、皇帝隆基から見ても健気であり、また哀れにも思えた。

翌開元二十三年（七三五年）になって、商人が、大使多治比広成や吉備真備、玄昉らの乗った第一船に関する話をもたらした。彼らは種子島《たねがしま》へ漂着し、何とか奈良に辿り着いたという。だが、他の船は行方不明らしい。

皇帝隆基は、仲麻呂に対し日本は周囲を海に囲まれていて良いと言ったことを羞《は》じた。溜息を吐いていると、側へ張九齢がやって来る。苦言を呈するのは、目を見れば判る。

「陛下。長安へ戻る一件、今しばしお待ち下さい。来年や再来年の作柄を見てからでも、決して遅くはございますまい」

案の定である。この地から離れたいのは、高力士に不良皇族の始末を命じたからだ。何の役にも立たぬくせに、拐《かどわ》かし、踏み倒し、暴力行為に染まった面汚し共を消したのだ。実行しているのは、不法を物ともしない游俠崩れらしい。だが、身内の遺体がどこかに埋められているのなら、そのような所から早く離れたいのは人情だ。

しかし、誰にも本音は漏らせない。

「李林甫様が、お目通りをと」

宦官が取り次ぐ声に、張九齢は次の苦言を引っ込めて、背を丸めつつ退散していった。入れ違いに、やや小柄で背筋を伸ばした李林甫が、高力士と一緒に近づいてくる。

「今、張九齢のやつが、長安への帰還を二、三年延ばせと言って来おった」

皇帝隆基は、訴える目で二人に言う。

「穀物の作柄を見るのは一面の真理にて、今年ばかりは言うことを肯《き》きましょう。それでも、来年は春とともに長安へ戻れます」

「ほう、穀物の目安が付いたか？」

「はい、これも元はと言えば、宇文融《うぶんゆう》様のお知恵が効いてきたのです」

宇文融と言えば、「戸口《ここう》の検括《けんかつ》（逃戸《とうこ》の洗い出し）」を行って、税銭数百万銭を徴収したことを思い出す。最近では、もう懐かしい名ではあるが、一時とはいえ瞠目《どうもく》すべき業績を挙げている。その彼の遺産めいた物があるのなら、期待できよう。李林甫も宇文融同様の貴族特権階級であるから、その意味でも気が合ったのであろう。

「して、それはいかなるものか？」

皇帝隆基が興味を示すのを待っていたように、李林甫が唇を湿す。

「牛仙客《ぎゅうせんかく》なる地方官が、積み重ねた節約術で、百戸前の倉庫に満ちる穀物を溜め込んでおります。小吏から身を起こし、軍功で司馬となり、王君毚《おうくんざん》や蕭崇《しょうすう》にも仕えて認められ、河《か》西《せい》節度使と判涼《はんりょう》州事も務めた者にて、決して不正を働いたわけではございませぬ」

無学ではあるが正直で、勤勉と清廉を絵にしたような男らしい。塵も積もれば山となるとは、正にこれだけの穀物量が物語る。李林甫が来年というのは、牛仙客の穀物を長安へ運ぶ時間稼ぎである。

「判った。それまでは、洛陽にいよう」

こうして牛仙客の名は、皇帝隆基の頭へ鮮明に残ることになる。さて、難破した別の遣唐使船のようすが伝わってきた。南東道（福建《ふっけん》省）へ流され、なんとか助かったという。

それは中臣名代以下、百余人ばかりと判った。とにかく、体力が回復すれば洛陽へ戻るという。だが、他の船の行方は、杳《よう》として判らなかった。

「平群広成は、もう帰らぬ人となったのか」

仲麻呂は、助かった同胞を喜びながらも、嘆き声とが相半ばしていた。この年、幽州近辺で異民族が暴れたが、またもや張守珪が鎮圧してくれたらしい。

「節度使の奮起を促すため、張守珪を宰相の位にお付けになっては如何《いかが》でしょう？」

李林甫の勧めで、皇帝隆基はその件を朝議にかけようとした。だが、事前に知った張九齢が抗議に押しかけてくる。

「宰相職というものは、天に代わって物事を宰領するのが仕事です。功績を顕彰するためにあるのではございませぬ」

彼は李林甫や高力士がいるのも構わず、堂々と正論を押し通す。

「まあ、そう言うな。名誉職として肩書を与えてやるだけだ」

「いけませせぬ。ちょっと契丹や突厥を成敗したぐらいで宰相にすれば、全滅させたときには、皇帝の御位を差し出さねばなりませせぬ」

張九齢の剣幕は、大変なものだった。しかし、李林甫は涼しい顔をして、彼がいなくなると小声で囁《ささや》く。

「牛仙客の穀物は、順次長安の蔵へ、順調に運び込まれております」

張九齢が何と言おうと、長安へ帰る準備が調いつつあるということだ。

「それと、公子清様を皇太子にする件ですが」

更に畳みかけられて、さすがの皇帝隆基も周囲を見回して、三人だけだと確認した。

「できれば、武恵妃も喜ぼうに」

皇帝隆基が呟くと、李林甫と高力士が北叟笑《ほくそえ》みながら顔を見合わせた。

「おぬしら、まさか」

「皇太子を暗殺するのか」を、辛うじて呑み込む。二人が、口に人差し指を立てたからだ。

「公子の方々の品行は方正でございます」

つまり、手荒なことはしないとの意味だ。そのために、彼らは策戦を練るらしい。じっくり考えれば、その方が恐ろしい。

「南東道へ漂着した中臣名代らが、揚《よう》州辺りまで帰ってきたそうにございます」

阿倍仲麻呂が嬉しそうに報告した。名代と乗組員らは援助を乞うため、遭難の経緯を報告に来る。皇帝隆基としても、その願いは聞き届けねばなるまい。

彼らは、煬帝《ようだい》が開鑿《かいさく》した運河（通済渠《つうさいきょ》）を遡《さかのぼ》ってくる。それは、江南の豊富な穀物を運ぶのと同じ道筋である。このお蔭で、飢饉は切り抜けられたのだ。

「張守珪の養子安某《あんなにがし》が、契丹と奚の連合軍に負けたそうです。これだから、奴を宰相になど昇格させなくて良かったのです」

張九齢がそんな報告にきたが、中臣名代一行の到着と重なった。宮廷人や官僚らの関心は、当然そちらへ傾く。仲麻呂が彼らを説得し、帰路の便宜を依頼して回っていた。

「晁衡殿は、よくしてあげられますな」

皇帝隆基もその姿を愛で、一行を渤海国経由で半島の東側を航行できるように取り計らった。つまり、新羅に対して東側からの牽制を装いながら帰国するのである。

この一行には唐の楽人三人と、ペルシア人が乗っていたと記録されている。

ところがこの頃、欽州《きん》（広西《こうせい》チワン族自治区）の刺史から、遭難した遣唐使らしき人物が現れたとの報告が入った。仲麻呂も半信半疑で使者の話を聞いていたが、皇帝隆基は早くその人物を連れてくるよう命じた。

開元二十四年（七三六年）になり、牛仙客の穀物が総て長安へ運び込まれ、この先関中で五年の食糧が確保された。そこで、皇帝隆基は李林甫の勧めで長安への帰還を断行する。

この功績に応じて、牛仙客を宰相に昇格させせんと諮問した。だが、張九齢が唇を湿して以前のごとく宰相職の代え難さを唱える。だが、後で李林甫が皇帝隆基の耳に囁いた。

「張九齢は科挙上がりゆえ、書面の問題を解くのは得手でも、実務に疎いのです。例え奴が反対しても、皇帝が才を認める者を、誰が反対できる道理がありましょう」

こうして牛仙客は尚書《しょうしょ》に栄進した。彼は、確かに宰相の器《うつわ》ではない。それでも、命じられたことを、実直に行う忍耐だけは具《そな》わっていた。そこで李林甫はあることを命じる。

その頃ようやく欽州から、遭難した遣唐使が送られてきた。それは、紛《まが》うことない平群広成である。どうしていたのか問うと、船がある海岸に打ち上げられて、現地の住民の攻撃を受けたという。

捕虜になったが、皆熱病に斃《たお》れ、何とか数人で逃げて戻ってきたと言う。彼らが行ったのは、林邑《チャンパ》（インドシナ半島東南部の王国）だったらしい。

52

「皇太子瑛《えい》殿下が、わらわと陛下の悪口を吹聴しておられます。証人もございます」

武恵妃《ぶけいひ》が皇帝隆基《りゅうき》に訴えてきた。証人とは密偵である。彼らの報告を聞くと、瑛以下、鄂王瑤《がくおうよう》、光王琚《こうおうきょ》らが絡んでいた。彼らの母親は皇甫淑妃《こうほしゅくひ》、劉才人《りゅうさいじん》らである。

確かにこの何年か、武恵妃ばかりに寵愛がいって、彼女たちへの思《おぼ》し召《め》しはない。だから不満も漏らそうが、息子たちが寄って父皇帝隆基を非難するようでは、公子として不忠の極みと言わねばならない。

「わらわは、怖うございます」

そのうち刺客でも立てられたらと、彼女はここぞと皇帝隆基に泣きつく。

「解《わか》った。何とかしよう」

彼は皇太子瑛を廃嫡《はいちゃく》し、他の二人も罰すると言って武恵妃を慰めた。そのとき彼女の目が妖しく光る。

「清《せい》は昨年、元妃（義父の妻）の喪が明け、めでたく妃《きさき》を娶《めと》って名を瑁《ぼう》と改めました」

そういえば皇帝隆基も、楊玉環《ようぎょくかん》と名告《なの》る息子の正妻を見た覚えがある。なかなかの美形で好みの女人といえた。だが、武恵妃の手前もあり、そのような素振りは噯《おくび》にも出さなかった。それでも記憶に残ったのは、彼女の醸す匂いである。

それはかつて、張昌宗《ちょうしょうそう》や武恵妃の実家を訪《おとな》ったときに嗅いだときの感想と似ている。きっと、好もしい異質なものへの憧れに似ているのだろう。

皇帝隆基は、その記憶を払い除《の》けるように李林甫《りりんぽ》を呼んだ。高力士《こうりきし》に案内されて、小柄で背筋を伸ばした男がやって来る。三人が揃うと、またひそひそ話になる。

「瑛を、皇太子の座から外せるか？」

「罪を得たなら、自ら退位されましょう」

李林甫は、あっさり言う。

「そこで、瑁を皇太子にしたいのじゃが？」

「問題は、張九齢《ちょうきゅうれい》殿のお考えです。あのお方は、一筋縄でいきませぬぞ」

さすがに高力士は慎重である。

「なぜ、反対するのだ？」

これまでの張九齢の態度を見ていれば、何かにつけて「皇帝の取るべき道を」という儒教概念を盾に、さまざまなことに反論する。それは皇帝隆基が取り除いた「武韋《ぶい》の禍《か》」と、同じ道を避けさせるためとも取れた。

「よし、朕《ちん》が直談判しよう」

「それは、なさらぬ方が良きかと」

李林甫は何とか考えて、張九齢を口説き落とすつもりらしい。そして皇帝隆基も、頼んだぞと見返して微笑んでいる。それには、高力士も協力するつもりでいた。

そこへ、阿倍仲麻呂《あべのなかまろ》が飛んでくる。

「何とかもう一度、平群広成《へぐりのひろなり》を日本へ帰らせていただけますよう、お願いいたします」

仲麻呂の必死な表情に、それでなくとも皇帝隆基は応えてやりたい気持になる。

「無論のことじゃ。李林甫に便宜を図らせるゆえ、指示に従って必要な書面を調えよ」

好意ある対応で、皇帝隆基は言葉を継ぐ。

「あやつは、どうしておる？」

渤海国《ぼっかいこく》が日本と通商するのを、「新羅《しらぎ》への牽制」と応えた男のことだ。

「はい、御心配痛み入ります。広成は、林邑《チャンパ》からの長旅の疲れを癒《い》やしております」

「しっかり養生せよと伝えよ」

皇帝隆基からの見舞いに、阿倍仲麻呂は低頭した。

それから暫《しばら》くして、皇帝隆基が高力士と語り合っていると、李林甫がやってくる。

「いろいろ探っておりますが、ようやく尻尾を摑《つか》みかけています」

「そうか。頼むぞ」

皇帝隆基は応えたものの、李林甫の意図を、今一つ解りかねていた。丁度そのとき、高力士が宦官《かんがん》に耳打ちされ、黙礼してそのまま広間から回廊へ向かっていく。

何か急用でもできたらしい。彼は李林甫と分かれ、悪戯《いたずら》心から後を付けた。高力士は回廊を歩くと、脇の階段から庭へ降りていく。そこを左に、また回廊沿いを歩いて行った。すると、長々と塀《へい》がつづく。

それは、昇殿できぬ者との面会を意味していた。皇帝隆基は、とんと取ったことのない行動である。だから、余計に興味が湧いたとも言えよう。誰も連れずこのような所を歩けば、張九齢に目くじらを立てられよう。

そう思ったとき、正にその張九齢が向こうから塀沿いにやってきた。高力士は彼を避けるように、扉のない丸い出入り口へ消えた。こうなると、張九齢と正面からぶつかる。

「陛下。このような所へ、お一人で歩かれてはなりませぬ。さあ、宮殿の方へ」

張宰相は、やはり想像どおりの反応を示した。ここで皇帝隆基は喰《く》い下がる。

「居ても立ってもおられんでな。瑛を廃嫡するゆえ、瑁を皇嗣に立てたいのじゃがな」

皇帝隆基は、小声で希望を打診してみた。だが、張九齢の反応は鈍い。悪口を言っただけでの廃嫡は、ちょっと厳しすぎるというのが、彼の反対理由だ。

「とはいえ、朕は単なる父ではない。皇帝は国家の父とも言うべき存在だ。それを中傷すれば、国賊ではないか」

「そのような大袈裟な。皇嗣も深く反省しておられます。どうか、穏便に」

「瑁を皇嗣に据えるなら、総て水に流そう」

皇帝隆基が提案すると、張九齢は心を見透かすように黙って頭《かぶり》を振る。

「陛下。そのようなこと、絶対に罷《まか》りなりませぬぞ」

「ええい、言うでない」

二人は塀に穿《うが》たれたような丸い出入り口から外庭へ出る。するとそこに高力士が、二人の男と立ち話をしていた。一人は胡人《こじん》のような風貌で太っているのが印象的だ。

「なんじゃ、高力士。そこもと、このような所におったのか？」

「はい、国家に挺身《ていしん》する知人の悩み事を聞いておりました」

「ほう、どのようなことじゃ？　朕も、聞きたいのう」

皇帝隆基がそう言った途端、高力士の相手は平伏した。一人称で皇帝と理解したのだ。

「実はこの者、幽州《ゆうしゅう》節度使張守珪《ちょうしゅけい》の養子。軍の隊長を務めておる安禄山《あんろくざん》でございます」

張守珪は八年余り前、空城《くうじょう》の計で吐蕃《とばん》（チベット）を翻弄《ほんろう》した機転の利く武将である。

「ほう、あやつの養子とな。それで？」

「この度、負け戦があって、兵を多く喪いましたので、進退伺いに参った次第です」

高力士の言葉に皇帝隆基は慈悲が湧《わ》き、安禄山の顔を見据えた。太った胡人風な容貌の男は、視線を合わせずそっと顔を仰ぐ。

それは、どことなく楊玉環を思わせた。きっと二人とも、西域以西の血が入っているからだろう。だが、その思いを振り払う。

「失敗は誰にでもあろう。一々《いちいち》咎《とが》め立てしていては、心から働く者もいまい」

皇帝隆基が言うと、張九齢が口を挟む。

「辺境で反乱を謀《はか》る者は、必ずこのような容貌でございましょう。悪い芽は、早めに摘んでおくに限ります」

これは張九齢の、異民族に対する偏見以外の何物でもない。そのような言動は、今日だけではなかった。だから皇帝隆基も、彼の意見を採りあげない。

そもそも張九齢は、皇帝隆基の希望を何一つ容れようとはしない。

「九齢の言うことなど、誰が肯《き》くものか」

53

「王元琰《おうげんたん》という男を、裴耀卿《はいようきょう》に賂《まいない》を贈っていた廉《かど》で捕らえました。ところが、こやつの妻は、厳挺之《げんていし》に離縁されておりました。その厳挺之は、張九齢と昵懇《じっこん》でございます」

李林甫はこのように言うが、皇帝隆基には人間関係の連鎖だけで関連性が判りにくく、何を問題にされたかも理解の外だった。

「つまり、何がどうだと言うのじゃ？」

「厳挺之は家風に合わぬから離縁したとのことですが、その実浮気されていたのを隠したらしゅうございます。王元琰は事が荒立てられなかったことを恩に着て、普段から厳挺之にも付け届けを怠らなかったとか」

「双方とも不届きであるな」

調べ上げてきたのは、牛仙客《ぎゅうせんかく》である。

「御意。それすなわち、張九齢にも恩恵が及んで徒党を組んでいることは明らかです」

この言葉で解った。李林甫は、張九齢が徒党を組んだとして、いわば謀反予備罪で失脚させるつもりなのだ。これは、宇文融《うぶんゆう》が失脚したのと似た状況である。

李林甫が意図するのは、張九齢さえ追い出せば、瑛を廃嫡して瑁を皇太子に冊立《さくりつ》するお膳立てができるということだ。

「そうか。そういうことであるな。収賄の常習者なら、謀反のむの字でも心の片隅にあれば、宰相として不適格である」

王元琰や裴耀卿、厳挺之らは、この一件で流罪になり、張九齢も失脚してあまり宮廷に立たず、詩人ら文化人との付き合いに気持を入れるようになっていく。

だが、事はこれだけで収まらなかった。張九齢が庇《かば》っていた皇太子瑛や鄂王瑤、光王琚らの罪が遂に確定したのだ。三人とも、悪口だけでなく呪詛《じゅそ》までしていたと、罪状が増えていたのだ。こうなると、只の悪口ではない。

呪《のろ》いの効果が信じられていた時代にこれは決定的で、彼らは皇太子や王の座を廃されたうえ、開元二十五年（七三七年）になると、自害するよう命を受けた。これは、民間の死刑とほぼ同じ扱いである。

「皇太子のことは、陛下の家庭問題である」

宮廷の噂話に水を掛けて、李林甫がこう言うと、大臣は誰も異を唱えられなかった。尚かつ、彼は周囲に嘯《うそぶ》く。

「杖の側に立つ馬は、一声嘶《いなな》けば追い出されよう。後悔したときは、もう手遅れだ」

このことは、皇族たちを更に震え上がらせた。先般、洛陽《らくよう》への遷都紛いの往復があったが、その際に不良皇族と呼ばれる者らの行方不明が相次いだ。初めは、酔ったうえ渭水《いすい》か黄河《こうが》に落ちた事故と言われていた。

ところが、余りにも多かったため、皇帝隆基の意を受けた者が粛清していると噂されたのだ。こうなると皇族を自認する誰もが、無口で品行方正にならざるをえない。

そして、累《るい》は大臣や官僚、宮廷人全般に及ぶことになる。彼らは保身に奔《はし》り、敢えて諫言《かんげん》する者はいなくなった。こうなると、李瑁の皇太子昇格は秒読み段階に入るはずだった。

すると奇妙なことに、武恵妃がそれを拒む。

「このまま瑁を皇太子に冊立すれば、まるで瑛殿の処刑を待っていたようです。それでは、印象が悪過ぎましょう。せめて一年は喪に服し、来年の春に晴れて御位に即いては？」

一日も早くと言いたいところを、一年措《お》くというのは、実に忍耐強い決断である。

「うむ、よう言うた」

皇帝隆基はその心延《こころば》えを愛《め》で、彼女の言うとおりにしてやった。

この間も、宮廷での事なかれ主義は横行して、皇帝隆基と李林甫、高力士の意向だけが通っていく。牛仙客も宰相の一人として、官僚の不断の行動を監視していた。

ただ、居酒屋の会話まで立ち聞きして、人前も憚《はばか》らず備忘録に筆記するなど、行動は見苦しいの一語だった。さすがに監察御史《かんさつぎょし》（官吏の管理と糾察《きゅうさつ》）の周子諒《しゅうしりょう》は、自分の領域を侵されたようで不快に思っていた。

「牛仙客の行動を見るにつけ、宰相の器とは到底思えませぬ。人事の刷新を願います」

堪《たま》りかねた彼は、朝議でこのように発言した。だが、それが皇帝隆基の逆鱗《げきりん》に触れた。

「では、聞き届けよう。そこもとを百打ちの刑に処すところ、荊州《けいしゅう》の長史へ異動する」

長史とは、副知事のような役職である。中央の監察御史の方が圧倒的に地位が高いから、あからさまな左遷である。これで、ますます大臣以下の宮廷人は口を噤《つぐ》む。

このような中で、一人忙しそうに書類の山を築くのは阿倍仲麻呂だけだった。平群広成の日本帰還を援助するため、彼は様々な役所に折衝し、船や資金、食糧、人材などの確保に務めているのである。

皇帝隆基と李林甫の後押しがあるので、その分は楽に事は進められている。また、詩心もあるので、孟浩然《もうこうねん》や王維《おうい》との付き合いも欠かさなかった。

そこへは張九齢も来ていたが、仲麻呂が挨拶しても決して返礼は得られない。李林甫の援助があるから、政敵の片割れとも思われたのだろう。いや、それよりも異民族に対する根本的な嫌悪感が、張九齢にはあったのだ。

この年、遂に宋璟《そうえい》が卒している。ところが十二月、もっと意外な事が起こった。

「大変です。武恵妃様が、倒れられました」

我が世の春を謳歌し始めた彼女が、嬉しさの絶頂から転がり落ちたのだ。

「やはり、瑛らは人形《ひとがた》で呪っておったのか。今頃になって、それが効いてくるとは」

皇帝隆基はこのように言ったが、それは前皇太子瑛らの罪状に確証がなく、取って付けられたものであると示している。張九齢が失脚してから「呪詛」なる語が躍るのも妙だ。

武恵妃は倒れてから早くも、年の瀬に息を引き取った。原因は脳溢血《のういっけつ》か心臓《しんぞう》発作《ほっさ》であったろうが、皇帝隆基をはじめ李林甫、高力士らは「呪詛」の一語で、彼女の死を憎しみとともに結論づけた。

新しい年（開元二十六年＝七三八年）になっても、皇帝隆基の気持は晴れなかった。もう李瑁の皇太子冊立どころではない。もっとも李瑁は、更に喪に服すると言って、母（武恵妃）の墓（敬陵《けいりょう》）の麓に小屋を建て、籠もってしまった。

「妃は連れて行かなんだのか？」

皇帝隆基は李林甫と高力士に問う。

「はい、寡人の母への服喪だからとて、楊妃は屋敷で留守番をしておられるとか」

高力士は、聞いたままを伝える。

「あの妃は、どこか武恵妃に似ておる。一度、話してみたいものだ」

息子は、母親に似た娘を嫁に選ぶことがある。きっと李瑁も、その御多分に漏れなかったのだろう。

「では、我が連れて参りましょう」

胸を叩くのは李林甫だった。

「何と言って引っ張り出すのだ？」

「そのまま、陛下が話したいと仰せだと」

そのとおりであるが、皇帝隆基は何か気恥ずかしい気がした。まるで初恋を意識した思春期の少年のようだ。

李林甫が楊妃の屋敷へ行くと、家人に彼女は敬陵に詣《まい》っていると言われた。そこで足を伸ばすと、美しい笛の音が聞こえてくる。演奏の名手李憲《りけん》が、追悼の意味で奏でているようだ。その側《そば》に、李瑁と楊玉環がいた。

54

「義父上《ちちうえ》の笛、ますます好い音色が出ます」

公子瑁が言う相手は元の名を李成器《りせいき》といい、皇帝隆基の兄で、公子瑁にとっては育ての親に当たる。彼らがここに居るのは、何ら違和感のない光景だ。

「率爾《そつじ》ながら」

李林甫は、彼らの追悼が一段落したのを見計らって、背後から声をかけた。

「これは李宰相殿。わざわざお越しいただきありがたき限りでございます」

「この度は、公子瑁様にお願いの筋があり」

「はて、寡人《かじん》などに、何事でしょう？」

そこで李林甫は、皇帝隆基の気持をありのまま伝える。話が聞こえた楊玉環は、やや太り肉《じし》の身を捩《よじ》るようにして照れている。

「そのようなことなら、行って差しあげよ」

公子瑁は、それが実父への孝行であると思ったか、二つ返事であっさりと認めた。こうして彼女は用意された馬車に揺られ、宮廷へ出向くことになったのである。

このことは周囲の噂になったが、皇帝隆基が李林甫を通して公子瑁へ正式に申し込んだことなので、吹聴している連中を取り締まって引っ立てることもできなかった。

「張九齢を追い出したとき、さっさと武恵妃を皇后にして、公子瑁様を皇太子に昇格させておくべきでしたな」

李林甫は返す返すも残念だと、皇帝隆基や高力士の前で地団駄《じだんだ》を踏む。そうすれば彼女が亡くなっても、皇太子瑁は存在したのだ。しかし、皇太子の第一候補は実母の喪に服して、皇太子への冊立どころではなくなった。

「牛仙童《ぎゅうせんどう》が帰って参り、御報告をと」

高力士に宦官が耳打ちする。見ていた皇帝隆基は、気になって事情説明を要請した。半時ほど後、高力士が戻ってくる。

「幽州における異民族の反乱で、鎮圧軍の下士官が勅命《ちょくめい》なる言葉を勝手に使って問題になったそうです」

勅命とは、皇帝隆基の命令の意である。地方といえども気軽に使っては、本物の「勅命」が出たときに、効果が薄れてしまう。そこで牛仙童なる宦官が調査したところ、軽々しく使ったという下士官（白真陀羅《はくしんだら》）が、自害して詫《わ》びたという。

「幽州と言えば、節度使は確か」

「張守珪でございます」

「なるほどな。あいつも、部下が増えて苦労しおるのか。犒《ねぎら》ってやれ」

「それにつき、御史中丞《ぎょしちゅうじょう》の張利貞《ちょうりてい》が、辺境守備の模範に是非したいと、視察を願い出ております」

「そういうことなら、許してやれ」

こうして幽州の一件は落着したが、李林甫の言う皇太子問題がなかなか決着しない。それは公子瑁が、服喪以外は考慮の外《ほか》としているからだ。彼は父母への孝行の念が、人一倍強いように見受けられる。

「楊玉環のことは、いかが言うのじゃ？」

「陛下の御心が慰められるなら、いつまでもお側にお置きくださいと仰せられ」

「皇太子位の一件は言ったのであろうな？」

「はい、それを言うと、考慮の外《ほか》と」

この返事に、皇帝隆基は困っていた。皇太子の位を贈る代わりに楊玉環を侍《はべ》らせれば、息子に対して良い取引ができるからだ。だが、公子瑁の態度は「必要ならばお持ち下さい。お代は要りません」と言っているようだ。

実に、始末が悪いのである。

「このままでは、皇嗣を他の方々から選ばねばなりませぬな」

高力士は、具体的な対策を言う。それは、皇帝隆基に万一の事態があれば、唐の屋台骨を揺るがすからだ。

「どう選ぶのがいいのだ？」

「長男の琮《そう》様、次男瑛様が薨《こう》じられているのですから、三男の璵《よ》様が妥当でしょう」

高力士の意見では、元々十三男の瑁を指定することに無理があるとしている。じっくり考えれば、彼の意見の方が真面《まとも》である。

「それでも、もう一度、いや、二度でも三度でも、念を押しておいてやってくれ」

公子瑁の余りの恬淡《てんたん》さに、皇帝隆基は却って戸惑っている。

「お蔭様にて、何とか目途《めど》が付きました」

挨拶に来たのは、阿倍仲麻呂である。平群広成の帰国に、資金や人員、日取り、道程などが決まったらしい。

「何、登州《とうしゅう》から出発するか？」

登州は、山東《さんとう》半島の渤海海峡に面した町である。そこからなら、対岸の遼東《りょうとう》半島までは直ぐで、遊牧民の動きが不穏な幽州近辺を通らずに渤海国へ入れる。

渤海国は国王の大武芸《だいぶげい》が崩じ、新国王大欽茂《だいきんも》が即位したばかりであった。彼も日本との友好を促進したく思っており、平群広成一行の通過は問題なく許可された。

後は以前と同じで、日本海側を渡って帰れば、新羅を背後から牽制できる。正に平群広成の説明を、身を以て立証することになる。彼らの出発は秋になり、仲麻呂は登州まで送っていった。

彼が長安《ちょうあん》へ戻って来た頃、牛仙童なる宦官が収賄の罪で告発されていた。

「とんでもない奴だ」

賄賂が常識のこの国で、方々から厳しい非難が聞こえてくるのは、遣り方が余りにもあくどかったからだろう。また、牛仙童の次に、張利貞なる御史中丞まで槍玉に挙がった。この二人に共通するのは、最近幽州へ行ったことである。

そのような最中に、皇帝隆基の三男璵が皇嗣として冊立された。李林甫がいくら説得しても、公子瑁が服喪期間中ゆえと言い、頑として話を受け付けなかったのだ。それに加えて、楊玉環は今も皇帝隆基に侍している。

「渤海国から出港した遣唐使の帰還船が大波を受け、二艘《そう》の内一艘が転覆したとか」

そんな話が流れてきた。渤海国の大使からの話なので、信憑性は高い。だが、転覆船の乗組員やもう一艘の消息など、詳しいことは一切判らなかった。

開元二十七年（七三九年）、幽州節度使張守珪が括州《かっ》（浙江省西部）の刺史へ異動の人事があった。節度使から刺史は、大幅な降格である。牛仙童や張利貞の収賄事件の煽《あお》りを喰らってのことらしい。

いや、もともと彼が渡した大枚の賄賂が事の発端ゆえ、異動だけですめば御の字であった。張利貞も形ばかりだが流罪となり、宦官の牛仙童だけは死罪になっている。

総てを引っ剝《ぱ》がして牛仙童に引導を渡したのは、同じ宦官で武官の楊思勗《ようしきょく》であった。もう八十歳に手が届く彼は、牛仙童を宦官の面汚しと罵《のの》り、心臓を抉《えぐ》り出してその肉まで喰らったとされている。

牛仙童に名前が似ている宰相の牛仙客は、密偵を使った仕事に精を出していた。最近、彼が探ったのは、久し振りに屋敷へ戻った李瑁と楊玉環の会話であった。

「母上の喪が明けたが、最近義父殿の具合が悪いらしいのじゃ。寡人は、最後の孝行をしようと存ずるのだ」

「それは是非、そうしてくださりませ」

「おことは、陛下のお覚えめでたいか？」

「はい、侍っているだけで、貞順武皇后《ていじゅんぶこうごう》（武恵妃の諡《おくりな》）が戻って来たようじゃと仰せくださりまして」

「それは良い孝行ができた。ただ、おことさえ迷惑でなければな」

「いえ、そのようなことはございませぬ。陛下に喜んでいただければ、寿王（公子瑁）にも良きことかと存じますゆえ」

「ならば今暫《しばら》く、所望されれば必ず陛下の側へ行ってくれぬか？」

「はい、それは喜んで」

「寡人は明日から、義父殿の屋敷へ詰める。少しでも楽になっていただきたいからな」

この遣り取りを聞いた皇帝隆基は、心が晴れなかった。この際、皇嗣にもしてくれず、妃を寝取るような真似をする父を、罵ってくれた方が、遥かに気持が楽だったのだ。

55

「平群広成《へぐりのひろなり》一行は、無事出羽《でわ》の国に到着し、何とか奈良に着いたとのことです」

阿倍仲麻呂《あべのなかまろ》が嬉しそうに報告に来たのは、開元《かいげん》二十七年（七三九年）の秋口であった。

「それは好かった。渤海《ぼっかい》国副使の已珍蒙《いちんもう》も一緒だそうだな。そこもとも苦労のし甲斐があったというもので、何よりだ」

皇帝隆基《りゅうき》は、まるで我がことのように喜んでくれた。それも、仲麻呂に対する好意の表れである。同じ頃、括州《かつしゅう》へ赴任した張守珪《ちょうしゅけい》が背中に疽《そ》を病んで身罷《みまか》ったと知らせが入る。

疽とは悪性の腫瘍《しゅよう》で、項羽《こうう》の参謀だった范増《はんぞう》も、同じく背中にできた疽が原因で病没したことは有名である。

「人を食ったような空城《くうじょう》の計は、今も語り草だ。なかなかの人物であったな」

皇帝隆基は、彼を買っていたのである。牛仙童《ぎゅうせんどう》の収賄事件に関連して左遷はしたが、二年後には元の幽《ゆう》州へ戻すつもりでいた。それも、節度使としてである。でないと、東北部の異民族支配に支障を来すからだ。

皇帝隆基なる人物は、一度気に入るとそれに執着する。思春期には洛陽《らくよう》城の新潭《しんたん》の鯉から始まり、長安《ちょうあん》の隆慶池《りゅうけいち》に屋敷を構えたことなども、彼の趣味に合ったものへの徹底的な拘《こだわ》りを示している。

それは、無論のこと人にも及ぶ。姚崇《ようすう》、宋璟《そうえい》、張説《ちょうえつ》、李林甫《りりんぽ》らの宰相や、張守珪らの武将、高力士《こうりきし》のごとき側近もお気に入りなのだ。そして、阿倍仲麻呂もその中に入る。

女性なら武恵妃《ぶけいひ》が筆頭であるが、この度その面影を宿す楊玉環《ようぎょくかん》に気持が向いている。

「それは、まことか？」

またもや、牛仙客《ぎゅうせんかく》が調べた会話である。

「義父殿の病は一進一退だ。だが、もう起きあがることもできぬ。寡人《かじん》が手足にならねばな。男にしか言えぬこともあろうし」

「それで、わたくしは、いかに？」

「寡人は、夫らしいことをしてやれぬ。陛下がそなたをそこまでお望みなら、この際離縁するゆえ、正式に後宮へ入るがよかろう」

「寿王《じゅおう》の仰せなら、従うまでです」

ここまで聞いて、皇帝隆基は顔色を何度も変えた。楊玉環が来てくれるのは、確かにありがたい。だが、寿王瑁《ぼう》の言葉が癇《かん》に障る。まるで親孝行の鑑《かがみ》である。

『震旦《しんたん》二十四孝』なる話の孝行息子は、自己犠牲を顧みず親に尽くす。これは反面、親の側が無理難題を吹っかける格好のため、皇帝隆基自身が、敵役《かたきやく》の親そのものに映ってしまうのだ。

恨み言を一切口にせぬ寿王瑁は、孝行息子そのものである。不良皇族を始末したから、皇族一般は猫を被《かぶ》って大人しくしている。しかし、寿王瑁の態度は孝行を生活の一部にしているようで、態度に全く破綻《はたん》がない。

「このうえ、寿王が楊妃を離縁すれば、誰もが朕《ちん》の勅命と思おうな」

皇帝隆基は、自らが悪者になるのが不愉快だと、李林甫に託《かこ》った。

「そうかもしれませぬが、それなりの禊《みそ》ぎをおさせになれば、周辺は納得するでしょう」

李林甫には、何か知恵がありそうだ。

「ほう、朕はどうすれば良いのじゃ？」

「いえ、陛下ではなく楊妃様の方に、離縁された後、道教の女道士としての修行をしていただきましょう」

「そんな、深山幽谷《しんざんゆうこく》に籠《こ》もらせては可哀想だし、朕も逢えぬではないか！」

皇帝隆基は、もう甘えん坊か駄々っ子に成り下がっている。これも、執着するものを手に入れるため、前後の見境《みさかい》を少し無くした者の幼児後退現象である。

「我も、そのような残酷なことはもうしませぬ。長安から五〇里（約二五キロメートル）ばかり東に驪山《りざん》がございましょう。その麓に華清池《かせいち》なる温泉がございます。そちらに然るべき堂を建てて、籠もっていただきましょう」

李林甫は、既に下見をしたのか、答えが滑らかだった。

「そっ、それで朕は逢いに行けるのか？」

「大手《おおで》を振ってとは申しかねますが、夜陰に紛《まぎ》れて馬車でいらっしゃればと存じます」

修行中とは、普通なら異性を寄せ付けぬ事を前提とする。それゆえ、真っ昼間からの逢瀬は控えよとの意味である。しかし、皇帝隆基は、それすら辛いと拗《す》ねだす。

「そんなに遠くなら、毎日貌《かお》を拝めぬし、往復だけで二日は棒に振らねばならぬ。とても我慢ができぬぞ」

「なら、数日逗留《とうりゅう》されればいかがでしょう」

李林甫の勧めに、皇帝隆基は頰を崩す。

彼がこのように、物事にだらしなくなったのは、一体いつ頃からだろう。武恵妃を亡くしてからと思われがちだが、それは女性に対して節度をなくしたに過ぎない。

彼の絶頂期は遠く、武韋《ぶい》の禍《か》を鎮めて皇太子になって皇帝に即位したあたりだろう。その後、宰相を置いて政《まつりごと》を任せてから、精神が弛緩《しかん》し始めている。

開元の治とは、宰相が巧く機能した結果である。姚崇は、奢侈《しゃし》を戒《いまし》め税の軽減と農産業の育成を図った。宋璟は、公正な法の運用を明らかにした。宇文融《うぶんゆう》は土地に執着して税を徴収したし、張説は文を尊び、張九齢《ちょうきゅうれい》は皇帝権力を恐れず直諫《ちょっかん》した。

宰相のこういった特長が、皇帝隆基の精神的な不足部分を、総て埋め尽くしてくれていた。しかし、李林甫になってからは、皇帝隆基の意に迎合するだけで、政の諸問題は一切報告がいかなくなった。あるとすれば、成功裏に終わったことの事後報告だけである。

ただ、皇帝隆基が要求することは、正に痒い所へ手が届く細やかさで対応した。楊玉環にまつわることなど、李林甫の処理能力の典型的な発揮の仕方である。

「今日からは、彼女を楊太真《たいしん》と呼ぶ」

楊玉環が華清池へ入ったのは、開元二十八年（七四〇年）である。このとき前夫に当たる寿王瑁は、義父（李憲《りけん》）の看病のため泊まり込んでいた。

そのようなときに、皇帝隆基は馬車を仕立てた。無論、華清池へ行くためである。一刻ばかり費やして着くと、早速堂内へ入った。すると楊太真が盤と睨《にら》めっこをしている。

「何をいたしておる？」

皇帝隆基が訊ねても、楊太真は返事もせず一点を眺めている。不思議に思って近づくと、碧玉《へきぎょく》製の駒《こま》で相手の駒を撥《は》ね落とさんと狙っている。そして人差し指を曲げて弾《はじ》くと、敵陣地に並べられた駒が弾き飛ばされた。

「弾棋《だんき》（おはじき）をしておるのか？」

皇帝隆基に再度声を掛けられ、楊太真はようやく我に返ったようだった。

「あっ、これは陛下。気づかず失礼をば」

「どうした？　根《こん》を詰めていたようだが」

「はい、張九齢様と楊思勗《ようしきょく》殿が亡くなられたと知り、供養していた次第です」

応えられて、皇帝隆基は顔をしかめる。

「張九齢は好《い》いが、宦官《かんがん》の残酷将軍と言われた楊思勗まで祀《まつ》らずとも」

だが、ここで楊太真は譲らない。

「このような所で一人修行しておりますれば、友は羽化登仙《うかとうせん》した魂のみです」

だから、名を知っている者の死が判ると、弔《とむら》うらしい。だが、それと弾棋の関係が判らない。訊くと、盤上の駒が魂で、死ぬと弾いて外の世界に出す儀式をすると説明する。

「寿王は、我が兄（李憲）の看病に出向いておるが、薨《こう》ずれば供養するか？」

「はい、無論でございます」

56

御機嫌伺いに来た阿倍仲麻呂が、皇太子璵《よ》の屋敷へ招かれた話をした。この年（開元二十八年）孟浩然《もうこうねん》と張九齢が亡くなり、皇嗣璵は私的な追悼を催《もよお》したのである。そこへ、詩の朗読会で顔を合わせていた仲麻呂も、招待されていた。

「あいつに、そのような趣味があったか？」

皇帝隆基も、孟浩然や王維《おうい》は知っている。

かつて勧める者があり、孟浩然に詩を詠じさせたこともあった。

春眠不覺曉　（春眠《しゅんみん》暁《あかつき》を覚《おぼ》えず）
處處聞啼鳥　（処々《しょしょ》啼鳥《ていてう》を聞《き》く）
夜來風雨聲　（夜来《やらい》風雨《ふうう》の声《こゑ》）
苍落知多少　（花《はな》落《お》つること知《し》る多少《たせう》）

「春暁《しゅんげう》」と題された五言絶句《ごごんぜっく》はそこそこ好かったが、次に詠じた詩は、自らが官吏になれなかった怨《うら》みを綴《つづ》っただけで不快だった。

そのまま土産を持たせて帰したが、お蔭で詩作に対する興味は持たなかった。いや、持てなかったと言った方が当たっていよう。

それでも、せっかく仲麻呂が言うのであるから、ちょっと内容を知りたくもあった。

「皇太子の周りに来るのは、宮廷人や官僚の類《たぐ》いばかりか？」

皇帝隆基の問いに、仲麻呂は何の躊躇《ちゅうちょ》もなく、ありのままを伝える。

「はい、そこに、皇太子の賓客《ひんかく》とされている賀知章《がちしょう》なる方がおられ、変わった人物を」

「連れてきたのか。ほう、どのような？」

「それが、飲んだくれのような、世捨て人のような。ただ、詩は巧みで、賀知章殿は謫仙《たくせん》人《にん》と呼んでおられました」

「謫」とは、罪を得たの意である。すると謫仙人とは天上界で罪を得て、俗界へ降ろされた者ということになる。意訳すれば、並外れた才能の持ち主ということだ。

「そやつは、詩作が巧みなのか？」

「はい、『蜀道難《しょくどうなん》』などという詩も、蜀の桟道の険しさを詠《えい》じていますが、なかなかの出来映えでした」

仲麻呂は詩を諳《そら》んじているようだが、皇帝隆基は敢えて訊かなかった。それは、側近の高力士が咳払いをしたからだ。

「そうか、いつか機会があればな」

皇帝隆基はそう言ったが、謫仙人に会いたいのか、はたまた『蜀道難』を聞きたいのかは判らなかった。ただ、皇帝隆基に詩の話をつづけさせなかったのは、李林甫が回廊の奥からやって来たからだった。

この時代に詩作が持て囃《はや》されたのは、煩雑《はんざつ》な規則の多い詩の修辞技巧が、官僚登用試験たる科挙《かきょ》の一部とされていたからである。これに受かったのが、宋璟や張説、張九齢ら科挙官僚で、恩蔭《おんいん》系の李林甫と仲が悪かった。

開元二十九年（七四一年）寿王瑁に看取られながら、李憲が薨去《こうきょ》した。皇帝隆基は、この兄に譲《じょう》皇帝なる諡《おくりな》を献上して恵陵《けいりょう》へ葬った。また、既に他界していた元妃にも恭《きょう》皇后とした。総ては皇帝の扱い並みであった。

これは、喪に服する寿王瑁への心遣いとも取れる。更に深読みすれば、嫁を寝取った父親の、懺悔《ざんげ》とも言い訳とも解釈できた。

葬儀が終わると、寿王瑁は恵陵の麓《ふもと》に小屋を建てて、暫く喪に服することになる。質素な衣食住の生活に堪え、亡き義父を偲びながら自ら墓の掃除などの維持管理をするのである。

「では、華清池へ行くか」

兄李憲を弔う儀式で何ヶ月かが過ぎ、久し振りに楊太真の所へ出かけた。お堂の彼女がしていたのは、弾棋ではなかった。李憲の魂を弾く儀式は、疾《と》くに終わったのだろう。

彼女は手に矢を持って、少し離れた壺めがけて投げていた。長安で流行の、投壺《とうこ》という遊びである。矢の鏃《やじり》の部分を球状の木にしたものを、壺へ投げ込む遊びである。

「そのような物、朕《ちん》は与えた覚えはないが」

「家族が、持ってきてくれました」

「そうか。母者《ははじゃ》か？」

「はい、母や姉や妹らでございます」

楊太真が華清池にいることは、最早公然の秘密である。そう言えば、酒樽まであるようだ。これも姉や妹からの差し入れなのか？　皇帝隆基が問うと、意外な応えが返ってくる。

「それが、営州都督の安禄山《あんろくざん》なる方から届けられました。御存じのお方でしょうか？」

言われて、皇帝隆基は記憶の底を浚《さら》ってみた。すると五年ばかり前、張九齢と言い争っている最中、塀の丸い出入り口付近にいた高力士から、急に紹介された雑胡《ざっこ》（異民族同士の混血）の部将を思い出す。確か張守珪の養子という触れ込みで、楊太真との容貌の共通点も、密かに見出したものだった。

「ああ、奴はきっと、朕へ礼がしたかったのだろう。いいから貰っておけ。何なら、おこの姉妹にでも分けてやれ」

楊太真は歓声をあげて喜びを露わにしたとき、皇帝隆基は投壺用の矢を取って壺にめがけて抛《ほう》った。すると紛《まご》うことなく、一本が壺に吸い込まれる。

「あら、お美事《みごと》」

楊太真に褒められ、それだけで皇帝隆基は気持がとろけだした。

「では、温泉へ参りましょう」

楊太真が少し頬を赤らめて言うと、皇帝隆基は判断力を喪った子供のように彼女の後を付いていった。

華清池には確かに温泉が湧《わ》きだしており、この頃には平らな石を敷き詰めた湯船ができていた。これは二人専用で、庭池程度の広さと深さがあった。

このような戯れは数日つづき、皇帝隆基は政務のため長安へ戻る。だが、また数日後には彼女が恋しくなって、数日滞在するのだ。馬車の行き来は夜間に行われたが、一年も経《た》つと面倒だとばかり、陽《ひ》がある内に小さな鹵簿《ろぼ》（皇帝の供揃い）が通化門を出ていくようすを、都人士は何度も目撃していた。

「朕はのう。楊太真が道教の修行を始めたのを機に、道教政策を実施する。手始めに、我が先祖老子《ろうし》を崇《あが》めるために、全国に老子廟を建てておる」

道教とは無為自然を説いた老子や荘子《そうし》を元祖として、張道陵《ちょうどうりょう》が体系化した宗教である。また、老子たる李耳《りじ》には、唐朝（李氏）の源《みなもと》とした家系図が作られている。唐の皇族は鮮《せん》卑《び》（古代アジアの遊牧民族）の血筋であり、無論のこと偽造だ。

「仏門は、排撃なさるのですか？」

楊太真が言うのは、自らの名である玉環が、蓮の葉で丸くなる水玉を思わせ、仏教の心象を気にして訊いてみたのだ。

「お祖母様《ばあ》（則天武后《そくてんぶこう》）が、仏門を好いように使われて、自らの権力基盤を築かれた。だから、朕は別の道を歩みたいのじゃ。但し、密教は邪気封じとして使えるぞ」

皇帝隆基の道教贔屓《びいき》は、確かに今始まったことではない。だが、熱心な信徒ではなかった。これは、楊太真を道教の道士にしてからの、取って付けたような変化である。

更に愕《おどろ》いたことは、ここまでつづいた栄《は》えある開元なる元号を、皇帝隆基は変更するつもりでいるのだ。

「総ておことのためだ」

そう言いかけて、皇帝隆基は言葉を呑み込んだ。喪に服している寿王瑁に引け目を感じたからである。

57

翌年は、天宝《てんぽう》元年（七四二年）と改元された。これも道教ゆかりの言葉とされている。

全国には崇玄学《すうげんがく》なる道教の学校が造られ、自らの尊称も開元天宝神武《じんむ》皇帝とした。

これとは別に皇帝隆基は、宮殿の裏にある禁苑《きんえん》（皇帝専用の庭）の梨が植わった場所を使って、楽隊や俳優を熱心に養成している。

それは、かつて趙麗妃《ちょうれいひ》が優秀な伎人で踊りが上手だったごとく、皇帝隆基の即位した頃から始まっていた。

胡人の楽団を入れて、愉《たの》しく芸能合戦したのも、そのような施設（梨園《りえん》）があったからだ。皇帝隆基は、これも連日真面目《まじめ》に働く儒教精神から、道教の自然に遊ぶ考えに通じると、ここに至って牽強付会《けんきょうふかい》している。

春のある日、高位の任官者へ印綬《いんじゅ》を渡す儀式に臨んだ。皇帝隆基は、居並ぶ節度使や都督らの中に、記憶にあった愛嬌顔の太った男を見つける。彼こそ、楊太真に修行中の陣中見舞いと称して付け届けする安禄山だった。

彼女から、彼の熱心な贈答を聞いたので、牛仙客に調べさせた。すると、様々なことが報告された。幽州節度使だった張守珪の養子だったことと、部将としてそこそこの成果を挙げているのも、以前のとおりだった。

だが、張利貞《ちょうりてい》や牛仙童らに賄賂《わいろ》を贈ったのは、概《おおむ》ね彼らしいと判った。厳しく言えば、違法の権化である。しかし皇帝隆基は、特段《とくだん》嫌悪感を催さなかった。それは、優秀な者が世に出るための手段と解釈したからだ。

尚《なお》も、財を持っている者が、持たざる者に恵んでいる感が強い。処刑した牛仙童は、持っていない者にも賄賂を催促し、無理矢理搾《しぼ》り取っていった。それゆえ、皇帝隆基はその卑《いや》しさを憎んだのである。

「あやつを、朕の別室前まで連れて参れ」

高力士に告げると、彼は宦官の辺令誠《へんれいせい》に命じた。皇帝隆基は高力士と一緒に、そのまま別室へ向かう。暫《しばら》くすると、平盧《へいろ》節度使（営州周辺の軍事権と行政権を持つ）印綬を帯びたままの安禄山が、辺令誠に先導されながら汗を拭き拭きやってくる。

そして回廊の先に皇帝隆基がいると見て、恐縮の態《てい》で拱手《きょうしゅ》し身体が一段と丸くなる。太った彼がそのような格好になると、まるで大きな鞠《まり》を思わせて、余計に愛嬌《あいきょう》があった。

「よい。堅苦しい挨拶は抜きじゃ。一緒に付いて参れ」

皇帝隆基はそう言うと、さっさと先を歩きだす。安禄山はおどおどしながら、高力士に促されて付いてきた。彼らは回廊を通り、宮城の北にある塀に囲まれた西内苑《せいだいえん》へ入る。それでも皇帝隆基は、更に塀の門を潜《くぐ》って西側の梨の林が拡がる苑へ出る。

「これは、また……！」

初めての安禄山は、思わず驚きの声をあげている。美しく手入れがなされ、遠くから楽器の旋律や歌い声も聞こえる。

「聞くところに拠《よ》ると、おまえは胡旋舞《こせんぶ》が得意だそうじゃな？」

皇帝隆基が言うのも牛仙客の報告だが、安禄山は黙って拱手した。それなりに自信があるからだろう。そこで梨園を仕切っている雷海青《らいかいせい》を呼び、楽士と胡姫《こき》を集めさせる。

楽士の李亀年《りきねん》や賀懐智《がかいち》、馬仙期《ばせんき》らと胡姫たちがさざめきながらやって来る。

「さあ、皆、用意はいいか？」

彼らは初めて見る安禄山の何となく剽軽《ひょうきん》な表情に好意を抱く。そして、太った彼が胡姫と一緒に胡旋舞をすると聞いて、楽器を調整したり身体を解《ほぐ》しながら不安そうに見る。

「では、胡旋舞の曲を奏でて、胡姫に舞わせます。節度使閣下は、どこからなりと御随意にご参加ください」

雷海青の言葉で演奏が始まり、胡姫が舞い始める。皇帝隆基はそれらを眺めてから、安禄山に視線を遣《や》る。すると何の躊躇《ちゅうちょ》もなく、安禄山は胡姫の近くに寄り、彼女たちの振り付けを真似ている。

暫くはゆっくりしていたが、やがて骨《こつ》を摑《つか》むと彼女たちに付いて踊った。動きが烈《はげ》しくなっても、片脚を挙げる動作にも、突然止まって軸足に力を入れて逆回転する動作も、胡姫たちに遅れず舞いを全うした。

「美事じゃ」

皇帝隆基の褒め言葉に、雷海青も拍手を送っていた。李亀年や賀懐智、馬仙期も、胡姫たちも同様だった。

皇帝隆基は、噂以上の舞いだと安禄山を大いに買った。彼なら、宮中の宴会で余興に出しても、巧く仕切ってくれそうに思った。

「今日は、これから朕と呑んで、故郷へ帰るのは明日以降にせよ」

言われた安禄山は、拱手して跪《ひざまず》いた。

「ありがたき幸せ。出立《しゅったつ》は、明後日です」

皇帝隆基は特に言わなかったが、安禄山は帰りに必ず華清池を訪れると思っていた。それにつけても、二人の容貌が共通するのは、ソグドの血が入っているからだろうか。

皇帝隆基は邪気封じのため、密教も信仰すると息巻いていた。その証明のためか、長安には資聖寺《しせいじ》、大薦福寺《だいせんふくじ》、大慈恩寺《だいじおんじ》と三宇《う》も建立されていた。

「密教の、邪気を祓う霊験《れいげん》は灼《あらた》かじゃな」

皇帝隆基が言うのは、西方の突厥《とっけつ》が大挙して帰順を乞《こ》うてきたことだ。辺境の節度使が西方の騎馬民族回鶻《ウイグル》に穀物を与え、背後から攻撃を加えさせたかららしい。

だが、策戦の詳細は皇帝隆基には伝えられず、降服してきた可汗《かがん》らと会見の場が設《しつら》えられただけだった。

「唐の御威光のもと、われらは御慈悲に縋《すが》りたく存じます」

しおらしく挨拶する彼らは、回鶻に帰属するより唐の方が増しと思っているだけだ。だが皇帝隆基は、喜色を表して花萼相輝楼《かがくしょうきろう》で友好の宴席まで設けてやった。

梨園の楽団演奏と胡姫の舞い、俳優の演劇などもあって、宴会も和やかに終わった。お開きになると、全員が起立して拝礼する。

「陛下が、お立ちになります」

通る声で、退席を儀式のように進行する者がいる。彼は鞭《むち》を小気味良く鳴らして馬の轡《くつわ》を取って抑え、皇帝隆基が帰るのを見送る。その態度が清々《すがすが》しいのだ。それはその日ばかりではなく、何日か前、勧政楼《かんせいろう》で音楽会があったときも、同じ声が響いていた。

「あれは、誰だ？」

「兵部侍郎《へいぶじろう》（国防担当の次官）の盧絢《ろじゅん》でございます」

高力士が応えると、皇帝隆基は口角を上げた。気に入って、宰相に登用するつもりだ。

このことは、周囲にいた宦官から李林甫に伝えられる。すると、彼は苦虫を噛み潰す。

数日後、彼から宮廷の別室へ呼ばれた者がある。盧絢の息子たちである。

「陛下は、そこもとたちの父上を買っておられ、交《こう》州（ベトナム北部）の刺史に欠員ありと仰せだ。遠すぎると断れば、後々の出世はないだろう。どうかな、ここは詹事《せんじ》（皇室の世話係）になって洛陽の職務を分掌するのが賢明だと存ずるがな」

李林甫に言われては彼らは言葉を返せず、「宜しく、お引き回しを」と言うしかない。

こうして李林甫は皇帝隆基に会ったとき、何気なしに言う。

「兵部侍郎の盧絢は有能ですが、内臓疾患があるとか申します」

そこで皇帝隆基は、彼を詹事員外郎《いんがいろう》（補佐官）とした。これは、李林甫が競争相手を陰謀に引っ掛けて葬った例である。

他にも厳挺之《げんていし》を引き立てようとしたとき、やはり弟の厳損之《げんそんし》を呼びつけ、皇帝隆基が兄に会いたがっているから、病気を理由に帰郷させてはどうかと、親切ごかしに言った。

「厳挺之は病気療養が必要です」

彼は皇帝隆基にこう報告し、名目だけの役職を与えて左遷する。このような手口で蹴落とされたのは、他に斉澣《さいかん》などもいた。皆、将来を嘱望されていたが、李林甫は彼らを決して皇帝隆基に会わせなかった。

これが、「口に蜜あり、腹に剣あり」と評された李林甫なる宰相の実体である。

58

「安平盧《あんへいろ》節度使（禄山《ろくざん》）が、美事《みごと》に群蝗《ぐんこう》を退治したと報告が参りました」

天宝《てんぽう》二年（七四三年）、皇帝隆基《りゅうき》は安禄山の名前を聞くと、なぜかそれまでの蟠《わだかま》りのある気持が解《ほぐ》れる。それは、彼の存在そのものが、一種の癒《いや》し効果があったからだ。

太って愛嬌のある表情が、和《なご》みをもたらすのである。自分より皇帝隆基に気に入られそうな人物がいると、いつも蹴落としてきた李宰相《りさいしょう》（林甫《りんぽ》）ですら、安禄山だけは別格として扱ってきたのだ。

今回の成果も「表彰すべき」と、率先して褒《ほ》めている。

「では、驃騎将軍《ひょうきしょうぐん》の称号を与えよう」

皇帝隆基が言うのを、李林甫は諸手《もろて》を挙げて賛成した。それは決して、賄賂《わいろ》攻勢の力だけではない。安禄山の何となく憎めぬ、人としての魅力であった。

ただ、このときの李林甫は、少しばかり窮地《きゅうち》に立っていた。それは、前年の科挙《かきょ》で不正の疑いがあり、部下が関わっていたらしいからである。

皇帝隆基の蟠《わだかま》りも、そこにあったのだ。

事件は、少し込み入っている。

御史中丞《ぎょしちゅうじょう》で、皇帝隆基に気に入られている張倚《ちょうき》なる人物がいる。それだけでも、李林甫から疎《うと》まれそうだ。しかし、皇帝隆基の信任が篤《あつ》いので、それに肖《あやか》ろうと擦り寄っていった人物がいた。

それが李林甫子飼《こが》いの、宋遥《そうよう》と苗晋卿《びょうしんけい》の二人だった。

ここで問題は、張倚の息子張奭《ちょうせき》である。

彼は騎射、弾棋《だんき》（おはじき）、投壺《とうこ》など何でもござれの遊び人で、決して、科挙に受かるような男ではない。しかも首席での及第となり、ますます嫌疑が深まった。

だが、何の証拠もない。試験問題の担当官は、李林甫の部下宋遥と苗晋卿であった。万一、彼らが張倚からの依頼で不正に関わっていたと判明すれば、李林甫にも監督責任が及ぶのは必定《ひつじょう》だ。

二人はそこまで見越して、不正が追及されぬと高《たか》を括《くく》ったようだ。このまま不問に付されれば、唐《とう》政府の沽券《こけん》に関わる。李林甫にしても張倚の勢力が拡大して、宮廷内の勢力均衡が崩れるのを恐れる。

皇帝隆基も、科挙に奇妙な結果が出たという一件は聞き及んでいる。だが、どう解決するかは悩んでいた。しかし、とにかく安禄山の表彰式は挙行した。

太った節度使が恐縮して、将軍位の勲章や記念品などを受け取る姿は愛嬌そのものだった。皇帝隆基は、つい笑いを誘われる。しかも今回の表彰は、安禄山のためだけに行われていたのだ。

とにかくこの男は、竿竹《さおだけ》を組んで布や筵《むしろ》を巻き付けたり吊《つる》したりした。そこへ、油を染みこませて火を放って蝗虫《ばった》を焼き殺し、黐《もち》を塗って蝗虫を付着させて退治したらしい。

だが、皇帝隆基が一番訊きたかったのは、蝗虫を落とすために安禄山が最後に唱えた呪文の内容である。

「ところで、おまえ護摩《ごま》を焚《た》いたと言うが、どのようなことを祈ったのだ？」

このとき、李林甫も高力士《こうりきし》もやや離れて控えていた。皇帝隆基は、この二人にも遣《や》り取りを聞かせたかったようだ。

「臣・禄山の心が邪《よこしま》であるなら、蝗虫どもに五臓六腑《ごぞうろっぷ》を喰い尽くさせたまえ。もし、大日《だいにち》如来《にょらい》の御心《みこころ》に適《かな》うのであれば、この群蝗を追い払いたまえと、唱えておりました」

皇帝隆基はその効果を身を乗り出して聴いていた。呪文が効くのであれば、楊太真《ようたいしん》への悪意は総て撥《は》ね返せるからだ。

「はい、大日如来からの使いでありましょうか、鳥どもが大群にて飛び来《きた》って、蝗虫どもを片っ端から嘴《くちばし》に掛けてございます」

「そうか。そうであろう。それが、密教の極意であるな」

「御意《ぎょい》」

周囲は、当意即妙に応えて衣服を正している安禄山に、感心しているようだ。だが、一番感動していたのは、楊太真を思う皇帝隆基自身だった。

「明日、そこもとを連れて行きたい所があるから、今宵は宮中に泊まれ。宿直《とのい》ということにすれば、問題なかろう」

皇帝隆基はそう言うと、高力士を呼んで意を伝える。輔璆琳《ほきゅうりん》や辺令誠《へんれいせい》らが用意に奔《はし》る。

皇帝隆基は、李林甫が安禄山に流す視線を感じた。丁々発止《ちょうちょうはっし》と言葉を交わす安禄山に、まさか憧れているわけでもなかろうに、一寸気になる仕草だった。

翌日、皇帝隆基は略式の鹵簿《ろぼ》を仕立てた。数百人の近衛兵騎馬部隊が前後を固めて付いてくる。通化門から出て行くので、行き先は華清池《かせいち》だと誰にも直ぐに判った。

皇帝隆基が中央の黄屋車《こうおくしゃ》（皇帝専用車）に乗り、直ぐ後ろの馬車は安禄山用である。もう、夜陰に乗じた微行《びこう》ではなく、太陽の高い日中に堂々と行くのである。途中、漕渠《そうきょ》で穀物を満載した船の行き来が見えて、皇帝隆基は懐かしい思い出を蘇《よみがえ》らせる。

漕渠は運河である。江南《こうなん》などから洛陽《らくよう》へ集まる穀物を、長安《ちょうあん》へ運ぶため開設したのだ。飢饉騒動の反省からで、韋堅《いけん》に担当させ二年掛けて完成させた。この男の妻と李林甫の妻は姉妹で、彼らは義兄弟の関係となる。

漕渠が完成したとき、皇帝隆基は長安城内の春望楼《しゅんぼうろう》から開通式を眺めたものであった。多大な費用と労力を費やしたが、これのお蔭で飢饉の懸念は払拭《ふっしょく》された。

行列は左に折れて、黄屋車と安禄山を乗せた馬車は、開放された門前に横付けされる。安禄山のよく見知った華清池である。

「さあ、こちらへ来い」

皇帝隆基は、馬車から降りてもじもじしている安禄山を呼んだ。彼は太った身体を揺すって門前の階段を上った。舞踏が得意なだけあり、見かけの割には軽快な動作である。

「これ、太真。出てきなされ」

皇帝隆基の声は堂の中へ響いたが、身繕《みづくろ》いに時間がかかるらしく、彼女は出てこない。

「これ、太真。お客人じゃ」

再度声を掛けられて、ようやく彼女は出てくる。髪は垂《た》らして後ろで束ね、着ている物は、黒い道士の作業着のようで至って質素である。安禄山は、自分との容貌の共通点を準《なぞ》っているようだ。

「いつも、土産を差し入れてくれていた平盧節度使の安禄山じゃ。この度は華々しい武勲に免じて、驃騎将軍を名告《なの》らせておる」

紹介された楊太真は、花が咲いたような笑顔になる。

「あなた様でしたか。いつもお気遣いいただいて、恐縮でございます」

このような社交儀礼がつづいた後、楊太真に料理させて差し向かいとなった。

その後、呪文の話になり、その霊験《れいげん》から他に判ったことはないかと質《ただ》される。

「宮中のことでしたら一つ判りました」

安禄山が言うと皇帝隆基の目が鋭く光り、先を促す。

「大日如来が宣《のたま》うには、前回の科挙には不正があったと。みどもには、しっかりとそのように聞こえました」

「やはり、そうか」

安禄山の言葉に、皇帝隆基は疑いを確信に変えたようだ。これから、徹底的に洗おう。

「お願いがございます」

ここで安禄山が平身低頭して言葉を継ぐ。内容は、李林甫の救罪であった。

59

天宝三載《さい》（七四四年）、この年から年次表記が「年」から「載」に変えられている。皇帝隆基が、道教へ傾倒し過ぎた結果である。それも総て、楊太真を自らの側室に迎えるための正当化と験《げん》担《かつ》ぎであった。

ところで、春には人事異動がある。ここで話題になったのは、平盧節度使の安禄山が、范陽《はんよう》節度使をも兼ねるということだ。双方とも、現在の河北《かほく》省東北部と遼寧《りょうねい》省西部辺りであるから、彼の出身地に近い。

当時は遊牧騎馬民族が跋扈《ばっこ》していた所で、彼のような雑胡《ざっこ》（異民族同士の混血）の実力者が、顔を利かせられて唐に貢献できる土地柄である。それに、李林甫や高力士にも好かれ、皇帝隆基の寵篤いとあれば、正面から反対する者などいない。

おまけに、どこでも金離れが良く、これはという人物には賄賂攻勢を掛けて、剽軽《ひょうきん》な人柄が敵を作らない。どこまでも、出世に長《た》けた人物と言える。

今回の任官式に、安禄山は家族や同僚の部将まで連れてきた。自らの息子三人と長身の副将史窣干《しそっかん》と息子、それに部将の阿史那《あしな》オルホらである。

すると皇帝隆基は、彼らに名を与えた。

安禄山の息子は、慶宗《けいしゅう》、慶緒《けいしょ》、慶恩《けいおん》。史窣干と息子には、思明《しめい》、朝議《ちょうぎ》。阿史那オルホには承慶《しょうけい》といった具合だった。

この特別待遇は、宮廷人や大臣、高官らの間で噂になったが、あっと言う間に興味は他へと移った。華清池で修行中の楊太真が、遂に長安へ戻ってくると噂が立ったからだ。

楊太真は修行の五年が過ぎ、彼女は別格の扱いで宮城内に太真宮を宛《あて》がわれた。遂に、正式な後宮の一員となったのである。こうして皇帝隆基は、晴れて公に楊玉環《ぎょくかん》と相見《あいまみ》えることができるのだ。

この年、皇帝隆基は遂に還暦を迎え、彼女は二十五歳になっていた。

太真妃なる姫妾《きしょう》の一人となった彼女と正式に逢うとき、奏でられた曲が『霓裳羽衣《げいしょううい》』である。新参者ゆえ一番身分の低い才人の位ではあるが、彼女に対する扱いは、もう既に皇后並みであった。そして、その出自因縁を知らぬ者は誰一人としていない。

後宮の一員となって、回廊を歩く彼女の姿には、同じ姫妾たちも一目措《お》いて接した。それは皇帝隆基の寵愛を独占しているだけではなく、妍《けん》を競っても遠く及ばないとの諦めがあったからだ。

そのようすを脂下《やにさ》がって眺めながら、皇帝隆基は顔立ちが共通する太った節度使を思い出した。

「李宰相（林甫）だけは」

安禄山がこのように彼を庇《かば》ったのは、李林甫の引きがあって節度使に成れたことを、そのまま裏書きしている。これも賄賂漬けの一端だが、皇帝隆基は、それはそれで安禄山の義理堅さだと大目に見ていた。

依怙贔屓《えこひいき》とは、このような実態を言う。

皇帝隆基は、科挙の首席及第者張奭《ちょうせき》を呼ぶ。その部屋で、直々に口頭試問を行ったのだ。無論、二人だけではない。宰相と呼ばれる大臣や、担当の官僚も同席している。

「孔門十哲《こうもんじってつ》と呼ばれる人物の、姓名と字《あざな》は何というか？」

「…………」

「鼓腹撃壌《こふくげきじょう》とは、どういう意味か？」

「…………」

「漢の武帝が匈奴《きょうど》を討伐した後、疲弊した経済状況を立て直した経済官僚の名は？」

「…………」

このような状態で、張奭は何一つ答えられなかった。無論、科挙のときと全く同じ問題も紛れさせたが、張奭の解答は全滅だった。これで試験については、宋遥と苗晋卿が前以《まえもっ》て解答を教えたと知れ、当然ながら張奭は不合格となった。

　また父親の張倚は、宋遥や苗晋卿ともども僻地《へきち》へ左遷され、中央から消えた。問題は、担当官を監督すべき李林甫の処分である。

「李宰相（林甫）のお蔭で、朕《ちん》は楊太真に逢えた。その男が一寸した過失があったとて、罪になど落とせるものか。だが、それでは他への示しがつかぬ。暫《しばら》く謹慎処分とする」

　安禄山が頼んだとき、皇帝隆基はこのように応えた。安禄山は、更に「なにとぞ。なにとぞ」と、這うばかりの姿勢で懇願しつづけた。すると、皇帝隆基の口が開く。

「楊太真の修行は、今年一杯で明ける」

　安禄山の鼓膜は、そのような空気の振動を捉えた。その言葉の意味を、彼は咄嗟《とっさ》に理解する。今年一杯とは、その時点でもう後一ヶ月余りだったからだ。

「あれが正式に入内《じゅだい》すれば、特赦を出す」

　だが、楊太真云々を正式な理由にはできないはずだ。老子廟《ろうしびょう》が、全国に千基できた記念とでもするのだろう。

　とにかく薄氷を踏む思いだったようだが、安禄山は李林甫に恩返しの一つもできたらしい。しかし普通なら、皇帝隆基はなぜ安禄山が、科挙の不正を知っていたか疑問に感じるはずだ。

　だが、彼は道教や密教の邪気《じゃき》封じを信奉していたため、護摩を焚いた呪術《じゅじゅつ》に誤魔化されたのである。科挙の不正を言い募った安禄山は、内心冷や冷やしていたはずだ。試験問題の漏洩疑惑《ろうえいぎわく》は、宮廷内の最大機密事項で、当然ながら箝口令《かんこうれい》が敷かれていた。だから、宮廷関係者でも知らぬ者が多かったのである。

にも拘わらず、平盧にいる安禄山が、李林甫が窮地に陥っている一件を知ったのは、

「驃騎将軍に任ずる」表彰を知らされたときだった。

使いの蘇孝韞《そこううん》が、話してくれたのである。それは、李林甫からの救援要請でもあったのだ。皇帝隆基の寵愛深い安禄山なら、きっと巧い一手を考えてくれると。

安禄山は、美事その期待に応えたことになる。一方、皇帝隆基は、その辺の事情を全く知らなかったのだ。

安禄山が幽州《ゆうしゅう》へ帰った頃、皇太子璵《よ》が珍しく詩人を宴会に呼びたいと申しいれてきた。

「寡人《かじん》の屋敷に出入りしている謫仙人《たくせんにん》なる詩人がおります。一度、詠じる機会を与えていただけませぬか？」

記憶にある二つ名だと思った。それは確か阿倍仲麻呂《あべのなかまろ》から、皇太子璵の屋敷のようすの一部として聞いたのだ。彼も謫仙人の作詩能力を褒めていた。

「おまえが推薦するのなら、興慶宮《こうけいきゅう》の沈香亭《ちんこうてい》で牡丹《ぼたん》の観賞会が近々あるから、そこへ呼んではどうかな？」

皇帝隆基は評判に釣られてそう言ったが、思いも掛けぬ事態となる。

当日、その男は参内《さんだい》したとき、既に酔っ払っていた。だが、ここへ来るのは皇帝隆基の

招待者という形を取っているので、無下《むげ》に叱責もできない。

彼は酔って足下《あしもと》が覚束《おぼつか》ず、座り込んで高力士に靴を脱がせろと命じている。

「あれが、謫仙人と言われる李白《りはく》か」

呆れている声が、愛馬照夜白《しょうやはく》に跨《また》がった皇帝隆基の耳に自然と入る。

「どうかな、李白。牡丹と太真妃を題に、詠じられるか？」

輦台《れんだい》の太真妃の貌《かお》が曇っていた。

60

其の一
雲《くも》に衣裳《いしやう》を想《おも》ひ　花には容《かたち》を想ふ
春風《しゆんぷう》檻《かん》を払《はろ》ふて　露華《ろか》濃《こま》やかなり
若《も》し羣玉山頭《ぐんぎよくさんとう》に　見るに非《あら》ずんば
会《かなら》ず瑶台月下《えうだいげつか》に　向かつて逢《あ》はん

其の二

一枝《いっし》の濃艶《のうえん》　露香《つゆかを》りを凝らす
雲雨巫山《うんうふざん》　枉《ま》げて断腸《だんちよう》
借問す漢宮　誰か似たるを得たるか
可憐《かれん》の飛燕《ひえん》　新粧《しんしやう》に倚《よ》る

其の三
名花傾国《めいくわけいこく》　両《ふた》つながら相歓《あひよろこ》ぶ
長《とこ》しへに君王《くんわう》の笑《わら》ひを帯びて看《み》るを得たり
春風無限《むげん》の恨み解釈《かいしやく》して
沈香亭北欄干《ほくらんかん》に倚《よ》る

これが『清平調詞《せいへいてふし》』という三部作で、李白は酔いに任せて一挙に詠みあげた。終わった途端、輦台にいる太真妃の眉根に皺《しわ》が寄る。愛馬で先を行く皇帝隆基は近づけず、代わって高力士が事情を訊いた。

太真妃は、彼に耳打ちしている。皇帝隆基には出来の良い詩に聞こえたが、後で彼女の苦情を聞いて愕《おどろ》いた。

それは「瑶台」、「巫山」、「飛燕」、「傾国」の語句四つに対してだ。

瑶台は、殷《いん》の紂王《ちゅうおう》が美女を集めた所。巫山は戦国時代に楚《そ》の懐王《かいおう》が、夢で仙女と契《ちぎ》った所。飛燕は前漢成帝《せいてい》の皇后で最期は自害。傾国は前漢武帝《ぶてい》の愛妾李夫人《りふじん》のことだが、国を滅ぼす意が籠められている。

暴君や結ばれぬ恋に不吉が二つでは、いくら自分を褒めてくれたつもりでも、彼女としては受け入れられまい。皇帝隆基は、彼女の気持を慮《おもんぱか》るとともに、即座にここまで反応した知識の深さにも驚嘆していた。

このことは、高力士が自らの判断として、李白に伝えた。酔っ払った末に、靴まで脱がすのを手伝わされた皇帝隆基側近の宦官《かんがん》は、怒りを込めて詩への不興を言い渡すのだ。時と場合によれば、処刑になったかもしれない。今回は皇帝隆基からの招待と、皇太子瑛の推薦があったということで、皮一枚の差で首がつながったといえよう。

李白は、皇太子瑛に付いてしばらく宮廷に出入りしたようだが、誰にも相手にされず、とうとう姿を消してしまった。噂によると、同じく詩作の会で知り合った阿倍仲麻呂の所に、居候《いそうろう》宜しく転がり込んでいるという。

その頃、皇太子瑛は皇帝隆基への詫《わ》びなのか、「亨《こう》」と変名する。それは身を一新して、妃を娶《めと》るためと判った。そして紹介された相手は、漕渠の開鑿《かいさく》で名を挙げた韋堅の娘であった。韋堅は、李林甫と妻同士が姉妹という官僚である。

相前後して、また婚儀の知らせが届く。

「喪が明けましたので、嫁を迎えます」

そう言って、許嫁《いいなずけ》たる韋昭訓《いしょうくん》の娘を連れて挨拶にやって来たのは、寿王瑁《じゅおうぼう》だった。その案外颯爽《さっそう》とした青年の姿に、皇帝隆基は胸を突かれる思いだった。

「そっ、そうか。それはめでたいのう」

婚儀は翌年と言われて、言葉を詰まらせながら祝うのが、父たる皇帝隆基としては精一杯の返礼だった。それに対し、寿王瑁は背後に控える許嫁と深々と拱手した。

皇帝隆基が気にするのは、寿王瑁の心である。自分が嫁を寝取ったことを、この息子は本当に許しているのか、心の底の底で父を憎んでいるのか、さっぱり判らなかった。

皇帝隆基は彼に判らぬよう、帰りの回廊で寿王瑁らと太真妃が偶然を装って擦れ違うよう、宦官に言いつけた。そして、いざ寿王瑁が許嫁を連れて帰る段になった。

「これは太真妃殿。これなるは、わが許嫁の韋妃でございます。お見知りおきを」

寿王瑁は彼女に対し、元夫の態度は微塵《みじん》も見せない。それは太真妃も同じで、他人行儀な挨拶を、ごく自然に交わし合っていた。

二人が帰った後、皇帝隆基の身体はびっしょり汗を掻いている。

「あら、どうなさいました？」

太真妃に言われ、今度は心臓が早鐘のごとく鳴っていた。

それから数ヶ月後、また安禄山の手柄が報告されてきた。遊牧騎馬民族の契丹《きったん》や奚《けい》の不心得者どもを征伐したというものだ。

十年ほど前の飢饉のおり、洛陽への往復に紛れて不良皇族を何人か始末した。彼らの娘は、そのあと和蕃公主《わばんこうしゅ》として遊牧民族の王たちへ嫁がせていた。彼らが、唐の皇族との婚姻を望んだからだ。

ところが、彼女たちは輿入《こしい》れしたものの、今は行方不明になっている。それを安禄山に調べさせると、和蕃公主たちは遊牧民族の間で、物々交換の材料にされていたと判った。

つまり、彼女たちが厄介払いで塞外《さいがい》へ飛ばされたと、遊牧民族は屈辱を感じたのだ。

それにしたところで、物として扱われては唐の沽券に関わる。そこで、公主たちを蔑《ないがし》ろにした者どもを捕らえて処刑したわけだ。

「さすがに禄山。やりおるな！」

皇帝隆基は、また彼と呑みたくなった。

天宝四載（七四五年）、太真妃に貴妃《きひ》の位が与えられた。その儀式には、既に娶った皇嗣亭や寿王瑁も、正妻たる妃と共に見守る。また、末席には安禄山も連なっていた。

こうして世界三大美人の一人、楊貴妃の名が誕生したのである。

皇帝隆基は、遂に彼女を後宮の支配者に押し上げた。それでも皇后位を諦めたのは、息子への負い目があって朝議に懸けられなかったからだ。

また皇嗣亭は、それらに余り触れたくないので、皇帝隆基の側へはほとんど顔を出さない。彼がよく話し込む相手は、舅《しゅうと》で漕渠を開鑿《かいさく》した韋堅や河西《かせい》及び隴右《ろうゆう》節度使を兼任する皇甫惟明《こうほいめい》らである。しかし、これまで三人一緒に呑むことは、まだ一度もなかった。

そのように報告してくるのは、牛仙客《ぎゅうせんかく》であった。皇帝隆基は、皇嗣亭を探れとは命じなかった。それでも細々と教えてくれるのは、牛仙客の自主性と解釈していた。

「あいつが、都へ顔を出しておるのなら」

そう言って皇帝隆基は、安禄山を呼んで小さな宴会を考えた。同席させるのは、無論楊貴妃や高力士であるが、彼女の姉も同席させることにした。

梨園の楽団も揃えて速い旋律の胡旋舞《こせんぶ》を奏でさせると、安禄山が器用に踊る。それを見ていた楊貴妃の姉は声を上げて笑っていた。これは安禄山が、楊貴妃の血縁者と初めて顔を会わす場となった。

安禄山が幽州《ゆうしゅう》へ帰ってから半年程して、大きな事件が起こる。

皇太子亨が韋堅や皇甫惟明と、初めて料亭で酒宴をした。漕渠の開鑿者と節度使なる軍閥と話すのであるから、食糧の運搬法や大軍の移動方法に話が及ぶのは当然だ。

ところが別室で、聞き耳を立てていた者がいたのだ。そのことは牛仙客に訴えられる。

「謀反でございます。食糧の運搬と大軍の移動など、謀反以外考えられませぬ」

こうして韋堅は処刑、一族は流罪、皇甫惟明は左遷された。韋皇太子妃は即刻離縁となったが、皇太子亨は据え置かれた。寿王瑁が、決して地位を受けないと判っているからだ。

皇帝隆基は、後になって謀反は李林甫の捏造《ねつぞう》だと薄々気づいた。

李林甫は、かつて寿王瑁の皇太子冊立《さくりつ》に動いていた。だから、今の皇太子亨に恨まれていると邪推している。将来彼が皇帝位に即《つ》けば、きっと疎まれ排除されると心配したらしい。

李林甫と韋堅は、妻同士が姉妹の義兄弟である。その義兄弟は皇太子亨と昵懇《じっこん》で、懐刀《ふところがたな》の皇甫惟明と組めば太刀打ちできない。だから先手を打って、亡き者にしたのだ。

だが、それを具《つぶさ》に調査して、韋堅や皇甫惟明の名誉を回復するのは手遅れで、皇帝隆基自身に、もうそこまでの情熱がなかった。

この陰謀には、楊貴妃の縁者楊釗《ようしょう》なる男が深く関わっていた。彼の本格的な登場は、もう少し後になるが、安禄山とも只ならぬ因縁となっていく。

第六章　安史の乱（七四六年〜七五六年）

61

「寿王瑁《じゅおうぼう》様が、韋妃《いひ》と一緒に恵陵《けいりょう》（譲皇帝《じょう》＝李憲《りけん》の墓）で、笛を吹いておいででした」

最近の皇太子亭《こう》の精神的な落ち込み振りと比べて、寿王瑁はいつもながらに淡々としていた。彼の態度を見ていると、権力へ近づくのを極力避けているように思える。

また、同じ韋なる姓で妃《きさき》の身分になっても、皇太子亭の妃とは随分運命が変わるものだ。権力基盤に近い方が不幸になることを、寿王瑁は昔から本能的に嗅《か》ぎ分けているらしい。

「そう言えば、妹（太華公主《たいかこうしゅ》）が楊錡《ようき》（楊貴妃《ようきひ》の従兄に当たる）に嫁いだらしいが、どう思っておるのかのう？」

武恵妃《ぶけいひ》が生んだ娘に縁談を勧めたのは、皇帝隆基《りゅうき》自身である。なのに、まるで他人事のような感想を言っている。

「寿王は、至ってお慶《よろこ》びの御様子です」

高力士《こうりきし》は、言葉を選ぶ。妃を寝取られた息子が、父皇帝を強く恨んだとしても、表情や言葉には表さないからだ。

「ならば、好かった」

皇帝隆基が、高力士の返事を額面どおりに受け取ったかどうかは判らない。

とにかく、彼の頭にあるのは楊貴妃のことがほとんどで、最近は縁者の者たちが要職に就《つ》いたり立派な肩書を授《さず》かることが多くなった。楊錡のような縁組みも、その表れの一つで、要は楊貴妃を歓《よろこ》ばせたい一心からなのだ。皇帝隆基はそれらを思いながら、話題を変えてくる。

「最近、仲麻呂《なかまろ》はどうしておる？」

李白《りはく》が一緒なのが、皇帝隆基としても気になるらしい。

「李白が旅発《たびだ》って、仕事に励《はげ》んでおります」

「何と、朗報じゃな。あのような男と付き合っても、仲麻呂のためにはならぬからな」

楊貴妃の反感もあって、宮廷での李白の評判は頗《すこぶ》る悪い。

「昨年来、遣唐使の噂があったのですが、取り止《や》めになり、それを残念がっております」

「それは、気の毒な。また何故に？」

「日本と新羅《しらぎ》の関係悪化でしょうが、仲麻呂は玄昉《げんぼう》の入寂《にゅうじゃく》を悔やんでおりました」

詳細は、高力士も知らないらしい。

「そうか。紫の袈裟《けさ》を下賜《かし》してやったにな」

玄昉は吉備真備《きびのまきび》政権を支えた一人だが、権力闘争で筑紫《ちくし》へ流されて一生を終えている。

「最近、安禄山《あんろくざん》は如何《いかが》いたしておる？」

皇帝隆基は、剽軽《ひょうきん》で太った節度使《せつどし》を思い出した。高力士も、聞き囓《かじ》ったことを話す。

「幽州《ゆうしゅう》の北に雄武城《ゆうぶじょう》なる砦を築き、彍騎《かくき》の募兵を曳落河《えいらくが》と呼んで指揮しておるとか」

「そうか。面白きやつよ」

「ときおり宴会に託《かこつ》けて巫女《みこ》を呼び、祝詞《のりと》をあげさせておるようです」

「何を祀《まつ》っておる？　巫蠱《ふこ》でもあるまいに」

「それが、己《おのれ》自身であるとか」

「なぜ、そうだと判るのだ？」

「長安《ちょうあん》からの使節や大商人らが見ておりますが、祭壇にいるのが彼自身だったそうです」

高力士が更に説明すると、皇帝隆基は、それこそ安禄山の真骨頂だと思った。

「祀りが終わると、宴会が始まるのか？」

「はい、安禄山は祭壇から降りると巫女に酌《しゃく》をさせ、宴の後に彼女を組み敷くそうです」

「ほう、なかなかやりおるな」

人が人を気に入るとは、このような状況だろう。皇帝隆基は、安禄山のやることなすこと総《すべ》て褒《ほ》め、遂《つい》には御史大夫《ぎょしたいふ》（官吏の糾察《きゅうさつ》を司る御史台の長官）へ出世させた。

この頃になって楊貴妃は、かつて食べて忘れられない茘枝《れいし》を所望した。皇帝隆基は、外客の接待に長《た》けた鴻臚寺《こうろじ》の役人に命じて南国から取り寄せたが、運んでいる間に色も味も落ちていて、楊貴妃を満足させられない。

そこで安禄山に頼んでみると、同じ南国産の物でも、駅伝を使って美事《みごと》に運び込んだ。

しかも、色は褪《あ》せておらず味も捥《も》ぎ立てと変わらなかった。それも、人手と金銭をふんだんに使ったからだろう。

このことで、安禄山の覚えはますます愛《め》でたくなった。ところが皇帝隆基に対して、彼女の態度が不遜《ふそん》になっていく。何を言っても、彼を蔑《ないがし》ろにする態度を露骨に見せたのだ。

「蝶鮫《ちょうざめ》の卵《たまご》塊が旨いというので、取り寄せた。どれ、酒を過ごしながら一緒に食そう」

「それは娘時代に、厭《いや》と言うほど食しました。陛下より妾《わらわ》の方が、食通でございますね」

一事が万事で、皇帝隆基の話題は総て門前払い同様にされ、彼女は自分と一族に関する話題しか取りあげず、皇帝隆基の仕草の一つ一つにまで苦情を言い募った。これが重なると、さすがに皇帝隆基の堪忍袋《かんにんぶくろ》の緒《お》が切れる。

「おことのような妃は要らぬ。里へ帰れ！」

彼が怒りに任せて楊貴妃を叱り、遂《つい》に楊錡の屋敷へ戻す事件が起こった。だが、これで精神的に参ったのは皇帝隆基自身である。彼の日常が荒れ出し、ほんの些細な間違いでも、宮女は罵倒され宦官《かんがん》たちは足蹴にされた。こんな状況で皇帝隆基に近づけるのは、高力士か李林甫《りりんぽ》ぐらいなものだ。そこで、高力士が気を利かせる。

「ほんの少しだけ、詫《わび》を入れて下され」

彼女が一筆認《したた》めると、皇帝隆基の顔に見る見る喜色が蘇《よみがえ》った。これを受けて、後宮の宮女と宦官が列を組み皆で容車を牽《ひ》き、楊貴妃を迎えに行った。

こうして一件は落着するが、幽州にいる安禄山は何も知らない。その彼が、正式に御史大夫に昇格したのは、年も改まった天宝《てんぽう》六載《さい》（七四七年）のことである。

「賄賂塗《わいろまみ》れの男が、就く役職ではないわ！」

そのような声がなかったわけではないが、皇帝隆基は構わず、彼に大きな屋敷まで与えた。今回は本人や息子たち以外に、妻や妾《めかけ》までやって来たという。

「今年は、科挙を実施するのだったな。あいつ、息子に受験でもさせるつもりか？」

「さあ、それはどうでしょう？」

安禄山なら、受験より金銭を積む裏技を教えよう。普通なら憎むべき汚職だが、なぜか彼には微笑を誘われる。

数日後、土産物を満載にした車とともに、その安禄山が挨拶にやって来た。李林甫や高力士にも、土産を届けることだろう。

「久し振りじゃな。禄山。勤政務本楼《きんせいむほんろう》で宴会をするか！」

正に鶴の一声である。ただ、誰も嫌がることではないので、会場は直ぐに調えられた。

皇帝隆基は、自らの直ぐ横に安禄山の席を設《しつら》えた。それは、誰もが驚《おどろ》く破格の扱いだ。

それでも彼は踏《ふ》ん反《ぞ》り返《かえ》らず、楽士が胡旋舞曲《こせんぶきょく》を演奏すると、胡姫《こき》に混じって自身も踊りを披露した。そのような態度は、皇帝隆基からの待遇がどうなっても変わらない。

その身体は、見るからに太っている。

「禄山。大きな腹には何が入っておる？」

皇帝隆基が訊くと、応えが振《ふる》っていた。

「それは、陛下への真心でございます」

これにには周囲も爆笑し、安禄山への好意だけが周囲に漂っていた。そこで彼は、今までにないことを願い出る。さすがに、安禄山の表情が引き攣《つ》った。彼は楊貴妃に向き直る。

「さて、どういうことだ？」

皇帝隆基が改めて訊ねると、安禄山の額から汗が滴《したた》って息がやや荒くなっている。

「あっ、あのう、私めを楊貴妃殿下の……」

蚊の鳴くような声でそのように言ったようだが、肝心の彼女には聞こえていない。

そこで安禄山は、意を決して言う。

62

「できれば、養子になりとうございます」

それは皇帝隆基も驚く願いだったが、楊貴妃が微笑《ほほえ》んでいるので、話は決まった。そのため、宴会は大いに盛り上がった。

数日後、安禄山は幽州へ帰る。それを追うように「養子の儀、聞き届ける」旨の書面が発送された。それで御機嫌になったのか、安禄山に関する奇妙な報告がきた。

「安節度使（禄山）が、王《おう》節度使（忠嗣《ちゅうし》）を招待し、雄武城について意見を求めたとか」

「あの、変わり者の王忠嗣にか？」

皇帝隆基が口を歪《ゆが》めて言うごとく、王忠嗣は将軍として有能だが、人としてかなり狷介《けんかい》といえる。安禄山は、それを知らなかった。

「王忠嗣は、招待された日より前に来て砦を回り、三日で落とせると豪語したそうです」

「それで疾《と》く帰られては、さすがの安禄山も形無しだな」

皇帝隆基は笑うが、実は自らも苦虫を嚙《か》み潰《つぶ》していたのだ。この数年は吐蕃《とばん》（チベット）の侵攻が烈しくなったので、石堡城《せきほじょう》（青海《せいかい》省青海の東南附近）を攻撃することになった。だが、王忠嗣は頑《がん》として動こうとしない。

「吐蕃が国を挙げて守っている場所ゆえ、間違いなく数万人の死者が出ます」

そう言って出撃しないが、攻めていった軍は彼の言ったとおり、被害甚大《ひがいじんだい》であった。それで調子に乗ったのか、彼は雄武城を見て、安禄山が謀反《むほん》すると言い始めた。

皇帝隆基は不機嫌になり、李林甫と楊釗《ようしょう》が、王忠嗣を軍命違反の廉《かど》で告発した。これまでの態度から、一時死罪まで論議されたが、同僚の哥舒翰《かじょかん》が平身低頭で王忠嗣の実績を縷々《るる》示して取り成し、漢陽《かんよう》太守に降格で決着した。

「ところで、今年の科挙はどのような及第者が出たのじゃ？　会いたいものじゃがな」

訊かれた高力士は一瞬息を呑んだが、徐《おもむ》ろに口を開き驚くべき事実を言う。

「合格者は、一人もおりませせなんだ」

その応えに、皇帝隆基は総てを理解した。科挙嫌いの李林甫が、形ばかりの試験をして握り潰したのだ。一つ言い添えれば、このときの受験生には、詩人の杜甫《とほ》がいた。彼はこの後、李白と共に旅をする。

宮殿では、楊貴妃を中心とした女官たちが大童《おおわらわ》で衣裳を縫《ぬ》っていた。安禄山が楊貴妃の養子になる儀式までもう幾日もないが、作業の内容は皇帝隆基には一切知らされない。

皇帝隆基が少し覗《のぞ》くと、彼女が禄山から贈られた雪豹《ゆきひょう》の毛皮に腰を落としているのだけが判った。それ以上は、宮女たちが立ち尽くして楯となり、決して見せてくれない。彼女たちの華やかさが際立つのは、大臣や百官、官僚ら宮廷人の姿があまり見掛けられないからだ。

「皆、どうしておるのじゃ？」

不断は楊貴妃と過ごすだけの皇帝隆基も、さすがに彼女が離れると周囲に目が行く。彼も禄山からの白熊の毛皮に腰を落とす。

「李宰相（林甫）が、自宅で朝議などを開いておられるようです」

これも、楊貴妃が儀式の趣向を秘密にするためらしいが、一方で李林甫が望んでいる状況とも思えた。考えてみれば最近、彼の意に染まぬ者らが左遷や捕縛の憂き目に遭《あ》っていた。正に、我が世の春を謳歌している。

結局、皇帝隆基だけが蚊帳《かや》の外に置かれ、何も知らされていないのだ。

「朕《ちん》を、何だと思っておるのだ！」

この怒りは昨年の一件から、彼自身の御法度だった。だから、黙って堪《た》えるしかない。

そんなおり、楊貴妃が透けた蟬の翅《はね》を思わせる衣裳を靡《なび》かせながら、廊下を行くのが見えた。先ほど雪豹の毛皮に座っていたときとは全く姿が違うので、誰かに会うためわざわざ着替えたと思《おぼ》しい。

宦官か宮女が取り次いだのであろうが、皇帝隆基には知らせないようだ。彼は、直ぐにその後を追いかけた。彼女が行く先には、太った男が満面笑みを湛《たた》えて待っている。

「よう、来てたもうた」

楊貴妃が、嬉しそうに声を掛けている。それに嫉妬したかのごとく、皇帝隆基が遠くから声を発する。

「こやつ、こともあろうに、朕より先に妃《きさき》へ挨拶しよるか？」

安禄山はにやりと笑って返答する。

「吾は胡人ゆえ、礼はまず母にいたし、父を後にいたします」

「そうか、それは嬉しい。旬日《じゅんじつ》後の、養子の儀式には、面白い趣向が待っているそうだな。楽しみにしているぞ」

皇帝隆基の側から、楊貴妃が言葉を添える。

「では、明日もう一度ここへいらしてください。そのときに」

打ち合わせをするとの意だろう。彼女に乞《こ》われた安禄山は踵《きびす》を返した。そこで皇帝隆基は彼女の後を付けるが、未だ駄目ですと追い返される。だが、決して邪険にした扱いではない。

皇帝隆基は、楊貴妃の作業を遠くから見守ることに徹した。すると、それまでとは違ったものが見える。それは、彼女の姉なる人物が頻繁《ひんぱん》に出入りしている姿である。姉妹というのは、双方が似ていることでも判る。そう言えば、一度招待した。裴《はい》末亡人と呼ばれる彼女は、手伝いに来ているのであろう。

作業も進んだと見え、安禄山が何度もやって来るようになる。彼は必ず皇帝隆基へ挨拶に来るが、以前の言葉どおり楊貴妃との遣り取りがすんでからだ。

ある日、皇帝隆基が無聊《ぶりょう》を託《かこ》って回廊に差し掛かると、裴末亡人が誰かと話し込んでいるのが見えた。

やがて、その誰かが回廊をやってくる。それは彼女と遠縁の、楊釗なる男だ。楊一族らしく、なかなかの美男だ。最近、李林甫の推薦で宮中へ出入りするようになったが、金銭感覚に鋭いので度支員外郎《たくしいんがいろう》にしている。

彼は回廊を途中で右に折れ、司農寺《しのうじ》（農林関係を司る官庁）の方へ行った。このとき皇帝隆基は知らなかったが、楊釗が李林甫の引きを得たのは、韋堅《いけん》や皇甫惟明《こうほいめい》を陥れるのに、彼が手下を使って証拠を集めてきたからである。

もっとも恨みを買っており、李林甫の屋敷は曲者が入らぬよう、二重三重に塀や垣根が設けてあり、楊釗が裴末亡人と密通している等という下世話な噂だけは聞こえていた。

「高仙芝《こうせんし》が吐蕃を破って、西域七十二国を唐《とう》に降服させたそうです」

そんな報告が来た。高仙芝とは、滅んだ高句麗《こうくり》の王族である。兵を率いて唐に帰順したため、渤海国《ぼっかいこく》や新羅とは遠く離れた西側に駐屯させていた。

「石堡城を攻撃できなかった王忠嗣とは、大変な違いですな」

そう言ってやって来たのは、宰相の李林甫である。彼は最近の一部の宰相が科挙上がりで、その前に節度使になる過程を踏んでいるのが気に入らぬのである。

「陛下。この成果を何と思し召す？　辺境を守る節度使は、異民族出身者が最適ということですぞ。これからも、そうなさいまし」

李林甫の提案に、皇帝隆基は喜んだ。これで安禄山に、もう一つ節度使を兼ねさせられると踏んでいたのだ。

63

安禄山が楊貴妃の養子になる儀式は、まるで早変わりの見世物であった。宮女たちが大童で作業していた裁縫は、赤、橙、黄、緑、青、藍、白七色の衣裳であった。

儀式の間、梨園の楽団が奏でたのが「虹衣孝子《こういこうし》」の曲である。そして、最後に白装束で現れるのが、生まれ変わりの仕上げだった。

赤子になって裸体を曝《さら》す代わりに、白装束になった。そして、自らを母の好きな色に染めてもらうというのが、〆《しめ》の口上になる。

こうして天宝七載（七四八年）が明け、安禄山は平盧《へいろ》、范陽《はんよう》の両節度使として、遊牧諸民族を寄せ付けなかった武勲を表彰された。このとき楊釗も、宮廷での仕事振りが認められ、給仕中、御史中丞《ちゅうじょう》に昇進した。

すると、楊貴妃の姉三人と従兄弟どもが拗《す》ねだした。何らの貢献もないくせに、社会的な肩書を欲したのだ。そのためか、楊貴妃は彼ら五人と安禄山を、義兄弟にする提案を皇帝隆基にする。

彼が、それを断るはずがない。早速、その披露宴が行われたが、もう安禄山の養子の儀ほどの派手さはなかった。それでも、周囲は既に辟易《へきえき》していた。

ただ儀式中に、皇嗣亭だけが一言発する。

「過剰な寵愛《ちょうあい》は、却《かえ》って家臣の驕《おご》りを生みますぞ」

だが、同調する者はいない。彼と飲食を共にしていた韋堅や皇甫惟明らが、どうなったかを頭に思い描いているからだ。

この後、楊氏の三姉妹は秦国《しんこく》夫人、虢国《かくこく》夫人（裴未亡人）、韓国《かんこく》夫人の称号を受けることになる。兄の楊銛《ようせん》と楊錡もそれなりの待遇を得る。それを見た周囲が、楊貴妃から皇帝隆基への取り成しを頼むため、それぞれへ貢ぎ物を持って押しかけることになる。

彼らが楊氏《ようし》五家《ごけ》と言われ、巨万の富を得て有頂天になるのは、実にここからである。

この頃、皇帝隆基は還暦を数年過ぎ、さすがに儀式がつづくと疲れを感じた。身体を横たえていると、宦官が安禄山の来訪を告げる。

「妾が迎えます。陛下はおやすみくださいい」

楊貴妃は、そう言って傍を離れる。このとき彼は、うつらうつらしていた。暫《しばら》くすると、少し離れた所から楊貴妃と安禄山の話し声が聞こえていた。どうやら、彼の妻や妾が虢国夫人らと、遠乗りに出かけた話を報告に来ているらしい。

だが、それも夢の一部になってしまった。気がつくと、安禄山が皇帝隆基の足裏を按摩《あんま》している。ソグド人に伝わる秘伝らしい。

「ああ、そこだ。そこを強く押されると」

「我が息子の施術は、効きましょうや？」

「雲の上を歩くような具合じゃ」

皇帝隆基は、安禄山を見ながら訊いてみる。

「おまえは、哥舒翰を、知っておるか？」

この将軍も、突厥《とっけつ》と于闐《うてん》（西域の都市国家）の雑胡《ざっこ》（異民族同士の混血）である。王忠嗣と懇意なので、安禄山とは仇《かたき》同士になる可能性がある。

安禄山は、名だけは知っていると応える。きっと、好ましく思っていないのだ。

「石堡城の攻撃を願い出おった」

上手《うま》くいくかと訊いてみると、安禄山は気概があればできようと応える。しかし、同時に兵が四万人は犠牲になるとも応えた。それは奇《く》しくも、王忠嗣の応えと同じだった。

「そうかのう……？」

そう言った後、皇帝隆基はだんだん意識が落ちていった。このような安禄山の特技は、彼が幽州へ帰るまで何度か披露された。

天宝八載（七四九年）、高仙芝の軍功を認め、左金吾衛大将軍の官位を与えた。思えば彼が駐屯しているのは、葱嶺《パミール》高原周辺だ。彼の故郷から随分離れた所である。

長安では、楊氏五家の面々が競って豪邸を建てだしていた。まだ完成していなくとも、広さや高さから、尋常な屋敷でないと容易に推察できた。辺境で血みどろになって戦う軍兵を思えば、遣り切《じゃ》れない感慨を抱こう。

だが、楊貴妃と戯れあっている皇帝隆基の脳裏には、もうその程度の想像力もなかったのだ。いや、楊釗が宮中で王鉷《おうきょう》や羅希奭《らきせき》、吉温《きつおん》などという部下を使って、江南《こうなん》の穀物を遊牧民に売りつけ、毛皮を買い付けたりして国庫を充実させている報告に御満悦なのだ。

皇帝隆基は全く気づいていないが、楊釗の部下たちは、李林甫の政敵を追い詰める仕事をしていた連中である。醜聞を嗅ぎつけ、会話を牽強付会《けんきょうふかい》して謀反を捏造し、最後には暗殺さえ厭《いと》わなかった。

盧絢《ろじゅん》、厳挺之《げんていし》、裴寛《はいかん》、裴敦復《はいとんぷく》らの名を、皇帝隆基は忘れても、宮廷人や官僚たちは決して忘れてはいない。若い関係者でも韋堅や皇甫惟明の名ぐらいは知っていた。また、翌年は、蕭炅《しょうか》や宋渾《そうこん》が同じ罠に掛かった。

皆、李林甫に左遷や処刑、自害に追い遣られた人物だ。今、王鉷らが宮中にいるのは、李林甫の権力掌握の最終段階であるはずだった。だが、一寸《ちょっと》軌道が歪《ひず》み始めている。

それは江南で錫《すず》や鉛《なまり》の鐚銭《びたせん》を鋳造して都へ持ち込み、良貨の銅銭と四対一で交換していることだ。一見、国庫が潤っているように見えたのは、このような絡繰《からく》りがあったのだ。

このことに気づき始めたのは、精々が密偵を使っていた安禄山ぐらいであろう。今に経済破綻《はたん》が起こるだろう。かといって、彼としても、それを義母楊貴妃にも皇帝隆基にも、訴えるわけにはいかなかった。

それから暫くして、哥舒翰が石堡城を落としたとの報告が入った。やはり、多くの兵が死傷したようだ。だが、そこまでして落とした砦を、唐が維持管理しても労力と経費が徒《いたずら》に費やされるだけだろう。

皇帝隆基も哥舒翰も、残念ながらそこまでは悟っていない。このような観念が判るのは、安禄山と楊釗ぐらいなものだろう。いや、王忠嗣もだろうが、皮肉にも彼はこの年に任地で他界する。

年末、安禄山と哥舒翰が宮殿へ挨拶にやってきた。また、あろうことか二人とも雪豹の袍《ほう》（外套《がいとう》）を土産として持参した。

「安将軍（禄山）の物は、渤海国の黒水靺鞨《こくすいまつかつ》が捕らえた物が、契丹《きったん》や奚《けい》経由で流れてきたのでしょう。そこへいくと、みどものは、葱嶺産でございます」

哥舒翰は、自分の方が毛深くて良品だと自慢しているらしい。

だが、安禄山はそんな論議に付き合わず、皇帝隆基の長寿を祝おうと言いだした。喜ぶ皇帝隆基は、梨園の楽士と胡姫を呼んで胡旋舞を演奏させる。

すると胡姫たちと一緒に安禄山が美事に踊りだし、不調法な哥舒翰はただ呆気に取られて見ているだけだった。

天宝九載（七五〇年）になって、皇帝隆基と楊貴妃が痴話喧嘩を始めた。それも原因は雪豹の袍である。彼女は揃《そろ》いにしたいのだ。

「二着もあるのなら、一着を妾用に……」

「せっかくの臣下からの贈物に、鋏《はさみ》を……」

他愛のない話だが、珍しく皇帝隆基が厳しく拒絶したため、楊貴妃が拗《す》ねたのだ。すると、皇帝隆基が以前のように怒鳴った。

「里へさがれ！」

彼女がまた楊錡の屋敷へ戻ると、その壮麗さに驚いた。かつての屋敷もそこそこの大きさだったが、今回の物はそれをも呑み込むほどだった。それは楊錡だけではなく、楊氏五家が挙《こぞ》って建てていたのだ。

彼女は宮中にいて、兄弟姉妹の華美に過ぎる贅沢を、全く知らなかった。

「我の屋敷が一番豪華だ」

このような調子で、秦国夫人や虢国夫人、韓国夫人らまで巻き込んで、五人の屋敷自慢が始まりかけていた。だが、一族でありながら、このような競争に全く関心を示さぬのが楊釗だった。

それは宮中で、官僚として働いているからだ。はっきり言えば、彼ら五人の虚栄を小馬鹿にしていたのだ。それに拍車を掛けるように、皇帝隆基から賜り物があった。

名前である。楊釗改め楊国忠《ようこくちゅう》、それが何よりも彼の立場を揺《ゆる》がぬものにしている。それこそ、彼の主であった李林甫と、遂に肩を並べた瞬間であった。

64

楊貴妃《ようきひ》が宮中へ戻った。雪豹《ゆきひょう》の袍《ほう》が、お揃《そろ》いになったからだ。皇帝隆基《りゅうき》の他愛なさが、また宮廷人だけではなく、都人士にまで失笑を買っていた。

楊貴妃は、安禄山《あんろくざん》から皇帝隆基に贈られた分に、鋏《はさみ》が入ったことを詫《わ》びていた。

「許してたも。でも、妾《わらわ》はこれを着たく」

「義母上《ははうえ》、何をお言いか。好きなようになされば良いのです」

一度は反対した皇帝隆基も、結局は楊貴妃の言いなりになるしかなかったのだ。

「お詫びに、そなたの誕生祝いをしよう」

皇帝隆基が、誕生日を祝っているのは知っていた。しかし、同じ事をするのは、いかな安禄山でも畏《おそ》れ多い。だが、思いつきが脳裏を過《よ》ぎった。彼の誕生日は元旦なのだ。

「では、このような趣向でいかがでしょう」

安禄山が、ある提案をすると、楊貴妃は腹を抱えて笑い転げた。

「陛下には、当日まで内緒ですぞえ」

楊貴妃と約束して、安禄山は幽州《ゆうしゅう》へ帰った。だが、彼がそこでしたのは、遊牧民族を騙《だま》して、金属製の装身具を大量に奪うことだった。彼はそれを融《と》かして、金貨を鋳造したのである。

それは楊国忠《ようこくちゅう》の鐚銭《びたせん》への対抗策で、そのお墨付きを楊貴妃を通じて皇帝隆基から取り付けようと考えていたのだ。

一方、異民族に対する横暴は、西の果てにいる高仙芝《こうせんし》も行っていた。彼は石国《タシュケント》（現在のウズベキスタンの都市国家）と偽《いつわ》りの和睦をし、王や王族、女らを捕らえて帰国した。その際、金銀財宝や貴石、駱駝《らくだ》や馬などの家畜を大いに掠奪《りゃくだつ》した。

これは高仙芝の貪欲さと解釈できるが、一方で楊国忠の鐚銭への対抗策とも取れる。

その楊国忠であるが、彼が蜀《しょく》地方にいたとき世話になった鮮于仲通《せんうちゅうつう》なる豪族がいた。楊国忠は、その男を剣南《けんなん》の節度使に推薦してやった。しかし、人望も実力も全くなかった。

雲南《うんなん》太守・張虔陀《ちょうけんだ》と南詔王《なんしょうおう》・閣羅鳳《かくらほう》とが私兵を繰り出して鬩《せめ》ぎ合っても、なんら仲裁できなかった。遂には、閣羅鳳が張虔陀を攻め滅ぼしたが、これで剣南は政情不安になる。

楊国忠は無論のこと、この一件を直隠《ひたかく》しに隠している。

こうして天宝《てんぽう》十載《さい》（七五一年）を迎える。皇帝隆基は、例年どおりの初春を言祝《ことほ》ぐ儀式を熟《こな》していた。ほとんど身に付いていることなので、柄杓《ひしゃく》を構えたり爵《さかずき》へ酒を注いだりする動作はそつなく、細かい階段の上り下りも躓《つまず》かずにすんだ。

それでも、夜の新年の酒宴は安禄山の誕生会も兼ねるということで、気も漫《そぞ》ろだった。

楊貴妃と二人で、何か趣向を練っているらしい。だが、養子の儀式のときと同じで、一切は秘密にされている。親子になった楊貴妃と安禄山は、恋人同士のように親しい。皇帝隆基が妬《や》ける程だが、そのような悋気《りんき》を露《あらわ》にしては、皇帝位の沽券《こけん》に関わろう。

だから、とにかく苦情など一切言わない。願わくは、周囲があっと驚くことをして、二人の評判を高めて欲しい。それが、ひいては皇帝隆基自身の評判にもつながるのだ。

新しい年を迎えながら、皇帝隆基はそんなことを期待しているのだ。

「今年も、好《よ》き一年としたい。ついては」

この日の午後、宰相や官僚、宮廷人ら臣下たちとの挨拶を始めるや、安禄山の功績を称えて、屋敷を下賜《かし》する勅《ちょく》を出した。

そうなると、水を打ったように静かだった広間が、俄然《がぜん》ざわめきだす。それも、楊氏《ようし》五家《ご け》の屋敷が競うように建てられている最中、ここへ安禄山が対抗する格好になるからだ。

いや、楊貴妃の養子と義兄弟にのみ、皇帝隆基の恩恵が偏《かたよ》り過ぎていることへの、大いなる不満と見るべきだろう。

「今年は新年会と安御史大夫《ぎょしたいふ》（禄山）殿の誕生会も兼ねるそうですな」

この噂は、楊貴妃が宦官《かんがん》に命じて、周囲へ振り撒《ま》いていたのだ。反発を緩和しようとの意図があったが、ここまであからさまな依怙贔屓《えこひいき》では、焼け石に水だったかもしれない。

「これでは、他の者は顧みられませぬな」

宮廷へ集まった者は、今年も出世は期待できぬと、諦《あきら》めにも似た空気を漂《ただよ》わせていた。

そんな中、安禄山の誕生会が始まったのだ。

「さあ、皆の者。安禄山が四十七歳の誕生日じゃ。祝うてやってくれ」

こうなると、公私混同の極みであるが、百官《ひゃっかん》らはお手上げ状態で、諫言《かんげん》する者などいない。だが、なぜか皆がざわついている。それは、肝心の安禄山と楊貴妃の姿がどこにもないからである。

「はて、どうしたことじゃ」

そこここで、疑問を感じる声が起こるが、皇帝隆基が落ち着いているので、これも演出の一部と誰もが納得しかけた。そのとき、奥の扉が開かれた。何とそこには、宦官らが担いだ大きな揺籠《ゆりかご》に、安禄山が乗っている。

そこまでは皇帝隆基も、何ら驚いたようすはない。だが、揺籠に乗った安禄山の格好を見て、明らかに内心愕《おどろ》いているのが、周囲からも見て取れた。

「安禄山、本日は、楊貴妃殿下の赤子になりもうす。オギャー」

安禄山が、よく通る声で泣き声をあげる。だが、皆の視線は安禄山の下半身に向いている。そこには、お襁褓《むつ》が当てられていたからだ。彼が開口一番、「赤子になる」と言ったのは、正にこれだったのだ。

以前のような色の七変化ではなく、今回はこの太った壮年の男が、裸体にお襁褓を巻いて、オギャーオギャーと泣いて宮中を練り歩くのである。考えてみれば醜悪の一語であるが、皇帝隆基はそれらの総《すべ》てを許している。

楊貴妃は宮女たちを焚《た》きつけて、揺籠を担ぐ宦官を先導させている。それは宴会場を練り歩きながら、あろうことか後宮にまで入っていく。宦官でもない男が入るのは、絶対にありえない。

「あっ、あのようなことが、ほっ、本当にあっても良いのか……」

呆気に取られる声が洩《も》れるが、皇帝隆基が見ている中で為《な》されるのであるから、当然ながら逆鱗《げきりん》には触れないのだ。

「寵愛もほどほどにされねば、いけませせぬ」

真面《まとも》なことをきっぱり言ったのは、皇太子亨《こう》である。彼は同じ台詞《せりふ》を二度吐いた。だが、以前と同じように、誰も判っていながら同調しようとはしない。

「安禄山は、楊貴妃の赤子になったのだ。赤子が後宮に入って何が悪い？」

皇帝隆基が直々に言ったので、尚更安禄山の後宮入りは黙認されることとなる。それはこの時だけのことではなくなっていく。この宴会がいつ終わったか定かではないが、誰もが唐《とう》の行く末に不安を感じたのは確かだ。

楊氏五家の面々が屋敷を建てていたのが完成したのは、それから間もなくだった。その中の一つ、楊錡《ようき》の甲第《こうだい》が抜きんでて立派な佇《たたず》まいだった。

それを見た虢国《かくこく》夫人は、完成したばかりの屋敷を取り壊させた。楊錡より立派な屋敷にせねば気がすまぬからららしい。それを聞いた他の姉妹や弟も、右に倣《なら》った。ただ楊国忠だけは、そのような愚行には決して加わらなかった。もっと、とんでもない事件を抱えていたからだ。

65

「義母上。これが金貨でございます。銅の貨幣より、ずっと値打ちがございます。まして錫《すず》や鉛の物など、塵《ちり》も同然です」

「ほう、さようか。これさえあれば、唐の国も安泰ですな。可愛い我が子よ」

皇帝隆基が、酒精で痛む頭を抑えながら天井を仰いでいると、楊貴妃と安禄山の声が聞こえてくる。

目覚めている所は、無論のこと後宮の中である。ということは、安禄山も同じ所にいるわけだ。これは昨夜、彼自身が許したことゆえ、今更咎《とが》められない。

「安禄山に、河東《かとう》節度使を兼ねさせる。高仙芝は開府儀同三司《かいふぎどうさんし》とする」

このような勅も出している。河東とは、黄河《こうが》中流域の東の意であるが、几《き》の字を描いた、その右の外側を、河東と呼んでいた。つまり現在の山西省《さんせい》に当たる。これで彼は平盧《へいろ》と范陽《はんよう》以外でも、軍兵と税金を差配することができるのだ。

これに加えて、長男の慶宗《けいしゅう》は太僕寺《たいぼくじ》（皇帝の厩《うまや》と輿《こし》を管理する役所の長官）に、次男の慶緒《けいしょ》は鴻臚寺《こうろじ》（外国の使節を接待する役所の長官）に任じられている。

安家にとっては、正に我が世の春である。ここから安禄山は、長安《ちょうあん》と幽州を何度も行き来することになり、高仙之は葱嶺《パミール》へ戻っていった。しかし、ここから唐帝国にとっては、坂を転がり落ちる事態となっていく。

吐蕃《とばん》（チベット）の連雲堡《れんうんほ》を落として葱嶺高原の西を睨《にら》んでいた高仙芝の軍は、タラス河畔でサラセン帝国の将ズィヤード・イブン・サーリフに敗れたのだ。

双方が衝突した直接の原因は、石国の王族がサラセンへ亡命したことだ。遡《さかのぼ》れば、高仙芝が偽りの和平を唱え、石国を騙し討ちしたことに尽きる。それを訴え出て援助を乞い、弔《とむら》い合戦を敢行したのだ。

唐軍が敗れた原因は、天山《てんざん》山麓の遊牧民カルル人の寝返りに拠《よ》るものらしい。

この戦いで唐軍は五万人が戦死し、二万人が捕虜になった。この中に紙漉工《かみすきこう》がいて、製紙技術が西へ伝わったとされる。高仙芝自身は、這々《ほうほう》の体《てい》で難を逃れている。

一方、政情不安の剣南では、鮮于仲通が南詔国を攻略しようとしたが、王の閣羅鳳の反撃に遭って、無能な節度使は六万の兵をむざむざ失った。怒った楊国忠は鮮于仲通に引退を迫り、自分を節度使へ推薦せよと脅す。

拒めば軍事的失策を理由に、処刑の憂き目を見る。それゆえ、節度使の役職は楊国忠に移る。だが、それらの経緯を、密偵を放っていた李林甫《りりんぽ》に知られる。

「市中に出回っている錫や鉛の鐚銭《びたせん》を、一切合切回収いたしたく存じます」

久し振りに李林甫が、皇帝隆基の前へ現れて、このように言い切った。それについて、皇帝隆基の意見など求めてはいない。言外には、経済政策を総て楊国忠に一任した皇帝隆基を、いや、政《まつりごと》に対する情熱のなさを皮肉っているようだ。

もっとも、皇帝隆基の精神の弛緩《しかん》を見て取って、李林甫も好き勝手していたのだ。しかも、楊国忠の弱みも握っているので、彼も口出しし辛《づら》い状況だ。

「どのように、回収するつもりじゃ？」

皇帝隆基は、ようやくそれだけを訊いた。だが、李林甫は「仕上げを御覧《ごろう》じろ」とだけ言い置いて退散した。普通に考えれば、やや不遜な言い方だ。しかし、皇帝隆基は怒ることができなかった。それは李林甫の、以前より痩せた顔にある眼が据わっていたことだ。

人を近づけぬ決意が秘められている。

李林甫が宮廷から消えた頃、楊貴妃が何かを手にしてやって来る。

「陛下。これを何と思《おぼ》し召《め》す？」

彼女の可愛い掌《てのひら》が閉じている。

「それでは、判らぬではないか」

「透《す》かして見て、お当てあそばせ」

「うむ、頰か唇の臙脂《えんじ》かのう？」

「わらわの養子殿から贈物です」

「ほう、あやつが義母上にか？」

このとき皇帝隆基は、彼女が養子と交わしていた冗談のような睦言《むつごと》を思い起こした。

「そうか。金貨か？」

彼が言うと同時に、彼女の掌が開く。中には輝く金貨が入っていた。

「これが、どうかしたか？」

「先ほど李宰相（林甫）殿がお越しでした。鐚銭を回収すると。その反対がこれです」

錫や鉛の貨幣では値打ちがない。だから、それを使っていれば、やがて物価は高くなるのだ。それゆえ李林甫は、銅銭一枚と、鐚銭四、五枚とを交換しようとしているらしい。

楊貴妃は、そのように説明するが、きっと安禄山から教えられたのだろう。ところが、その安禄山は、幽州で窮地に立っていた。突厥《とっけつ》や奚《けい》を騙して貴金属を奪ったことで、彼らから復讐の攻撃に曝《さら》されたのだ。

高《たか》を括《くく》って撃退しようとしたが、逆に悪天候に祟《たた》られて厳《きび》しく攻撃され、もう少しで命まで取られるところだった。無論、このようなことは報告にあげないが、彼は背後に敵を抱えることになった。

安禄山も楊国忠も李林甫も、皇帝隆基の周囲で心を尽くして陣取り合戦をしているような状態だった。しかし、そのようなことに、全く無関心な連中がいる。それが、楊氏五家の五人だった。

虢国《かくこく》夫人の屋敷が一際《ひときわ》そそり立つと、韓国《かんこく》夫人や秦国《しんこく》夫人らが未だ新しい屋敷を惜しげもなく壊して、またより大きく建て直す始末だった。この競争は、まだ暫《しばら》くつづく。

その工事現場を尻目に、宮殿へ急ぐ男がいた。阿倍仲麻呂《あべのなかまろ》である。彼は詩の朗読会に集っていたが、そこへ来た日本の商人から、十二回目の遣唐使が、ようやく決定したと聞いた。それを皇帝隆基へ、報告に行くのだ。

「そうか。それで、おぬしはどうする？」

仲麻呂も在唐三十四年になり、齢も五十四と重ねている。そろそろ故国へ帰っても、決して皇帝隆基に不義理することにはならない。

「はい、幸い父母も存命と聞きますので、今のうちに帰郷したく存じます」

「そうか。さもあろう。しっかり準備せよ」

皇帝隆基は温かい言葉をかけてやった。彼から見れば、仲麻呂に限らず、日本やその留学生は外蕃国の模範である。唐の制度をしっかり吸収し、それを元に文化国家の充実を図っている。

突厥や奚、吐蕃、西域の国々と違って、もう決して唐と事を構える心配もない。それゆえに、唐を慕う彼らが気に入っているのだ。

仲麻呂は下がっていくと、背後から小声で呼び止める者がいた。

「これは高力士《こうりきし》様。先ほど陛下に申しあげましたとおり、みどもは来年来る遣唐使と」

そこまで告げたが、高力士は口に人差し指を当てて小部屋へ誘う。

「以前申しておった伝戒師《でんかいし》のこと、その後何か聞き及びおるか?」

言われて、今度は仲麻呂が真顔になる。

「お心遣い、畏れいります。栄叡《ようえい》と普照《ふしょう》は鑑真和上《がんじんわじょう》をお連れしようと」

その名を聞いて、今度は高力士が目を丸くする。それは鑑真が、ここまでに五回も渡航に失敗していたからである。

66

「さあ、錫や鉛の鐚銭《びたせん》を持ってくるのだ。銅貨一枚につき、五枚と交換だぞ」

このような口上が、東市や西市で聞かれだしたのは、天宝十一載(七五二年)と改まってからだ。最近では見慣れた光景だが、李林甫は換金を役所で待つのではなく、庶民が金銭を使う市場で行った。つまり、出張所を設けたのである。

ここには、彼の積極性が表れている。それは、楊国忠の勝手な振る舞いを絶対に許さぬという、先輩宰相の意地でもあった。

李林甫の処置は、楊国忠にとって苦虫を噛み潰したいことだった。彼はそんな気持で、その日も虢国《かくこく》夫人の屋敷を出た。この二人が事実婚状態なのは、もう公然の秘密である。密通の噂は、真実を突いていたわけだ。

「お待ち下さいませ！」

突然、彼の行く手を遮《さえぎ》る者らがあった。

とは言っても、今をときめく宰相である。ただ一人、馬車を操っているわけではない。護衛を兼ねた供回りが何十人も付いている。

「何者だ！」

当然ながら武器を構えた部下から誰何《すいか》を受ける。だが、止《と》めた者らは怯《ひる》まぬ態度で恭《うやうや》しく礼をする。要は、願いの筋があるのだ。

「どうした？」

楊国忠が彼らに反応したのは、敵意ではなく、崇敬の念を感じ取ったからである。

「宰相閣下。不躾《ぶしつけ》に推参《すいさん》し、御容赦《ようしゃ》下さいまし」

こう言ったのは、商人の代表を務める男である。どこまでも、腰を低くしている。

「判った。さて、どのような話か？」

楊国忠は彼らの態度で、その内容をほぼ察知した。そのうえで大路の真ん中で、衆人環視の中で、敢えて話をさせるかどうかを判断した。そして咄嗟《とっさ》に、構わないと踏んだのである。

そこで楊国忠は、代表者につづけさせる。

「李宰相（林甫）殿は、錫や鉛の鐚銭を銅銭と交換せよと仰せです。が、そうなると細かく付けていた物の値が崩れます」

つまり銅銭は大きな単位になるので、その中間の値を切り上げるか下げるかになる。

「上げれば、下げた所に客が奔《はし》り、ますますの値下げ合戦で、商人は立ちゆきませぬ」

彼らが大声で言いたいのは、悪貨と言えど鐚銭を通用させるよう、皇帝隆基へ口添えして欲しいということなのだ。つまり、李林甫の銅銭との交換は、庶民にとってはありがた迷惑、百害あって一利なしと訴えている。

「相判った。これから陛下と懇談するゆえ、おまえたちの希望を伝えよう」

楊国忠が言うと、商人たちは深く拱手《きょうしゅ》して宰相の行列を見送っていた。その日の楊国忠は、皇帝隆基に早々《はやばや》と面会し、世情の金銭事情について話した。

「それなら、銅銭と錫や鉛の貨幣を併用すれば良いのじゃな。ならば、そうせい」

楊国忠は欣喜雀躍《きんきじゃくやく》したい気持を抑え、それでは庶民のために鐚銭を通用させると跪《ひざまず》いた。そのとき楊貴妃が現れて、掌に隠し持った金貨と銀貨を見せる。

「これはどうなる？」

楊国忠は一瞬虚《きょ》を突かれた思いで、それを見る。確かに本物の金貨と銀貨である。

「銀はこれ一枚で、銅銭十枚に、金は百枚に相当しましょう」

楊国忠の言葉に、楊貴妃ははしゃぐ。その傍で、皇帝隆基も嬉しそうに笑っている。楊国忠は、そこを畳みかけた。

「しかし、ついぞ見掛けませぬが？」

彼は、入手経路を訊ねてみた。

「安禄山が、陛下の許可で造ったのじゃ」

実際には順序が逆で、造ってから許可を得たのである。とにかく楊国忠に衝撃だったのは、安禄山が金貨と銀貨を自由にできる立場になったことだ。彼は、縁者である楊貴妃の一言で、目が覚めた。

鐚銭と銅銭に関してはこれから後、李林甫の両替の役所へは誰も行かなくなる。それに加えて、李林甫の陰の仕事をして伸《の》してきた王鉷《おうきょう》が謀反《むほん》の廉《かど》で捕らえられた。

彼が宮中で出世したのを良いことに、縁者の誰かが占師に「王者の風格が見えるか？」と訊いて告発されたのだ。当時、そのような問でも、謀反とされるのは常識だった。

彼は、李林甫の推薦で出世した。それゆえ彼が失脚させられるのは、李林甫の影響力が低下したからと判る。李林甫の実力低下は、鐚銭問題でも明らかであった。

皇帝隆基は、この何日か昇殿してこない彼のようすを、宦官に見に行かせた。すると、寝こんでいるという。もともと、この一、二年は健康が優れないようだった。それを、せっかく一念発起した両替であったが、あっさり潰されて、失意のどん底に落ちたのだ。

ただ、李林甫は朔方《さくほう》（山西省北部）の節度使でもあった。その際、突厥の阿布思《あふし》を帰順させ、副使に据えた。このことで、皇帝隆基を喜ばせ、何とか宰相の面目を保っていた。

そんな頃、十二回目の遣唐使がやってきた。今回の大使は藤原清河《ふじわらのきよかわ》で副使は吉備真備《きびのまきび》と大伴古麻呂《おおとものこまろ》であった。真備は仲麻呂と十年以上唐におり、古麻呂は十回目の遣唐使で、井真成《せいしんせい》の遺品を整理して持ち帰っている。

当時の日本は女帝の孝謙《こうけん》天皇の御代で、仏教を大いに崇めた聖武《しょうむ》天皇の娘である。彼女は、新羅《しらぎ》王子からの訪問も受けている。

聖武は当時、上皇として健在だったため、遣唐使の目的に仏教関係の経典を求めることは充分あったろう。そして関係者が待っているのは、伝戒師としての鑑真和上であった。

また、元号は天平勝宝《てんぴょうしょうほう》四年で、この前の天平感宝《てんぴょうかんぽう》から四字熟語のようになり、次の天平宝字《ほうじ》、天平神護《じんご》、神護景雲《けいうん》とつづくことになる。これも、則天武后《そくてんぶこう》時代の影響であろう。皇帝隆基は、唐の文化を吸収しようとする日本の彼らが好きであった。だから、挨拶に来ると手放しで歓待してくれた。

「土地制度は、上手《うま》く機能しておるかな？」

彼が問うと、藤原清河は在唐経験のある真備や古麻呂の方を見る。

「日本では御国を見習って、民に土地を分け与えております。もともと狭い国ですので、開墾した土地は開墾した者の物になるよう、律令も整備しております」

「さようか。それは良い法を考えたのう」

このような調子だった。

その頃、安禄山がやって来て、楊貴妃に土産を渡していた。金貨と銀貨である。彼は楊貴妃に、宦官に与えて必要な物を買わせるよう進言する。金貨なら、大量の買い物ができるからだ。

宮中の者が使えば、庶民の信用ができる。更に、鋳造している安禄山の価値があがる。

「阿布思は安禄山と連合して、突厥の反乱軍を鎮圧せよ」

皇帝隆基は、そのように勅を出した。すると阿布思は、回鶻《ウイグル》の方へ奔《はし》った。それは、安禄山を恐れたからだ。禄山の、突厥や奚への仕打ちが伝わり、身の危険を感じたのだ。

阿布思の亡命を知ったのか、李林甫は楊国忠を「告発せぬ」を条件に枕元へ呼んだらしい。そこで、何が話し合われたのか、よく判っていない。恐らくは、死期を悟った李林甫が苦肉の策として、やり残した仕事を託したのだろうと見られる。だが、少なくとも経済政策ではなかろう。

考えられるのは、王鉷の命乞いだ。

「剣南の負け戦は、一切口を割らぬから」

条件は、これしかなかったはずだ。だが、結局王鉷は処刑された。冷静になれば、鮮于仲通のことなど、いくら隠しても暴露《ばれ》よう。それにも増して、裏切りの懸念多き王鉷などを、生かしておく方が危険だったのだ。

その後、李林甫も息を引き取った。

そんな頃、安禄山はまたもや楊貴妃と話し込んでいた。皇帝隆基が遣唐使と宴席にいるとき、二人は後宮にいたのである。

普通なら首が飛ぶ行為を、節度使を三つ兼ねて太った男は、堂々としでかしている。それを知って、大いなる嫉妬と不安を抱いているのは、楊国忠である。

このままだと、自分より高い地位に就く。

67

天宝《てんぽう》十二載《さい》（七五三年）の新年の祝賀会で、一悶着《ひともんちゃく》あった。口火を切ったのは、あろうことか日本の大伴古麻呂《おおとものこまろ》である。

例年のことだが、その席には外蕃《がいばん》国の大使や副使らも招待される。そのとき、大使藤《ふじ》原清河《わらのきよかわ》が周囲を見渡して、疑問を口にする。

「我らの席次は西畔《さいはん》（西側）の二番なのに、新羅《しらぎ》が東畔《とうはん》第一席なのは、どういうことだ？」

この呟きが大伴古麻呂に聞こえ、彼は持ち前の正義感から早速抗議に出る。

「鴻臚寺《こうろじ》（外客を接待する役所の長官）殿。新羅は前年、王子自らが先頭に立って、我が日本に朝貢《ちょうこう》しております。このような国が何故我らより席次が上位になるのでございましょう？」

納得できぬという叫びに、鴻臚寺の役人たちは右往左往し始め、役所の記録を調べると して、皇帝隆基《りゅうき》に裁断を仰《あお》ぎに奔《はし》る。

「朝貢なら、されておる方を上位にする方が順当であろう」

新羅王子の日本訪問が朝貢かどうかなど、唐《とう》側に判ろうはずはない。大伴古麻呂の言い方が、余りにもはきはきしていたので、気圧《けお》されたのである。

また皇帝隆基は、日本と新羅の事情など全く理解していない。ただ、不断から新羅とは国境紛争など諸問題があり、悪い心証を受けていたことと、阿倍仲麻呂《あべのなかまろ》らとの日常的な付き合いから、日本を依怙贔屓《えこひいき》にしているに過ぎなかった。

このような経緯から、日本と新羅の席が入れ替えられた。これが「天宝の争長事件《そうちょうじけん》」と呼ばれる騒動である。

ところでこの朝儀には、どういうわけか安禄山《あんろくざん》の姿がなかった。皇帝隆基が気にしていると、数日後に楊貴妃《ようきひ》が笑いながらやってくる。噂話を仕入れてきたらしい。

「哥舒《かじょ》将軍（翰《かん》）が妾《わらわ》の息子に向かって、〈狐が穴に向かって吠えるのは不吉だ〉と、言ったそうです」

「何だ。それは？」

皇帝隆基には、意味が解しかねた。

「何でも宦官《かんがん》によると、穴とは狐の穴で、狐が犬の真似をして狐を狩ることだとか」

「はて、よく判らぬ喩《たと》えだ」

皇帝隆基は、それでも理解できなかった。

「狐は、突厥《とっけつ》や契丹《きったん》、回鶻《ウイグル》のことですわ」

それが犬、つまり漢民族の振りをして、遊牧騎馬民族を討つという意味になる。唐から見れば、毒を以て毒を制することになるが、異民族側からは裏切り者を意味しよう。

哥舒翰と安禄山は、ともに突厥と于闐《うてん》（西域の都市国家）やソグドの雑胡《ざっこ》である。彼らが国境付近で突厥と戦えば、諺《ことわざ》どおりになろうが、それは互いに禁句とせねばならぬはずだ。

「哥舒翰も、下らぬことを言いおる」

皇帝隆基は笑い飛ばしていた。彼は、部下たちの細かい諍《いさか》いに興味が持てなかったのだ。それでも、他界した李林甫《りりんぽ》に関する、捨て置けぬ話が飛び出してきた。

「王鉷《おうきょう》と阿布思《あふし》を抱き込んで、彼は謀反《むほん》を企んでおりました。王鉷には兵権奪取の書類や虎符《こふ》を調えさせ、阿布思には兵を動員させる算段だったようです」

告発しているのは楊国忠《ようこくちゅう》である。阿布思は回鶻の方へ逃げており、後の二人はもう死人に口なしである。好いように、罪が着せられてしまう。

李林甫は庶民に落とされたため、墓まで暴《あば》かれて棺桶を安物に替えられた。また、家族は処刑され、李林甫派と看做《みな》された者たちは次々と地方へ左遷となった。

「これまでの李林甫が余りにも阿漕《あこぎ》だったから、これは自業自得かもしれんな」

庶民だけでなく、宮廷人や官僚の感想も似たり寄ったりだった。ただこのときでも、長《ちょう》安《あん》では楊《よう》氏《し》五家《ごけ》の誰かが屋敷の普請《ふしん》をしていた。周囲の者も、それがもう何度目か、数えられないほどだった。

「唐の建築物は、我らが皇居や伽藍《がらん》建設の手本になります。楊家では何度も屋敷の普請があるので、その度に留学生が現場で働き、技術を身に付けております」

鋸《のこぎり》、鑿《のみ》、鉋《かんな》、金槌《かなづち》が響く所で、仲麻呂が藤原清河や大伴古麻呂らに説明している。この年、日本人の一行が長安の所々を巡って説明に聞き入っているようすが散見できた。

「安禄山が、謀反だと言う者がございます」

高力士《こうりきし》がそっと耳打ちするが、皇帝隆基は笑っている。かつて、張九齢《ちょうきゅうれい》が安禄山の人相を観て、「将来の謀反人」と侮蔑《ぶべつ》したり、王忠嗣《おうちゅうし》が幽州《ゆうしゅう》の雄武城《ゆうぶじょう》を見学して「三日で落とせる」と豪語した後、「謀反の兆《きざ》しあり」としたことが根拠らしい。

だが前者など、ほとんど異民族蔑視の戯《ざ》れ言に近く、後者は楊国忠が安禄山へ持つ、寵への嫉視《しっし》が半ばしていよう。

「一応、調査はいたします。我が子飼いの輔璆琳《ほきゅうりん》を幽州へ行かせましょう」

こうして、宦官の輔璆琳が幽州の調査に赴いた。彼が帰って来たのは、十二月に入ってからだった。返事は無論「否」である。

「これで、満足か？」

皇帝隆基に言われても、これには楊国忠が納得できないでいる。

「それでは、安節度使をお召し下さいませ。後ろめたさから、きっと、参りませぬ」

この執拗《しつよう》さに呆れ、皇帝隆基は安禄山に召喚状を送った。すると安禄山は、天宝十三載（七五四年）の朝賀の儀式へ顔を出した。無論、皇帝隆基と楊貴妃に、好物の土産を山積みにしてである。それだけで二人は御満悦になり、謀反など露程も疑っていない。

「忝《かたじけな》い限りであるなあ」

皇帝隆基が頭頂から抜けるような声を出すと、告発の急先鋒楊国忠も気が挫《くじ》けた。彼が去ると、安禄山は珍しく皇帝隆基と楊貴妃へ泣きを入れる。

「吾は胡人（異民族）ゆえ、楊国忠に睨《にら》まれるのです。これは、母者の御縁戚から疑われることになり、それが情けのうございます」

「朕《ちん》が、おまえを宰相にするから心配無用だ。それでは、胡旋舞《こせんぶ》付きの宴でも張るか」

こうなるといつものとおり梨園の楽士や胡姫《こき》が勢揃いし、安禄山が彼女たちと舞って大いに酒宴が盛り上がる。安禄山は巨体をくねらせて旋律に乗っていたが、やはり昔と違って息が上がっているように見受けられた。

安禄山が長安を出る頃、遣唐使の一行も故国日本に向けて出立していた。

暫《しばら》くすると、四船が海原へ出たとの報告が来た。これらには大使の藤原清河や副使の大伴古麻呂、それに、在唐三十七年の阿倍仲麻呂も乗船していた。また、伝戒師《でんかいし》としての、鑑真和上《がんじんわじょう》もいたのだ。このとき鑑真和上は、王羲之《おうぎし》の書を携えていたと言われる。それを以降の筆跡の手本としたようだ。

だが四隻とも、真面《まとも》に日本へは着かなかった。三隻は琉球《りゅうきゅう》に漂着するが、一隻は行方不明になっている。三隻はその後、日本に向けて出港し、大伴古麻呂や鑑真和上を乗せた船は、何とか日本へ到着した。

しかし、藤原清河や阿倍仲麻呂が乗った船は暴風に巻き込まれて、その後行方不明になっている。遣唐使は、正に命懸けだった。

「なに、晁衡《ちょうこう》（阿倍仲麻呂）が海原で消えたのか？」

この話は宮廷だけでなく、巷《ちまた》の詩人仲間にも伝わっていた。かつて仲麻呂の家に転がり込んでいた李白《りはく》も、このとき長安へ帰ってきていた。彼は居ても立ってもいられず、性急に仲麻呂を悼《いた》む詩を作っている。

68

楊国忠は、皇帝隆基に連日安禄山の謀反を言い募った。孔子《こうし》の弟子で孝行者の曾参《そうしん》の親に、「息子が人を殺した」と言っても信じてもらえないが、告げ口をする者を変えて毎日のように言い募れば、さすがの親も信じてしまうだろう。楊国忠が使った方法も、正に同じものだった。

彼は手懐《てなず》けた大臣たちに、皇帝隆基のもとへ行かせた。曰《いわ》く、安禄山が三十万もの軍を擁《よう》しているのは、長安へ侵攻する野心の表れ以外の何物でもない。曰く、安禄山と楊貴妃は、ただならぬ仲である。皇帝陛下から取りあげるため、都へ侵攻する。

「謀反の告発は、あやつらの癖じゃ」

だが皇帝隆基も楊貴妃も、このように反論し、曾参の親よりずっと寛容だった。いや、鈍感な上に人が好かったと言うべきだろう。如何なる讒言《ざんげん》も、全く効き目がなかった。

この年は雨の日々がつづいた。その水が、安禄山への噂を流しているようだ。このような事情は、遠からず彼の耳に入るものだ。具体的には、調査に来た宦官らによってもたらされる。

それでも、安禄山は疑惑に対して懇切丁寧に応える。

「我が三十万もの軍を保有しているのは、突厥や契丹、回鶻、奚《けい》、黒水靺鞨《こくすいまっかつ》などという異民族が国境付近に屯《たむろ》しているから、その対抗策として保有しているに過ぎませぬ」

「我は楊貴妃殿下の養子であるから、彼女は乳飲み子として我を扱っています。ただ、母と子の関係なのです」

安禄山の応えを、楊国忠や哥舒翰は否定的に受け取る。尚も、彼らに同調していったのが、皇太子亨《こうたいしこう》であった。つまり、安禄山が寵愛されることで、自身の立場が不安になる者らの動きだ。

特に楊国忠は、南詔《なんしょう》国の閣羅鳳《かくらほう》を滅ぼそうと、李宓《りひつ》なる将軍に八万の兵を託して送り込んだ。ところが李宓《りひつ》は、峻険《しゅんけん》な山岳地帯に慣れず、六万の兵を失い自らも戦死した。これは、到底発表できない失態である。

南詔での累計の戦死者は、二十万とも言われた。だが、それを直隠《ひたかく》しに隠すため、楊国忠は更に安禄山の悪口を撒《ま》き散らし、皇帝隆基へ重ねて言い募っていたのだ。

しかし、楊国忠や皇太子亨らがいかに安禄山を告発しようとも、皇帝隆基は全く取り合わなかった。無論、楊貴妃の養子であったこともあるが、安禄山は毎月二人のために珍しい品々や食物を贈ってくるからだ。

「謀反を考える者が、ここまで律儀に朕らの好物を忘れず届けにくるものか」

皇帝隆基はそう言うと、庶民や下位役人で安禄山の謀反を言い立てる者を捕らえ、檻車《かんしゃ》に入れて幽州の安禄山へ送ってやった。悪口を言った者を、好きに処刑せよの意だ。

そのようなことは三度に及んだが、安禄山は彼ら全員を釈放した。自由にされた彼らは、安禄山に恩義を感じて長安へ戻る。

「俺たちは誤解してた。安節度使（禄山）には、謀反のむの字も無いぜ」

彼らが長安の居酒屋で安禄山への賛辞を言い触らしている最中、大路からどっと人々の響動《どよ》めきが起こっている。

「火事か？　芝居小屋の宣伝か？」

人々が小雨の中へ顔を出すと、揃いの緑色の衣裳を着けた者らが練り歩いている。その中央には輦台《れんだい》があり、乗っているのは秦国《しんこく》夫人と判る。つまり楊氏五家の一人である。

最近、彼らの屋敷合戦は終わったようだ。もう、何回建てたり毀《こわ》したりしたか判らないが、それでも建築業者は潤い、遣唐使は技術習得ができ、その部分では世間に恩恵をもたらしていた。

それが今度は、一族郎党の衣裳合わせ合戦に変化したようだ。製糸や反物呉服、裁縫、染め物の業界は、ここぞと儲《もう》けを図ろうが、彼ら五家にとっては、自己顕示だけだ。

この日は、前方から広平公主《こうへいこうしゅ》の馬車が来たのを、秦国夫人付きの下僕が両手を拡げ、彼女を馬車から引き摺《ず》り出した。怒った夫が、この下僕を鞭で打って現場を後にした。

庶民は呆れながら見物している。一方それはそれで、安禄山に取っては好い状況だったのかもしれない。さすがの楊国忠も、一族の莫迦《ばか》な行為に閉口して、謀反を言い立てる事を忘れる程だったからだ。

しかし、ここへきて皆が一番困るのは、皇帝隆基自身が自分のしたことを、どんどん忘れていっていることである。これは、安禄山にも楊国忠にとっても、随分厄介《やっかい》だった。いや、もっと重大で切実な厄介事が発生しつつあった。それは、この年の長雨である。

「去年は一部水害で、その後は旱魃《かんばつ》であったな。とにかく、上手くいかぬものだ」

「その回復もせぬ間に、雨に次ぐ雨だ。穀物の生産高を計上するのが恐ろしい」

「いざとなれば、江南《こうなん》の穀倉地帯から、運河で運べば何とかなりましょう」

「漕渠《そうきょ》もありますしな。洛陽《らくよう》は御免です」

官僚や宮廷人は二十年前の飢饉の、遷都同然の騒動を思い出し、身を竦《すく》めている。

「なぜ、このような天候になったのかな？」

皇帝隆基は、他人事《ひとごと》のように言う。そこを高力士は、鋭く返した。

「陛下は権威を総て楊宰相（国忠）に与えられましたが、賞罰は正当に与えられませぬ」

先日、秦国夫人から辱《はずかし》めを受けた広平公主は、下僕を成敗した夫が左遷されている。

「楊氏五家ばかりが潤って、一族郎党が衣裳合戦しているありさまです。きっとこれにて、陰陽の調和が乱れたのでございます」

だが偶然の差配か、秦国夫人が病没する。それでも翌日になると、皇帝隆基はそれらのことを、綺麗さっぱり忘れていた。

「新年の儀式に、安禄山が来なんだな」

「それでございます。心配なのは身体で、気懈《けだる》さや目の霞《かすみ》があるとか」

天宝十四載（七五五年）が始まったが、安禄山は朝賀の儀式に駆け付けなかった。宮廷人は様々に噂した。だが、かといって、皇帝隆基や楊貴妃の機嫌は悪くなっていない。

数日後、曳落河《えいらくが》（安禄山の、突厥や奚などの異民族からなる常備軍）の隊長何千年《かせんねん》なる者が、皇帝隆基と楊貴妃に宛てた手紙と口上を持ってきた。無論、月々の土産以外に、穀物も満載にしてのことだ。

「漢人の隊長を、胡人として登録するのを、御許可下さい」

理由は曳落河の部下から親しみを持たれ、俄然士気が上がるからだという。士気が上がれば謀反に持って来いだと、楊国忠から早速の反論が出よう。

安禄山も、当然それを読んでいる。

「謀反の告発は、あやつの癖じゃ」

このように、皇帝隆基が必ず助け船を出すであろうと、楊国忠は別の質問をした。

「安節度使殿は万一の場合、相続をどうなさるのかな？」

「みどもがお応えするのも……」

何千年はそのように前置きしながら、長男の安慶宗《あんけいしゅう》と応えた。それで皇帝隆基の顔が、尚も綻《ほころ》ぶ。人質同然に、長安に残っているからだ。それで楊国忠も安心できよう。

「また、胡旋舞を見たいものじゃ」

皇帝隆基が所望すると、何千年は近々長男の婚礼があると応えた。

69

皇帝隆基と楊貴妃は、安慶宗の婚礼を心待ちにしていた。無論、安禄山に会えるからだ。日程も時刻も聞いていながら、遂に彼とは会えずじまいだったのは、安禄山の体調が思わしくなく欠席したからだという。

「謀反に違いありませぬ！」

早速、楊国忠が言い立てた。

「それを予防するには、安禄山から節度使の役職を外せば良いのです。范陽《はんよう》には賈循《かじゅん》、平《へい》盧《ろ》は呂知誨《りょちかい》、河東《かとう》には楊光翽《ようこうせい》を当てれば、やつの勢力は自ずと分散します」

前者二人はその地の節度副使で、後者は范陽の副留守《りゅうしゅ》（皇帝の印璽《いんじ》を扱える長官代行）である。要は、内部崩壊を狙った人事だ。

楊国忠は部下たちと謀って、このような提案を皇帝隆基にしてみた。すると、認知症が現れかけている皇帝隆基は承諾する。だが一方では、自らと楊貴妃の見舞いを持たせた使いを、安禄山へ派遣している。輔璆琳や辺令誠《へんれいせい》らがその任に当たるが、その度に安禄山が杖を突いて丁寧な応対をしたと報告する。

「お身体は重そうでしたが、いつも陛下や殿下のことを気に病んでおられました」

こう聞くと、三節度使兼任を解く一件は、草稿書類が許可されず没になっていく。

一方、楊国忠も間者《かんじゃ》を十人ばかり送り込んでいたが、戻って来たのは二、三人だった。その彼らも、次のように報告する。

「安禄山は、肥満からくる目の霞や皮膚疾患《ひふしっかん》に、かなり悩まされているようです」

そうならば、何千年の説明と安禄山からの返事も信じざるをえない。他の間者は捕らえられ、挙動不審者として訊問された末に、強盗として処刑されたらしい。

「しかし、謀反を考えておらねば、間者の疑いがあっても、処刑することもありますまい」

哥舒翰らの考えを論議しようとした矢先、安禄山から壮大な申し出《い》であった。それは辺境で育った胡馬三千頭を、皇帝隆基に献上したいというものだ。胡馬とは駿馬であり、当時としては高級乗用車のエンジンにも匹敵しよう。

このような私信が、月々の土産に付けて送られてきた。事情を聞いた楊国忠が驚くまいことか。彼にはこれらの馬が、侵攻してくる安禄山の軍兵に見えたようだ。

「肯《き》いてはなりませぬ。群れなす馬どもで都が踏み躙《にじ》られ、庶民の生活が成り立ちませぬ」

こんな理屈が成り立つのであれば、楊氏五家の虚栄心が交錯するだけの衣裳合戦など、交通妨害の権化《ごんげ》として即刻取り止めさせる触れでも出せば良いことになろう。だが、そちらには目を瞑《つむ》るのだ。

もっとも楊国忠とて、五家の振る舞いを快く思っているわけではない。だが、取り敢えずそれらを棚に上げ、とにかく楊国忠の意見は聞き届けられた。いや、楊国忠がそのように持って行ったと言うべきだろう。結局のところ胡馬の移送の提案は、長安周辺における家畜の疫病蔓延《えきびょうまんえん》を理由に却下された。

「そうか。勿体《もったい》ない。あいつが気落ちしないでくれればいいのだがのう」

皇帝隆基は、楊貴妃と養子を思い遣る。だからではないが、彼への見舞いの使節が、また送られた。皇帝ではなく、楊国忠が視察をさせたのだが、正面からは何も判らない。

「病は、一進一退の小康状態です」

彼らは、そのような返事を持ち帰るしかなかった。そして五度目の使節が幽州に向けられたが、彼らが出立《しゅったつ》して十一日目に、安禄山からの贈物が届いた。

これこそ、安禄山の深謀遠慮であったと、後で判ることになる。

「あの子は、病の床に就いていても、陛下や妾《わらわ》のことを考えてくれているのですね」

楊貴妃の言葉は、ほとんど感涙《かんるい》に噎《むせ》ぶような雰囲気であった。彼女は楊国忠を呼び出して、日頃から安禄山の謀反ばかりを叫ぶ彼を叱りつけた。

「そなたは常々、妾の息子の安禄山を悪し様に言いよるが、この贈物の山を見よ。これが、謀反人のすることと思てや？」

楊国忠は、最大の後ろ楯から詰《なじ》られ、やや意気消沈していた。このことが、後々の対応の遅れとなる。しかも、「安禄山の謀反や反乱」などの報告が、洛陽の更に東から度々寄せられ始めてもである。

それでも、安禄山を何処までも信用する皇帝隆基と楊貴妃の機嫌を損ねてはと、楊国忠は上申できなかった。いや、これまで「謀反」を誣告《ぶこく》してきただけに、地方から上がってくる報告には、却って疑ぐり深くなっていた。

「唐軍が連戦連敗して、安禄山の大軍が黄河《こうが》を渡りました」

このような報告が来て、ようやく楊国忠は瓢簞《ひょうたん》から駒《こま》ならぬ、奔馬《ほんば》が出たと思うようになる。これまで、さんざん虚言を弄《ろう》しておきながら、実際にそうなった現実には、心が引いて妙に消極的になっていた。

「宮廷を壟断《ろうだん》する奸臣《かんしん》、楊国忠を討つ綸旨《りんし》を得た！　一路、長安へ侵攻する！」

進撃してくる安禄山軍の大義名分は、楊国忠を愕《おどろ》かせた。これでは、自分一人が悪者になってしまう。

「安禄山の謀反、いや、反乱だ！」

楊国忠は、突然大声で安禄山の反抗を宮廷中に訴《うった》えた。だが、誰もが「またか」とばかり取り合わなかった。無論、皇帝隆基や楊貴妃も然《しか》りである。

「御史中丞《ぎょしちゅうじょう》（官吏を糾弾する役所の副官）の吉温《きつおん》や劉駱谷《りゅうらくこく》らが、安禄山へ宮中の事を漏らしたに違いありませぬ」

楊国忠は宮廷内の機密事項を漏洩《ろうえい》した内通者の名を挙げるが、二人とも彼に左遷された末、任地で謎の死を遂げていた。それも楊国忠が派遣した刺客の刃《やいば》に掛かったのだ。

楊国忠は慌てたが、洛陽からの使者が次々と到着して、安禄山の進撃を告げるので、皇帝隆基と楊貴妃も漸《ようや》く信ずるようになる。こうなると、まずは長安に残っている安禄山の妻や妾《めかけ》、長男らを捕縛して牢《ろう》へ繋《つな》いだ。

「唐軍では、どの将軍が安禄山を迎え撃つに適任じゃ？」

軍備に疎《うと》い楊国忠は、官僚たちに人選を訊《たず》ねて廻った。まずは程千里《ていせんり》と畢思探《ひっしたん》を洛陽へ派遣して、軍兵数万を集めさせよと勧められる。そのうえで、指揮する将軍が必要だ。

すると、二人の名が上がる。

「今の唐では、封《ほう》将軍（常清《じょうせい》）と高《こう》将軍（仙芝《せんし》）を抜いては考えられませぬ」

哥舒翰の名が挙がらなかったのは、最近になって連日のごとく、北里（歓楽街）の郭《くるわ》で酒浸りになっているからだ。楊国忠は、子飼いにしていたことを、今更ながらに後悔した。肝心な時、使い物にならない。

「お呼びを受けて、封常清、参りました」

翌日、眇《すがめ》で跛蹇《はけん》の男がやってきた。風采の上がらぬことこの上ないが、それでありながら将軍の位を勝ち得たことに信が措《お》ける。実際、高仙芝の部下に志願し、武功よりも策戦で頭角を現したという。

「早速だが、兵六万で、安禄山の賊軍を蹴散らしてくれぬか」

楊国忠が命を出すと、封常清は無表情なまま深く拱手《きょうしゅ》した。その姿に、楊国忠は頼もしさを感じた。彼が出発した日に、楊国忠は安禄山の家族を引き出した。

ここからが、またしても楊国忠の失敗である。彼は怒りに任せて、安禄山の家族や係累《けいるい》を全員処刑した。

封常清の出発から旬日《じゅんじつ》後に罷《まか》り越した高仙芝は、その処置に身震いを感じた。

「生かしておけば、取引の材料にもなりますものを、勿体ないことです」

この一言に、楊国忠は自身の失態を知ったが、反省の弁など口にしない。

「至急、洛陽へ駆け付けて、封常清に加勢するよう命ずる」

高仙芝は将軍らしく武人の敬礼をし、宮殿の広間から去っていった。彼は即刻軍を率いて渭水《いすい》右岸を東へ向かう。途中潼関《どうかん》を抜け、黄河との合流点へ出る。ここから尚も進めば洛陽だが、途中思いもかけぬ事態となった。

70

安禄山《あんろくざん》が進撃している最中、南方の武関《ぶかん》を通って長安《ちょうあん》へ向かう一行があった。阿倍仲麻《あべのなかま》呂《ろ》と藤原清河《ふじわらのきよかわ》らの一行だった。彼らは琉球《りゅうきゅう》から出港した後、以前の平群広成《へぐりのひろなり》とほぼ同様の航路を取って、現在のヴェトナム北部に漂着していたのだった。

当時ここは唐の領土で、嶺南道《れいなんどう》の安南都護府《あんなんとごふ》と呼ばれていた。漂着した船は地元の海賊に襲われ、乗組員が多く犠牲になった。そこを自国の船と確認した役人が援軍を出し、仲麻呂と清河は助け出されたのだ。

彼らは役人の供を数人付けられ、長安まで送り届けられることになった。そうして、ようやく長安を前にしたところ、藍田《らんでん》の刺史《しし》から危機事態になっていると知らされた。

「暫《しば》し、ようすを見た方が良いと存じます」

安禄山は、二十万と号する軍（実際には十五万）を動かして、洛陽《らくよう》を落としたという。

この切羽詰まった状況で、皇帝隆基《りゅうき》は認知症患者にありがちな、突然奇抜な状況判断を示し始めた。

「朕《ちん》が鎧《よろい》を着けて親征すれば、安禄山も一歩引いて攻撃を止めよう」

　その思いつきを真っ向から反対するのは、当然ながら楊国忠《ようこくちゅう》である。

「陛下自ら矢石《しせき》の間《かん》に立たれて、万一のことがあれば何といたします」

「そのために、皇嗣《こうし》というものを立てているのじゃ。万一のためにな」

　絶妙な切り返しに、楊国忠は黙った。まさかと思っていたのと、皇太子亨《こう》が即位したら、身の破滅だとも悟っていたからだ。次期皇帝は、楊国忠や無駄な支出で長安を席巻する楊氏五家《ようしごけ》を、心の底から憎んでいる。

　このとき宦官《かんがん》が、助け船よろしく告げる。

「平原郡太守《へいげんぐん》の顔真卿《がんしんけい》殿から、使いが参りました。如何《いかが》いたしましょう？」

　追い返す理由などない。皇帝隆基は、早速使者の李平《りへい》に会った。

「平原郡では顔太守を中心に、濠を完備させて壮丁七千人を徴発し、諸郡に抗賊の密使を送っております。族弟で常山郡《じょうざんぐん》太守の顔杲卿《こうけい》様からも、呼応する旨の返事がございます」

　この口上に、皇帝隆基は手放しで喜んだ。

「顔も知らぬ太守が、朕のためここまで忠誠を誓ってくれよる。何とありがたいことか」

　使者が退散すると、皇帝隆基はそれまでのことを総て忘れていた。

「誰が朕の前に、かような鎧を置いた？」

　これにて、親征の件は沙汰《さた》止みとなる。

　ところで、安禄山が白馬津《はくばしん》を渡ったとき、討伐軍として動員され進軍した封常清《ほうじょうせい》は、洛陽の手前で敵と遭遇した。ところが、安禄山軍は、ここまでに様々な城邑《じょうゆう》を通過して太守らの軍を撃ち破って戦い慣れしている。兵も吸収してきたので、当初の報告より思いの外《ほか》の多勢で、封常清は頭数に圧倒されて、戦いもそこそこに引いたらしい。

ここへ、援軍として駆け付けた高仙芝《こうせんし》の軍も、退却してきた封常清に促され、結局潼関《どうかん》へ入って扉を閉めたという。

安禄山の軍がこれを追って、早急に長安に向かっていれば、もっと事態は彼に傾いていたのかもしれなかった。だが、彼の部下たる曳落河《えいらくが》を中心とした十五万の兵は、ほとんどが軍規など歯牙《しが》にも掛けない破落戸《ごろつき》どもばかりだった。

それゆえ洛陽の城邑へ侵入すると、家宅へ押し入っての掠奪《りゃくだつ》、暴行、強姦、放火という戦争犯罪に奔《はし》った。これで長安への侵攻が旬日《じゅんじつ》は遅れることになる。

一方の長安の宮殿周辺は、蜂の巣を突《つ》つくような騒ぎになっていた。

「安禄山は、朕を亡き者にしたいのか？」

認知症のやや進んだ皇帝隆基は、正確な状況判断ができずにいる。楊貴妃《ようきひ》が宥《なだ》めても、彼には不安が先行する。楊国忠が、それを更に助長することを決断した。

「封常清と高仙芝の二将を処刑いたしました。後を哥舒翰《かじょかん》に託します」

理由は洛陽から潼関へ退却する際、太原倉《たいげんそう》なる食糧倉庫がある。軍監の宦官辺令誠《へんれいせい》が、そこを焼き捨てよと言った。それにも拘わらず、二人の将軍は軍兵の守備に支障をきたさぬよう、とにかくできるだけ持ち運ぶよう命じたのである。

ただ、このため兵が食糧を精一杯背負おうとして、行動が迅速にできなかった。それゆえ安禄山の兵に追い付かれ、兵を多く喪《うしな》った事実はあった。それ故の処断であるが、楊国忠は安禄山の一族処刑を批判された怨《うら》みもあったようだ。

この裁断には、皇帝隆基の近衛兵《このえへい》らも愕《おどろ》いた。封常清と高仙芝の二将なくして、唐の軍隊を纏《まと》められる器《うつわ》の武人は、もういないのである。哥舒翰が、楊国忠の金銭で酒色に耽っていることを知らぬ者はない。

天宝十五載《てんぽうさい》（七五六年）の一月、安禄山は洛陽で国号を「大燕《だいえん》」とし、自らを「聖武皇帝《しょうむ》」と僭称《せんしょう》した。「燕」とは戦国時代、幽州《ゆうしゅう》（北京《ペキン》）を中心に勢力を伸ばした国だ。

彼は長男慶宗《けいしゅう》を処刑されていたので、次男の慶緒《けいしょ》が跡取りになる手筈だ。しかし彼にはまだ、これといった手柄がない。そこで、潼関を攻めたいと申し出てきた。

一方、唐側で潼関を守るのは哥舒翰だが、彼は病気がちである。そこで、御史中丞《ぎょしちゅうじょう》の田良丘《でんりょうきゅう》が指揮を執っている。また、騎兵は王思礼《おうしれい》、歩兵は李承光《りしょうこう》と分担が決まっていた。そして軍監が李大宣《りだいせん》なる宦官だった。

軍監は戦闘員ではないので、李大宣は一日中酒ばかり呷《あお》っている。以前、高仙芝らが太原倉の食糧持ち出しに失敗しているため、潼関では食糧が乏しい。その中において、李大宣の振る舞いは、総ての兵士から顰蹙《ひんしゅく》を買うものだ。

安慶緒は、そのような内情を知り、守備隊が一枚岩でないことを突いて攻めてきた。だが、城壁に向けて横隊で突進してきたため、王思礼の騎兵に一点突破を繰り返され、一敗地に塗れて這々《ほうほう》の体《てい》で退却した。

　ここで唐軍に多少の余裕ができ、安禄山がなぜ反乱を起こしたかの原因究明が論議されだした。それは、宮廷でも同じであろう。当然ながら、原因が楊国忠の安禄山への対応にあることは明らかだ。

　ついでに言うなら楊家五氏への反感や、皇帝隆基と楊貴妃の恩顧だけに頼る政治にも、責任の一端はあるのだ。いや、総てを引っ被らねばならないだろう。しかし、皇帝隆基には、もう当事者能力が欠けている。

　この状況に一番危機感を抱いたのは、楊国忠である。顔杲卿が史思明《ししめい》に敗れ、檻車《かんしゃ》で洛陽へ運ばれて後、安禄山に処刑されたと聞くや、彼は更なる不安に駆られた。

　潼関では、哥舒翰が安禄山の密書を見つけたとして、安思順《あんしじゅん》と安文貞《あんぶんてい》の二将が処刑された。二人とも安禄山の遠縁だが、互いに不仲なのは有名だ。哥舒翰とも全く反《そ》りが合わなかったので、ここで始末されたのだろう。

　だが、楊国忠が不安なのは、潼関守備隊が刃《やいば》を自分に向けることだ。つまり、楊国忠の首を、安禄山に渡そうとする動きである。それゆえ彼は、李福徳《りふくとく》と杜乾運《とけんうん》の二将に長安城外で陣を張らせた。つまり、潼関から退《ひ》き返そうとする軍兵を牽制するためである。

　この事実を知った騎兵隊長の王思礼が、怒りに任せて杜乾運を捕らえて殺す事態となった。そこで、楊国忠は潼関の部隊を恐れ、哥舒翰に、安禄山軍への出撃命令を下した。

71

哥舒翰は、捨て駒にされると感じた。だから、ここで苦肉の策を採る。それは軍監の李大宣を斬り捨てて、軍を率いたまま安禄山に投降することだった。

この捨て身の行為には、さすがの楊国忠も言葉を失った。暫《しばら》く黙っている楊国忠を見て、皇帝隆基も不安な気持になる。彼を慰めるのは楊貴妃であるが、もう皇帝隆基は、戦況の報告を理解できなくなっている。

「呉王（李祇《りぎ》）と賈賁《かふん》が雍丘《ようきゅう》へ参ります」

この報告は味方の動きとは判っていたが、後日「令狐潮《れいこちょう》が、楊萬石《ようまんせき》が燕軍に……」などと言われても、李光弼《りこうひつ》、郭子儀《かくしぎ》、張澹《ちょうたん》などの名と重なり、敵方を攻撃して勝利を得たのか負けたのか、いや、寝返ったのかすらも判らなくなった。

「哥舒翰が、諸将へ手紙を送っているそうだ」

宮廷人が交わしている噂は、裏切り者が唐からの離反を促しているというものだった。だが、呼応しようとする部将は、長安周辺ではほとんどいない。それは、哥舒翰が北里（歓楽街）で飲んだくれている姿を知っているからだ。

かといって、安禄山に正面切って攻め込むでもなく、皇帝隆基のもとに馳《は》せ参じて、護衛役を買って出るわけでもない。

「日和見《ひよりみ》が多く、安禄山の軍を押し止《とど》められぬぞ。我が故郷剣南《けんなん》（四川《しせん》省）へ行くしかないのかな」

楊国忠は、長安を捨てる決断をする。そこには皇帝隆基の意見も、楊貴妃の意向もなかった。ただ、安禄山の軍から逃れるためだ。

「安禄山なら、朕を粗末にせぬだろう？」

皇帝隆基は、まだ暢気《のんき》なことを言った。

「攻めて来るのは、曳落河と呼ばれる荒くれの兵士どもです。恐らく、陛下や妾《わらわ》が誰かも判らず、見つけられ次第殺されましょう」

楊貴妃の言葉に説得され、皇帝隆基は楊国忠に従った。だが、皇帝隆基が長安以外の場所へ移るのは、行幸でなければ遷都である。そのためには、三省《しょう》六部《ぶ》九卿《きょう》の宰相をはじめとして九寺の大臣、官僚たる百官《ひゃっかん》、宮廷人と呼ばれる皇族も、近衛兵、宮女や下働きの宦官、外蕃《がいばん》国（外国）の使節に至るまで付き従う。

だが、ここで付き従うのは、連絡の取れる者だけだった。取る物も取り敢えず、着の身着のままのごとき支度が始まった。そして皇帝隆基を中心に、何百人かの集団が長安の城邑を後にすることになる。

長安に未練があって未だ立ち去りがたい者らや、家財をできるだけ荷車に乗せようと、出発に間に合わない役人たち、いや、このような事態に至っていることを、全く知らぬ者らも大勢いたのである。

「宮廷を焼き払いましょう」

「それは、ならぬ。決してならぬぞ！」

楊国忠があっさり言うのを、皇帝隆基は吝嗇《りんしょく》ではなく、無慈悲だと怒っているのである。宮廷の金銀財宝を手にしなければ、曳落河なる荒くれ者どもは、民の家へ押し入って何もかも奪うと聞いていたのだ。

楊国忠は見えぬ所で舌打ちし、放火させるために待機させた兵を呼び戻すため、宦官を走らせる。彼らが帰ってきたのは、渭水《いすい》に掛かる便橋《べんきょう》を渡ろうとした頃だった。

遠くから、宮殿の時を告げる鐘の音が幽《かす》かに聞こえる。皇帝隆基も不断聞き慣れたものが、位置を換えただけで、ここまで余所余所《よそよそ》しく聞こえるとは思わなかった。ただ、鐘が鳴っているのは、皇帝隆基が都を捨てたことを、まだ知らぬ者がいる証《あかし》だった。

「さあ、橋を焼き捨てよ！」

楊国忠が命じている声が聞こえ、皇帝隆基は烈火の如く怒った。

「まだ、長安城内に多くの者たちが残っておろう。彼らとて、曳落河が来れば逃げたいはずじゃ。しかし、そのときに橋が壊れていれば、彼らは座して死を待つしかなくなる。そんな思いを、断じてさせてはならぬ。それでも橋を毀《こわ》すと言う者があれば、高力士《こうりきし》に成敗させよう！」

こうして、宮殿も橋もそのまま残った。これは、皇帝隆基の部下や庶民を思う心根と解釈できるが、それならば不断からその精神を発揮していればすむことだ。今となっては、後の祭りではないか。

元を質《ただ》せば彼が政《まつりごと》を抛《ほう》りだしたため、都を捨てる事態になったのである。そこへの反省が一切ないのは、そもそも本末転倒であろう。それに、事ここに至ったからには、自分たちが逃げおおせるよう、敵が様々に困る仕掛けをせねばならなかったはずだ。

宮殿や便橋を使えなくすることは焦土作戦の一環で、安禄山の軍が食事をしたり休んだり追撃するのを挫《くじ》くには効果があった。それを止めた皇帝隆基は、政だけでなく軍事にも疎《うと》かったのである。

「急いで、渭水を遡《さかのぼ》らねばならぬぞ」

そう言うのは皇嗣亨であった。彼をはじめとした公子（皇帝隆基の息子）たちが、ここには何人かが同道している。彼らのほとんどは、いや、兵や宦官、宮女に至るまで、楊国忠の命令が当《とう》を得ていると思っていた。

彼らは渭水の左岸（北側）を進んでいる。剣南へ行くなら、蜀《しょく》の桟道《さんどう》を通らねばならない。それなら右岸を行って、どこかで左に曲がるのが便利と思われる。

しかるに左岸を行くのは、途中で食糧の補給や宿舎に使える城邑との関係であろう。そう思うと一行は空腹感に襲われていた。無論、食糧の携帯はあるが、剣南までの道中、不測の事態を想定して節約するに限る。

「間もなく咸陽《かんよう》に着きます。宦者の王洛卿《おうらくけい》を遣わせ、県令に望賢宮《ぼうけんきゅう》での接待を申しつけておりますれば、今暫しの御猶予を」

楊国忠が言うので、一行は豪華な夕餉《ゆうげ》を期待して先を急いだ。そして、件の宮殿に着くと、皆が歓声をあげながら中へ入っていく。だが、そこには下働きの者が、口をあんぐり開けて見つめているだけだった。

「王洛卿が、県令を訪ねてきたであろう？」

楊国忠に問いかけられた当地の宦官は、王洛卿を見知っており、県令と共に馬車で西へ去ったと伝える。つまり、逃亡したのだ。

「食糧はないのか？」

「はい、ここには何もありませんが、市へ行けば餅ぐらいは売っております」

楊国忠と高力士が手分けして大量に食糧や飲み物を購《あがな》うと、庶民もそれと察して宮殿へ届けに来た。無論、金銭と交換だが、それでも探す手間が省けた。

しかし、一行は咸陽を出た今後を憂う。

これから先、咸陽より小規模な城邑ばかりであろう。そんな所を通って、食糧調達が不充分だったり、安禄山の曳落河に追い付かれたらと思うと、もう恐怖の方が先行する。

その後、城邑を通る度に食糧を調達した。兵や下級役人たちがその任に当たったが、帰ってこない者が増え出す。それは、沈みかけた船から鼠が逃げるようすに似ていた。

金城《きんじょう》へ着いたときには、それが一番顕著だった。県令どころか、城内の庶民も逃げ出していた。救いだったのは、食糧が櫃《ひつ》に残っていたことだった。しかしこうなると、誰の脳裏にも、先々の餓死や追撃の具体的な悲劇が映し出されるようになる。

「こんな反乱が起こったのはなぜだ？」

官僚や近衛兵は、口々に不満を囁《ささや》きあう。

「楊宰相（国忠）が、忠義一途の安禄山を誣告《ぶこく》して、反乱を起こすようにしたからだ」

馬嵬《ばかい》駅に着くと、感情が極限に達した。

72

「諸悪の根源は楊国忠と、楊氏五家だ」

近衛兵らが不満を口にしたのを、皇嗣亨が近衛隊長の陳玄礼《ちんげんれい》と一緒に宥《なだ》めようとした。

そのとき楊国忠は、吐蕃《とばん》（チベット）の使節団と食糧の件で話をしていた。それを見た近衛兵が叫ぶ。

「楊宰相は胡虜《こりょ》（外蕃国の人質）と、反乱を謀《はか》っているぞ！」

この言葉とともに、近衛兵は楊国忠に矢を射かけた。腿《もも》を貫かれて驚いた楊国忠は、馬で逃げようとする。だが、追いかけた兵らに射貫《いぬ》かれて落馬し、駆け付けた者らに剣を振るわれてずたずたにされる。彼の首は、槍の穂先に突き刺されたまま高々と掲げられた。

御史大夫魏方進《ぎほうしん》が咎《とが》めると、彼もまた斬られる。近衛隊長の陳玄礼は部下たちを抑え、これ以上の武力行使を止めさせようとした。彼の行動がやや甘く見えるのは、彼とて楊国忠一派を殺害したかったからに他ならない。

しかし、ここまでのようすに身の危険を感じた楊国忠の妻（裴柔《はいじゅう》）と虢国《かくこく》夫人らは、その場から馬に乗って逃げ出した。しかし、韓国《かんこく》夫人は逃げ損ね、いきり立った近衛兵らに捕らえられると、即座に頸《くび》を刎《は》ねられた。

この事件で、近衛兵の気持は一段落したかに見えた。だが、これまで燻《くすぶ》っていた怨《うら》み辛みは、未だ不完全燃焼だった。彼らは、楊国忠や楊氏五家を増長させた根源を問う。

つまり、楊貴妃を槍玉に挙げだしたのだ。

「何か、騒がしいな」

駅舎の奥で、楊貴妃に凭《もた》れていた皇帝隆基は、高力士の力を借りて表へ出てみた。すると、流血の光景が拡がっている。

「安禄山の追っ手が迫ったのか？」

惚《ほう》けているような皇帝隆基を遂に見かねたのか、陳玄礼が罷《まか》り出てこれまでの経緯を手短に述べた。皇帝隆基は、ここで初めて楊国忠の死を知った。

「楊国忠や楊氏五家の、諸悪の根源をば」

陳玄礼は、そう言って踵《きびす》を返す。皇帝隆基は、彼の真意に全く気づかず駅舎へ入った。

そして、高力士に何事か問いかけるでもない。暫《しばら》くして韋諤《いがく》なる高官が進み出る。皇帝隆基は、なぜ楊国忠ではないのかと考えた。もう、陳玄礼の説明をすっかり忘れていた。

「陛下。少しお耳を」

言われて高力士の腕を借り、皇帝隆基は立ち上がる。そして、「御決断を」と言われた。その言葉の意味することを、皇帝隆基は理解しかねている。逸早《いちはや》く、そうと察した楊貴妃自身が立ち上がった。そのとき皇帝隆基には、懐かしい町屋の匂いが届いた。それは楊貴妃の体臭であったろうが、皇帝隆基が宮中以外に求めた魅力の象徴でもある。

彼女は、皇帝隆基の耳元で囁く。

「少し、お待ちくださいね」

そう言うと高力士を促して、外で話をしようと誘う。すると高力士は目頭を押さえて、先に扉を開けた。そこには、思いがけぬ人物の姿がある。それは寿王瑁《ぼう》であった。

「ここまで、よう仕えてくれたな」

元夫に言われて、楊貴妃は深く拱手する。

「至りませず、申しわけございませぬ」

彼女は、高力士の後を従容《しょうよう》として歩く。彼女から少し離れて、寿王瑁も付いていく。

「最期を見届けていただけますか？」

「ああ、おことを父に遣《や》った寡人《かじん》の、せめてもの償いだ。堪《こら》えてくれ」

「いえ、嬉しゅうございます」

高力士は、大きな槐《えんじゅ》の下で止まった。そこで綱を放り上げ、枝に懸かって降りてきた一端を曲げて輪を作る。それを持って楊貴妃に近づき、彼女の首に掛けた。

「宜《よろ》しゅうございますか？」

高力士の促しに、楊貴妃は口角を上げて応え、彼が綱を力一杯引き上げるのに合わせ、両足で地面を蹴った。身体が二尺（約六〇センチ）ばかり浮き上がった所で、高力士は綱を持ち堪えた。

彼女の息が絶えたのを見計らい、寿王瑁と二人で遺体を支える。周囲から近衛兵をはじめ、陳玄礼や皇嗣亨が見届けに来た。

「さあ、穴を掘るぞ」

高力士が声を掛けると、近衛兵らも手伝った。深い穴の底に横たえられた楊貴妃に、土が被《かぶ》せられるのを、皆が見守る。この間、皇帝隆基は駅舎の奥で、酒を舐めて待っていた。そこへ高力士と寿王瑁が顔を出す。

考えてみれば、二人は妙な取り合わせのはずだ。だが、皇帝隆基は何ら頓着しない。

「あれは、どうした？」

「急いで先を行かれ、ずっと待っていると」

「そうか。待っておるとな。ならば、こちらも追っ掛けてやらねばなるまい」

皇帝隆基は酒のせいか、にこやかに言う。そして、眠くなったらしく、その場に寝てしまった。高力士が衣を掛けている。

翌日、どこへ向けて出立するのか迷っていると、近衛隊長の陳玄礼が叫ぶ。

「あれは何だ？」

彼が指す方から、馬車がやって来る。馬嵬駅で止まると、陳倉《ちんそう》県令薛景仙《せつけいせん》の使節が赤く染まった袋を奉《ほう》じた。中にあるのは、虢国夫人と裴柔ら、昨日逃げた者どもの首だった。

剣南へ行幸するのは、楊国忠の提案だった。楊氏の本貫《ほんかん》（出身地）へは、楊国忠と楊貴妃、虢国夫人、韓国夫人らが死んだ、否、殺したのだから、行けまい。一行は思案していると、剣南の成都《せいと》からの使者が、食糧や薬品、笠、衣類などの必需品を届けに来た。

「お越し下さるとて、太守以下お待ち申しあげております」

先触れが、皇帝隆基が難渋しているのを伝えたらしい。今の太守は、楊国忠の息が掛かった者ではない。それなら、行っても差し支えなかろうと、皇帝隆基の周囲は思った。

「陛下はそれでよかろうと存じますが、ここで反撃の狼煙《のろし》を揚げねば、唐朝への信頼はもう二度と取り戻せませせぬ」

大声で周囲に発破《はっぱ》を掛けるのは、皇太子亨であった。彼の意見も、無論もっともなことである。

「虢国夫人らの首を届けた陳倉県令などは、きっと助力してくれよう。唐の底力だ」

皇太子亨は、陳玄礼の近衛兵らを分けて、再度反撃部隊を編制するつもりらしい。彼がその気になったのは、安禄山の曳落河の追っ手が姿を見せないからだ。きっと、長安を荒らし回って、追撃など考えていないのだ。

　後一つ考えられるのは、かつての報告どおり、安禄山自身が重病で伏せっているという説だ。いずれにせよ、反乱軍の矛先《ほこさき》が鈍りだしていることは確かだった。

「陛下は、剣南の成都へ身をお隠し下され」

　皇太子亨は、やる気満々だった。それは、ここまで蔑《ないがし》ろにされたことへの反発である。

　それは、皇帝隆基を見る視線に現れている。

「皇太子は、楊貴妃の所へは行かぬのか？」

「もと剣南節度使の寡人が、お供いたします」

　皇帝隆基へ、寿王瑁が寄り添うように言う。皇帝隆基は、もうそれが楊貴妃の夫だった、自分の息子であるとの認識が薄れているのか、周囲は判らない。

「そうか。朕と一緒に行ってくれるか」

　皇太子亨は、その姿を目の端で捉えている。

　このままでは、父親は皇帝としての職務がさっぱり熟《こな》せないと捉《とら》えているようだ。

　双方が分かれ、皇帝隆基は成都に着く。そして一月《ひとつき》余りが経ち、皇嗣亭からの手紙を使者が持ってきた。その内容は、霊武《れいぶ》（寧夏回族自治区《ねいかかいぞくじちく》）にて、皇帝（粛宗《しゅくそう》）に即位したとあった。また元号も至徳《しとく》と改元されている。

「霊武は、黄河《こうが》の川筋が幾条《いくじょう》もある所と聞くが、そういえば、あいつ（皇太子亨）は朔方《さくほう》節度使の肩書だったことがあったたな」

「多分、旧知の者が多いのでしょう」

「暫く楊貴妃を見ぬが、まさか霊武へ？」

「上皇陛下にお目にかかれるのが、本当に嬉しゅうて、化粧に手間取っているのです」

上皇隆基は、笛の達人でもある寿王瑁にあやされて、今日も眠ってしまった。夢の中では、未だ楊貴妃が傅《かしず》いているのだろう。彼はそのまま、夢と現《うつつ》の間を彷徨《さまよ》いながら暮らすのだった。

終章　玄宗皇帝（七五六年～七六二年）

73

成都で休養している上皇隆基《りゅうき》は、また眠っていた。夢の中では未だ楊貴妃《ようきひ》が、彼に寄り添っているらしい。その証左に、寝言で「貴妃、貴妃」と何度も呟《つぶや》いている。

「新皇帝（李亨《りこう》）は、実によく働いておられますぞ。将軍の郭子儀《かくしぎ》に命じ、回鶻《ウイグル》族の援軍を受けて、鳳翔《ほうしょう》（陝西《せんせい》省宝鶏《ほうけい》市）まで親征されております」

それは、かなり長安《ちょうあん》へ迫った位置となる。

「安禄山《あんろくざん》の反乱軍は、じりじりと退却しておる由でございます」

うっすらと目を開けた上皇隆基に声をかけたのは、高力士《こうりきし》であった。しかし、上皇隆基には、息子の名も股肱《ここう》の名すらもうよく判らなかったのだ。いや、それ以前のことに、自分以外の者が、なぜ「皇帝」と喚《よ》ばれているのかも理解の外らしい。

上皇隆基がぼんやりしていると、高力士へ話しかける影がある。

「兄者、いや、新皇帝のやる気は解るが、それを支えておるのは、李静忠《りせいちゅう》であろう」

寿王《じゅおう》（李瑁《りぼう》）が、新皇帝亨の指揮振りを訊いているようだ。彼こそ、楊貴妃のもともとの夫だが、父親の不行状《ふぎょうじょう》に対して、一切不平を漏らしていない。

彼は、安禄山への反撃は結構だが、その手法に懸念を感じているようだ。

「はい、上皇に無断で、皇太子亨殿下を新皇帝へと即位させたのも、きっとあやつの入れ知恵でございます」

高力士は、李静忠に好意を抱いていないようだ。それは、彼と同じ宦官《かんがん》という身分からだけではなさそうだ。

「やつは今、論功行賞《ろんこうこうしょう》で元帥府行軍司馬《げんすいふこうぐんしば》に任じられただけでなく、李輔国《りほこく》と名を改めたそうでございます」

軍参謀の最高位に就いて、国を助ける者との意に名を変更したと聞き、寿王には厭《いや》な気持が湧いている。

かつて楊貴妃の縁者というだけで出世した楊釗《ようしょう》が、楊国忠《ようこくちゅう》と改名した経緯に酷似しているからだ。また、名に「国」や「輔」なる似た意味の文字が入っているのも、空々しく感じているのだろう。

重ねて言えば、馬嵬《ばかい》駅において近衛兵《このえへい》に不満が渦巻いていると感じ取り、「諸悪の根源は、楊国忠と楊氏五家《ようしごけ》だ！」と、彼らに言わしめたのも李輔国が発案したらしい。彼がその筋書きを、新皇帝（李亨）に進言していたと、後々聞こえてきた。

新皇帝はそれを許し、自らが近衛兵を宥《なだ》める役回りを果たす振りをしていたようだ。そこをじっくり思えば、李輔国はかなりな遣り手である。

「江陵《こうりょう》へ行った兄者（永王の李璘《りりん》）が、勅命《ちょくめい》に従わぬというではないか？」

乱をどのように収拾するか、誰も妙案を出せぬとき、江南《こうなん》からの租賦《そふ》が充実している江陵は、是非とも抑えたい場所だった。また、その思いは安禄山も同じであったろう。

そうなると、烈しい戦闘は必定《ひつじょう》である。誰が火中の栗を拾うか尻込みしていたとき、「是非とも寡人《かじん》めに」と手を挙げたのが永王（李璘）であった。

「永王は、お可哀想なお育ちでした。産みの母が早世して、宮中でのみ生活されました。それゆえ、人との関係をお作りになるのが、苦手でございましたな」

高力士は同情的である。それは、育ちが不幸であるうえに、永王自身の容貌が眇《すがめ》で醜かったことも重なっていたからだ。

「それが今回、江南、山南《さんなん》、嶺南《れいなん》の三節度使《せつどし》と江陵大都督《だいととく》の任を兼ねられて、大変張り切っておられました」

ところが、彼の江陵赴任は、安禄山の抵抗を受けずにすんだ。それは、安禄山の病状が悪化していたからでもあり、更に兵の統制ができなくなったからでもあったようだ。

「遣る気を出して江陵へ行ってくれたのは結構だが、新皇帝の勅命をさっぱり肯《き》かぬでは困ったものだ」

「そこが、問題なのです」

江陵は前述したとおり、租税や食糧が集まる土地柄である。当然ながら、勢い傭兵《ようへい》への応募者も多くなる。豊富な軍と物資と金銭を手中に収めれば、それは位人臣《くらいじんしん》を窮《きわ》めた、いや、天下人になったと錯覚するらしい。

高力士は、今の永王（李璘）がその状態にあるという。周辺に睨《にら》みを利かせる存在になったまでは良かったが、あわよくば天下を手中にしようと野望を持ち始めたわけだ。

「新皇帝（李亨）は怒ろうな？」

「はい、それゆえ上皇へ挨拶するようにとの、勅命をお出しになったのです」

「だが、それに従わぬのであろうな？」

「はい、挨拶などとは方便で、のこのこやって来れば、囚われるのは必定ですからな。それが判《わか》らぬお方でもございますまい」

「だが、そのような状況を作ったのは、結局は永王自身なのだからな」

寿王（李瑁）は歯嚙《はが》みしたい思いだった。安禄山が起こした反乱を鎮圧するはずの者同士が、互いに啀《いが》み合う状況を作ってどうするのだと叫びたかった。

「永王に勝ち目はあるのか？」

「御本人は、そう思っておられましょう。しかし、俄《にわか》に軍を掌握しても、動かし方に長《た》けた武将が少のうございます。息子の襄城《じょうじょう》王（李傷《りとう》）は武勇に優れておられるようですが、実戦経験がございませぬ。それに」

それは、高力士の言うとおりである。何人かの策士はいるようだが、全体を見る者を考えれば、新皇帝側とは圧倒的な差があろう。

「それに、何だ？」

「永王の長史（秘書長）李峴《りけん》が、病気を装って辞任し、新皇帝のもとへ来ております」

つまり、腹心が永王を見限ったのだ。内部事情に精通した者が新皇帝亨に付いたのであれば、もう先行きは見えたも同じである。

「新皇帝は、誰を将軍に据えるのだ？」

訊いたとて、詮ない話なのかもしれない。寿王は、郭子儀で充分だろうと思っていた。

「皇甫侁《こうほせん》殿か高適《こうてき》殿あたりでしょうな」

これは李峴の話から、内部のようすをしっかり把握した将軍と策士である。新皇帝亨は、郭子儀や回鶻の援軍を割かなくとも、永王と対峙する力を貯えたのである。

寿王はこれだけでも、新皇帝亨に軍配が上がったような気がした。だが暫《しばら》くは、報告を待つしかなかった。

余談であるが、このとき詩人の李白《りはく》が、永王の幕僚として招かれていた。彼は廬山《ろざん》（江西省）に隠棲していたのだが、勉強家で詩心のある永王に気に入られていたようだ。

一方、李白と親交のあった阿倍仲麻呂《あべのなかまろ》は、安禄山の兵に見つからぬよう動いて、ようやく新皇帝の陣へ到着していた。

その後、成都《せいと》へは、新皇帝側から戦いのようすが何度も報告されてくる。

「呉《ご》郡と江陵郡へ出兵した永王（李璘）の軍が、戦いを優勢に進めているようです」

「新皇帝軍の元《げん》将軍と閻《えん》将軍らが敗れました」

このような報告に、寿王や高力士らも、「まさか」と息を呑んでいた。しかし、新皇帝亨は落ち着いているらしい。

「油断すると、このようなざまになる。では、啖廷瑤《たんていよう》と李成式《りせいしき》に謀らせ、李峴の兵で永王を討ち果たせ」

この用兵が功を奏し、永王は連戦連敗し、遂には皇甫侁《こうほせん》に首を刎《は》ねられる。

74

「李白は、無罪放免になったようです」

文人墨客《ぶんじんぼっかく》が好きな永王（李璘《りりん》）が、幕閣《ばっかく》の一人として詩人の李白を加えていた。しかし、反乱へ積極的に加担していたと認めがたく、釈放されたのである。このような話が、乱に関する報告の中で、唯一笑えたことだ。

「新皇帝は、永王を生け捕りにせよと勅命を出していたと言うではないか」

やや語気を強めて高力士へ詰め寄るのは、寿王（李瑁）である。

「はい、そのように仰せであったと漏れ伝わっております。それを、勅命が届いておらなんだのか、皇甫将軍（侁）が無視したのか」

詳しい経緯は、高力士にも判らぬようだ。

「新皇帝は、怒らぬのか？」

事情がどちらであっても、由々《ゆゆ》しき問題である。新皇帝の沈黙が、寿王は疑問だった。

「恐らくは李輔国が独断で、皇甫将軍に殺せと命じておいたのでしょう」

「あやつが、なぜに？」

「永王がいると、鬱陶《うっとう》しいのです」

高力士は、そのように説く。永王は風采は上がらないが、頭脳は明晰である。李輔国が、自らの企みを見抜かれると懸念したのだ。

「そのために、勅命に逆らったのか？」

「もう一つ考えられるのは、力の誇示です」

「臣下の分際である李輔国が、新皇帝に対して、何故に力を誇るのだ？」

怒気の籠《こ》もった寿王の言葉を、高力士は冷静に受け止めている。

「新皇帝を、即位させたという自負です」

それは、李輔国がいろんな所へ手を回したからこそ、皇帝隆基の許しを待たずに、皇帝の椅子に座れたということだ。彼はその働きを認めさせるため、永王（李璘）の首を刎《は》ねたと、高力士は分析する。

「新皇帝（亨）は李輔国に対し、さっぱり頭が上がらぬのか？」

「周囲の宰相や高官らも、姿勢を正して物を言える者はいないようです」

それは、李輔国の手腕に一目置いているのか？　それとも、大臣や高官たちが賄賂《わいろ》攻めにされているのか？　もしくは皆が皆、何らかの弱みを握られているのかだ。

いや、それらの要素が、複雑に絡み合っているのかもしれない。安禄山が乱を起こして攻め込んできた中で、誰もが真っ当な生き方ができなかったとあれば、それぞれに汚れた部分を持っていたことだろう。

李輔国は、それらを冷静に把握してきたようだ。それは、これまでの唐の体制では、全く考えにくい構図だった。李輔国の存在は、これ以降の皇帝と宦官の力学構造が、どんどん歪んでいく契機となる。

「安禄山が、息子の安慶緒《けいしょ》に暗殺されたもようです。反乱軍は、瓦解しかけています」

以前から言われていたことだが、病状の悪化で統制が取れなくなっていたのだ。上皇隆基にも見られるごとく、安禄山も周囲の状況把握が覚束《おぼつか》なくなってきたらしい。

それゆえ、先行きに不安を感じた安慶緒によって、殺害されたと見るのが自然である。

「新皇帝が、長安へ入られました」

永王を降《くだ》して、安禄山の残党を追う唐軍の進撃はつづき、間もなく洛陽《らくよう》も手中にした。

成都で静養する上皇隆基にも、長安への帰還を打診する新皇帝からの親書が届き、寿王（李瑁）や高力士らも鹵簿《ろぼ》を調《ととの》えることとなる。このとき、高力士は上皇の身辺警護などの功績が認められ斉国公に出世した。

そして上皇隆基は「太上皇《たいじょうこう》」と呼ばれるようになる。これは、更なる尊称に聞こえるが、もう決して「皇帝」へ重祚《ちょうそ》（再度皇帝になること）させぬという、李輔国の悪意に満ちた作為である。

おまけに、彼も鄎《せい》国公へと出世している。これも新皇帝亨へ強く迫って、無理やり身分を確保したのであろう。

「最近、貴妃の顔を見ぬが、里へでも帰っておるのか？」

昼寝から目覚めた太上皇隆基は、またそのようなことを訊く。

「はあ、ちょっと父上のお顔が見たいとて、お帰りでございます」

「そうか、早う戻って欲しいのう」

高力士が適当にあしらっても、上皇隆基はそれ以上執拗《しつよう》に期限を追及することもない。少しすれば、訊いたことすら忘れるのだ。時間は、ゆっくりと過ぎていった。

「主上は、今も貴妃のことを仰せでございます。真底から可愛いと」

言いかけて、話している相手が寿王（李瑁）と気づき、つい語尾を濁した。

「遠慮せずともよい。気にしておらぬ」

「はあ、しかし、寿王様も口惜しい思いをされたのでございましょう」

高力士は、飽くまでも辞を低くして言う。

「いや、今だからこそ言うが、決してそうではなかったのだ」

「いえ、そのようなことは、構えてございますまい」

高力士は、寿王が痩せ我慢をしているのだろうと、更に気を遣う。

「本当だ。斉国公（高力士）」

「と、仰せられますと？」

「かつて主上が、楊貴妃に愛想を尽かされたことがあったな？」

「はあ、確かにございました」

「あれは、なぜであった？」

「主上の仰せでは、貴妃の話は朕《ちん》への不満と同僚の悪口、家系の自慢話ばかりで、自ら語りかけようとすると、直ぐに話の腰を折ったのだということでした」

高力士の言葉を、寿王は微笑んで聞く。

「寡人も、それと同じ目に遭うた」

「同じでございますか？」

「そうだ。寡人に、皇太子になるため、もう少し根回しすべきだと、尻を叩きよった」

「ほう、そのようなことを」

高力士は、楊貴妃の意外な裏の顔を見た思いだったのだろう。

「寡人が少しでも、他の姫妾に目を遣ると、彼女の嫉妬は烈しかった。その日は嫌味を言われるだけで終わったのう」

「そのようなことが」

「寡人も笛を吹き、詩を詠じる。だが、あれは音色を聴いてはくれぬ。頭韻を冠し脚韻を踏んだ七言絶句《しちごんぜっく》にも、さっぱり心を動かすことはなかったのだ」

「寿王様の笛も詩も、宮廷では名人ですに」

高力士は溜息を吐く。

「そして、何かというと家系を誇り、私はイスカンダル（アレキサンダー大王）の子孫ですと言いおる」

「それは大食《タージー》（アラビア）から、まだ西側の英傑ですな」

「何でも極楽に召された後に、韋駄天《いだてん》になったとか言うがな」

西方の血が入っているのだ。そう言えば、彼女の体臭は、漢族の者と違っていた。

「だからとて、イスカンダルかどうか迄《まで》は」

寿王は、そう言いかけて止めた。唐の李氏とて、李耳《りじ》（老子）を祖に持つというが、真っ赤な嘘である。元は遊牧民の鮮卑《せんぴ》と誰でも知っており、楊貴妃を嗤《わら》えた義理ではない。

家系など、いざとなれば何の値打ちもないものだ。本人が今、何をしているかである。

「実はあのとき、そんな彼女に、辟易《へきえき》していた最中だったのだ」

75

「あのときとは、何でございましょう？」

寿王（李瑁）の話題が突然他へと飛んで、高力士は意を察しかねた。

「武恵妃《ぶけいひ》を亡くされた太上皇が、彼女を話し相手にと所望されたときだ」

あのとき高力士は、皇帝だった李隆基の心情を危ういと思ったものだ。これでは生木を裂くように、楊玉環《ぎょくかん》が寿王（李瑁）のもとから召し上げられ、怨《うら》み骨髄《こつずい》に徹《てっ》しはせぬかとである。

だが、真相は意外だった。寿王の本音は、渡りに船ということだったようだ。しかも、寂しがっている父親への孝行となる。更に、交換条件とされた皇太子冊立《さくりつ》を断ったことでも、更に名声が上がったのだ。

彼女にしても、寿王が皇太子に成らぬのなら、皇帝隆基の愛を最大限に受けた方が、将来は皇后から太后へと出世できそうだった。だから、彼女も乗り気になったという。

「そういうことでしたか」

一見美談のような話の裏には、さまざまな思惑と利害が蠢《うごめ》いていたわけだ。寿王の引け目は、男として妻を寝取られた格好になることだが、「辟易」を解消して「孝行」、「名声」が来ることと比べれば釣が来るほどだ。

「そういうことだ。おまえにだけは、解っておいて欲しかったからな」

寿王は秘密を告白して気持が楽になったのか、いささか身体を軽くして歩いて行く。いや、少なくとも、高力士にはそう見えた。彼の後姿が消えたとき、高力士は頬《ほお》を撫でる風を感じる。

彼がいる小部屋は、窓を閉めきっている。だが、太上皇隆基が眠る隣の部屋とつづく扉が開けば、寿王が去った廊下へと空気が動くことになる。

「主上！」

高力士は、叫びながら振り返った。

「寿王が来ておったようじゃのう？」

太上皇のにこやかな顔に、高力士は背筋が寒くなった。惚《ほう》けているとはいえ、先ほどの寿王の話を太上皇が聞けば、気を悪くするからだ。いや、引け目の記憶はあろう。それなら、却って気分が楽になったのかもしれない。

その証左に、高力士自身としても、ほっとしていたではないか。

「寿王は、晴れ晴れしておったのう」

太上皇隆基は、惚けた声で言う。それを高力士は、太上皇自身の本音を表すものだと理解した。永年側近として仕えていた者の、理屈を超えた勘《かん》は当たっていよう。

太上皇は、寿王の話を扉の陰から聞いていたのだ。だからこそ、今の機嫌を知らせるため、晴れやかな顔で出てきたことになる。

「まだ、寝間着のままでは、寒うございましょう。さあ、薄手の袍《ほう》（わたいれ）を羽織りましょう」

高力士は、太上皇を仮眠室へと連れて戻った。そして、太上皇を寝台へ座らせる。

「寿王様が涙を浮かべておられたが、まさか主上に、大事があったのでは？」

廊下を行く宦官の声が、寝台まで直に聞こえる。高力士は彼らを叱ろうと、仮眠室の扉を開けた。だが、彼らは離れた所にいた。

隣室の扉が開いたままだったので、そこから声が入ってきたようだ。

「あの扉は、やけに薄いのう」

仮眠室と控え室は、つづきの構造である。皇帝が仮眠していて、控えの間には侍従か侍女がいる。小声で呼んでも判るように、扉の構造は薄いのだ。

そう思い至ったとき、高力士は心が震えていた。部屋の事情は寿王も知っていたろう。ならば先ほどの話は、父太上皇に聞かれることを百も承知で喋《しゃべ》っていたことになる。

宦官が、彼の涙を話題にして通ったが、それこそ寿王が嘘を並べていた証左だ。太上皇の気持を楽にしたかったに違いない。だが、今更訊き直しても、決して撤回などすまい。

寿王と楊貴妃の仲がどの程度だったのか、これで永遠に闇の中へ消えたのだ。


安禄山が起こした乱は、相手側の内紛が烈しく、その後は唐軍がどんどん押していた。そんな上元《じょうげん》元年（七六〇年）、突如李輔国が軍を率いて太上皇の宮殿を囲んだ。

「太上皇陛下には、太極宮の西内側へお移り願います」

それは、宮城内の陽当たりが悪い場所である。李輔国は、自分の力を太上皇にまで見せつけたくて、嫌味を言ってきたのだ。

「おまえは、自らを何様だと思っておる！」

不断冷静な高力士が、先頭に立って進んできた李輔国を大声で怒鳴りつけた。彼にしてみれば李輔国など、まだ嘴《くちばし》の黄色い青二才にしか見えないのだ。

「わっ、吾は新皇帝の代理にて……」

高力士の貫禄に、さすがの李輔国も新皇帝の虎の威を借る他なかったようだ。

「だから、何だと言いたい？」

「郕《せい》国公を拝命し、察事庁子（官僚や役人の管理）の……」

「ほう、偉くなったものだな。それを、周囲へ吹聴しに来たのか？」

このように赤子扱いされては、李輔国も分が悪いと悟ったようで、軍を引き連れて戻っていった。だが、決して彼は諦めたわけではない。察事庁子を支配している地位を利用して、まずは高力士を巫《ふ》州（湖南《こなん》省懐化《かいか》市）へ左遷した。

最側近を喪った太上皇は、太極宮の西内側へ移された。ここで、ほぼ軟禁状態の生活を送ることになるが、彼にとってはもうどうでも良いことだった。

李輔国が、太上皇の自由をここまで制限するのは、反対勢力に担ぎ上げられるのを懸念しているからだ。つまりは、新皇帝も宮廷人や高官から、絶大な信頼を寄せられているわけではないのである。

それゆえに、政変を警戒しているのだ。

この煽りを喰らったのか、翌上元二年（七六一年）阿倍仲麻呂は、何と安南都護府《あんなんとごふ》を拝命した。赴任の地は現在のヴェトナムの首都ハノイである。

日本へ帰ろうとして、颱風《たいふう》でこの地まで流されたのは六年前だった。命からがら長安へ戻ったのに、結局南国の僻地《へきち》へ追いやられた格好だ。彼はそれから六年も、この地にいることになる。

太上皇には、このような人事異動は知らされなかった。いや、知らせたとて、もうほとんど意味は解さなかったろう。彼はこのときですら、ときおり楊貴妃の里帰りはいつ終わるのかを訊いていた。

「程なくでございますよ」

侍女たちは、いつも微笑みながら応えている。それで、太上皇が納得するからだ。その太上皇も、遂に寝こんで起きられなくなっていく。無気力からくる、老衰のようだった。その宝応《ほうおう》元年（七六二年）の初夏、彼は楊貴妃と手を取り合う夢を見ながら崩御《ほうぎょ》（ここから玄宗《げんそう》と呼ばれる）した。

ところが、その衝撃のためか、新皇帝亨《こう》も倒れた。そして、旬日《じゅんじつ》余りでつづけて崩御する（粛宗《しゅくそう》）事態となっていた。

李輔国は張皇后と対立し、彼女の推す李係《けい》を殺害し、李予を即位させるのに貢献した。新皇帝予（代宗）の即位とともに恩赦が出て、高力士にも長安へ戻る許しが出た。しかし、太上皇隆基の崩御を途中で知り、彼は喀血《かっけつ》して死んだと言われている。

李輔国は、またしても新皇帝の立て役者となったが、そのせいか言動や態度に傲慢《ごうまん》さが散見され、不快に思った新皇帝予に遠ざけられた。将軍の程元振《ていげんしん》が禁軍を掌握すると、完全に失脚させられる。

彼は、太上皇や高力士の怨みを買っていたが、恐らく嫌っていた者は両手に余ったであろう。そのためか、長安の屋敷に隠居しているのを刺客に襲われ、一命を落としている。
こうして、李隆基（玄宗皇帝）にまつわる物語は幕を閉じた。それは、盛唐と呼ばれる唐文化が一番栄えた時期と重なる。それゆえの華々しさを感じるが、大いなる儚《はかな》さの繰り返しでもあったようだ。

―完―

玄宗皇帝（李隆基）関連年譜

垂拱元年（685年）	8月5日誕生。祖母・則天武后（武照）の独擅場
天授元年（690年）	則天武后、皇帝に即位（聖神皇帝）
長安4年（704年）	聖神皇帝、病床に就く。失脚
神龍元年（705年）	聖神皇帝、退位。中宗（李顕）の重祚《ちょうそ》
神龍3年（707年）	皇太子（李重俊）、武三思らを殺害後、敗死
景龍4年（710年）	韋后、安楽公主、中宗を毒殺。李隆基や太平公主が平定する 睿宗が重祚。李隆基が皇太子
景雲3年（712年）	李隆基が皇帝に即位。先天元年に改元
先天2年（713年）	太平公主が反乱、処刑。開元元年に改元。開元の治
開元18年（730年）	この頃から側近に高力士を寵用
開元22年（734年）	李林甫、宰相になる
開元23年（735年）	楊玉環、寿王（李瑁）の妃となる。同年、杜甫《とほ》が科挙を受けたが、及第せず
開元25年（737年）	李隆基・最愛の武恵妃が薨《こう》じる。皇太子瑛処刑される 李林甫が、楊玉環を斡旋（李瑁に皇太子を餌に？）
開元26年（738年）	忠王亨《こう》を皇太子に
開元28年（740年）	道士の修行者、楊太真として楊玉環を華清池へ遣る
天宝元年（742年）	安禄山、平盧節度使。李白が宮廷詩人となる（謫仙人《たくせんにん》）

天宝3年（744年）	安禄山、范陽節度使を兼ねる。楊太真、宮中へ召される
	李白、楊玉環を讃える詩を作るが、高力士と楊玉環の不興を買い、追放される。
	李白と杜甫の交遊
天宝4年（745年）	楊玉環、貴妃となる。楊貴妃の誕生
天宝6年（747年）	高仙芝（父・高舎鶏）、吐蕃（チベット）を破る
天宝9年（750年）	安禄山、東平郡主となる。楊釗が楊国忠の名を賜わる
	楊家の横暴が罷り通る
天宝10年（751年）	安禄山、河東節度使も兼ねる。タラス河の戦い。高仙芝、サラセン軍に破れる。
	安禄山、楊貴妃の養子となる
天宝11年（752年）	李林甫没、楊国忠が宰相になる
天宝12年（753年）	李林甫、墓を暴かれる。安禄山と楊国忠の対立が激しくなる
天宝14年（755年）	安史の乱起こる。洛陽占拠。平原太守顔真卿、安禄山に対抗する
天宝15年（756年）	安禄山、大燕皇帝を僭称《せんしょう》。馬嵬《ばかい》駅で楊国忠、近衛兵に殺害される。楊貴妃、縊死。
	粛宗、霊武で即位。李隆基は上皇。至徳に改元
至徳2年（757年）	安禄山、息子の安慶緒に暗殺される
乾元2年（759年）	史思明、安慶緒を斬る
上元2年（761年）	史思明、史朝義に殺される
宝応元年（762年）	上皇（李隆基）没。諡《おくりな》は至道大聖大明孝皇帝。玄宗は廟号
	粛宗没

解説——大人《たいじん》の筆致

砂原浩太朗

玄宗皇帝《げんそうこうてい》の名は、わが国でも広く知られている。が、大半は傾国の美女・楊貴妃《ようきひ》とのロマンスにからんだものだろう。そうではなく、本書は玄宗そのひとの生涯を描き出した歴史小説であり、ここにまずひとつの新しさがあるといえる。

唐朝第六代の皇帝である玄宗（六八五〜七六二）は、名を李隆基《りりゅうき》という。「開元の治」と呼ばれる世をもたらした英主とされており、中国史上ただひとりの女帝として名高い則《そく》天武后《てんぶこう》の孫にあたる。

著者には彼女を描いた大作『則天武后』があり、少年時代の隆基も登場するから、合わせて読めばいっそう興味が増すはず。また、玄宗晩年に起こった「安史の乱」の立役者を主人公とした『安禄山《あんろくざん》』という長編もあって、この時代に向ける著者の並々ならぬ関心がうかがえる。

本書『玄宗皇帝』は隆基の誕生から筆を起こしており、その少年期は武后が唐を廃し、みずから興した周王朝の女帝として君臨する時期と重なっている。若い愛人や酷吏《こくり》の跳梁《ちょうりょう》など、少年の目を通して描かれる女帝の姿は妖しい魔力さえ感じさせ、惹きつけられるものを覚えた。

そして武后が世を去ったのちは、唐朝が復興した安堵もつかのま、第四代皇帝・中宗の皇后である韋氏《いし》が政《まつりごと》をほしいままにする。これを誅殺《ちゅうさつ》して世を平らかにしたのが、ほかならぬ隆基である。

つづいて叔母の太平公主《たいへいこうしゅ》も葬った彼は、嫡男でなかったにもかかわらず、功績をみとめられて皇帝の位に就く。本書前半の読みどころは、来たるべき時代を担う若者が、いかにして動乱を勝ち抜いたかということになるだろう。彼のまえに立ちはだかるのが主に女性だという事実が、この時代をあらわしていて面白い。武后をはじめ、韋氏や太平公主、おさない隆基ともかかわりを持つ才女・上官婉児《じょうかんえんじ》など、存在感に満ちた女性たちがあまた登場して作品を彩っている。

また、皇帝隆基を取り巻く男たちの姿も魅力的だ。よき理解者である兄・成器《せいき》（憲《けん》）、頼もしいとはいえぬものの、どこかふしぎな存在感をたたえる父・睿宗《えいそう》。名臣の誉れ高い姚崇《ようすう》や宋璟《そうえい》、混血の武将・哥舒翰《かじょかん》ら多士済々というほかない人物がつぎつぎとあらわれる。

さらにいえば阿倍仲麻呂《あべのなかまろ》や吉備真備《きびのまきび》、近年知られるようになった井真成《せいしんせい》といった日本人、詩聖・李白《りはく》のように著名な登場人物も数え上げれば切りがない。むろん後半では、楊貴妃や前述の安禄山、宰相・李林甫《りりんぽ》や宦官・高力士《こうりきし》など、この時代を知る人なら名に覚えのある面々が読みどころたっぷりに活躍しており、本書は全編を通して絢爛《けんらん》たる一大歴史絵巻となっている。

が、通読して筆者がもっとも驚いたのは、著者である塚本氏が隆基の光と闇を忖度《そんたく》なく描き出していることである。同業者の性《さが》で、自分ならどう書くかと考えながら読んでいるところもあるのだが、玄宗＝李隆基の晩年をいかにして描くのかが最初から気になっていた。

青年期の颯爽《さっそう》とした姿はよいとして、玄宗が老境にいたって楊貴妃との愛におぼれ、安史の乱と呼ばれる騒乱を招いたのは周知の事実。主人公としてはマイナスポイントともいえるこうした点をどのように描くのか、大きな関心があった。何らか玄宗を弁護するような書き方をするはずと思っていたのである。

ところが、塚本氏はそうした小細工をしない。玄宗をむりに美化することなく、善政は善政、老耄《ろうもう》は老耄として、悠然と筆を運んでいる。読み進むにつれ、なるほどこれは歴史家の筆法かもしれぬと感じた。氏は叙述の対象となる玄宗を、なるべくありのまま描こうとしたのではないか。筆者などにはなかなか踏み切れない、勇気のいる書き方だと思う。

それでいて、小説らしい仕掛けも怠ってはいない。一例を挙げると、楊貴妃はもともと玄宗の子・寿王《じゅおう》の妃だった。父に妻を奪われたかたちだが、寿王は恨みごとをいうでもなく、その後も玄宗に孝を尽くしている。なかなか首肯《しゅこう》しがたい心理とも見えるが、この謎が最終章で解き明かされるのである。一種のどんでん返しといってもいい。
　歴史家のごとき透徹した史眼と、小説的興趣の両立。言うのはかんたんだが、たやすく成し得ないことは誰にでも分かるだろう。そこに挑んだ本書は、まさに大人《たいじん》の筆致が生んだ産物というべきである。

（すなはら・こうたろう　作家）

初　出　月刊「潮」二〇一七年二月号〜二〇一九年一月号
単行本　二〇一九年五月　潮出版社刊

塚本青史（つかもと・せいし）
1949年、岡山県倉敷市生まれ。同志社大学文学部卒。96年、『霍去病』で文壇デビュー。2012年6月、『煬帝』（上・下）で「第1回歴史時代作家クラブ作品賞」受賞。14年10月、『サテライト三国志』（上・下）で「第2回野村胡堂文学賞」受賞。著書に『光武帝』（上・中・下）『始皇帝』『則天武后』（上・下）『バシレウス』『趙雲伝』『深掘り三国志』『姜維』など多数。

玄宗皇帝《げんそうこうてい》

潮文庫　つ－4

2023年　8月20日　初版発行

著　　者　塚本青史
発 行 者　南 晋三
発 行 所　株式会社潮出版社
〒102-8110
東京都千代田区一番町6　一番町SQUARE
電　　話　03-3230-0781（編集）
03-3230-0741（営業）
振替口座　00150-5-61090
印刷・製本　株式会社暁印刷
デザイン　多田和博

ISBN978-4-267-02399-6 C0193